GW01085607

NEAL STEPHENSON | Criptonomicón II:
El código Pontifex

byblos

Título original: *Cryptonomicon*

Traducción: Pedro Jorge Romero

1.ª edición: agosto 2004

© 1999 by Neal Stephenson
© Ediciones B, S.A., 2004
   Bailén, 84 - 08009 Barcelona (España)
   www.edicionesb.com
   www.edicionesb-america.com

Diseño de colección: Ignacio Ballesteros

ISBN: 84-666-1692-6

Impreso en los Talleres de Quebecor World

NEAL STEPHENSON | Criptonomicón II:
El código Pontifex

Presentación

Me temo que voy a verme obligado a repetir mucho de lo que ya dije en la introducción a la primera de las tres partes de este incomparable CRIPTONOMICÓN. *Lo hago más adelante para los lectores recién llegados a una de las más ambiciosas, complejas y di<vertidas narraciones con las que se cerró el siglo* XX, *mientras que ahora comento brevemente algunos aspectos de esta segunda entrega de una novela irrepetible.*

En cualquier caso, diré que la narración de CRIPTONO-MICÓN *se traslada ahora al complejo escenario de la guerra del Pacífico con un mayor desarrollo de las aventuras del marine Bobby Shaftoe que finalizarán, por el momento, con su encuentro con el general MacArthur durante un bombardeo que parece no afectar a ninguno de los dos, pese al peligro evidente.*

Y todo ello sin olvidar que Lawrence acabará encontrándose también en el escenario del Pacífico, donde descubrirá el amor (de una forma, puedo jurarlo, que es sólo caricaturesca y no debe interpretarse como un modelo de cómo los matemáticos se enfrentan al fenómeno amoroso...). Sobre esta cuestión les diré que, al menos en mi opinión, el imaginativo y sorprendente tratamiento matemático de la cualidad y efectos de las eyaculaciones de Lawrence constituye uno de los puntos más hilarantes y divertidos en el seno de esta compleja novela.

Aunque no cabe olvidar las peripecias de Randy, persiguiendo dorados tesoros y enfrentado a las modernas mafias de la política, la tecnología y las finanzas, al tiempo que constata el poder de los terremotos (tanto los geológicos como los que pueda comportar el contacto cotidiano con la familia Shaftoe).

Creo que lo más destacable de esta segunda entrega es la brillantez de esa atrevida mezcla de géneros —ciencia ficción, ucronía, thriller—, que Stephenson ha logrado en su magna obra. Eso sí, sin perder amenidad y ganando, si cabe, en ironía y mordacidad.

Seguro que, al margen de las disquisiciones de Lawrence sobre sus propias eyaculaciones, nadie podrá olvidar esa narración del «Incidente del camión de cerdos» que Randy redacta en curioso informe a sus socios (y que se encuentra hacia las dos terceras partes de este volumen). En mi opinión, a partir de ahí Stephenson, que siempre ha mantenido un tono irónico, se deja llevar al extremo más inesperado y la sonrisa, cuando no la risa abierta y franca, estalla imparable en el lector. Una verdadera gozada.

La narración de Randy, la manera como Lawrence enfoca su tranquilidad sexual y teoriza sobre sus propias eyaculaciones y su efecto, las reacciones del marine Bobby Shaftoe y su lenta pero implacable comprensión de lo que está sucediendo, personajes como Enoch Root y tantos otros que pueblan esta novela sin igual, configuran un potente fresco que justifica comentarios como el de la revista Booklist: «Sorprendentemente original. Stephenson mezcla escenarios históricos y contemporáneos, y los maneja con gran habilidad, presentando un amplio reparto de personajes intensamente concebidos [...] para hacer sumamente creíble tanto la tecnología como sus conspiraciones.»

Porque resulta muy cierto que la mucha afición y el conocimiento de Stephenson sobre la criptografía y la actividad de los hackers *llega al lector de una forma clara y sencilla, incluso cuando algunos de los temas que se exponen rozan la más alta matemática. Ventajas de ser un buen escritor.*

Tal como se escribió en el Boston Herald, CRIPTONOMI-

CÓN es «una desopilante narración densamente entreteji-da que establece un puente que une la reciente historia de los códigos y quienes los descifran con un futuro cercano en el que los datos de los ciudadanos necesitan de un pa-raíso donde escapar de los gobiernos fisgones». *Ésa es una buena síntesis del argumento general del* CRIPTONOMICÓN. *No es poca cosa.*

A la espera de reencontrarnos en la presentación del tercer y último volumen de este CRIPTONOMICÓN *(¿qué voy a decir entonces...?), les dejo con los datos generales sobre la obra que ya les comenté, hace sólo un par de meses, en la presentación a la primera parte de esta novela tan singular.*

Presentación del primer volumen

Resulta del todo imposible hacer una presentación cabal y completa de CRIPTONOMICÓN, *la novela de Neal Stephen-son que se está convirtiendo ya en el nuevo libro de culto de los* hackers *y cuya primera parte presentamos ahora en Es-paña.*

Como la anterior novela de Neal Stephenson, LA ERA DEL DIAMANTE: MANUAL ILUSTRADO PARA JOVENCITAS *(1995, NOVA ciencia ficción, número 101),* CRIPTONOMICÓN *es un inusual* tour de force *narrativo, esta vez con su ameno y ágil ir y venir de la Segunda Guerra Mundial a nuestro presente, tomando como hilo conductor un tema que puede parecer tan árido e inhóspito como la matemática y sus aplicaciones cripto-gráficas. Afortunadamente, Stephenson, conocedor como pocos del complejo y rico mundo de los* hackers *informáticos de hoy, es capaz de transmitirnos la riqueza y la peripecia intelectual del empeño de sus protagonistas sin dificultad alguna y con un abundante lujo de detalles humorísticos en brillantes guiños iró-nicos al lector.*

La trama de esta apasionante novela se centra en tres peripecias humanas claramente interrelacionadas. En 1942, Lawrence Pritchard Waterhouse, un genio matemático y capitán de la Marina estadounidense, colabora con Alan Mathison Turing y los especialistas británicos de Bletchley Park en el trabajo de descifrar los códigos de las potencias del Eje. Sesenta años más tarde, la empresa de su nieto y también brillante cripto-hacker, *Randy Lawrence Waterhouse, proyecta crear, en una isla del sureste asiático, la Cripta: un nuevo paraíso de datos y el mayor exponente de la libertad informática. Y, como un complementario lazo de unión entre los dos Waterhouse,* CRIPTONOMICÓN *se detiene también en la peripecia del eficiente* marine *Bobby Shaftoe, compañero del capitán Lawrence en la Segunda Guerra Mundial y abuelo de una colaboradora de Randy en el presente.*

Evidentemente, si la matemática de los primeros criptoanalistas tuvo que someterse a las necesidades de la Segunda Guerra Mundial, el proyecto de la Cripta de datos de nuestro presente ha de verse condicionado por las normas y leyes no escritas de las altas finanzas internacionales y por el nuevo juego de poder que permiten las infotecnologías. La aventura, intelectual y humana, está servida.

Resulta imposible resumir las complejas intrigas que llevan al Waterhouse del presente a la caza de un tesoro submarino perdido en el Pacífico al tiempo que, con honestidad de hacker, *defiende los intereses de su empresa, Epiphyte Corporation. Por su parte, el otro Waterhouse se enfrenta a la complejidad de los códigos de las potencias del Eje y, lo más importante, intenta lograr que el enemigo no descubra que han sido descifrados incluso los códigos obtenidos gracias a la ayuda de máquinas como la alemana Enigma.*

Con la presencia de una figura histórica como Alan Turing, Stephenson escribe en CRIPTONOMICÓN *la novela de la gran aventura intelectual que supone la creación de la informática* europea (*máquina universal de Turing, ordenador Colosus, etc.*), al mismo tiempo que, en las peripecias de Randy, se nos descubre el mundo de los hackers, sus preocupaciones y, también, los negocios y las complejas relaciones de poder en que llegan a verse envueltos incluso a su pesar.

Hay en CRIPTONOMICÓN un tono que exige la atención del lector inteligente (y no me refiero a la presencia esporádica de algunas fórmulas matemáticas que, según se dice, habrían molestado y mucho al editor de Stephen Hawking). Se trata de una complicidad muy especial a la que se presta el personal estilo narrativo de Stephenson, un cuidadoso respeto hacia la capacidad e inteligencia del lector. Me gustaría creer que se trata precisamente de la esencia de la mejor ciencia ficción ya que, aunque NOVA es una colección editorial habitualmente dedicada a la ciencia ficción, no se me oculta que muchos lectores podrían preguntarse qué hay de ciencia ficción en una novela como CRIPTONOMICÓN.

La mejor respuesta la ofrece el mismo autor. En una entrevista de LOCUS (agosto 1999) Stephenson decía: «Existe una particular forma de abordar el mundo típica de la ciencia ficción que no tiene nada que ver con el futuro. Ni siquiera ha de estar en el futuro. De niño, yo leía antologías de relatos de ciencia ficción: podían tener diez relatos sobre cohetes espaciales y pistolas de rayos y, después, encontraba algún extraño relato de Robert Bloch que ocurría en alguna ciudad durante los años cincuenta, sin elementos de ciencia ni el contenido tradicional de la ciencia ficción pero que, en la mente del lector, era claramente ciencia ficción. Partía de ese enfoque de la ciencia ficción: el convencimiento de que las cosas podrían haber sido diferentes; que éste es uno de los muchos mundos posibles; que, si vienes a este mundo desde otro planeta, éste sería un mundo de ciencia ficción.»

Ésa es la idea. Incluso hoy, la informática y la matemática subyacente son, *para muchos, un mundo de ciencia ficción. Un mundo del que tal vez se extraen resultados pero del que no se conocen las reglas ni los funcionamientos internos. El saber popular (sea eso lo que sea) quiere que los matemáticos, al igual que los* hackers, *sean personas extrañas, preocupadas por temas que al común de los mortales resultan un tanto esotéricos y más bien misteriosos pese a los resultados tangibles que de ellos se obtienen.*

Describirnos ese mundo y su intrínseca humanidad es uno de los mayores logros de Stephenson en una novela de gran amenidad, larga y repleta de anécdotas que, al mismo tiempo, puede recordar a algunos ese ingenuo «instruir deleitando» que el doctor Miguel Masriera consideraba casi como definitorio de la ciencia ficción que él elegía para la colección Nebulae allá por los años cincuenta y sesenta. A través de los ejercicios mentales de Lawrence y Randy, el lector penetra en los arcanos de la criptografía y del comportamiento de los hackers *y, ¡milagro!, todo resulta comprensible: cómo cifrar un mensaje, cómo «romper» los códigos enemigos, cómo usar el software moderno, y un largo, larguísimo etcétera.*

En realidad, por si alguien lo dudaba, además de esa forma «ciencia ficcionística» de abordar el mundo de que habla Stephenson, hay más elementos de ciencia ficción en CRIPTO-NOMICÓN: *una especie de mundo paralelo en el que se llama «nipones» a los japoneses, en el que existe un curioso sultanato en Kinakuta, en el que un sistema operativo como Linux se llama Finux (recordando tal vez el origen finlandés de su creador), o en el que Gran Bretaña cuenta con una isla llamada Qwghlm impregnada de curioso tipismo. Y ésos son sólo algunos de los elementos que podrían caracterizar ese «mundo paralelo» que, a fuerza de paralelismos, se confunde fácilmente con el nuestro gracias a que en ambos existieron tanto Turing, como la máquina Enigma, el Colosus o el general MacArthur...*

Debo comentar brevemente algunos aspectos de nuestra edi-

ción. *El original estadounidense se publicó en 1999 en un solo volumen, algo que en Europa no parece resultar conveniente cuando se obtienen libros de más de mil páginas. El editor francés, por ejemplo, decidió cortar el libro en tres partes (precisamente en las páginas 320 y 620 del original) e inventar títulos parciales: «El código Enigma», «La red Kinakuta» y «Gólgota» que se ofrecieron con varios meses de diferencia al público lector (octubre 2000, abril 2001 y septiembre 2001).*

Ante la escasa conveniencia de que nuestra edición se presentara en un único volumen, hemos decidido seguir el ejemplo francés y repetir lo que ya hiciéramos en el lejano 1990 con Cyteen *de C. J. Cherryh, publicada en tres volúmenes (números 30, 31 y 32 de* NOVA*). Para «cortar»* Criptonomicón *hemos utilizado el mismo criterio que el editor francés (páginas 320 y 620 de las 918 del original estadounidense), pero hemos elegido otros subtítulos para cada parte. Creo que nuestra solución refleja mucho más claramente el tema criptográfico que anuncia el mismo original* Criptonomicón*. Por eso, de acuerdo con el esforzado y brillante traductor, el físico e informático Pedro Jorge Romero, hemos utilizado como subtítulos diversos códigos de los varios que aparecen en la novela. Así, en España, los títulos completos serán:* Criptonomicón I: El código Enigma *(NOVA ciencia ficción, número 148, previsto para marzo de 2002),* Criptonomicón II: El código Pontifex *(NOVA ciencia ficción, número 151, previsto para mayo de 2002),* Criptonomicón III: El código Aretusa *(NOVA ciencia ficción, número 153, previsto para julio de 2002).*

Finalizaré recordando una vez más que, en los escasos años transcurridos desde su aparición en Estados Unidos, Criptonomicón *parece haberse convertido en un libro de culto sobre el mundo* hacker*. Es algo parecido a lo que, en su campo, le ocurrió a* El señor de los anillos *de Tolkien. Y la comparación no es inútil ni ociosa: con una amena prosa cargada del hu-*

mor más irónico, el CRIPTONOMICÓN *de Stephenson resulta
ser a la criptografía y la narrativa ciberpunk lo que* EL SEÑOR
DE LOS ANILLOS *de Tolkien a la magia y la fantasía.*

¡*Exageración? Sinceramente, no creo que lo sea. En cualquier caso, son ustedes quienes han de juzgar.*

Pasen y vean.

La satisfacción está garantizada.

MIQUEL BARCELÓ

Salto

El día es caluroso y lleno de nubes sobre el mar de Bismarck cuando Goto Dengo pierde la guerra. Los bombarderos norteamericanos llegan volando bajos e igualados. Por casualidad, Goto Dengo está en cubierta haciendo calistenia al aire fresco. Respirar aire que no huele a mierda ni a vómitos le hace sentir eufórico e invulnerable. Todos deben sentirse igual, porque él mismo observa los aeroplanos durante un buen rato antes de oír las bocinas de alarma.

Se supone que los soldados del emperador deben sentirse eufóricos e invulnerables todo el tiempo, porque ése es el resultado de un espíritu indomable. El que Goto Dengo sólo se sienta así en cubierta, cuando respira aire limpio, le avergüenza. Los soldados más veteranos nunca dudan, o al menos no lo manifiestan. Se pregunta dónde empezó a ir mal. Quizá fue el periodo que pasó en Shanghai, donde las ideas extranjeras le contaminaron. O quizá fue desde el principio: la antigua maldición familiar.

Los transportes de tropas son lentos; no se pretende que sean algo más que cajas de aire. Sólo disponen del armamento más patético. Los destructores que los escoltan hacen sonar alerta general. Goto Dengo permanece junto a la barandilla y observa cómo la tripulación de los destructores ocupa posiciones. Los cañones de las armas escupen humo negro y luz azul, y mucho más tarde oye los estampidos.

Los bombarderos norteamericanos deben de tener sus propios problemas. En principio supone que debe de faltarles combustible, están perdidos hasta la desesperación, o los Zeros les han dado caza hasta obligarles a descender por debajo de la cubierta de nubes. Cualesquiera que sea la razón, sabe que no han llegado hasta allí para atacar el convoy, porque los bombarderos norteamericanos atacan volando a gran altitud, dejando llover las bombas. Las bombas fallan siempre, porque las miras norteamericanas son malas y los tripulantes unos ineptos. No, la llegada allí de aviones norteamericanos no es más que uno de esos grotescos accidentes de la guerra; desde primera hora de ayer el convoy ha estado protegido por una cubierta espesa de nubes.

Las tropas que rodean a Goto Dengo lanzan vítores. ¡Qué buena fortuna que esos norteamericanos perdidos se hayan metido directamente en las miras de la escolta de destructores! Y también es una buena señal para la villa de Kulu, porque resulta que la mitad de los jóvenes del pueblecito están en cubierta para disfrutar del espectáculo. Crecieron juntos, fueron juntos a la escuela, a los veinte años pasaron el chequeo médico militar juntos, se alistaron juntos y entrenaron juntos. Ahora van juntos de camino a Nueva Guinea. Juntos se reunieron en la cubierta del transporte hace apenas cinco minutos. Juntos disfrutarán del espectáculo de los aviones norteamericanos convertidos en ruedas de fuego.

Goto Dengo, de veintiséis años, es uno de los más veteranos —regresó de Shanghai para convertirse en su líder y su ejemplo— y mira sus caras, caras que conoce desde que eran niños, nunca más felices que en este momento, reluciendo como pétalos de cerezos en un mundo gris de nubes, océano y acero pintado.

Una nueva oleada de placer recorre los rostros. Se da la vuelta para mirar. Aparentemente, uno de los bombarderos ha decidido aligerar la carga dejando caer una bomba en medio del océano. Los muchachos de Kulu lanzan un canto de burla. El avión norteamericano, habiéndose desecho de media tonelada de explosivos inútiles, sube directamente, autocastrado, sin más valor que como blanco para prácticas de tiro. Los muchachos de Kulu aúllan su desprecio al piloto. ¡Un piloto nipón al menos hubiese estrellado el avión contra el destructor!

Por alguna razón, Goto Dengo sigue a la bomba en lugar de al avión. No da un tumbo desde el vientre del avión sino que dibuja una parábola plana sobre las olas, como un torpedo aéreo. Contiene la respiración por un momento, temiendo que no caiga jamás en el océano, que rozará la superficie hasta golpear al destructor que tiene en su camino. Pero una vez más las buenaventuras de la guerra sonríen a las fuerzas del emperador; la bomba pierde la batalla con la gravedad y entra en el agua. Goto Dengo aparta la vista.

Luego vuelve a mirar, siguiendo un fantasma que ocupa el límite de su visión. Las alas de espuma que la bomba lanzó al aire siguen colapsando el agua, pero tras ellas acelera una mota negra, quizá una segunda bomba arrojada por el mismo avión. En esta ocasión Goto Dengo la sigue con todo cuidado. Parece elevarse en lugar de caer, quizá sea un espejismo. No, no, está equivocado, ahora pierde altitud muy lentamente, y cae al agua y produce otro par de alas.

Y entonces la bomba vuelve a salir del agua. Goto Dengo, estudiante de ingeniería, implora porque las leyes de la física controlen esa cosa y la hagan caer y hundirse, que es lo que se supone que deben hacer esos estúpidos trozos de metal. Vuelve a caer... pero luego se eleva de nuevo.

Salta sobre el agua como una de las piedrecillas planas que los muchachos de Kulu lanzaban sobre el estanque de peces cercano al poblado. Goto Dengo, totalmente fascinado, la ve saltar varias veces más. De nuevo, las buenaventuras de la guerra han ofrecido otro espectáculo grotesco, aparentemente sin más razón que entretenerle a él. Lo saborea como si fuese un cigarrillo descubierto en el fondo de un bolsillo. Salto, salto, salto.

Justo hasta el flanco de uno de los destructores de escolta. Una torreta salta directamente al aire, dando volteretas una y otra vez. Cuando está a punto de llegar a su apogeo, queda completamente envuelta en un geiser de llamas que salen de la sala de máquinas del barco.

Los muchachos de Kulu siguen cantando, negándose a aceptar los hechos que tienen ante sus propios ojos. Algo destella en la visión periférica de Goto Dengo; se vuelve para ver que otro destructor se parte por la mitad como una ramita seca cuando estalla la santabárbara. Diminutas cosas negras saltan, saltan, saltan por todo el océano, como pulgas sobre las sábanas arrugadas de un burdel de Shanghai. El canto vacila. Todos miran en silencio.

Los norteamericanos han inventado una nueva táctica de bombardeo en medio de una guerra y la han puesto en práctica a la perfección. La mente de Goto Dengo se tambalea como un borracho en el pasillo de un tren que se estrella. Comprendieron que se habían equivocado, admitieron sus errores, se les ocurrió una idea nueva. La idea nueva fue aceptada y aprobada por toda la cadena de mando. Y ahora la usan para matar a sus enemigos.

Ningún guerrero con el más mínimo concepto del honor hubiese sido tan cobarde. Tan *flexible*. Qué vergüenza debe haber sido para los oficiales que entrenaron a sus hombres para bombardear desde grandes altitudes.

¿Qué ha sido de esos hombres? Deben haberse suicidado, o quizá hayan acabado en prisión.

Los marines norteamericanos de Shanghai tampoco eran guerreros decentes. Cambiaban constantemente de métodos. Como Shaftoe. Shaftoe intentó luchar en la calle con soldados nipones y fracasó. Habiendo fracasado, decidió aprender tácticas nuevas... de la mano de Goto Dengo. «Los norteamericanos no son guerreros», decían todos. «Quizá empresarios. No guerreros.»

Bajo cubierta, los soldados vitorean y cantan. No tienen ni la más mínima idea de lo que está sucediendo. Durante un momento, Goto Dengo aparta la mirada con esfuerzo del mar lleno de destructores que estallan y se hunden. Se centra en un armario lleno de salvavidas.

Parece que los aviones ya han desaparecido. Examina el convoy y no encuentra destructores en funcionamiento.

—¡Poneos los chalecos salvavidas! —grita. No parece que ninguno de los hombres le escuche, así que se acerca al armario—. ¡Eh! ¡Poneos los chalecos salvavidas! —Saca uno y lo levanta, por si no pueden oírle.

Pueden oírle perfectamente. Le miran como si lo que estuviese haciendo fuese lo peor que han presenciado en los últimos cinco minutos. ¿De qué podrían servir los chalecos salvavidas?

—¡Por si acaso! —grita—. Así podremos luchar otro día más por el emperador. —Dice esto último sin convicción.

Uno de los hombres, un muchacho que vivía a unas pocas puertas de su casa cuando eran niños, se acerca a él, le arranca el chaleco salvavidas de entre las manos y lo arroja al océano. Mira a Goto de arriba abajo, con desprecio, luego se da la vuelta y se aleja.

Otro hombre grita y señala: se acerca una segunda oleada de aviones. Goto Dengo se acerca a la baranda para estar junto a sus compañeros, pero éstos se alejan sigilosos. Los aviones norteamericanos cargan sin oposición y viran para alejarse, dejando tras ellos más bombas saltarinas.

Goto Dengo contempla durante unos segundos una bomba que viene directamente hacia él, hasta que puede leer el mensaje que tiene escrito en la punta: ¡INCLÍNATE, TOJO!

—¡Por aquí! —grita. Da la espalda a la bomba y regresa al armario lleno de salvavidas. En esta ocasión, le siguen algunos hombres. Los que no, quizá un cinco por ciento de la población de la villa de Kulu, caen catapultados al océano cuando la bomba estalla bajo sus pies. La cubierta de madera se dobla. Uno de los muchachos de Kulu cae con una astilla de cuatro pies de largo atravesándole las vísceras. Goto Dengo y quizá una docena más llegan hasta el armario apoyándose sobre las manos y las rodillas y cogen los salvavidas.

No se comportaría así si, en su alma, la guerra no estuviese ya perdida. Un guerrero mantendría su posición y moriría. Sus hombres le siguen simplemente porque él se lo ha dicho.

Estallan dos bombas más mientras cogen los salvavidas y regresan a la baranda. Los hombres de abajo debe estar muertos en su mayoría. Goto Dengo casi no consigue llegar a la baranda porque se está elevando en el aire; acaba elevándose con las manos y pasa una pierna por encima de un lateral, que ahora está casi completamente horizontal. ¡El barco está dándose la vuelta! Otros cuatro consiguen agarrarse a la baranda, los demás se deslizan impotentes por la cubierta y se pierden en un pozo de humo. Goto Dengo ignora lo que sus ojos le dicen e intenta escuchar a su oído interno. Ahora se encuentra en el costado del barco, y mirando a popa puede ver que una de las hélices gira inútilmente en el aire. Comienza a correr hacia arriba. Los otros cuatro le siguen. Aparece un caza norteamericano. Él ni siquiera sabe que les están atacando hasta que mira atrás y ve que las balas han partido a un hombre por la mitad y han destrozado la rodilla de otro, de forma que la pantorrilla y el pie cuelgan de unos jirones de cartílago. Goto Dengo se echa el hombre al hombro como un saco de arroz y sigue corriendo, pero descubre que ya no hay hacia dónde correr.

Ahora él y los otros dos se encuentran en el punto más alto del barco, un bulto de acero que sobresale del agua no más que la altura de un hombre. Se gira una vez, luego otra, buscando un lugar al que correr y no ve nada más que agua a su alrededor. El agua burbujea con furia porque se escapa el aire y el humo del interior del casco destrozado. El mar corre hacia ellos. Goto Dengo mira la burbuja de metal que le sostiene y ve que, por ahora, tiene el cuerpo perfectamente seco. Luego el mar de Bismarck converge hacia sus pies en todas direcciones y comienza a trepar por sus piernas. Un momento después la placa de acero que ha estado presionando con fuerza contra la suela de sus botas se hunde. El peso del hombre herido a hombros le empuja directamente al interior del océano. Le entra combustible por la nariz, lucha por liberarse bajo el peso del herido y sale gritando a la superficie. Su nariz, y las cavidades del cráneo, están llenas de combustible. Traga un poco y sufre convulsiones a medida que su cuerpo intenta expulsarlo simultáneamente por todos los orificios: estornudando, vomitando, carraspeando para sacárselo de los pulmones. Al palparse la cara con una mano nota la capa de combustible que se la cubre y sabe que no se atreverá a abrir los ojos. Intenta limpiarse la cara con la manga, pero la tela está completamente saturada.

Se sumerge en el agua y se limpia para poder ver de

nuevo, pero el combustible de la ropa le hace flotar. Por fin tiene los pulmones limpios y empieza a respirar. Huele a petróleo, pero al menos puede respirarlo. Pero los elementos volátiles del combustible ya han penetrado en su sangre y siente que se extienden por su cuerpo. Siente como si le estuviesen clavando una espátula caliente entre el cuero cabelludo y el cráneo. Los demás hombres están aullando y comprende que él también lo hace. Algunos obreros chinos de Shanghai respiraban gasolina para colocarse, y ése era el ruido que hacían.

Uno de los hombres que tiene cerca grita. Oye un ruido que se aproxima, como una sábana que se rasga por la mitad para hacer vendas. Le golpea el calor en la cara, justo antes de que vuelva a sumergirse. El movimiento deja expuesta una banda de carne alrededor de la pantorrilla, entre la bota y la pernera del pantalón, y en el momento en que está justo fuera del agua queda chamuscada.

Nada a ciegas por un océano de combustible. Se produce un cambio en la temperatura y la viscosidad del fluido que fluye sobre su cara. De pronto el salvavidas empieza a tirar de él hacia arriba; ahora debe estar sumergido en agua. Nada un poco más para limpiarse los ojos. La presión en los oídos le indica que no está a mucha profundidad, quizá a un par de metros por debajo de la superficie. Por fin se atreve a abrir los ojos. Una luz parpadeante y fantasmal le ilumina las manos, haciéndolas relucir con un tono verde brillante; debe haber salido el sol tras las nubes. Se pone de espaldas y mira directamente hacia arriba. Encima de él hay un lago de fuego ondulante.

Se quita el salvavidas sobre la cabeza y lo deja ir. Salta disparado hacia la superficie, ardiendo como un cometa. La ropa manchada de petróleo tira de él sin remisión, así que se quita la camisa y la deja ir hacia la superficie. Sus botas tiran de él hacia abajo, los pantalones manchados hacia arriba, y consigue una especie de equilibrio.

Creció en una mina.

Kulu se encuentra cerca de la costa norte de Hokkaido, en la orilla de un lago de agua salada en el que convergen los ríos de las colinas del interior para mezclar sus aguas antes de descargarse en el mar de Ojotsk. Las colinas se elevan abruptamente desde un extremo del lago, alzándose sobre un riachuelo frío y plateado que fluye desde un bosque habitado sólo por monos y demonios. En esa parte del lago hay pequeñas islas. Si excavas mucho en una de esas islas, o en las colinas, encontrarás vetas de cobre, y en ocasiones zinc, plomo e incluso plata. Eso es lo que los hombres de Kulu han hecho durante muchas generaciones. Su monumento es un laberinto de túneles que serpentea bajo las colinas, sin seguir líneas rectas, sino rastreando las venas más ricas.

En ocasiones los túneles descienden por debajo del nivel del lago. Cuando las minas estaban activas, el agua de esos túneles se bombeaba, pero ahora que están agotadas, se ha dejado al agua buscar su nivel y se han formado sumideros. En las colinas hay túneles y cavidades a los que sólo pueden llegar muchachos con valor suficiente para sumergirse en aguas frías y negras y nadar en la oscuridad durante diez, veinte o treinta metros.

Goto Dengo fue a todos esos lugares cuando era un muchacho. Incluso descubrió algunos. Grande, gordo y flotante, era un nadador bastante bueno. No era el mejor nadador, ni el mejor aguantando la respiración. Ni siquiera era el más valiente (los más valientes se enfrentaban a la muerte como guerreros en lugar de ponerse salvavidas).

Fue a donde otros no habían llegado porque sólo él, entre todos los chicos de Kulu, no temía a los demonios. Cuando era niño, su padre, un ingeniero de minas, le llevaba de excursión a aquellas partes de las montañas donde se decía que vivían los demonios. Dormían bajo las estrellas y se despertaban para encontrar las mantas cubiertas de escarcha, y en ocasiones un oso robaba la comida. Pero nada de demonios.

Los otros chicos creían que los demonios vivían en algunos de los túneles sumergidos, y que eso explicaba por qué algunos de los chicos que nadaban allí no regresaban jamás. Pero Goto Dengo no temía a los demonios, así que penetraba allí temiendo sólo a la oscuridad, el frío y el agua. Lo que ya era bastante temer.

Ahora no tiene más que fingir que el fuego es un techo de piedra. Nada un poco más. Pero no tomó aire suficiente antes de sumergirse y ahora está muy cerca del pánico. Levanta la vista y ve que el agua sólo arde en algunas partes.

Comprende que está a mucha profundidad, y que no puede nadar bien con las botas y los pantalones. Tira de los cordones, pero están atados con un nudo doble. Se saca el cuchillo del cinturón y corta los cordones, patalea para soltar las botas, se quita los pantalones y también los calzoncillos. Desnudo, se obliga a calmarse durante diez segundos, se lleva las rodillas al pecho y las abraza. La flotabilidad natural de su cuerpo se ocupa de todo. Sabe que ahora debe estar elevándole lentamente hacia la superficie, como una burbuja. La luz es cada vez más brillante. Sólo tiene que esperar. Suelta el cuchillo, que no sirve más que para retrasarle.

Siente frío en la espalda. Explota de la posición fetal y saca la cabeza al aire, respirando por fin. Hay una zona de combustible ardiente casi tan cerca como para tocarlo,

y el combustible recubre el océano casi como una superficie sólida. Llamas azules casi invisibles salen de ella,
para volverse amarillas y transformarse en humo negro.
Nada de espaldas para alejarse de los tentáculos que se
aproximan.

Sobre él pasa una reluciente aparición plateada, tan
cerca que puede sentir el calor de sus gases de escape y leer
las etiquetas de advertencia en inglés del vientre. Las puntas de las armas, en las alas, centellean, lanzando rachas
rojas.

Están acabando con los supervivientes. Algunos intentan sumergirse, pero el combustible que empapa los
uniformes los lleva de vuelta a la superficie mientras las
piernas patalean inútiles fuera del agua. Goto Dengo se
asegura primero de no estar cerca de ninguna zona de
combustible ardiendo, luego se mueve en el agua, girando
lentamente como una antena de radar, buscando aviones.
Un P-38 vuela bajo, apuntándole a él. Toma aliento y se
sumerge. Se está bien bajo el agua y hay tranquilidad,
y las balas que atraviesan la superficie suenan como el traqueteo de una máquina de coser. Ve unas balas que se hunden en el agua a su alrededor, dejando rastros de burbujas, deteniéndose prácticamente a un metro o dos, luego
hundiéndose como bombas. Nada tras una de ellas y la
agarra. Sigue caliente. La guardaría como souvenir, pero
los bolsillos se han ido con la ropa y necesita las manos.
Mira la bala durante unos momentos, verde plateada bajo
la luz del fondo, recién salida de una fábrica en América.

¿Cómo ha llegado esta bala de América a mi mano?

Hemos perdido. La guerra ha terminado.

Debo regresar a casa y comunicárselo a todos.

Debo ser como mi padre, un hombre racional, explicándole las verdades de la vida a la gente en casa, lastrados
por la superstición.

Suelta la bala, la ve caer hacia el fondo del mar, a donde también se dirigen todos los barcos y todos los jóvenes de Kulu.

Fotos

Eh, se trata de un mercado inmaduro.

Todavía no han empezado las racionalizaciones; Randy sigue sentado en la gran sala de conferencias del sultán, y la reunión está ganando velocidad.

Naturalmente, los primeros en aceptarlo no serán las personas normales.

Tom Howard ocupa la tarima para explicar su trabajo. Randy no tiene demasiado que hacer, así que se está imaginando la conversación de esa noche en el Bomba y Arpeo.

Es como el salvaje Oeste: al principio algo indisciplinado, luego en unos años se calma y obtienes Fresno.

Muchas de las delegaciones han traído mercenarios: ingenieros y expertos en seguridad que recibirán una recompensa si pueden encontrar un fallo en el sistema de Tom. Uno a uno, los tipos se ponen en pie para probar suerte.

Dentro de diez años, las viudas y los repartidores de periódicos tendrán su dinero en un banco del ciberespacio.

Magnífico no sería la palabra que emplearías normalmente para describir a Tom Howard; corpulento y hosco, carente por completo de gracia social, y la verdad es que no se disculpa por ello. La mayor parte del tiempo se sienta en silencio, manteniendo una expresión de aburrimiento esfíngeo, y por tanto es fácil olvidar lo bueno que es.

Pero durante esa media hora en particular de la vida de Tom Howard, es la esencia de la magnificencia. Se enfrenta hoja contra hoja con los siete samuráis: los doctorados gurús de más alta capacidad y los expertos en seguridad privada más temibles que Asia puede producir. Uno a uno se enfrentan a él y él les corta la cabeza y las apila sobre la mesa como balas de cañón. En varias ocasiones debe detenerse y meditar durante sesenta segundos antes de dar el golpe mortal. En una ocasión le pide a Eberhard Föhr que haga algunos cálculos en su portátil. Ocasionalmente debe recurrir a la experiencia de John Cantrell en criptografía, o mira a Randy para que éste asienta o niegue con la cabeza. Pero al final, acaba con el follón. Beryl mantiene durante toda la operación una sonrisa no demasiado convincente. Avi se limita a agarrar con fuerza los brazos de la silla, con los nudillos pasando de azul a blanco a rosa hasta un brillo normal y saludable en los últimos cinco minutos, cuando queda claro que los samuráis se retiran derrotados. Hace que Randy desee descargar seis tiros al techo y gritar «¡Yuuupiiii!» con todas sus fuerzas.

En lugar de hacerlo, escucha, sólo por si Tom tropieza con el brezo del esoterismo del protocolo plesiosíncrono, de donde sólo Randy pueda sacarle. Eso le da un poco más de tiempo para examinar las caras del resto de las personas en la habitación. Pero la reunión dura ya dos horas, y todos le resultan tan conocidos como sus hermanos.

Tom limpia la espada en la pernera del pantalón y descarga con estruendo su pesado culo sobre la silla de cuero. Los adláteres entran corriendo en la sala trayendo té, café, azúcar y sacarina. El doctor Pragasu se pone en pie y presenta a John Cantrell.

¡Cojones! Hasta ahora, la reunión ha girado en torno a Epiphyte Corp. ¿Qué pasa?

El doctor Pragasu, habiendo desarrollado una amistosa relación con esos hackers californianos, los está usando para conseguir importantes contactos financieros. Eso es lo que pasa.

Es muy interesante desde un punto de vista empresarial. Pero a Randy le resulta un poco molesto y amenazador ese flujo de información en un solo sentido. Para cuando les toque regresar a casa, ese grupo de tipos sospechosos lo sabrán todo sobre Epiphyte Corp., pero Epiphyte seguirá sin enterarse de nada. Sin duda, eso es precisamente lo que quieren.

A Randy se le ocurre mirar al Dentista. El doctor Hubert Kepler está sentado en su mismo lado de la mesa, por lo que es difícil leer su expresión. Pero está claro que no escucha a John Cantrell. Se cubre la boca con una mano y mira al espacio abierto. Sus valkirias se pasan apresuradamente notas entre ellas, como si fuesen niñas de instituto.

Kepler está tan sorprendido como Randy. No parece ser el tipo de hombre al que le gusten las sorpresas.

¿Qué puede hacer Randy ahora mismo para aumentar el valor accionarial? No es su especialidad; se lo dejará a Avi. En lugar de eso, deja de atender a la reunión, abre el portátil y comienza a hackear.

Hackear es realmente una descripción excesiva de lo que está haciendo. Todos los miembros de Epiphyte Corp. tienen portátiles con pequeñas cámaras integradas, de forma que puedan mantener videoconferencias a larga distancia. Avi insistió. La cámara es casi invisible: simplemente un orificio de un par de milímetros de ancho, montado en el centro de la estructura que rodea la pantalla. No tiene lente como tal, es una cámara en el sentido más antiguo, una cámara oscura. Una pared contiene un agujerito y la otra una retina de silicio.

Randy tiene el código fuente —el programa original— del software de videoconferencia. Es razonablemente inteligente en el uso del ancho de banda. Examina el flujo de fotogramas (las imágenes fijas individuales) que vienen de la cámara y comprueba que, aunque la cantidad total de datos de esos fotogramas es grande, la diferencia entre un fotograma y otro es pequeña. Sería completamente diferente si el Fotograma 1 fuese una cabeza parlante, el Fotograma 2, una fracción de segundo más tarde, fuese una postal de una playa de Hawai, el Fotograma 3 la imagen de un circuito impreso y el Fotograma 4 la ampliación de la cabeza de una libélula. Pero realmente, cada fotograma es una cabeza parlante, la cabeza de la misma persona, con ligeros cambios de posición y expresión. El software puede ahorrar el precioso ancho de banda restando matemáticamente cada fotograma nuevo del anterior (ya que, para el ordenador, cada imagen no es más que un número muy largo) y a continuación transmitir sólo la diferencia.

Todo eso significa que ese software tiene muchísimas características integradas para comparar una imagen con otra, y evaluar la magnitud de la diferencia de un fotograma al siguiente. Randy no tiene que escribir esa parte. Sólo tiene que familiarizarse con rutinas ya existentes, aprenderse los nombres y cómo usarlas, lo que le lleva unos quince minutos.

Luego escribe un pequeño programa llamado Fotocriminal que tomará una fotografía de la cámara cada cinco segundos más o menos, la comparará con la fotografía anterior, y, si la diferencia es grande, la grabará en un archivo. Un archivo cifrado con un nombre sin sentido elegido al azar. Fotocriminal no abre ninguna ventana ni escribe nada en pantalla, por lo que la única forma de saber que se está ejecutando es escribir el comando UNIX

ps

y darle a la tecla retorno. A continuación el sistema dará una larga lista de los procesos en ejecución, y Fotocriminal aparecerá en algún lugar de la lista.

Por si a alguien se le ocurre la idea, Randy le da al programa un nombre falso: BuscaVirus. Lo pone en marcha, luego comprueba el directorio y verifica que acaba de grabar una imagen: una foto de Randy. Mientras esté sentado razonablemente quieto, no grabará ninguna foto más; la formación de luz que representa la cara de Randy y que llega a la pared opuesta de la cámara oscura no cambiará demasiado.

En el mundo tecnológico no hay reunión que no tenga al menos una demo. Cantrell y Föhr han desarrollado un prototipo de un sistema de dinero electrónico, simplemente para mostrar el interfaz de usuario y las medidas de seguridad integradas.

—Dentro de un año, en lugar de ir al banco y hablar con un ser humano, simplemente ejecutarás este programa en cualquier parte del mundo —dice Cantrell— y te comunicarás con la Cripta. —Enrojece mientras la palabra se filtra por los intérpretes y llega a los oídos de los demás—. Que es como llamamos al sistema que Tom Howard y yo estamos montando.

Avi se pone en pie, para resolver la crisis con celeridad.

—*Mì fú* —dice, hablándole directamente a los chinos— es una mejor traducción.

Los chinos parecen aliviados, e incluso un par de ellos sonríen al oír a Avi hablar en mandarían. Avi levanta una hoja de papel que muestra los caracteres chinos:*

---

* El primer, *mì*, significa «secreto» y el segundo, *fú*, tiene una connotación dual, significando, por un lado, un símbolo o marca, y por el otro, la magia teoísta.

30

秘符

Plenamente consciente de que acaba de esquivar una bala, John Cantrell continúa hablando vacilante.

—Pensamos que querrían ver el software en acción. Les voy a mostrar ahora una demo en pantalla, y durante el descanso para almorzar podrán venir y probarla ustedes mismos.

Randy lanza el software. Tiene el portátil conectado a una entrada de vídeo en la parte de debajo de la mesa para que los expertos en imagen del sultán puedan proyectar un duplicado de lo que Randy ve en una enorme pantalla de proyección al extremo de la sala. Está ejecutando el interfaz del programa financiero, pero el programa de fotos sigue ejecutándose en el background. Randy le pasa el ordenador a John, que muestra los detalles de la demo (ahora debería haber una fotografía de John Cantrell en el disco duro).

—Yo puedo escribir el mejor software criptográfico del mundo, pero sería inútil a menos que haya un buen sistema para verificar la identidad del usuario —comienza a decir John, habiendo recuperado algo de seguridad—. ¿Cómo sabe el ordenador que tú eres tú? Las claves son muy fáciles de averiguar, robar u olvidar. El ordenador debe saber algo sobre ti que sea tan único como las huellas digitales. Básicamente debe mirar alguna parte de tu cuerpo, como por ejemplo la disposición de vasos sanguíneos en la retina o el sonido distintivo de tu voz, y compararlo con los valores almacenados en su memoria. Ese tipo de tecnología se llama biométrica. Epiphyte Corp. dispone de uno de los más importantes expertos en biométrica del mundo: el doctor Eberhard Föhr, que escribió el que se considera el mejor programa de reconocimiento de escritura manual del mundo. —John pasa con rapidez por los halagos. A Eb y a todos los demás en la sala les aburren; todos han visto el currículum de Eb—. Ahora mismo tenemos reconocimiento de voz, pero el código es totalmente modular, así que lo podríamos cambiar por otro sistema, como un lector de la geometría de la mano. El cliente puede elegir.

John muestra la demo, y al contrario que la mayoría de las demos, realmente funciona sin dar errores. Incluso intenta engañarla grabando la voz en una grabadora digital portátil de muy buena calidad y luego reproduciéndola. Pero el software no se deja engañar. Este detalle impresiona de verdad a los chinos, quienes, hasta ese punto, se asemejaban al contenido del cubo de la basura de Madame Tussaud después de una exposición sobre la Revolución Cultural.

No todos son tan duros. Harvard Li es un partidario entusiasta de Cantrell, y los pesos pesados filipinos parece que no pueden esperar a depositar todas sus reservas de capital en la Cripta.

¡Hora del almuerzo! Las puertas se abren de par en par para mostrar un salón comedor con buffet en la pared de enfrente, aromatizado con curry, cayena y bergamota. El Dentista se asegura de sentarse en la misma mesa que Epiphyte Corp., pero no habla demasiado; se limita a quedarse sentado con una expresión terriblemente colérica, mirando, masticando y pensando. Cuando Avi al fin le pregunta qué piensa, Kepler dice con ecuanimidad:

—Ha sido informativo.

Las Tres Gracias se mueren de vergüenza en medio de un ataque epiléptico. Evidentemente, informativo es una palabra muy fea en el léxico del Dentista. Significa que Kepler ha aprendido algo en esa reunión, lo que significa que no sabía absolutamente todo lo que iba a suceder, lo que ciertamente en su escala de valores se consideraría un imperdonable fallo de inteligencia.

Se produce un silencio agónico. Luego Kepler dice:

—Pero no carente de interés.

Profundos suspiros de alivio ventilan las denticiones cegadoramente blancas y libres de placa de las Higienistas. Randy intenta imaginarse qué es peor: que Kepler sospeche que alguien le ha ocultado algo o que vea una nueva oportunidad. ¿Qué es más temible, la paranoia o la avaricia del Dentista? Están a punto de descubrirlo. Randy, con su instinto bobalicón y romántico de caer simpático, está a punto de decir algo como «¡Para nosotros también ha sido informativo!», pero contiene la lengua al darse cuenta de que Avi no lo ha dicho. Decirlo no incrementaría el valor accionarial. Mejor mantener las cartas cerca del pecho, no sea que Kepler se pregunte si Epiphyte Corp. conocía de antemano los puntos a tratar.

Randy ha elegido tácticamente su asiento para poder mirar directamente por la puerta de la sala de reuniones y vigilar el portátil. Uno a uno, los miembros de las otras delegaciones se disculpan, van a la sala y prueban la demo, grabando sus voces en la memoria del ordenador y permitiendo que les reconozca. Algunos de los técnicos incluso teclean comandos en el teclado de Randy; probablemente el comando ps, fisgando. A pesar de que Randy lo ha configurado de forma que no se pueda juguetear mucho con él, le molesta muy profundamente ver los dedos de esos extraños golpeando su teclado.

Eso le corroe durante toda la sesión de la tarde, que trata de los enlaces de comunicación que unen Kinakuta al resto del amplio mundo. Randy debería estar prestando atención, ya que repercute enormemente en el proyecto de las Filipinas. Pero no lo está haciendo. Medita sobre el teclado, contaminado por dedos extraños, y luego medita sobre el hecho de que está meditando sobre ese asunto, lo que demuestra su incapacidad para los negocios. Técnicamente el teclado es de Epiphyte —no suyo— y si incrementa el valor accionarial que siniestros tecnócratas orientales examinen sus archivos, debería sentirse feliz por dejarles hacerlo.

Terminan. Epiphyte y los nipones cenan juntos, pero Randy se muestra aburrido y distraído. Al fin, como a las nueve de la noche, se disculpa y va a su habitación. Mentalmente compone una respuesta para root@eruditorum.org, más o menos *porque parece haber un mercado genial para estas tecnologías, y es mejor que yo ocupe el nicho en lugar de alguien clara y francamente malvado.* Pero antes de que el portátil tenga siquiera tiempo de arrancar, el Dentista, vestido con una bata blanca de felpa y oliendo a vodka y jabón de hotel, llama a la puerta de Randy y se invita a pasar. Invade el baño de Randy (no; de los accionistas) y se sirve un vaso de agua. Se acerca a la ventana de los accionistas y contempla durante varios minutos el cementerio nipón antes de hablar.

—¿Comprende quiénes eran esos hombres? —dice. Su voz, si se sometiese a un análisis biométrico, mostraría incredulidad, desconcierto e incluso algo de diversión.

O quizá sólo finge, intentado que Randy baje la guardia. Quizá él sea root@eruditorum.org.

—Sí —miente Randy.

Cuando Randy reveló la existencia de Fotocriminal, después de la reunión, Avi le elogió por su astucia, imprimió las fotografías en la habitación del hotel y las envió por Federal Express a un detective privado en Hong Kong.

Kepler se vuelve y dedica a Randy una mirada penetrante.

—O tengo mala información sobre vosotros, chicos —dice—, o estáis muy fuera de vuestro elemento.

Si ésa fuese su Primera Aventura Empresarial, en ese momento Randy se mearía en los pantalones. Si fuese la Segunda, dimitiría y volvería volando a California al día siguiente. Pero es la tercera, por lo que consigue mantener la compostura. La luz está detrás de él, por lo que quizá Kepler esté momentáneamente deslumbrado y no pueda verle muy bien la cara. Randy bebe un sorbo de agua y respira profundamente, preguntando:

—En vista de los acontecimientos de hoy —dice—, ¿cuál es el futuro de nuestra relación?

—Ya no se trata de proveer de servicio de larga distancia barato a las Filipinas... ¡si lo fue alguna vez! —dice Kepler sombrío—. El flujo de datos a través de las Filipinas tiene ahora un significado completamente diferente. Es una oportunidad estupenda. Simultáneamente, competimos con pesos pesados: los grupos de Australia y Singapur. ¿*Podemos* competir contra ellos, Randy?

Se trata de una pregunta simple y directa, las más peligrosas.

—No arriesgaríamos el dinero de nuestros accionistas si no lo creyésemos así.

—Una respuesta predecible —brama—. ¿Vamos a mantener una conversación de verdad, Randy, o deberíamos invitar al personal de relaciones públicas e intercambiar notas de prensa?

Durante una aventura empresarial anterior, Randy se hubiese rendido en este punto.

—En este momento concreto no estoy preparado para mantener una conversación real con usted.

—Tarde o temprano tendremos que mantenerla —dice el Dentista. *Algún día tendremos que sacar esas muelas del juicio.*

—Por supuesto.

—Mientras tanto, debería pensar en esto —dice Kepler, preparándose para salir—. ¿Qué demonios podemos ofrecer en lo que se refiere a servicios de telecomunicaciones que pueda competir contra los chicos de Australia y Singapur? Porque no podemos competir en precios.

Como se trata de la Tercera Aventura Empresarial de Randy, no suelta a las bravas la respuesta: redundancia. En lugar de eso dice:

—Ciertamente tendremos esa pregunta en la cabeza.

—La voz de un relaciones públicas —suelta Kepler, dejando caer los hombros. Sale al pasillo y se da la vuelta diciendo—: Te veré mañana en la Cripta. —Luego parpadea—. O la Bóveda, o la Cornucopia de la Infinita Prosperidad, o cualquiera que sea la palabra china.

Habiendo dejado a Randy tambaleándose debido a esa asombrosa muestra de humanidad, se aleja.

Yamamoto

Tojo y su claque de imbéciles del Ejército Imperial le dijeron realmente: Podría ir y asegurar el océano Pacífico para nosotros, porque necesitaremos un canal de navegación de, digamos, diez mil millas de ancho, para poder ejecutar nuestro pequeño plan de conquistar Suramérica, Alaska y toda Norteamérica al oeste de las Rocosas. Mientras tanto, nosotros terminaremos de cargarnos China. Por favor, ocúpese de ello lo antes posible.

Para entonces ya controlaban el país. Habían asesinado a todos los que se interponían en su camino, hablaban directamente al oído del emperador, y era difícil decirles que su plan era una mierda completa, que los norteamericanos iban a cabrearse y a aniquilarlos a todos. Por tanto, el almirante Isoroku Yamamoto, un obediente servidor del emperador, pensó un poco en el problema, preparó un pequeño plan, envió uno o dos barcos alrededor del puto planeta y borró Pearl Harbor del mapa. Lo preparó a la perfección, para que se produjese justo después de la declaración formal de guerra. No salió tan mal. Hizo su trabajo.

Uno de sus asistentes entró más tarde en su despacho arrastrándose —en la postura repugnantemente cobarde que los adláteres adoptan cuando están a punto de hacerte muy, muy infeliz— y le dijo que se había producido un problema en la embajada de Washington y que los diplomáticos no habían podido entregar la declaración de guerra hasta bastante después de que la Flota del Pacífico norteamericana acabase en el fondo.

Para esos gilipollas del ejército no es nada... un simple error, pasa continuamente. Yamamoto ha dejado de intentar hacer que entiendan que los norteamericanos son rencorosos hasta un punto que es inconcebible para los nipones, que aprenden a tragarse el orgullo antes de aprender a tragar alimento sólido. Incluso si consiguiese que Tojo y su muchedumbre de matones mezquinos e ignorantes comprendiesen lo cabreados que están los norteamericanos, se reirían. ¿Qué van a hacer para vengarse? ¿Lanzarles un pastel de nata a la cara como Charlot? ¡Ja, ja, ja! ¡Pasa el sake y que venga otra chica de servicio!

Isoroku Yamamoto pasó mucho tiempo jugando al póquer con los yanquis durante sus años en Estados Unidos, fumando como una chimenea para ocultar el olor de esas horrorosas lociones para después del afeitado. Los yanquis son brutos e ignorantes hasta lo risible, claro; no hay que ser un observador muy penetrante para darse cuenta. Yamamoto, en contraste, obtuvo una perspectiva propia como efecto secundario al hecho de que los yanquis le robasen hasta la camisa en la mesa de póquer, comprendiendo que esa masa pecosa podía ser fatalmente ingeniosa. Brutos y estúpidos está bien... perfectamente comprensible, de hecho.

Pero brutos e inteligentes resulta intolerable; eso es lo que hace que esos monos de pelo rojo sean extra doble súper odiosos. Yamamoto todavía sigue intentando meter esa idea en la cabeza de sus socios, en el gran plan nipón para conquistarlo todo entre Karachi y Denver. Le gustaría que pillasen el mensaje. Muchos de los hombres de la Marina han recorrido el mundo un par de veces y lo han visto por sí mismos, pero esos hombres de Infantería que han pasado sus carreras matando chinos y violando a sus mujeres creen sinceramente que los norteamericanos son iguales sólo que más altos y más apestosos. *Vamos chicos*, les dice continuamente Yamamoto, *el mundo no es como un Nanjing muy grande*. Pero no lo entienden. Si Yamamoto estuviese al cargo de las cosas, establecería una regla: cada oficial de Infantería tendría que dejar durante un tiempo de matar con bayoneta a salvajes del neolítico en la jungla, tendría que recorrer el amplio Pacífico en un barco e intercambiar durante un tiempo proyectiles de 16 pulgadas con una fuerza de ataque norteamericana. Quizá entonces comprendiesen que estaban metidos en un lío.

En eso piensa Yamamoto, poco antes del amanecer, cuando se sube al bombardero Mitsubishi G4M en Rabaul, mientras la vaina de la espada choca contra el marco de la estrecha portezuela. Los yanquis llaman a este tipo de avión «Betty», un gesto afeminado que realmente le molesta. Pero claro, los yanquis incluso ponen nombre de mujer a *sus propios* aviones, ¡y pintan damas desnudas en sus sagrados instrumentos de guerra! Si tuviesen espadas de samurai, los norteamericanos muy probablemente pintarían las hojas con esmalte de uñas.

Como el avión es un bombardero, el piloto y el copiloto están apiñados en una cabina sobre el tubo principal del fuselaje. El morro del avión, por tanto, es una cúpula despuntada de barras curvas, como los meridianos y paralelos de un globo, los trapezoides rellenos por rígidas láminas de vidrio. El avión ha sido aparcado señalando al este, por lo que la nariz de vidrio irradia un amanecer desigual, con los tonos irreales de un producto químico que arde en el laboratorio. En Nipón, nada sucede por accidente, por lo que asume que se trata de un visión del Sol Naciente deliberada para incrementar la moral. Acercándose al invernadero, se pone las correas allí donde puede mirar por las ventanillas mientras este Betty y el del admirante Ugaki despegan.

En una dirección está la bahía de Simpson, uno de los mejores puntos de atraque del Pacífico, una U asimétrica rodeada por una precisa red de calles, ¡claramente manchada por un puto campo de críquet británico! En la otra dirección, sobre el puente, se encuentra el mar de Bismarck. En algún punto de ese mar yacen los cadáveres de varios miles de soldados nipones entre los cascos arrugados de los transportes. Unos miles más escaparon en botes salvavidas, pero todas las armas y suministros se fueron al fondo, así que los hombres ahora no son más que bocas inútiles.

Ha sido así durante casi un año, desde Midway, cuando los norteamericanos se negaron a caer en las trampas y fintas cuidadosamente preparadas por Yamamoto cerca de Alaska, y enviaron todos los portaaviones que les quedaban para que se añadieran a la fuerza de invasión de Midway. Mierda. Mierda. Mierda. Mierda. Mierda. Mierda. Yamamoto se muerde las uñas, con los guantes puestos.

Ahora esos torpes y apestosos granjeros están hundiendo todos los transportes que la Marina envía a Nueva Guinea. ¡Doble mierda! Sus aviones de reconocimiento están por todas partes —apareciendo siempre en el sitio justo en el momento justo— señalando los convoyes furtivos del emperador con el resonar entrecortado de sangrientos Confederates. Sus observadores costeros infestan las montañas de esas islas olvidadas de dios, a pesar de los esfuerzos del Ejército por localizarlos y eliminarlos. Conocen todos sus movimientos.

Los dos aviones vuelan hacia el sureste sobre la punta de Nueva Irlanda y entran en el mar de las Salomón. Las islas Salomón se extienden frente a ellos, crespos montículos de jade sobresaliendo de un océano hirviente a 6.500 pies más abajo. Un par de jorobas más pequeñas y luego una mucho mayor, el destino de hoy: Bougainville.

Hay que enseñar la bandera, salir en uno de esos tours de inspección, dar algo de moral a las tropas del frente. Francamente, Yamamoto tiene cosas mejores que hacer con su tiempo, así que intenta encajar en un día todos los paseos obligatorios que puede. Dejó la ciudadela naval de Truk y voló a Rabaul la semana pasada para supervisar la última gran operación: una oleada de grandes ataques aéreos sobre bases norteamericanas desde Nueva Guinea hasta Guadalcanal.

Los ataques aéreos se consideraron un éxito: más o menos. Los pilotos supervivientes informaron de gran número de hundimientos, grandes flotas de aviones norteamericanos destruidas en las embarradas pitas de despegue. Yamamoto sabe perfectamente que esos informes resultarán ser tremendamente exagerados. Más de la mitad de los aviones no regresó... los norteamericanos, y sus primos casi igualmente ofensivos, los australianos, estaban preparados para recibirlos. Pero la Infantería y la Marina están llenas por igual de hombres ambiciosos que harán todo lo posible por canalizar buenas noticias hacia el emperador, incluso si no son exactamente ciertas. En esa línea, Yamamoto ha recibido un telegrama personal de felicitación no de cualquiera sino del soberano en persona. Ahora es su deber volar por varios puntos, saltar de su Betty, agitar el telegrama sagrado en el aire y transmitir la bendición del emperador

Los pies le duelen como si estuviese en el infierno. Como todos en mil millas a la redonda, padece una enfermedad tropical; en su caso, beriberi. Es el azote de los nipones, especialmente de la Marina, porque comen demasiado arroz descascarillado, y no suficiente pescado ni verduras. Sus largos nervios han sido corroídos por el ácido láctico, y le tiemblan las manos. Su débil corazón no puede bombear fluido suficiente a las extremidades, así que se le hinchan los pies. Tiene que cambiar los zapatos varias veces al día, pero allí no tiene espacio; no sólo le estorba la curvatura de invernadero del avión, sino también la espada.

Están acercándose a la base Naval Imperial de Bougainville, justo a tiempo, 9.35. Una sombra pasa por encima y Yamamoto mira para ver la silueta de un escolta, muy lejos de su posición, peligrosamente cerca de ellos. ¿Quién es ese idiota? Luego la isla verde y el océano azul aparecen a la vista cuando el piloto hace descender el Betty en picado. Por encima aparece otro avión con un estruendo que supera al rugido de los motores del Betty, y aunque no es más que un destello negro, su mente registra la extraña silueta de cola hendida. Era un P-38 Lightning, y la última vez que el almirante Yamamoto lo comprobó, la Fuerza Aérea Nipona no los empleaba.

Desde el otro Betty le llega por radio la voz del almirante Ugaki, justo detrás de Yamamoto, ordenando al piloto de Yamamoto que permanezca en formación. Yamamoto no puede ver nada más que las olas golpeando Bougainville, y el muro de árboles, que parecen hacerse más y más altos, a medida que desciende el avión; ahora tienen la cubierta arbórea por encima. Es un hombre de la Marina, no de la Fuerza Aérea, pero incluso él sabe que cuando no puedes ver a los aviones frente a ti en un combate aéreo es que tienes problemas. Ráfagas rojas llegan desde atrás, enterrándose en la jungla al frente, y el Betty comienza a agitarse violentamente. Luego, una luz amarilla llena de refilón sus ojos: los motores están ardiendo. Ahora el piloto se dirige directamente a la selva; o el avión está fuera de control, y el piloto ya está muerto, o es un movimiento de desesperación atávica: ¡corre, corre hacia los árboles!

Entra en la selva volando plano, y Yamamoto se asombra de la distancia que recorren sin golpear nada grande. Luego el avión es aporreado por troncos de caoba, como bates de béisbol golpeando un gorrión herido, y sabe que todo ha acabado. El invernadero se desintegra a su alrededor, los meridianos y paralelos estrujándose y desgarrándose, lo que no resulta tan malo como suena porque el cuerpo del avión está repentinamente lleno de llamas. Mientras el asiento sale despedido al espacio, agarra la espada, no deseando deshonrarse dejando caer el arma sagrada, bendecida por el emperador, incluso en el último instante de su vida. Tiene las ropas y el pelo en llamas, y vira como un meteoro sobre la jungla sin soltar nunca la hoja ancestral.

Comprende algo: los norteamericanos deben haber

hecho lo imposible: romper todos sus códigos. Eso explica Midway, explica el mar de Bismarck, Jayapura, todo. Explica especialmente por qué Yamamoto —que debería estar bebiendo té verde y practicando caligrafía en un jardín neblinoso— está, de forma más que evidente, ardiendo y volando por una selva a cien millas por hora pegado a una silla, seguido de cerca por toneladas de despojos en llamas. ¡Debe informar! ¡Hay que cambiar todos los códigos! En eso piensa cuando choca de cabeza contra un *Octomelis sumatrana* de cien pies de alto.

Anteo

Cuando Lawrence Pritchard Waterhouse pone el pie en la isla de Shakespeare por primera vez después de varios meses, en la terminal de ferry de Utter Maurby, le sorprende encontrar por todas partes referencias a la primavera. Los vecinos han instalado cajas de flores por todo el muelle, y todas ellas muestran una especie de repollo decorativo del precámbrico. El efecto no es exactamente alegre, pero proporciona una atmósfera druídica, como si Waterhouse estuviese observando el punto más al noroeste de una tradición cultural de la que un antropólogo observador pudiese inferir la existencia de árboles y prados de verdad a varios centenares de millas más al sur. Por ahora, tendrá que conformarse con los líquenes, ya tienen espíritu primaveral y se han vuelto de un púrpura verdoso y de un verde grisáceo.

Petate y él, habiendo renovado su vieja camaradería, se pelean hasta llegar a la terminal y vuelven a pelearse para conseguir un asiento a bordo del desconcertantemente pintoresco tren de dos vagones en dirección a Manchester. Todavía se quedará allí dos horas más soltando vapor antes de partir, lo que le dará tiempo más que suficiente para meditar.

Ha estado trabajando en algunos problemas de teoría de la información causados por la reciente* propensión de las Marinas Real y estadounidense por ensuciar el fondo del Atlántico con submarinos nodrizas bombardeados y torpedeados. Esos gordos submarinos alemanes, cargados de combustible, comida y munición, merodean por el océano Atlántico, empleando la radio muy ocasionalmente y manteniéndose bien alejados de las rutas marinas, y sirven como bases de suministros flotantes y ocultas para que los submarinos no tengan que regresar al continente europeo para repostar y rearmarse. Hundirlos a montones es bueno para los convoyes, pero hacerlo debe parecer llamativamente improbable para gente como Rudolf von Hacklheber.

Normalmente, sólo por mantener las formas, los aliados envían un avión de reconocimiento para fingir que han dado con el nodriza. Pero, dejando de lado sus puntos ciegos en lo que a política se refiere, los alemanes son tipos inteligentes y nadie puede esperar que se lo crean continuamente. ¡Si vamos a seguir mandando esos nodrizas al fondo, se nos tendría que ocurrir una excusa respetable de por qué sabemos exactamente dónde están!

A Waterhouse se le han estado ocurriendo excusas a toda velocidad durante el último invierno y el principio de la primavera, y para ser sinceros, está cansado. Lo debe hacer un matemático si hay que hacerlo correctamente, pero no son matemáticas exactas. Gracias a dios, tuvo la

* Desde que se descifró la Enigma de cuatro rotores.

presencia de ánimo para copiar las hojas de trabajo criptográfico que descubrió en la caja fuerte del submarino, lo que le ha dado algo por lo que vivir.

En cierto sentido, está malgastando el tiempo; el original hace tiempo que está en Bletchley Park, donde probablemente lo descifraron en unas horas. Pero no lo hace por el esfuerzo bélico en sí, simplemente intenta mantener la mente alerta y quizá añadir algunas páginas a la próxima edición de *Criptonomicón*. Cuando llegue a Bletchley, que por el momento es su destino, tendrá que preguntar y descubrir qué decía el mensaje.

Normalmente, no le gustan ese tipo de trampas. Pero los mensajes del U-553 le tienen completamente desconcertado. No fueron producidos por una máquina Enigma, pero son al menos igualmente difíciles de descifrar. Ni siquiera sabe todavía a qué cifrado se está enfrentando. Normalmente, uno empieza deduciendo, basándose en ciertas características del texto cifrado, si es, por ejemplo, un sistema de sustitución o un sistema de transposición, y luego clasificarlos aún más en, digamos, una cifra de transposición aperiódica en la que unidades clave de la misma longitud cifran grupos de texto llano de longitud variable, o viceversa. Una vez clasificado el algoritmo, ya sabes cómo empezar a romper el código.

Waterhouse ni siquiera ha llegado hasta ahí. Ahora tiene serias sospechas de que el mensaje fue producido empleando un cuaderno de uso único. En ese caso, ni siquiera Bletchley Park podrá descifrarlo, a menos que de alguna forma hayan obtenido una copia del cuaderno. Medio espera que le confirmen que es así para poder dejar de golpearse la cabeza contra ese muro en particular.

En cierta forma, eso plantearía más preguntas de las que respondería. La Enigma naval Tritón de cuatro rotores se suponía que era considerada por los alemanes perfectamente impenetrable para el criptoanálisis. Si ése era el caso, entonces ¿por qué para ciertos mensajes el capitán del U-553 usaba su propio sistema privado?

La locomotora comienza a silbar y a resoplar como la Cámara de los Lores mientras qwghlmianos del interior salen del edificio terminal y ocupan sus asientos en el tren. Un encargado recorre el vagón, vendiendo periódicos de ayer, cigarrillos y caramelos, y Waterhouse compra un poco de cada. El tren está empezando a ponerse en marcha cuando el ojo de Waterhouse cae sobre el titular principal del periódico de ayer: EL AVIÓN DE YAMAMOTO DERRIBADO SOBRE EL PACÍFICO. SE CREE MUERTO AL ARQUITECTO DE PEARL HARBOR.

—Malaria, allá voy —masculla Waterhouse. Luego, antes de seguir leyendo, deja el periódico y abre el paquete de cigarrillos. Para esto va a necesitar muchos.

Un día, y un montón de alquitrán y nicotina más tarde, Waterhouse baja del tren y atraviesa la puerta principal de la estación Bletchley para encontrarse con un deslumbrante día de primavera. Las flores frente a la estación están radiantes, sopla una brisa cálida del sur, y Waterhouse apenas puede soportar atravesar la carretera y entrar en un barracón sin ventanas en el interior de Bletchley Park. Lo hace de todas formas y le informan que por el momento no tiene obligaciones.

Después de visitar algunos de los barracones dedicados a otros asuntos, se dirige al norte, camina tres millas hasta el pueblecito de Shenley Brook End y entra en la Crown Inn, donde la propietaria, la señora Ramshaw, durante los tres años y medio últimos, ha hecho buenos negocios cuidando de matemáticos de Cambridge perdidos y sin hogar.

El doctor Alan Mathison Turing está sentado a una mesa cerca de una ventana, tendido en dos o tres sillas en lo que parece una postura bastante incómoda pero que Waterhouse está seguro de que es eminentemente práctica. Cerca de él, sobre la mesa, hay una pinta de algo marrón rojizo; Alan está demasiado ocupado para beberla. El humo del cigarrillo de Alan revela un prisma de luz solar que atraviesa la ventana, en el centro del cual hay un gran Libro. Alan sostiene el libro con una mano. Tiene puesta contra la frente la palma de la otra mano, como si pudiese pasar los datos del libro al cerebro por medio de una especie de transferencia directa. Los dedos están doblados en el aire y de entre ellos sobresale un cigarrillo, y las cenizas cuelgan peligrosamente sobre su pelo oscuro. Tiene los ojos fijos, sin moverlos sobre la página, y el punto focal se encuentra fijo en alguna distancia remota.

—¿Diseñando otra máquina, doctor Turing?

Al fin sus ojos empiezan a moverse, y se gira hacia el sonido de la voz del visitante.

—Lawrence —dice Alan una vez, en voz baja, identificando el rostro. Luego, una vez más con bastante más alegría—: ¡Lawrence! —Se pone en pie, tan energético como siempre, y se acerca para darle la mano—. ¡Me alegra verte!

—Yo también me alegro, Alan —dice Waterhouse—. Bienvenido. —Está, como siempre, agradablemente sorprendido por el entusiasmo de Alan, la intensidad y pureza de sus reacciones ante las cosas.

También le conmueve el sincero y franco afecto que Alan siente por él. Alan no se entrega con facilidad o a la ligera, pero cuando decidió convertir a Waterhouse en un amigo, lo hizo de una forma más allá de los conceptos norteamericanos o heterosexuales de la relación entre hombres.

—¿Has venido caminando desde Bletchley? ¡Señora Ramshaw, bebidas!

—Son sólo tres millas —dice Waterhouse.

—Por favor, siéntate conmigo —dice Alan. Luego se detiene, frunce el ceño y le mira con curiosidad—. ¿Cómo demonios supiste que estaba diseñando otra máquina? ¿Fue simplemente una suposición basándote en observaciones anteriores?

—Lo que estás leyendo —dice Waterhouse, y señala el libro de Alan: *Manual RCA de lámparas de radio*.

Alan adopta una expresión de alegría.

—Ha sido mi acompañante constante —dice—. ¡Tienes que aprender sobre esas válvulas, Lawrence! O lámparas, como las llamarías tú. En caso contrario, tu educación no está completa. ¡No puedo creer la cantidad de años que he malgastado con los *engranajes*! ¡Dios!

—¿Tu máquina de la función zeta? Me resultaba bastante hermosa —dice Lawrence.

—Así son muchas cosas que deberían estar en un museo —dice Alan.

—Eso fue hace seis años. Tienes que trabajar con la tecnología disponible —dice Lawrence.

—¡Oh, Lawrence! ¡Me sorprendes! Se precisarían diez años para construir la máquina con la tecnología disponible, y sólo cinco para construirla con la nueva tecnología, y sólo se precisarían dos para inventar la nueva tecnología, por lo que queda claro que ¡puedes hacerlo en siete años inventando primero la nueva tecnología!

—Touché.

—Ésta es la nueva tecnología —dice Alan, sosteniendo el *Manual RCA de lámparas de radio* como Moisés con las tablas de la ley—. Si hubiese tenido la presencia de ánimo para usarla, podría haber construido la máquina de función zeta mucho antes, y otras más.

—¿Qué tipo de máquina diseñas ahora? —pregunta Lawrence.

—He estado jugando al ajedrez con un amigo llamado Donald Michie... un clásico —dice Alan—. Y yo lo hago fatal. Pero el hombre siempre ha construido máquinas para extender su poder... ¿por qué no una máquina que me ayude a jugar al ajedrez?

—¿Ese Donald Michie también tendrá una?

—¡Él puede diseñar su propia máquina! —dice Alan indignado.

Lawrence examina con cuidado el pub. Son los únicos clientes y no puede albergar la idea de que la señora Ramshaw sea una espía.

—Pensé que podría estar relacionado con... —dice, e inclina la cabeza en dirección a Bletchley Park.

—Están construyendo... les ayudé a construir... una máquina llamada Colossus.

—Me pareció apreciar tu estilo.

—Está construida según viejas ideas... ideas sobre las que hablamos en New Jersey hace años —dice Alan. Enérgico y desdeñoso en el tono, melancólico en el rostro. Abraza el *Manual RCA de lámparas de radio* con una mano, garabateando en una libreta con la otra. Waterhouse cree que en realidad el *Manual RCA de lámparas de radio* es una cadena de presidiario con bola y todo que retiene a Alan. Si se limitase a trabajar con ideas puras como un matemático decente podría ir tan rápido como el pensamiento.

Tal como son las cosas, Alan se ha quedado fascinado por la encarnación de ideas puras en el mundo físico. La matemática subyacente del universo es como la luz que entra por la ventana. Alan no está satisfecho simplemente con saber que entra. Lanza humo al aire para hacer la luz visible. Se sienta en los prados mirando los pinos y las flores, esbozando la estructura matemática de sus formas, y sueña con vientos de electrones fluyendo de los filamentos relucientes y las pantallas de las válvulas de radio, y, en sus oleadas y remolinos, capturar algo de lo que sucede en su propio cerebro. Turing no es ni un mortal ni un dios. Es Anteo. Que haga de puente entre el mundo físico y el matemático es su fuerza y su debilidad.

—¿Por qué estás tan abatido? —dice Alan—. ¿En qué estás trabajando?

—Lo mismo, en otro contexto —dice Waterhouse. Con esas cinco palabras transmite, por completo, todo lo que ha estado haciendo por el esfuerzo bélico—. Por suerte, he encontrado algo que es en realidad bastante interesante.

Alan parece encantado y fascinado al oír esa noticia, como si el mundo en los últimos diez años careciese de cosas interesantes, y Waterhouse hubiese tropezado con un descubrimiento escaso.

—Cuéntamelo —insiste.

—Es un problema de criptoanálisis —dice Waterhouse—. No está relacionado con Enigma. —Le cuenta la historia del mensaje del U-553—. Cuando he ido a Bletchley Park esta mañana —concluye—, he preguntado. Dicen que se han estado pegando con el problema tanto tiempo como yo, sin éxito.

De pronto, Alan parece decepcionado y aburrido.

—Debe de ser un cuaderno de uso único —dice. Suena a reproche.

—No puede ser. El texto cifrado no carece de estructuras —dice Waterhouse.

—Ah —replica Alan, animándose de nuevo.

—Busqué estructuras empleando las técnicas habituales del *Criptonomicón*. No encontré nada claro... sólo unas trazas. Al final, totalmente frustrado, decidí empezar de nuevo, intentado pensar como Alan Turing. Habitualmente, tu aproximación es reducir un problema a números y luego aplicarles todo el poder del análisis matemático. Así que empecé a convertir el mensaje en números. Lo normal sería que se tratase de un proceso arbitrario. Conviertes cada letra en un número, normalmente entre uno y veinticinco, y luego inventas un algoritmo arbitrario para convertir esa serie de números pequeños en un número grande. Pero este mensaje era diferente, empleaba treinta y dos caracteres, una potencia de dos, lo que significa que cada carácter tenía una representación binaria única, de cinco dígitos binarios de largo.

—Como en el código Baudot —dice Alan.* Parece nuevamente interesado.

—Así que convertí cada letra en un número entre uno y treinta y dos, usando el código Baudot. Eso me produjo una larga serie de números pequeños. Pero deseaba convertir todos los números de la serie en un número grande, sólo para ver si contendría alguna estructura interesante. ¡Pero fue coser y cantar! Si la primera letra es R, y su código Baudot es 01011, y la segunda letra es F, y su código es 10111, puedo combinar los dos en un número de

* El código Baudot es el usado por los teletipos. A cada uno de los 32 caracteres en el alfabeto del teletipo se le asigna un número único. Ese número se representa como un número binario de cinco dígitos, es decir, cinco unos y ceros, o (más útil) cinco agujeros, o ausencia de agujeros, sobre una tira de papel. Esos números también pueden representarse como una serie de voltajes que, a su vez, pueden enviarse por un cable, por radio e incluso imprimirse al otro lado. Últimamente, los alemanes habían estado usando mensajes de código Baudot cifrados para las comunicaciones entre puestos de mando de alto nivel; por ejemplo, entre Berlín y los distintos cuarteles generales del ejército. En Bletchley Park, a esa categoría de esquemas de cifrado se le llamaba Fish, y la máquina Colossus se construyó específicamente para romperlos.

diez dígitos, 0101110111. A continuación puedo tomar la siguiente letra y añadirla al final para obtener un número de quince dígitos binarios. Y así con todas. Las letras vienen en grupos de cinco... eso da veinticinco dígitos binarios por grupo. Con seis grupos en cada línea de la página, tenemos ciento cincuenta dígitos binarios por línea. Y con veinte líneas por página, eso hace tres mil dígitos binarios. Por tanto, cada página del mensaje podría considerarse no una serie de seiscientas letras sino la representación codificada de un único número con una magnitud de alrededor de dos elevado a la potencia tres mil, que sería como diez elevado a novecientos.

—Vale —dice Alan—. Admito que el uso de un alfabeto de treinta y dos letras sugiere una codificación binaria. Y admito que el esquema de código binario, a su vez, sugiere un tratamiento en que grupos individuales de cinco dígitos binarios se combinan para formar números mayores, y que eso podría llevarse hasta el extremo de combinar todos los datos de una página completa, para formar un número realmente grande. Pero ¿qué has conseguido?

—No lo sé en realidad —admite Waterhouse—. Simplemente tengo la intuición de que aquí nos enfrentamos a un sistema de cifrado basado en un algoritmo puramente matemático. En caso contrario, ¡no tendría sentido usar el alfabeto de treinta y dos letras! Si lo meditas, Alan, treinta y dos letras están muy bien, de hecho, es esencial, para un teletipo, porque necesitas caracteres especiales para cosas como retornos de carro.

—Tienes razón —dice Alan—, es extremadamente extraño que usen treinta y dos letras en un esquema que aparentemente se ejecuta con lápiz y papel.

—Lo he pensado un millar de veces —dice Waterhouse—, y la única explicación que se me ocurre es que están convirtiendo los mensajes en grandes números binarios y que luego los combinan con otros números binarios grandes, muy probablemente un cuaderno de uso único, para producir el texto cifrado.

—En cuyo caso, tu proyecto está condenado —dice Alan—, porque no se puede romper un cuaderno de uso único.

—Eso sólo es cierto —dice Waterhouse— si el cuaderno de uso único es completamente aleatorio. Si construyese el número de tres mil dígitos lanzando una moneda tres mil veces y anotando uno por cara y cero por cruz, entonces sería realmente aleatorio e irrompible. Pero no creo que éste sea el caso.

—¿Por qué no? ¿Crees que sus cuadernos de uso único tienen estructura?

—Quizá. Rastros.

—Entonces, ¿qué te hace pensar que no es aleatorio?

—En caso contrario, no tiene sentido desarrollar otra técnica —dice Waterhouse—. La gente lleva toda la vida usando cuadernos de uso único. Hay procedimientos establecidos para hacerlo. No hay razón para cambiar a este sistema nuevo y extremadamente extraño ahora mismo, en medio de una guerra.

—Por tanto, ¿cuál crees que es el motivo de este nuevo esquema? —pregunta Alan, claramente disfrutando mucho.

—El problema con los cuadernos de uso único es que tienes que hacer dos copias y hacérselas llegar a receptor y remitente. Es decir, supongamos que estás en Berlín y quieres enviar un mensaje a alguien del Lejano Oriente. El submarino donde encontramos este material llevaba una carga: ¡oro y otras cosas de Japón! ¿Puedes imaginarte lo engorroso que debe de ser para el Eje?

—Ahh —dice Alan. Ahora lo comprende. Pero Waterhouse termina la explicación de todas formas.

—Supongamos que inventas un algoritmo matemático que genera grandes números aleatorios, o al menos que lo parecen.

—Seudoaleatorios.

—Sí. Claro está, debes mantener el algoritmo en secreto. Pero podrías hacerlo llegar, el algoritmo, al otro extremo del mundo a tu receptor, y a partir de ese día podrían realizar los cálculos por su cuenta y calcular el cuaderno de uso único de ese día, o lo que fuese.

Una sombra atraviesa el rostro por otra parte alegre de Alan.

—Pero los alemanes ya tienen máquinas Enigma por todas partes —dice—. ¿Por qué iban a molestarse en inventar otro método?

—Quizá —dice Waterhouse—, quizá haya algunos alemanes que no deseen que el ejército alemán pueda descifrar sus mensajes.

—Ah —dice Alan. Eso parece eliminar su última objeción. De pronto, es todo determinación—. ¡Muéstrame el mensaje!

Waterhouse abre la cartera, manchada de sal por sus viajes de y desde Qwghlm, y saca dos sobres.

—Éstas son las copias que realicé antes de enviar el original a Bletchley Park —dice, palmeando un sobre—. Son mucho más legibles que los originales... —pasa el otro sobre— que tuvieron la amabilidad de prestarme esta mañana, para que pudiese estudiarlos de nuevo.

—¡Muéstrame los originales! —dice Alan. Waterhouse desliza el segundo sobre, marcado con sellos de ALTO SECRETO, por la mesa.

Alan abre el sobre con tanta rapidez que casi lo rompe, y saca las páginas. Las extiende sobre la mesa. Se queda boquiabierto de puro asombro.

Durante un momento Waterhouse se deja engañar; la

expresión en el rostro de Alan le hace creer que su amigo, en un olímpico golpe de genio, ha descifrado los mensajes en un instante simplemente mirándolos.

Pero no es eso en absoluto. Atónito dice al fin:

—Reconozco la letra.

—¿Cómo? —dice Waterhouse.

—Sí. La he visto un millar de veces. Estas páginas fueron escritas por nuestro viejo amigo ciclista. Rudolf von Hacklheber. Rudy escribió estas páginas.

Waterhouse pasa la mayor parte de la semana siguiente yendo a Londres para reunirse en los Edificios Broadway. Cuando va a haber civiles presentes en la reunión —especialmente civiles con acento de clase alta— el coronel Chattan aparece siempre, y antes de que empiece la reunión, siempre encuentra una forma muy alegre y oblicua de decirle a Waterhouse que mantenga la bocaza cerrada a menos que alguien plantee una pregunta matemática. Waterhouse no se ofende. En realidad, lo prefiere, porque eso deja tiempo a su mente para trabajar en cosas importantes. Durante la última reunión en los Edificios Broadway, Waterhouse demostró un teorema.

A Waterhouse le lleva tres días comprender que las reuniones en sí no tienen sentido; considera que no existe fin imaginable que se viese promovido por lo que discuten. Incluso intenta en un par de ocasiones demostrar que es así empleando lógica formal, pero no domina demasiado bien esa área y no sabe lo suficiente sobre los axiomas subyacentes para llegar a un Q.E.D.

Pero, para el final de la semana, ha comprendido que esas reuniones son una ramificación del asesinato de Yamamoto. Winston Spencer Churchill le tiene verdadero cariño a Bletchley Park y sus trabajos, y considera de la máxima prioridad mantener sus secretos, pero la interceptación del avión de Yamamoto ha provocado un buen agujero en la pantalla de engaño. Los norteamericanos responsables de esa metedura de pata horrorosa intentan ahora salvar el culo lanzando el rumor de que los espías nativos supieron lo del viaje de Yamamoto y radiaron la noticia a Guadalcanal, desde donde se enviaron los P-38 fatales. Pero los P-38 operaban en el límite extremo de su radio de combustible y tendrían que haber sido enviados en el momento exacto para poder volver a Guadalcanal, así que los japoneses tendrían que tener la cabeza bien metida en el culo para creerse tal cosa. Winston Churchill está muy cabreado, y estas reuniones representan un prolongado ataque histérico burocrático que tiene como propósito lograr un cambio duradero de política.

Cada tarde después de las reuniones, Waterhouse coge el metro hasta Euston y el tren a Bletchley, y se queda hasta tarde trabajando en los números de Rudy. Alan ha trabajado en ellos durante el día, por lo que entre los dos, combinando sus esfuerzos, pueden abordarlos casi todo el día.

No todos los acertijos son matemáticos. Por ejemplo, ¿por qué coño tienen los alemanes a Rudy copiando grandes números a mano? Si las letras realmente representan grandes números eso indicaría que al doctor Rudolf von Hacklheber se le ha asignado el trabajo de mero operario de cifrado. No sería la decisión más estúpida jamás tomada por los burócratas, pero parece improbable. Y lo poco que han podido espiar de los alemanes, sugiere que a Rudy de hecho le han asignado un trabajo muy importante... tan importante como para mantenerlo en extremo secreto.

La hipótesis de Alan es que Waterhouse está realizando una suposición comprensible y totalmente errónea. Los números *no* son un texto cifrado. Son más bien cuadernos de uso único que el capitán del U-553 se suponía que debía usar para cifrar ciertos mensajes demasiado importantes para enviarlos por los canales Enigma habituales. Esos cuadernos de uso único, por alguna razón, los rellenó Rudy en persona.

Normalmente, hacer un cuaderno de uso único es un trabajo de tan bajo nivel como el de cifrar mensajes... un trabajo para oficinistas, que emplean mazos de cartas o máquinas de bingo para elegir letras al azar. Pero Alan y Waterhouse trabajan ahora con la suposición de que ese esquema de cifrado es un invento radicalmente nuevo —supuestamente una invención de Rudy— en el que las secuencias no se generan al azar sino empleando algún algoritmo matemático.

En otras palabras, hay algún cálculo, alguna ecuación que Rudy ha concebido. Le das un valor —probablemente la fecha, y posiblemente alguna otra información, como un número o clave arbitraria. Realizas los pasos del cálculo y el resultado es un número, de unos novecientos dígitos de largo, que son tres mil dígitos binarios, lo que te da unas seiscientas palabras (suficiente para cubrir una hoja de papel) cuando lo conviertes empleando el código Baudot. El número decimal de novecientos dígitos, el número de tres mil dígitos binarios y las seiscientas letras son todos el mismo número abstracto y puro codificado de forma diferente.

Mientras tanto, tu destinatario, probablemente al otro extremo del mundo, está realizando los mismos cálculos y obteniendo el mismo número. Cuando le envías un mensaje codificado con la cifra de ese día, él puede descifrarlo.

Si Turing y Waterhouse pueden descubrir como se realiza el cálculo, también podrán leer todos los mensajes.

✞ El Dentista se ha ido, la puerta está atrancada, el teléfono desconectado de la pared. Randall Lawrence Waterhouse está tendido desnudo sobre las sábanas almidonadas de la cama tamaño extra grande. Tiene la cabeza apoyada sobre una almohada para poder mirar por entre el espacio de los pies el programa de noticias del servicio mundial de la BBC en la televisión. Tiene cerca una cerveza del minibar por valor de diez dólares. Son las seis de la mañana en Estados Unidos, así que en lugar de ver un partido de baloncesto profesional se decidió por ese programa de la BBC, que está muy orientado a lo que sucede en el sur de Asia. Una larga y muy sombría historia sobre una plaga de langostas en la frontera entre India y Pakistán sigue a un segmento sobre un tifón que está a punto de llegar a Hong Kong. El rey de Tailandia está exigiendo a algunos de los miembros más corruptos del gobierno que literalmente se postren ante él. Las noticias asiáticas siempre tienen un ligero toque fantástico, pero todo es extremadamente serio, sin ironías o guiños por ninguna parte. Ahora está viendo una historia sobre una enfermedad del sistema nervioso que la gente de Nueva Guinea sufre como consecuencia de comer los cerebros de otras personas. La historia típica de caníbales. No es de extrañar que tantos norteamericanos vayan allí por negocios y jamás regresen a casa; es como meterse en las páginas de un cómic de aventuras.

Alguien llama a la puerta. Randy se levanta y se pone el albornoz de felpa del hotel. Mira por la mirilla, medio esperando ver a un pigmeo con una cerbatana, aunque no le importaría nada que se tratase de una seductora cortesana oriental. Pero no es más que Cantrell. Randy abre la puerta. Cantrell ya tiene levantadas las manos, mostrando las palmas, en un gesto genial de «ya me callo».

—No te preocupes —dice Cantrell—. No he venido a hablar de negocios.

—En ese caso, no voy a romperte la botella de cerveza en la cabeza —dice Randy. Cantrell se siente exactamente igual que Randy; con tantas cosas tempestuosas sucediendo hoy, la única forma de afrontarlas es no hablar de ellas. La mayor parte de la actividad de la mente se produce cuando el cerebro está pensando en algo totalmente diferente, por lo que en ocasiones debes buscar *deliberadamente* algo diferente en lo que pensar y de lo que hablar.

—Ven a mi habitación —dice Cantrell—. Pekka está aquí.

—¿El finlandés al que hicieron saltar por los aires?

—El mismo.

—¿Por qué está aquí?

—Porque no hay ninguna razón para no estar aquí. Después de que lo volasen adoptó un estilo de vida tecnonómada.

—Por tanto, no es más que una coincidencia, o...

—No —dice Cantrell—. Me está ayudando a ganar una apuesta.

—¿Qué apuesta?

—Hace unas semanas le estaba hablando a Tom Howard sobre el phreaking Van Eck. Tom dice que le parecía una estupidez. Me aposté diez acciones de Epiphyte a que no podría hacerlo fuera del laboratorio.

—¿Pekka es bueno en ese tipo de cosas?

En lugar de decir que sí, Cantrell adopta una expresión seria y dice:

—Pekka ha escrito un capítulo entero sobre ese tema para *Criptonomicón*. Pekka cree que sólo dominando las tecnologías que pudiesen usarse contra nosotros podremos defendernos.

Suena casi como una llamada a las armas. Randy tendría que ser un perdedor para regresar a la cama después de oír semejante historia, así que se vuelve y pisa los pantalones, que están arrojados cuan largos son donde los tiró después de volver del palacio del sultán. *¡El palacio del sultán!* La televisión está emitiendo un programa sobre los piratas que navegan por las aguas del mar del sur de China, haciendo que la tripulación de los cargueros se pasee por la tabla.

—Todo este continente es como un puto Disneylandia sin las medidas de seguridad —comenta Randy—. ¿Soy la única persona a la que le parece surrealista?

Cantrell sonríe, pero dice:

—Si empezamos a hablar de cosas surrealistas, acabaremos hablando sobre el día de hoy.

—Tienes razón —dice Randy—. Vamos.

Antes de que Pekka fuese conocido en Silicon Valley como el Finlandés al que Volaron, le conocían como el Chico del Chelo, porque manifestaba una devoción casi autista por su violonchelo y se lo llevaba a todas partes, intentando siempre encajarlo en los portaequipajes. No era coincidencia que también fuese un tipo analógico cuya especialidad se remontaba a la radio.

Cuando la radio por paquetes comenzó a convertirse en una alternativa a enviar datos por cables, Pekka se trasladó a Menlo Park y se unió a una empresa emergente. Su empresa compraba el equipo en tiendas de ordenadores usados, y Pekka acabó consiguiendo un monitor de alta resolución y multisincronía de diecinueve pulgadas y bastante decente muy adecuado para sus ojos adaptables de veinticuatro años. Lo conectó a una torre Pentium ligeramente usada abarrotada de RAM.

También instaló Finux, un sistema operativo UNIX gratuito creado por finlandeses, casi como forma de proclamar al resto del mundo «somos así de raros», y que distribuyeron a todo el mundo por la Red. Por supuesto, Finux era tan fantásticamente potente y flexible que te permitía, entre otras cosas, controlar la circuitería de vídeo de la máquina hasta el enésimo grado y elegir diferentes frecuencias de escáner y relojes de píxel, si te gustaban esas cosas. A Pekka definitivamente le gustaban y, como muchos maníacos del Finux, programó su máquina para que dibujase, si así lo decidía él, un montón de píxeles diminutos (que mostraban mucha información pero eran difíciles de ver) o, alternativamente, menos píxeles más grandes (que tendía a usar después de hackear durante veinticuatro horas seguidas y perder el tono del músculo ocular), o varias otras posibilidades intermedias. Cada vez que cambiaba de una opción a otra, la pantalla del monitor se volvía negra durante un segundo y se oía un golpe metálico audible en su interior cuando el cristal vibrador se ajustaba a un rango de frecuencias diferentes.

Una noche, a las tres de la madrugada, Pekka hizo exactamente eso, e inmediatamente después de que la pantalla se pusiese negra e hiciese el ruido metálico, le explotó en la cara. La parte delantera del tubo de imagen estaba fabricada de vidrio pesado (así debía ser, para soportar el vacío interno) que se fragmentó y penetró en el rostro, cuello y parte superior del cuerpo de Pekka. El mismo fósforo que había estado reluciendo bajo el rayo de electrones unos momentos antes, trasmitiendo información a los ojos de Pekka, estaba ahora físicamente incrustado en su carne. Un trozo de vidrio le atravesó uno de los ojos y penetró en su cerebro. Otro más le desgarró la laringe, y otro pasó volando a un lado de su cabeza y le arrancó un trozo perfectamente triangular de la oreja izquierda.

Pekka, en otras palabras, fue la primera víctima del Digibomber. Casi muere desangrado allí mismo, y sus compañeros eutropianos revolotearon alrededor de su cama de hospital durante días con tanques de freón, listos para entrar en acción en caso de que falleciese. Pero no murió, y recibió aún más publicidad porque su compañía emergente no tenía seguro médico. Después de que los periódicos locales se hiciesen eco de cómo ese pobre inocente de la tierra de la medicina socializada no había tenido la previsión suficiente para contratar un seguro médico, un millonario de la alta tecnología donó dinero para pagar sus facturas médicas y equiparle con una laringe computerizada como la de Stephen Hawking.

Y ahora allí está Pekka, sentando en la habitación de hotel de Cantrell. El chelo está en una esquina, sucio alrededor del puente por el polvo de colofonia. Está mirando una pared vacía a la que ha pegado con cinta adhesiva un montón de cables formando bucles y giros precisos. Éstos llevan hasta una placa de circuito casera que a su vez está conectada al portátil.

—Hola Randy, felicidades por tu éxito —dice una voz generada por ordenador tan pronto como se cierra la puerta tras Randy y Cantrell. Es un saludo que Pekka evidentemente ha tecleado hace un tiempo, anticipándose a la llegada. Nada de lo que sucede le parece especialmente extraño a Randy excepto el hecho de que Pekka parece pensar que Epiphyte ha conseguido algún éxito.

—¿Cómo vamos? —pregunta Cantrell.

Pekka teclea una respuesta. Luego hace bocina con la mano en la oreja mutilada mientras usa la otra mano para activar el generador de voz:

—Se ducha. —En realidad, era imposible no oír el sonido de las cañerías—. Su portátil emite.

—Oh —dice Randy—. ¿La habitación de Tom Howard es la de al lado?

—Justo al otro lado de la pared —dice Cantrell—. La solicité específicamente, para poder ganar esta apuesta. Esa habitación es la imagen especular de ésta, así que su ordenador está a unas pulgadas de distancia, justo al otro lado de la pared. Condiciones perfectas para el phreaking Van Eck.

—Pekka, ¿estás recibiendo ahora mismo señales de su ordenador? —pregunta Randy.

Pekka asiente, teclea y dispara.

—Ajusto. Calibro. —El dispositivo de entrada para el generador de voz es un teclado de una sola mano que lleva atado al muslo. Le pone la mano derecha encima y realiza movimientos a tientas. Momentos más tarde surge el habla—. Necesito Cantrell.

—Perdóname —dice Cantrell, y va a lado de Pekka. Randy le mira por encima del hombro durante un rato, comprendiendo vagamente lo que hacen.

Si pones una hoja de papel en blanco sobre una lápida y le pasas la punta de un lápiz por encima, obtienes una línea horizontal, oscura en algunos lugares y tenue en otros, y sin demasiado sentido. Si vas bajando por la página a intervalos cortos, la anchura de una línea de lápiz, y repites el proceso, comienza a aparecer una imagen. El proceso de ir recorriendo la página en una serie de trazos horizontales es lo que un cerebrín llamaría escaneo de barrido, o simplemente barrido. Con un monitor de vídeo convencional —un tubo de rayos catódicos— el rayo de electrones rastrea moviéndose físicamente hacia abajo por el vidrio como sesenta u ochenta veces por segundo. En el caso de una pantalla de portátil, no hay escaneo físico; los píxeles individuales se apagan y encienden directamente. Pero aún así se produce el rastreo; lo que se escanea y se pone de manifiesto en la pantalla es una región de la memoria del ordenador llamado buffer de pantalla. El contenido del buffer de pantalla debe pegarse en la pantalla sesenta u ochenta veces por segundo o (1) la pantalla parpadea y (2) la imagen se mueve bruscamente.

La forma en que el ordenador te habla no es controlando la pantalla directamente sino más bien manipulando los bits contenidos en ese buffer, con la seguridad de saber que otros subsistemas en el interior de la máquina se encargan del trabajo rutinario de mandar la información a la pantalla física. Sesenta u ochenta veces por segundo, el sistema de vídeo dice ¡mierda!, es hora de refrescar la pantalla, y va al comienzo del buffer de pantalla —que, recuerda, no es más que una zona en particular de la memoria— y lee los primeros bytes, que indican el color que se supone debe tener el píxel en la esquina superior izquierda de la pantalla. Esa información se envía a lo que sea que actualiza la pantalla, ya sea un rayo de electrones o un sistema de portátil para controlar directamente los píxeles. Se leen los siguientes bytes, normalmente los del píxel a la derecha del primero, y así hasta llegar al extremo derecho de la pantalla. Eso dibuja la primera línea de la lápida.

Como ya se ha llegado al extremo derecho de la pantalla, ya no quedan más píxeles en esa dirección. Está implícito que los siguientes bytes a leer de la memoria corresponderán al píxel más a la izquierda en la segunda línea de barrido contando desde arriba. Si se trata de una pantalla de rayos catódicos, se nos produce ahora un pequeño problema de tiempos ya que el rayo de electrones se encuentra ahora en el extremo derecho de la pantalla y se le pide que dibuje un píxel en el extremo izquierdo.

Debe retroceder. Eso lleva un poco de tiempo; no demasiado, pero sí mucho más que el intervalo de tiempo entre dibujar dos píxeles que se encuentran mejilla con mejilla. Esa pausa se conoce como *intervalo de barrido horizontal*. Se produce uno al final de cada línea hasta que el barrido ha llegado al último píxel en la esquina inferior derecha de la pantalla y ha completado un dibujo de la lápida. Pero ya es hora de empezar de nuevo, y por lo tanto el rayo de electrones (si lo hay) debe saltar en diagonal hasta el píxel de la esquina superior izquierda. Eso también lleva un poco de tiempo y se llama *intervalo de barrido vertical*.

Esos problemas surgen de limitaciones físicas inherentes al barrido de rayos de electrones por el espacio en un tubo de rayos catódicos, y básicamente desaparecen en el caso de una pantalla de portátil como la que Tom Howard ha situado a unas pulgadas frente a Pekka, al otro lado de la pared.

Pero la temporización de vídeo de la pantalla del portátil sigue el modelo de la de una pantalla de tubo de rayos catódicos. (Esto se debe simplemente a que la vieja tecnología es conocida universalmente por aquellos que necesitan comprenderla, y funciona bien, y se han creado y probado todo tipo de tecnologías y programas para funcionar dentro de ese esquema, y por qué jugar con el éxito, especialmente cuando tus márgenes de beneficios son tan pequeños que sólo se pueden detectar empleando técnicas de la mecánica cuántica, y cualquier fallo de compatibilidad con la tecnología anterior enviará a tu compañía directamente al sumidero.)

En el portátil de Tom, cada segundo está dividido en setenta y cinco partes perfectamente regulares durante las que se realiza un dibujo completo de la lápida seguido de un intervalo de barrido vertical. Randy puede seguir la conversación entre Pekka y Cantrell lo suficiente para comprender que ya han conseguido deducir, analizando la señal que atraviesa la pared, que Tom Howard tiene configurada la pantalla para ofrecer 768 líneas y 1.024 píxeles por cada línea. Por cada píxel, se leen cuatro bytes del buffer de vídeo y se envían a la pantalla. (Tom está empleando la definición de color más alta posible para la pantalla, lo que significa que se requiere un byte para representar cada una de las intensidades de azul, verde y rojo y otro que básicamente sobra, pero se deja por ahí porque a los ordenadores les gustan las potencias de dos, y ahora los ordenadores son tan ridículamente rápidos y potentes que, aunque todo está sucediendo siguiendo un horario que para un ser humano sería agresivo, los bytes extras no afectan en nada.) Cada byte son ocho dígitos binarios o bits, y por tanto, 1.024 veces por línea, se leen 4 x 8 = 32 bits del buffer de pantalla.

Sin saberlo Tom, su ordenador está colocado justo al lado de una antena. Los cables que Pekka pegó a la pared pueden leer las ondas electromagnéticas que radian continuamente los circuitos del ordenador.

El portátil de Tom se vende como ordenador no como estación de radio, por lo que podría parecer raro que estuviese emitiendo cosas. En realidad, es un efecto secundario de que los ordenadores sean bichos binarios, lo que significa que todas las comunicaciones chip-a-chip, subsistema-a-subsistema, que se producen en el interior de la máquina —todo lo que se mueve por esas tiras planas de cables o en las pequeñas trazas metálicas en las placas de circuito— consisten en transiciones de cero a uno y de uno a cero.

La forma de representar bits en un ordenador es cambiar el voltaje del cable entre cero y cinco voltios. En los textos de informática esas transiciones se representan siempre como una onda cuadrada perfecta, lo que significa que a V=0 tienes una línea perfectamente plana, que representan un cero binario, y luego realiza un cambio perfecto en ángulo recto y salta verticalmente a V=5 y luego ejecuta otro giro en ángulo recto y permanece en cinco voltios y hasta el momento de regresar a cero, y así continuamente.

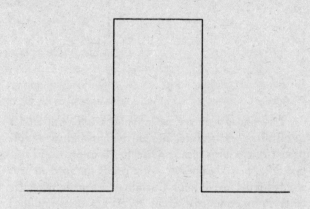

Se trata del ideal platónico de cómo se supone que debe operar la circuitería de un ordenador, pero los ingenieros deben construir los circuitos reales en el mugriento mundo analógico. Los trozos de metal y silicio no pueden manifestar el comportamiento platónico ideal que aparece en los libros de texto. Los circuitos pueden saltar abruptamente, muy abruptamente, de cero a cinco voltios, pero si los examinas en un osciloscopio, puedes ver que la onda no es perfectamente cuadrada. En lugar de ésos obtienes algo similar a:

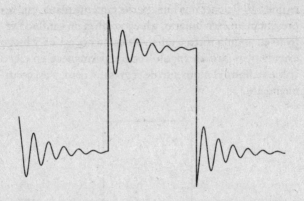

A las ondas pequeñas se las conoce como oscilaciones transitorias; esas transiciones entre dígitos binarios golpean a los circuitos como un badajo a la campana. El voltaje salta, pero después de saltar oscila durante un rato alrededor del nuevo valor. Cuando tienes un voltaje oscilante en un conductor, como en este caso, eso implica que hay ondas electromagnéticas propagándose por el espacio.

En consecuencia, cada cable en un ordenador en funcionamiento es como un diminuto emisor de radio. Las señales que emite dependen por completo de los detalles de lo que sucede en el interior de la máquina. Como hay muchos cables, y los detalles exactos de lo que hacen son impredecibles, es difícil para cualquiera que vigile las transmisiones decidir qué sucede. Gran parte de lo que sale de la máquina es totalmente irrelevante desde el punto de vista de la vigilancia. Pero hay un conjunto de señales que es (1) totalmente predecible y (2) exactamente lo que Pekka quiere ver, y es el flujo de bytes que se lee desde el buffer de pantalla y que se envía al hardware de pantalla. Entre todo el ruido aleatorio que viene de la máquina, los tictac de los intervalos de barrido horizontal y vertical destacan con tanta claridad como el sonido de los tambores en medio de una jungla llena de ruidos. Ahora que Pekka ha conseguido centrarse en el pulso, debería poder pillar las emisiones del cable que conecta el buffer de pantalla al hardware de vídeo, y traducirla de nuevo a una serie de unos y ceros que pueda representarse en su propia pantalla. Podrán ver exactamente lo que Tom Howard ve, por medio de la técnica de vigilancia llamada phreaking Van Eck.

Eso es lo que Randy sabe. En lo que se refiere a los detalles, Cantrell y Pekka están muy por encima de él y, después de un minuto, pierde interés. Se sienta en la cama de Cantrell, que es el único sitio libre para sentarse, y descubre un pequeño ordenador de mano sobre la mesa de noche. Ya está funcionando y conectado al mundo por medio de un cable telefónico. Randy ha oído hablar de este producto. Se supone que es un primer intento de un ordenador de red, por lo que siempre que está encendido está ejecutando un navegador Web; el navegador Web es el interfaz.

—¿Puedo navegar? —pregunta Randy.

Y Cantrell dice:

—Sí —sin ni siquiera darse la vuelta.

Randy visita uno de los grandes buscadores, lo que lleva unos minutos porque la máquina debe establecer primero una conexión a la Red. Luego busca documentos Web que contengan los términos ([Andy O Andrew] Loeb) Y «mente colmena». Como es habitual, el buscador le devuelve decenas de miles de documentos. Pero a Randy no le resulta difícil elegir los que resultan ser relevantes.

DEBIDO A QUE STRI 9303 ES UN MIEMBRO BIEN CONSIDERADO DE LA ASOCIACIÓN LEGAL DE CALIFORNIA

STRI 11A4 ha experimentado sentimientos ambivalentes con respecto al hecho de que STRI 9E03 (en la medida en que él/ella ha sido construido/a, por parte de la sociedad atomizada, como un organismo individual) es abogado. Sin duda, los sentimientos conflictivos de STRI 11A4 son normales y naturales. Una parte de STRI 11A4 desprecia a los abogados y al sistema legal en general, como síntoma del estadio final de la enfermedad terminal de la sociedad atomizada. Otra parte comprende que la enfermedad puede mejorar la salud del pool memético si mata a un organismo que es demasiado viejo o no apto para seguir propagando su memetipo. No hay que llevarse a engaño: el sistema legal en su forma actual es el peor sistema inimaginable para que una sociedad resuelva sus disputas. Es horriblemente caro en dinero y en el talento intelectual que se malgasta siguiéndolo como carrera. Pero parte de STRI 11A4 cree que los fines de STRI 11A4 pueden llegar a cumplirse volviendo las características más tóxicas del sistema legal contra el podrido cuerpo político de la sociedad atomizada y acelerar de esa forma su caída.

Randy pincha en STRI 9E03 y obtiene:

STRI 9E03 es el STRI que STRI 11A4 denota por la trama de bits elegida arbitrariamente que, construida como entero, es 9E03 (en notación hexadecimal). Pinche aquí para saber más sobre el sistema de designadores de trama de bits empleado por STRI 11A4 para reemplazar el sistema obsoleto de nomenclatura de «lenguajes naturales». Pinche aquí si desea que el designador STRI 9E03 sea reemplazado automáticamente por un designador convencional (nombre) mientras navegue por este sitio.

Pincha.

Desde este momento, la expresión STRI 9E03 será reemplazada por la expresión Andrew Loeb. Advertencia: consideramos tal nomenclatura fundamentalmente inválida y no recomendamos su uso, pero la ofrecemos como un servicio para los que visitan por primera vez este sitio Web y que no estén acostumbrados a pensar en términos de STRIs.

Pincha

Ha pinchado en Andrew Loeb que es el designador asignado por la sociedad atomizada al memoma de STRI 9E03...

Pincha

...memoma es el conjunto de todos las memes que definen la realidad física de un STRI basado en el carbono. Las memes pueden dividirse en dos grandes categorías: genéticas y semánticas. Las memes genéticas son simplemente genes (ADN) y se propagan a través de la reproducción biológica normal. Las memes semánticas son ideas (ideologías, religiones, modas, etc.) y se propagan por medio de la comunicación.

Pincha.

La parte genética del memoma de Andrew Loeb comparte un 99% de su contenido con el conjunto de datos producido por el Proyecto Geno-
ma Humano. Eso no debería considerarse un apoyo
al concepto de especiación (es decir, que el
continuo de formas vivas basadas en el carbono
puede o debe dividirse arbitrariamente en especies paradigmáticas) en general, o la teoría
de que hay una especie llamada «Homo sapiens»
en particular.

La parte semántica del memoma de Andrew Loeb sigue inevitablemente contaminada por muchas
memes virales primitivas, pero están siendo gradual y constantemente suplantadas por nuevas memes semánticas generadas *ab initio* por medio de
procesos racionales.

Pincha.

STRI significa Sub-Totalidad Relativamente
Independiente. Puede emplearse para referirse a
cualquier entidad que, desde un punto de vista,
parezca poseer una frontera clara que la separe
del mundo (como las células en el cuerpo) pero
que, en un sentido más profundo, esté inextri-
cablemente conectada con una totalidad mayor
(como las células en el cuerpo). Por ejemplo,
las entidades biológicas tradicionalmente co-
nocidas como «seres humanos» no son más que Sub-
Totalidades Relativamente Independientes del
organismo social en el que se encuentran incrustadas.

Una disertación escrita bajo el nombre de Andrew Loeb, al que ahora se designa como STRI 9E03, indica que incluso en esas partes de STRI 0577 que tienen climas moderados y agua y alimento abundante, la vida de un organismo del tipo designado, en el viejo sistema memético, como «Homo sapiens», hubiese estado ocupada principalmente con intentos de comer otros STRIs. Esa visión limitada impediría la formación de sistemas meméticos semánticos avanzados (a saber, civilización como se construye tradicionalmente ese término). STRIs de este tipo sólo pueden obtener niveles altos de funcionamiento en tanto que estén inmersos en una sociedad más amplia, siendo su punto final evolutivo más lógico una mente colmena.

Pincha.

Una mente colmena es una organización social de STRIs capaces de procesar memes semánticas («pensar»). Podrían estar basados en el carbono o en el silicio. STRIs que entran en una mente colmena renuncian a sus identidades independientes (que en cualquier caso son meras *ilusiones*). A propósitos de conveniencia, a los constituyentes de la mente colmena se les asignan designadores de trama binaria.

Pincha.

Un designador de trama de binaria es una serie aleatoria de bits empleada para identificar de forma única un STRI. Por ejemplo, al organismo designado tradicionalmente como Tierra (Tierra, Gaia) se le ha asignado el designador 0577. Este sitio Web es administrado por 11A4, que es una mente colmena. STRI 11A4 asigna designadores de trama binaria con un generador de números seudoaleatorios. Esto se aparta de la práctica empleada por esa *soi-disant* «mente colmena» que se autodenomina como Proyecto de Mente Colmena del Área Este de la Bahía, pero que se designa (en el sistema de STRI 11A4) como STRI E772. Esta «mente colmena» fue el resultado de la división de la «Mente Colmena Uno» (designada en el sistema STRI 11A4 como STRI 4032) en varias «mentes colmenas» más pequeñas (el Proyecto de Mente Colmena del Área Este de la Bahía, la Mente Colmena de San Francisco, Mente Colmena 1A, la Mente Colmena Reorganizada de San Francisco y la Mente Colmena Universal) como resultado de una contradicción irreconciliable entre varias memes semánticas diferentes que competían por el espacio mental. Una de esas memes semánticas afirmaba que los designadores de trama binaria deberían asignarse en orden numérico, de forma que (por ejemplo) Mente Colmena Uno sería designada como STRI 0001 y así sucesivamente. Otra meme afirmaba que los números deberían organizarse en orden de importancia, de forma que (por ejemplo) la STRI convencionalmente conocida como el planeta Tierra sería STRI 0001. Otra meme semántica estaba de acuerdo con esta última pero disentía en si el recuento debería empezar con 0000 o 0001. Entre los bandos 0000 y 0001, había desacuerdo sobre a qué STRI debería asignársele el primer número: algunos afirmaban

que la Tierra era la primera y más importante
STRI, otro que algún sistema mayor (el sistema
solar, el Universo, Dios) era en algún sentido
más inclusivo y fundamental.

La máquina tiene un interfaz de correo electrónico.
Randy lo usa.

A: root@eruditorum.org
De: enano@siblings.net
Asunto: Re(2) ¿Por qué?
Vi el sitio web. Estoy dispuesto a estipu-
lar que no eres STRI 9E03. Sospecho que eres
el Dentista, que anhela un intercambio sincero
de puntos de vista. Para ello, el correo electrónico anónimo y firmado digitalmente es el
único método seguro.
Si quieres que crea que no eres el Dentista, ofréceme una explicación plausible para tu
pregunta respecto a por qué estamos construyendo la Cripta.
Sinceramente
INICIO DE BLOQUE DE FIRMA ORDO
(etc.)
FINAL DE BLOQUE DE FIRMA ORDO

—Tenemos algo —dice Cantrell—. ¿Estás haciendo
algo?

—Nada que no esté deseoso de abandonar —contesta Randy, dejando el ordenador de mano. Se levanta de
la cama y se coloca detrás de Pekka. La pantalla del ordenador de Pekka muestra varias ventanas, de las que
la mayor y principal es la imagen de otra pantalla de ordenador. En su interior hay más ventanas e iconos: un

escritorio. Resulta ser un escritorio de Windows NT, lo que no deja de ser asombroso y (para Randy) extraño porque el ordenador de Pekka no está ejecutando Windows NT, está ejecutando Finux. Sobre el escritorio Windows NT se mueve un cursor, dándole a los menús y pinchando en cosas. Pero Pekka no está moviendo la mano. El cursor cae sobre el icono de Microsoft Word, que cambia de color y se expande, hasta formar una ventana.

```
    Esta copia de Microsoft Word está regis-
trada a nombre de THOMAS HOWARD.
```

—¡Lo conseguiste! —dice Randy.
—Vemos lo que ve Tom —dice Pekka.
Se abre una nueva ventana de documento, y comienzan a aparecer palabras.

```
    Nota personal: ivemos «Cartas a Penthou-
se», imprime esto!
    La verdad, no creo que los sibaritas del sexo
busquen a los estudiantes universitarios de
cualquier sexo por sus grandes habilidades fo-
lladoras. Pensamos demasiado. Todo hay que ex-
presarlo verbalmente. Un persona que cree que
follar es un discurso sexual está claro que no va
a ser muy buena en el catre.
    Las medias me ponen. Tienen que ser negras,
preferiblemente con costuras por detrás. Cuan-
do tenía trece años robé algunos panties negros
de un supermercado para poder jugar con ellos.
Al salir de la tienda con las L'eggs en la mo-
chila me retumbaba el corazón, pero la emoción
del crimen no fue nada comparada con abrir el
```

paquete y sacarlas, pasármelas por mis meji-
llas adolescentes con pelusillas. Incluso in-
tenté ponérmelas, pero tenía un aspecto grotesco —con mis piernas peludas— y no me provocó
ningún placer. No quería ponérmelas. Quería
que otra persona se las pusiese. Ese día me
masturbé cuatro veces.

Cuando lo consideraba, me molestaba muchísimo. Yo era un chico listo. Se supone que los
chicos listos son racionales. Por tanto, en la
universidad, me inventé una racionalización.
En la universidad no había demasiadas mujeres,
pero en ocasiones iba a la ciudad y observaba a
las oficinistas bien vestidas pasear por la calle en la hora del almuerzo y realizaba observaciones científicas sobre sus piernas. Aprecié
que cuando la media se estiraba para cubrir
ciertas zonas de la pierna, como el músculo de
la pantorrilla, se volvía más pálida, como un
globo de colores se hace más pálido al hincharse. De igual forma, era más oscura en ciertas
zonas como el tobillo. Eso hacía que la pantorrilla pareciese tener mejor forma y que el tobillo pareciese más esbelto. Las piernas, como
un todo, parecían más saludables, lo que implicaba que en el lugar donde se unían se podía encontrar ADN de mejor calidad.

Q.E.D. Lo que me pasaba con las medias negras era una adaptación extremadamente racional. Simplemente demostraba lo inteligente que
era, qué racionales eran incluso las partes
irracionales de mi cerebro. El sexo no podía
controlarme, no había que temerlo.

Se trataba de una explicación esencialmen-

te estúpida, pero hoy en día la mayoría de la
gente educada sostiene opiniones esencialmente
estúpidas hasta los treinta y tantos, por lo
que esa idea me acompañó durante mucho tiempo.
Probablemente mi esposa Virginia tenía una racionalización igualmente egoísta para sus propias necesidades sexuales, necesidades de las
que no supe durante muchos años. Por tanto, no
es sorprendente que nuestra vida sexual antes
del matrimonio fuese mediocre. Ninguno de los
dos, claro está, *admitía* que fuese mediocre. Si
yo lo *hubiese* admitido, habría tenido que admitir que lo era porque a Virginia no le gustaba
llevar medias, y por aquella época estaba demasiado preocupado con ser un Tipo Sensible de la
Nueva Era para admitir semejante herejía. Ama-
ba a Virginia por su mente. ¿Cómo podría ser
tan superficial, tan insensible, tan *perverso*
como para rechazarla porque no le gustaba cubrirse las piernas con finos tubos de nylon?
Como empollón gordinflón, debía sentirme afortunado de tenerla.

Cuando llevábamos cinco años de matrimonio, asistí a la feria informática Comdex como
presidente de una pequeña compañía emergente
de alta tecnología. Ya era algo menos gordinflón y algo menos empollón. Conocí a una chica
de marketing de una gran cadena de distribución
de software. Llevaba puestas medias completamente negras. Acabamos follando en la habitación de mi hotel. Fue la mejor experiencia sexual de mi vida. Volví a casa desconcertado y
avergonzado. Después de aquello, mi vida sexual con Virginia fue bastante deprimente. Tu-

vimos relaciones sexuales como una docena de
veces durante los siguiente dos años.

La abuela de Virginia murió y regresamos a
la parte norte del estado de Nueva York para el
funeral. Virginia tuvo que ponerse un vestido,
lo que implicaba afeitarse las piernas y ponerse medias, algo que sólo había hecho un puñado
de veces durante nuestro matrimonio. Prácticamente me caí de boca al verla, y durante todo el
funeral tuve que sufrir una tremenda y dolorosa erección, mientras intentaba buscar la forma de quedarme a solas con ella.

Aclaremos, Abuelita vivía sola en una casa
enorme y vieja sobre una colina hasta hacía un
par de meses cuando se cayó y se rompió la cade-
ra, y fue trasladada a una residencia. Todos
sus hijos, nietos y bisnietos se reunieron para
el funeral, y esa casa se convirtió en el lugar
central de reunión. Era un bonito lugar lleno
de viejos muebles, pero, en sus años de decli-
ve, Abuelita se había convertido en una urraca
compulsiva, por lo que había montones de periódicos y correo acumulado por todas partes. Al
final tuvimos que llevarnos varios camiones
cargados de basura.

En otros aspectos, Abuelita había sido bastante organizada y había dejado como recuerdo
un testamento muy específico. Y cada uno de sus
descendientes sabía perfectamente qué muebles,
platos, alfombras y otros elementos curiosos
se iba a llevar a casa. Tenía muchas posesiones, pero también muchos descendientes, de
forma que el botín quedó extremadamente frag-
mentado. Virginia acabó con un tocador negro de

nogal que estaba almacenado en un dormitorio sin uso. Subimos a echarle un vistazo y acabé follándomela allí. Yo estaba de pie con los pantalones ligeros de mi traje oscuro alrededor de los tobillos mientras ella estaba sentada sobre ese tocador con las piernas alrededor de mí y sus talones cubiertos por las medias negras hundiéndoseme en las nalgas. Fue el mejor polvo que hubiésemos echado. Por suerte abajo había mucha gente comiendo, bebiendo y hablando o hubiesen oído sus gemidos y gritos.

Al final le conté lo de las medias. Me sentí bien. Había estado leyendo un montón sobre el desarrollo cerebral y acabado aceptando mi manía por las medias. Parece que a cierta edad, entre los dos y los cinco años, la mente cuaja. La parte responsable del sexo adopta una estructura que te acompaña durante el resto de tu vida. Todos los gays con los que he hablado me han dicho que sabían que eran gays, o al menos diferentes, años antes de empezar a pensar en el sexo, y todos ellos estaban de acuerdo en que la homosexualidad no podía convertirse en heterosexualidad, o viceversa, por mucho que lo intentases.

La parte del cerebro que se encarga del sexo con frecuencia se cruza con otra, algo aparentemente irrelevante a esa edad. Así es como la gente pilla la orientación hacia la dominación o la sumisión sexual, o cuando muchos tipos pillan perversiones específicas —digamos, goma, plumas, o zapatos. Algunos tienen la mala suerte de calentarse con niños pequeños, y esos tipos esencialmente están condenados desde ese momento, no hay nada que hacer más que castrar-

los o encerrarlos. Ninguna terapia puede des-
pervertizar un cerebro una vez pervertizado.

Por tanto, considerándolo todo, no me había
salido tan mal la mano cuando me tocó la carta
de sentirme excitado por las medias negras. Le
conté todo esto a Virginia en el viaje de regreso a casa. Me sorprendió la calma con la que
lo aceptó. Era demasiado imbécil para darme
cuenta de que ella estaba pensando en cómo se
aplicaba a su caso.

Después de llegar a casa, salió valiente-
mente y se compró algunas medias que intentaba
ponerse en ocasiones. No era fácil. Las medias
implican todo un estilo de vida. Quedan estúpidas con vaqueros y zapatillas. Una mujer con
medias tiene que llevar vestido o falda, y no
sólo una falda de tela vaquera, sino algo mejor, más formal. También debe llevar el tipo de
zapatos que Virginia no tenía ni le gustaba
llevar. Las medias no son muy compatibles con
ir en bicicleta al trabajo. Ni siquiera eran
realmente compatibles con nuestra casa. Durante nuestros días frugales como estudiantes habíamos acumulado muchos muebles comprados en
Goodwill, o los habíamos fabricado con tableros. Esos muebles resultaron que estaban llenos
de salientes que una persona con vaqueros no
notaba pero que destrozarían un par de medias
en un momento. De igual forma, la vivienda a
medio terminar y los coches viejos tenían muchos bordes agudos que eran la muerte de las
medias. Por otra parte, cuando fuimos por nuestro aniversario a Londres, trasladándonos en
taxis negros, hospedándonos en hoteles bonitos

81

y comiendo en buenos restaurantes, pasamos toda una semana moviéndonos en un mundo perfectamente ajustado a las medias. El viaje nos demostró los cambios radicales que tendríamos que realizar en nuestras circunstancias para que ella pudiese llevarlas de forma rutinaria.

Por tanto, se gastó mucho dinero en medias como muestra de buenas intenciones. Tuvimos buen sexo, aunque yo parecía disfrutarlo más que Virginia. Nunca alcanzó la asombrosa intensidad animal que había mostrado en la casa de Abuelita durante el funeral. El roce redujo con rapidez su reserva de medias, y la inconveniencia en sí le impidió renovarla, por lo que en un año estábamos de vuelta en la casilla número uno.

Pero otras cosas iban cambiando. Gané mucho dinero con las acciones, y nos compramos una casa nueva en las colinas. Contratamos una agencia de mudanzas para llevar nuestro mobiliario basura a la casa, donde parecía mucho más lastimoso. El nuevo trabajo de Virginia la obligaba a ir en coche. Yo no pensaba que nuestra vieja chatarra fuese segura, así que le compré un Lexus bonito con asientos de cuero y alfombrillas de lana, carente por completo de salientes. Pronto, llegaron los niños y cambié mi viejo camión por un monovolumen.

Aún así, no pude decidirme a empezar a gastar dinero en muebles hasta que empezó a dolerme la espalda y comprendí que era por el viejo colchón Goodwill de veinte años en el que dormíamos Virginia y yo. Teníamos que comprar una cama nueva. Como lo que estaba en juego era mi espalda, fui yo el que salió de compras.

Antes preferiría apagar cigarrillos con la lengua que ir de compras. La idea de ir a todas las tiendas importantes de muebles de la zona, comparando camas, me hacía desear morirme. Lo único que quería era ir a un sitio, comprar una cama y acabar con el problema. Pero no quería una cama de mierda de la que me cansase en un año, o un colchón barato que en cinco años me volviese a destrozar la espalda.

Así que fui directamente a mi Gomer Bolstrood Home Gallery local. Había oído a la gente hablar sobre los muebles de Gomer Bolstrood. Las mujeres en particular parecían referirse a ellos en tono religioso. Se decía que su fábrica estaba en una ciudad de Nueva Inglaterra donde llevaban trescientos años. Se decía que los rizos de nogal y roble de los cepillos de Gomer Bolstrood habían sido usados como yesca bajo las piras de las brujas convictas. Gomer Bolstrood era la respuesta a una pregunta que me había estado reconcomiendo desde el funeral de Abuelita, es decir: ¿de dónde sale todo ese mobiliario de abuela de alta calidad? En todas las familias, los jóvenes van a la casa de la abuela por Acción de Gracias, o cualquier otra visita obligatoria, y admiran el genial mobiliario antiguo, preguntándose qué elemento se llevarán a casa cuando la vieja acabe en el hoyo. Algunas personas se impacientan y van a las ferias estatales o a tiendas de antigüedades para comprarlos.

Pero si el suministro de mobiliario de alta calidad, viejo y digno de dejar a la familia es fijo, entonces ¿de dónde saldrán las abuelas del futuro? Podía imaginar una situación, a medio siglo en el futuro, cuando mis descendientes y los de Virginia riñesen por ese tocador de nogal negro, mientras hacían venir un camión para arrojar a la basura el resto de nuestras cosas. A medida que crece la población, y la reserva de muebles permanece constante, esas cosas son inevitables. Debe haber una fuente de nuevos muebles dignos de una abuela, o los Estados Unidos del mañana acabará sentada en cojines de vinilo que van perdiendo las bolitas de espuma por el suelo.

La respuesta es Gomer Bolstrood, y los precios son altos. Cada silla y mesa Gomer Bolstrood debería venir en una cajita forrada de fieltro, como si fuese una joya. Pero en aquella época era rico e impaciente. Así que conduje hasta Bolstrood y atravesé la puerta como un poseso, sólo para que me detuviese una recepcionista. Me sentí hortera con mis vaqueros y tenis blancos. Probablemente ella ya había visto a muchos millonarios de la alta tecnología atravesar esas puertas, y se lo tomó con mucha calma. Antes de que me diese cuenta, una mujer de mediana edad había surgido del fondo de la tienda y se había convertido en mi asesora de diseño personal. Se llamaba Margaret.

—¿Dónde están las camas? —pregunté.

Se puso rígida y me informó que aquél no era el tipo de lugar adonde podías ir a una Sala de Camas y ver filas y filas de camas alineadas como cerdos rollizos en una carnicería. Una Gomer Bolstrood Home Design Gallery consistía en una serie de habitaciones exquisitamente decoradas, algunas de las cuales efectivamente eran dormitorios y contenían camas. Una vez que se aclararon las cosas, Margaret me mostró los dormitorios. Mientras me guiaba de una habitación a otra, no pude evitar darme cuenta de que llevaba medias negras con lo que parecían perfectas costuras en la parte de atrás.

Durante un rato me sentí incómodo por mis sentimientos eróticos hacia Margaret. Tuve que resistirme al impulso de decir «véndame la cama más grande y cara que tengan». Margaret me mostró camas de estilos diferentes. Los nombres de los estilos no me decían nada. Algunos parecían modernos y otros parecían antiguos. Señalé una muy grande de cuatro postes altos que tenía el aspecto de mueble de abuela y dije:

—Me llevaré una de esas.

Se produjo un retraso de tres meses mientras la cama era tallada a mano por artesanos de Nueva Inglaterra que trabajaban por el mismo sueldo que los fontaneros y los psicoterapeutas. Luego acabó en mi casa, donde fue montada por técnicos vestidos con monos blancos, como los tipos que trabajan en las plantas de semiconductores. Virginia volvió a casa del trabajo. Vestía una falda vaquera, calcetines gruesos de lana y zapatos Birkenstocks. Los chicos seguían en la escuela. Hicimos el amor en la cama. Supongo que me porté bien. Realmente no podía mantener una erección y acabé con la cabeza metida entre sus muslos llenos de pelos. Incluso con los oídos bloqueados por sus cuádriceps, pude oírla gemir y gritar. Cerca del final tuvo una convulsión erótica, y casi me rompió el cuello. Su clímax duró unos dos o tres minutos. Fue en ese momento cuando comprendí que Virginia no podía llegar al orgasmo a menos que estuviese cerca —preferiblemente encima— de algún mueble antiguo y de gran valor que le perteneciese.

La ventana que contiene la imagen del escritorio de Tom Howard desaparece. Pekka la ha enviado a la nada.

—No podía soportarlo más —dice, con la voz seria generada electrónicamente.

—Predigo un *ménage à trois*... Tom, su mujer y Margaret haciéndolo en una cama en la tienda de muebles después del cierre —dice Cantrell meditándolo.

—¿Se trata de Tom? ¿O es un personaje ficticio de Tom? —pregunta Pekka.

—¿Significa esto que has ganado la apuesta? —pregunta Randy.

—Sólo si puedo descubrir la forma de cobrarla —dice Cantrell.

A flote

Un miasma marrón ha cubierto el mar de Bismarck, que huele a combustible y barbacoa. Las torpederas norteamericanas salen de esta niebla apestosa, las proas gruesas apenas tocando el agua, los gigantescos motores abriendo cicatrices blancas en el mar mientras buscan los blancos: los pocos barcos que quedan del convoy de Goto Dengo, cuyas cubiertas están a estas alturas cubiertas de una espesa alfombra de hombres, como el moho sobre una piedra. Los torpedos saltan al aire como disparados por ballestas, impulsados por el gas comprimido en los tubos de los barcos. Caen de barriga sobre el agua, se ajustan a una cómoda profundidad donde el agua siempre está en calma, tejen rastros de burbujas sobre la superficie, corriendo directamente hacia los barcos. Las multitudes en las cubiertas fluyen y chorrean sobre los bordes. Goto Dengo se da la vuelta y oye pero no ve las explosiones. Apenas algún soldado japonés sabe nadar.

Más tarde, los aviones regresan para acabar con algunos más. Los nadadores que tienen el ingenio y la habilidad para sumergirse son invulnerables. Los que no, mueren pronto. Los aviones se van. Goto Dengo le quita un salvavidas a un cadáver destrozado. Tiene las peores quemaduras de sol de su vida y es sólo media tarde, así que también hurta una camisa y se la ata alrededor de la cabeza como una capucha.

Los que siguen vivos y pueden nadar, intentan acercarse unos a otros. Se encuentran en un estrecho difícil entre Nueva Guinea y Nueva Bretaña, y las corrientes de marea que lo atraviesan tienden a separarlos. Algunos hombres se alejan lentamente, gritando por sus compañeros. Goto Dengo acaba en el borde de un archipiélago en disolución de quizá un centenar de nadadores. Muchos de ellos se aferran a chalecos salvavidas o trozos de madera para permanecer a flote. Los olas están muy por encima de sus cabezas, por lo que no pueden ver muy lejos.

Antes de la puesta de sol, la neblina se retira durante una hora. Goto Dengo puede establecer con claridad la posición del sol, de forma que, por primera vez en todo el día, sabe distinguir el oeste del este, el norte del sur. Mejor aún, sobre el horizonte sur puede ver picos elevándose de los que caen glaciares blanco azulados.

—Voy a nadar hasta Nueva Guinea —grita, e inicia la natación.

No tiene sentido discutirlo con los demás. Los que están inclinados a seguirle, lo hacen: quizá una docena en total. El momento es perfecto, el mar se ha quedado milagrosamente en calma. Goto Dengo se adapta a un ritmo de natación lento y cómodo. En su mayoría los demás se mueven nadando como si fuesen perros. Si están haciendo progresos es totalmente imperceptible. Cuando empiezan a aparecer las estrellas, comienza a nadar de espaldas y comprueba la posición de la estrella polar. Siempre que nade alejándose de ella, es físicamente imposible que no llegue a Nueva Guinea.

Cae la noche. Hay una luz tenue causada por las estrellas y la media luna. Los hombres se llaman entre sí, intentando mantenerse juntos. Algunos se pierden; se les puede oír, pero no ver, y los que están en el grupo principal no pueden hacer más que escuchar como se apagan sus súplicas.

Debe ser alrededor de la medianoche cuando llegan los tiburones. La primera víctima es un hombre que se cortó la frente con una escotilla al huir del barco que se hundía, y que lleva sangrando desde entonces, dibujando una delgada línea rosa sobre el mar, sirviendo de guía para los tiburones. Los tiburones no saben todavía a qué se enfrentan, por lo que lo matan lentamente, causándole la muerte a pequeños mordiscos. Cuando resulta que es una presa fácil, explotan en una especie de furia asesina que es todavía más fantástica por quedar oculta bajo las aguas negras. Las voces de los hombres se cortan en medio de un grito cuando tiran de ellos para hundirlos. En ocasiones en la superficie aparece una pierna o una cabeza. El agua que choca contra la boca de Goto Dengo comienza a saberle a hierro.

El ataque se prolonga durante varias horas. Parece que el ruido y el olor han atraído a algunos grupos de tiburones rivales, porque en ocasiones hay un momento de calma seguido de una ferocidad renovada. Una cola cortada de tiburón choca contra la cara de Goto Dengo; se agarra a ella. Los tiburones se los están comiendo; ¿por qué no iba él a hacer lo mismo? En los restaurantes de Tokio piden mucho dinero por el sashimi de tiburón. La piel de la cola del tiburón es dura, pero hay trozos de músculo colgando del trozo partido. Hunde la cara en la carne y se alimenta de ella.

Cuando Goto Dengo era joven, su padre tenía un sombrero fedora con un texto en inglés en el forro interior de seda, y una pipa de brezo, y tabaco que compraba por correo a Estados Unidos. Se sentaba en una roca en lo alto de las colinas y se ponía el fedora para evitar que el aire frío alcanzase el punto calvo en lo alto de la cabeza, fumaba en pipa y se limitaba a mirar el mundo.

—¿Qué haces? —preguntaría Dengo.

—Observar —contestaría su padre.

—Pero ¿durante cuánto tiempo puedes observar lo mismo?

—Siempre. Mira hacia allí. —Su padre señalaría con la boquilla de su pipa. Un hilillo de humo blanco saldría de la boquilla, como un hilo de seda desenredado de un capullo—. Esa banda de piedra oscura contiene minerales. Podrías sacar cobre de allí, probablemente algo de zinc y también plomo. Podríamos tender un tren de cremallera valle arriba hasta ese punto llano de allí, luego cavar un pozo paralelo al depósito... —A continuación, Dengo se metería en faena y decidiría dónde vivirían los obreros, dónde se construiría la escuela para los niños, donde estaría el campo de juego. Para cuando terminaran, ya habrían poblado todo el valle con una ciudad imaginaria.

Esta noche Goto Dengo tiene tiempo de sobra para observar. Observa que las partes cortadas del cuerpo casi nunca son atacadas. Los hombres que nadan con mayor violencia son los primeros en caer. Por tanto, cuando llegan los tiburones, intenta flotar de espaldas y no mover ni un músculo, incluso cuando las costillas cortadas de alguien le golpean en la cara.

Llega el amanecer, cien o doscientas horas después de la puesta de sol anterior. Nunca antes se ha quedado despierto toda la noche, y le resulta chocante ver que algo tan grande como el sol desciende por un lado del planeta y sale por el opuesto. Él es un virus, un germen que vive sobre la superficie de cuerpos insondablemente gigantescos en movimiento violento.

Y, asombrosamente, todavía no está solo: otros tres hombres han sobrevivido a la noche de los tiburones. Se acercan unos a otros y se vuelven para ver las montañas cubiertas de hielo de Nueva Guinea, de color salmón por la luz del amanecer.

—No nos hemos acercado nada —dice uno de los hombres.

—Están muy en el interior —dice Goto Dengo—. No nadamos hasta las montañas, sólo hasta la orilla, que está mucho más cerca. ¡Vamos, antes de que muramos de deshidratación! —Y empieza a nadar.

Uno de los otros, un muchacho que habla con acento de Okinawa, es un excelente nadador. Él y Goto Dengo pueden adelantarse con facilidad a los demás. En todo caso, durante la mayor parte del día intentan permanecer junto a los otros. Aumentan las olas lo que dificulta la natación incluso para los buenos nadadores.

Uno de los nadadores más lentos ha estado luchando con la diarrea desde antes de que se hundiese su barco y probablemente ya estaba deshidratado al empezar. Hacia mediodía, cuando el sol pega como si fuese un lanza-llamas, empieza a sufrir convulsiones, el agua entra en sus pulmones y desaparece.

El otro nadador lento es de Tokio. Se encuentra en unas condiciones físicas mucho mejores, pero simplemente no sabe nadar.

—No hay mejor lugar ni mejor oportunidad para aprender —dice Goto Dengo. Él y el chico de Okinawa pasan una hora enseñándole a nadar de costado y nadar de espalda, y luego vuelven a nadar hacia el sur.

Alrededor de la puesta de sol, Goto Dengo pilla al chico de Okinawa tragando agua salada. Es doloroso de ver, especialmente porque él mismo ha deseado hacerlo.

—¡No! ¡Te pondrá enfermo! —dice. La voz le suena débil. El esfuerzo de llenar sus pulmones, expandir el torso ante la insistente presión del agua, está agotándole; hasta el último músculo de su torso está rígido y dolorido.

El chico de Okinawa ya ha empezado a tener arcadas para cuando Goto Dengo llega a él. Con la ayuda del chico de Tokio, le mete los dedos al chico de Okinawa en la garganta y hace que lo vomite todo.

En todo caso, ya está muy enfermo, y hasta bien entrada la noche no puede hacer nada más que flotar de espaldas y murmurar en el delirio. Pero justo cuando Goto Dengo está a punto de abandonarle, se vuelve lúcido y pregunta:

—¿Dónde está la estrella polar?

—La noche está cubierta —dice Goto Dengo—. Pero hay un punto brillante en las nubes que podría ser la luna.

Basándose en la posición del punto brillante, hacen una suposición sobre la posición de Nueva Guinea y empiezan a nadar de nuevo. Los brazos y piernas les pesan como sacos de arcilla, y todos ellos alucinan.

Parece que el sol está saliendo. Se encuentran en una

nebulosa de vapor, radiante con una luz color melocotón, como si corriesen por una parte lejana de la galaxia.

—Huelo algo podrido —dice uno de ellos. Goto Dengo no lo percibe.

—¿Gangrena? —supone otro.

Goto Dengo llena la nariz, un acto que consume como la mitad de las energías que le quedan.

—No es carne podrida —dice—. Es vegetación.

Ninguno de ellos puede seguir nadando. Si pudiesen, no sabrían qué dirección tomar, porque la niebla brilla de forma uniforme. Si eligiesen una dirección, no importaría, porque la corriente les lleva por donde quieren.

Goto Dengo duerme durante un rato, o quizá no.

Algo le golpea la pierna. Gracias a dios: los tiburones han venido a acabar con ellos.

Las olas son cada vez más agresivas. Siente otro golpe. La carne quemada de su pierna aúlla. Es algo muy duro, áspero y anguloso.

Algo sobresale del agua justo delante, algo desigual y blanco. Coral.

Una ola rompe tras ellos, los levanta y los lanza más allá del coral, casi desollándolos. Goto Dengo se rompe un dedo y se considera afortunado. El siguiente cachón le quita la poca piel que le queda y lo lanza a la laguna. Algo le obliga a levantar los pies, y como su cuerpo en ese momento es un saco flácido de mierda, se dobla metiéndole la cabeza en el agua. Su cara choca contra una capa de arena de coral afilado. Luego sus manos también están ahí. Sus miembros han olvidado cómo hacer nada excepto nadar, así que le lleva un tiempo afianzarse contra el fondo y sacar la cabeza del agua. Luego comienza a arrastrarse sobre manos y rodillas. El olor a podrido de la vegetación le resulta ahora agobiante, como si toda una división hubiese dejado los suministros al sol durante una semana.

Encuentra arena que no está cubierta por el agua, se vuelve y se sienta. El chico de Okinawa está justo detrás de él, también a cuatro patas, y el chico de Tokio está de pie y camina hacia la orilla, golpeado de un lado y otro por las olas. Se ríe.

El chico de Okinawa cae sobre la arena junto a Goto Dengo, sin siquiera intentar sentarse.

Una ola hace que el chico de Tokio pierda el equilibrio. Riendo, cae de lado sobre la espuma, lanzando una mano para detener la caída.

Deja de reírse y se pone en pie de un salto. Algo le cuelga del antebrazo: una serpiente. La agita como un látigo y vuela hacia el agua.

Asustado y sobrio, recorre la media docena de pasos hasta la playa y cae de cara. Para cuando Goto Dengo llega hasta él, ya está muerto.

Goto Dengo reúne fuerzas durante un periodo de tiempo difícil de cuantificar. Puede que se haya quedado dormido sentado. El chico de Okinawa sigue tendido en la arena, desvariando. Goto Dengo consigue ponerse en pie y va en busca de agua dulce.

Realmente no se trata de una playa, más bien es una franja de arena de unos diez metros de largo y tres de ancho, con algo de vegetación alta y hierba creciendo en la parte superior. Al otro lado hay una laguna salobre que serpentea entre orillas formadas no de tierra sino por cosas vivas entremezcladas. Evidentemente, esa maraña es demasiado gruesa para penetrarla. Por tanto, a pesar de lo que le ha sucedido al chico de Tokio, Goto Dengo penetra en la laguna, con la esperanza de que lleve al interior y hacia una corriente de agua dulce.

Vaga durante un periodo de tiempo que parece una hora, pero la laguna le vuelve a llevar al borde del mar. Se rinde y bebe el agua en la que camina, con la esperanza de que sea algo menos salada. Eso le lleva a vomitar de forma extrema, pero de algún modo le hace sentir ligeramente mejor. Una vez más entra en la ciénaga, intentado dejar a la espalda el sonido de las olas, y después de más o menos una hora encuentra un arroyuelo de agua dulce. Una vez que ha terminado de beber, se siente con fuerzas suficientes para regresar y llevar hasta allí al chico de Okinawa, si es necesario.

Regresa a la playa a media tarde y descubre que el chico de Okinawa ha desaparecido. Pero la arena sigue revuelta por las pisadas. La arena está seca, por lo que es imposible aclararse con las pisadas. ¡Deben de haber encontrado a una patrulla! Seguro que sus camaradas han tenido noticias del ataque y peinan las playas en busca de supervivientes. ¡No muy lejos debe de haber un vivaque en la selva!

Goto Dengo sigue las huellas hasta la jungla. Después de haber recorrido más o menos una milla, el rastro atraviesa un pequeño y abierto llano de barro donde puede examinar con cuidado las pisadas, todas realizadas por pies descalzos de dedos enormes y monstruosamente abiertos. Pisadas de personas que jamás han llevado zapatos.

Avanza con más cuidado durante un centenar de metros más. Ya puede oír voces. El Ejército se lo enseñó todo sobre las tácticas de infiltración en la jungla, cómo atravesar las líneas enemigas en medio de la noche sin hacer ruido. Claro está, cuando lo practicaban en Nipón no estaban siendo devorados por hormigas y mosquitos. Pero ahora apenas le importa. Una hora de paciente trabajo le lleva a una posición estratégica desde la que puede ver un claro atravesado por un riachuelo estancado. Varias casas largas y oscuras están edificadas usando los árboles como pilotes para mantenerlas por encima del cieno, y están cubiertas de montones tupidos de hojas de palmera.

Antes de encontrar al chico de Okinawa, Goto Dengo debe comer algo. En medio del claro, hay gachas burbujeando en una olla sobre un fuego abierto, pero varias mujeres de aspecto duro lo atienden, desnudas excepto por unas delgadas tiras de material fibroso atadas alrededor de las cinturas y que apenas ocultan sus genitales.

De algunas de las casas también sale humo. Pero para entrar en una de ellas tendría que trepar por una escalera pesada e inclinada y deslizarse por lo que parece una entrada muy pequeña. Un niño, de pie al otro lado de una de esas entradas, podría impedir la entrada de un intruso. En el exterior de algunas de esas puertas hay sacos, improvisados con trozos de tela (¡al menos tienen productos textiles!) y llenos de masas grandes y redondas: cocos y alguna conserva de comida puesta allí para apartarla de las hormigas.

Hay como setenta personas reunidas alrededor de algo de interés en medio del claro. Cuando se mueven, Goto Dengo puede dar un vistazo ocasional a alguien, posiblemente nipón, que está sentado bajo una palmera con las manos a la espalda. Tiene mucha sangre en la cara y no se mueve. La mayoría de ellos son hombres y muchos llevan lanzas. Tienen esos trocitos de material peludo (en ocasiones teñidos de rojo o verde) ocultándoles las partes íntimas, y algunos de los mayores y más viejos van decorados con franjas de tela atadas alrededor de los brazos. Algunos se han pintado la piel con barro pálido. Se han metido objetos diversos, algunos bastante grandes, por el septum nasal.

El hombre ensangrentado parece llamar la atención de todos, y Goto Dengo llega a la conclusión de que será su única oportunidad para robar algo de comida. Elige la casa más alejada del punto donde están reunidos, sube por la escalera y llega hasta el saco que cuelga junto a la entrada. Pero la tela es muy vieja y está podrida, quizá por la humedad de la ciénaga o quizá por el ataque de los centenares de moscas que vuelan a su alrededor, así que cuando la agarra los dedos la atraviesan. Un buen trozo se rompe y el contenido cae alrededor de los pies de Goto Dengo. Son oscuros y peludos, como una especie de cocos, pero la forma es más complicada, y sabe intuitivamente que algo va mal incluso antes de reconocerlos como cráneos humanos. Quizá una media docena. Todavía tienen pegada la piel y el cuero cabelludo. Algunos de ellos tienen la piel oscura y el pelo espeso como los nativos, y otros son claramente nipones.

Algo más tarde, puede volver a pensar con coherencia. Comprende que no sabe cuánto tiempo lleva allí arriba, a la vista de todo el poblado, mirando los cráneos. Se da la vuelta para mirar, pero toda la atención sigue centrada en el hombre herido sentado en la base de la palmera.

Desde donde se encuentra, Goto Dengo puede ver que efectivamente se trata del chico de Okinawa y que tiene los brazos atados tras el tronco. Encima de él hay un niño de como doce años sosteniendo una lanza. Se adelanta con cuidado y de golpe pincha el pecho del chico de Okinawa, quien se despierta y se agita de un lado a otro. El niño evidentemente se asusta y retrocede. Luego, un hombre mayor, con la cabeza decorada por un fleco de conchas de porcelana, toma posición tras el niño y le muestra cómo sostener la lanza y le indica que se adelante. Añade su propia fuerza a la del niño y hunde la lanza directamente en el corazón del chico de Okinawa.

Goto Dengo se cae de la choza.

Los hombres se emocionan, alzan al niño a hombros y lo pasean por el claro aullando, saltando y girando, atacando desafiante el aire con las lanzas. Los siguen todos menos los niños más jóvenes. Goto Dengo, dolorido pero sin haber sufrido daños por la caída sobre el suelo lodoso, se arrastra hacia la jungla y busca un sitio para esconderse. Las mujeres del poblado llevan ollas y cuchillos hacia el chico de Okinawa y empiezan a cortarlo con la extraordinaria habilidad de un chef sushi que desmantelase un atún.

Una de ella se concentra por completo en la cabeza. De pronto da un salto en el aire y comienza a bailar por el claro agitando algo brillante y reluciente.

—*¡Ulab! ¡Ulab! ¡Ulab!* —grita extática.

Algunos hombres y mujeres comienzan a seguirla, intentado echar un vistazo a lo que sostiene. Finalmente se detiene y pone las manos en un rayo de luz que atraviesa los árboles. Sobre la palma de la mano sostiene un diente de oro.

—*¡Ulab!* —dicen las mujeres y los niños. Uno de los niños intenta quitárselo de la mano pero ella lo golpea y le hace caer de culo. Luego se acerca uno de los hombretones con lanza y ella le pasa el botín.

Varios hombres se reúnen para admirar el hallazgo.

Las mujeres vuelven a ocuparse del chico de Okinawa, y pronto las partes de su cuerpo están cociéndose en ollas sobre el fuego.

Kanfort

Los hombres que creen que consiguen algo hablando hablan de una forma diferente a la de aquellos hombres que creen que hablar es una pérdida de tiempo. Bobby Shaftoe ha adquirido muchos de sus conocimientos prácticos —cómo arreglar un coche, trocear un ciervo, lanzar una espiral, hablar con una dama, matar a un nipo— de ese segundo tipo de hombres. Para ellos, intentar hacer algo hablando es como intentar clavar un clavo con un destornillador. En ocasiones, incluso puedes ver que la desesperación se extiende sobre los rostros de hombres así, cuando se oyen hablar a sí mismos.

Los hombres del otro tipo —los que usan el habla como una herramienta de trabajo, que muestran seguridad y fluidez— no son necesariamente más inteligentes o más cultos. A Shaftoe le llevó mucho tiempo descubrirlo.

En todo caso, todo estaba perfectamente claro en la mente de Bobby Shaftoe hasta que conoció a dos de los hombres del Destacamento 2702: Enoch Root y Lawrence Pritchard Waterhouse. No sabría decir exactamente qué le incordia de esos dos. Durante las semanas que pasaron juntos en Qwghlm, invirtió mucho tiempo en oírles hablarse el uno al otro, y empezó a sospechar que podría haber una tercera categoría de hombres, un tipo tan raro que Shaftoe nunca había conocido ninguno hasta ahora.

No se anima a los oficiales a confraternizar con soldados rasos y suboficiales, lo que ha dificultado a Shaftoe el continuar con sus investigaciones. Pero en ocasiones, las circunstancias reúnen a los rangos de forma aleatoria. El ejemplo perfecto sería ese vapor de Trinidad.

¿De dónde sacan estos artefactos?, se pregunta Shaftoe. ¿Tiene el gobierno de Estados Unidos un montón de vapores de Trinidad anclados en algún sitio por si se da el caso de que uno de ellos sea necesario?

No lo cree. Ése en particular muestra señales de un cambio reciente y apresurado de propiedad. Es una mina de pornografía amarillenta, harapienta y multiétnica, alguna perfectamente normal y otra tan exótica que al principio creyó que eran textos médicos. Hay mucho papeleo perdido en el puente y en ciertos camarotes, que en su mayoría Shaftoe sólo ve por el rabillo del ojo porque esas zonas tienden a ser el domino de los oficiales. Las literas todavía contienen el pelo púbico negro y rizado de sus predecesores, y los armarios están escasamente provistos de exóticos alimentos caribeños, que en su mayoría se están pudriendo a gran velocidad. La bodega está abarrotada con fardos y fardos de un material fibroso marrón y basto, materia prima para salvavidas o panecillos de salvado, supone él.

A ninguno de ellos les importa demasiado, porque el Destacamento 2702 se ha estado congelando el culo en el Lejano Norte desde que abandonaron Italia hace unos meses, y ahora, mira qué cosas, corren por ahí sin camisa. Bastó con un pequeño viaje en avión, y se encontraban en las balsámicas Azores. Allí nada de descanso y diversión, fueron directamente desde el campo de aviación al barco de Trinidad, en medio de la noche, ocultos bajo lonas en el camión cubierto. Pero incluso el aire cálido que entraba bajo las lonas les parecía un masaje exótico en un burdel tropical. Y una vez que se alejaron bien del puerto, se les permitió subir a cubierta y tomar algo el sol.

Eso ofrece a Bobby Shaftoe la oportunidad de iniciar un par de conversaciones con Enoch Root, en parte porque sí y en parte para poder intentar descubrir cómo es eso de la tercera categoría de hombres. Los progresos son lentos.

—No me gusta la palabra «adicto» porque tiene connotaciones terribles —dice Root un día, mientras toman el sol—. En lugar de asignarte una etiqueta, los alemanes te llamarían *Morphiumsüchtig*. El verbo *suchen* significa buscar. Así que podría traducirse, libremente, como «busca morfina» o de forma aún más libre «buscador de morfina». Prefiero «buscador» porque significa que tienes la inclinación a buscar morfina.

—¿De qué coño habla? —dice Shaftoe.

—Bien, supón que tienes un tejado con un agujero. Eso significa que es un tejado con goteras, incluso si no llueve en ese momento. Pero sólo gotea cuando resulta que llueve. De la misma forma, buscador de morfina significa que siempre tienes la tendencia a buscar morfina, incluso si no la estás buscando en este momento. Prefiero esos términos en lugar de «adicto» porque modifica a Bobby Shaftoe en lugar de un adjetivo que elimina a Bobby Shaftoe.

—¿Qué quiere decir? —pregunta Shaftoe. Lo pregunta porque está esperando que Root le dé una orden, que es normalmente lo que los hombres de tipo hablador acaban haciendo después de parlotear un rato. Pero no parece que vaya a llegarle ninguna orden, porque ésa no es la intención de Root. A Root simplemente le apetece hablar de palabras. Los individuos del SAS llaman a esa actividad meneársela.

Shaftoe tuvo muy poco contacto directo con ese tal Waterhouse durante la estancia en Qwghlm, pero notó que los hombres que acababan de terminar de hablar con Waterhouse tendían a alejarse agitando la cabeza, no de la forma lenta para decir «no», sino de la forma convulsa de un perro que tiene una mosca en la oreja. Waterhouse nunca da órdenes directas, así que los hombres de la primera categoría no saben qué hacer con él. Pero aparentemente a los hombres de la segunda categoría no les va mucho mejor; tales hombres normalmente hablan como si tuviesen una lista en la cabeza y fuesen tachando elementos al hablar, pero la conversación de Waterhouse no se dirige a ningún lugar en particular. No habla como forma de decirte un montón de cosas que ya ha decidido, sino como forma de idear un montón de cosas nuevas mientras habla. Y siempre parece tener la esperanza de que te unas a él. Lo que nadie hace jamás, excepto Enoch Root.

Después de llevar un día en el mar, el capitán (capitán de fragata Eden, el mismo pobre hijo de puta que recibió la tarea de estrellar su buque anterior contra Noruega) sale tambaleándose de su camarote, haciendo uso de todos los agarres y barandas a mano. Anuncia tragándose las palabras que desde ese momento, según las Órdenes desde lo Alto, todos los que suban a cubierta deben vestir jerséis de cuello alto, guantes negros y pasamontañas negros bajo el resto de la ropa. Se entregan esos artículos a los hombres. Shaftoe consigue cabrear de las buenas al capitán al preguntarle tres veces si está seguro de que ésa es la letra de la orden. Una de las razones por las que Shaftoe está tan bien considerado entre el resto de los soldados es que sabe cómo plantear esas preguntas sin violar técnicamente las reglas de la etiqueta militar. El capitán, para su crédito eterno, no se limita a hacer uso del rango y gritarle. Se lleva a Shaftoe a su camarote y le muestra un manual del Ejército cubierto de caqui, impreso en letras de molde negras.

IMITACIÓN TÁCTICA DE NEGROS
VOLUMEN III: NEGROS DEL CARIBE

Es una orden bastante interesante, incluso en lo que se refiere al Destacamento 2702. La borrachera del capitán de fragata Eden también es perturbadora —no el hecho de que esté borracho, sino ese tipo de borrachera en particular—, el tipo de borrachera de, digamos, un soldado de la Guerra Civil que sabe que el cirujano va a cortarle el fémur con una sierra.

Después de que Shaftoe haya terminado con la tarea de repartir los jerséis, guantes y pasamontañas a los hombres, y les haya dicho que se calmen y que vuelvan a realizar los ejercicios de salvamento, encuentra a Root en lo que pasa por enfermería. Porque ha llegado a la conclusión de que es hora de tener una de esas conversaciones abiertas en las que intentas descubrir un montón de cosas; Root es su hombre.

—Sé que espera que le pida morfina, pero no voy a hacerlo —dice Shaftoe—. Simplemente quiero hablar.

—Oh —dice Root—. ¿Debo ponerme entonces el sombrero de capellán?

—Soy un jodido protestante. Puedo hablar yo mismo con Dios cuando me dé la real gana.

Root está sorprendido y desconcertado por el arranque de hostilidad de Shaftoe.

—Bien, ¿de qué quieres que hablemos, sargento?

—Esta misión.

—Oh, no sé nada sobre la misión.

—Bien, entonces intentemos deducirlo —dice Shaftoe.

—Pensé que se suponía que te limitabas a seguir órdenes —dice Root.

—Las seguiré muy bien.

—Sé que lo harás.

—Pero mientras tanto tengo mucho tiempo libre, así que bien puedo usarlo para descubrir qué coño está pasando. Bien, el capitán dice que debemos vestirnos así si subimos a cubierta, donde pueden vernos. Pero ahí fuera, ¿quién cojones va a vernos?

—¿Un avión de reconocimiento?

—Los alemanes no tienen aviones de reconocimiento, no aquí.

—¿Otro barco? —pregunta retórico Root, metiéndose en el espíritu de la conversación.

—Nosotros los veremos al mismo tiempo que ellos, lo que nos daría tiempo de sobra para ponernos esta mierda.

—Entonces, al capitán deben preocuparle los submarinos.

—Bingo —dice Shaftoe—, porque un submarino podría vernos por el periscopio, y nunca sabríamos que nos observan.

Pero ese día no avanzan demasiado en el intento de descubrir las cuestiones más profundas de por qué los oficiales al mando quieren que parezcan negros a ojos de los capitanes de submarinos alemanes.

Al día siguiente, el capitán se planta en el puente, donde evidentemente desea vigilar cómo van las cosas. Parece estar menos borracho, pero no más feliz. Viste una colorida camisa de manga corta de algodón sobre un jerséi de cuello alto y manga larga, y sandalias sobre calcetines negros. De vez en cuando se pone los guantes negros y el pasamontañas y va a ojear el horizonte con los binoculares.

El barco sigue rumbo al oeste durante unas horas después de la salida del sol, luego vira al norte durante un rato, luego se dirige al este durante una hora, y luego al norte de nuevo, y al final regresa al oeste. Están buscando algo, y el capitán de fragata Eden no parece tener demasiadas esperanzas en encontrar lo que sea que están buscando. Shaftoe realiza otro ejercicio con los botes salvavidas, luego los comprueba en persona, asegurándose de que están abundantemente aprovisionados.

Como al mediodía, un vigía grita. El barco cambia de rumbo, digiriéndose más o menos hacia el noroeste. El capitán sale del puente y, con aire sepulcral de que la cosa es definitiva, le entrega a Bobby Shaftoe una caja de betún marrón y un sobre cerrado conteniendo órdenes detalladas.

Minutos más tarde, los hombres del Destacamento 2702, por orden del sargento Shaftoe, se quedan en calzoncillos y comienzan a cubrirse el cuerpo de betún. Ya tienen su propio Kanfort, que les han ordenado ponerse en el pelo si éste no es negro. Sólo un ejemplo más de cómo los militares joden a los pequeños: el Kanfort no es gratis.

—¿Ya tengo aspecto de negro? —pregunta Shaftoe a Root.

—He viajado un poco —dice Root—, y a mí no me pareces un negro. Pero a un alemán que nunca ha visto un negro de verdad, y que mira por un periscopio... ¿qué demonios? —Luego—: ¿Debo asumir que ya has deducido de qué va la misión?

—He leído las putas órdenes —dice Shaftoe con cautela.

Se dirigen hacia un barco. A medida que se acercan, Shaftoe lo examina con un catalejo prestado, y se queda perplejo, pero no demasiado sorprendido, al comprobar que no es un barco sino dos barcos uno al lado del otro. Los dos barcos tienen las largas líneas fatales de los submarinos pero uno de ellos es más ancho, y supone que es un submarino nodriza.

Bajo los pies, siente que el motor va parándose. La quietud súbita, y la pérdida palpable de momento y potencia, no son nada tranquilizadoras. Tiene la misma sensación de mareo, eléctrica, nauseabunda e hiperactiva que siempre convierte el combate en una experiencia tan estimulante.

Durante la guerra el vapuleado vapor de Trinidad ha navegado hasta ahora por las aguas del Atlántico sin incidentes, corriendo entre puertos africanos y caribeños, y en ocasiones aventurándose hasta las Azores. Quizá de vez en cuando lo haya visto algún submarino de patrulla y no lo ha considerado digno de malgastar un torpedo. Pero hoy le ha cambiado la suerte, para mal. Ha conseguido, por pura suerte, colocarse frente a un nodriza, un submarino de suministro de la Kriegsmarine del Tercer Reich. La tripulación habitualmente garbosa de negros color betún del vapor se ha reunido en las barandas para admirar esa visión peculiar: dos naves atadas juntas en medio del océano, sin ir a ninguna parte. Pero a medida que se acercan, comprenden que una de las naves es un asesino y que la otra exhibe la bandera de batalla de la Kriegsmarine. Demasiado tarde, apagan los motores.

Durante más o menos un minuto estalla la confusión —puede que para los negros de baja graduación se trate de un espectáculo, pero los negros inteligentes en el puente saben que tienen problemas—, han visto algo que no deberían haber visto. ¡Viran al sur e intentan huir! Durante una hora surcan desesperados los mares. Pero les persigue implacable un submarino, cortando las olas como un cuchillo. El submarino tiene la antena desplegada, escuchando las frecuencias habituales, y oye al vapor de Trinidad activar la radio y enviar un SOS. Es un flujo corto de puntos y rayas, el vapor emite su posición, y también la del nodriza, y al hacerlo envía también su propia sentencia de muerte.

¡Molestos *untermenschen*! ¡Ahora sí que la han fastidiado! No pasarán ni veinticuatro horas antes de que los aliados encuentren y hundan el nodriza. Hay también buenas posibilidades de que en el follón caigan también algunos submarinos alemanes. No es una buena forma de morir, perseguido por el océano durante varios días, sufriendo la muerte por un millar de cortes por los bombardeos. Cosas como ésas son las que hacen comprender al Obertorpedomaat normal y corriente la sabiduría del plan del Führer de correr por ahí matando a todos los que no sean alemanes.

Mientras tanto, el típico Kapitänleutnant debe estar preguntándose: ¿cuáles son las putas probabilidades de que un vapor de Trinidad encuentre por casualidad un nodriza en la inmensidad del océano Atlántico?

Probablemente podamos deducirlo, dados los datos correctos:

N_n = número de negros por kilómetro cuadrado

N_s = número de submarinos nodrizas

A_A = Área del océano Atlántico

... y demás. Pero aguarda un momento, ni los negros ni los nodrizas se distribuyen al azar, así que el cálculo se vuelve inmensamente más complicado. Demasiado complicado para que se preocupe de él un Kapitänleutnant, especialmente cuando está muy ocupado intentando causar una reducción dramática de N_n.

Un disparo desde la cubierta del submarino atraviesa la proa del vapor de Trinidad y lo detiene. Los negros se reúnen en cubierta, pero vacilan, sólo por un momento, en lanzar los botes salvavidas. Quizá los alemanes les den un respiro.

La típica idea sentimental y chapucera de los *untermenschen*. Los alemanes los han detenido, por lo que deberían esperar recibir un torpedo. Tan pronto como lo comprenden, los negros ejecutan un descenso impresionante de los botes salvavidas. Y es todavía más impresionante que tengan botes salvavidas para todos, pero la facilidad tranquila y práctica con la que los lanzan y se suben a ellos es fenomenal. Es suficiente para que un oficial naval alemán reconsidere, durante un momento, su opinión sobre las limitaciones de los negritos.

¡Es un ataque con torpedo de libro de texto! El torpedo se envía por debajo y al pasar bajo el barco, el circuito de detonación detecta un cambio en el campo magnético y dispara el explosivo, rompiendo limpiamente la quilla, partiéndolo, y mandándolo al fondo a una velocidad increíble. Durante cinco o diez minutos; fardos de material marrón saltan del agua, saliendo de la bodega de carga mientras el barco se hunde. Dota a la escena de un aire inesperadamente festivo.

Algunos capitanes de submarinos no tendrían demasiados reparos en ametrallar a los supervivientes, sólo por liberar tensiones.

Pero al mando está el Kapitänleutnant Günter Bischoff, que todavía no es miembro del Partido Nazi y probablemente nunca lo será.

Por otra parte, Bisch'off está metido en una camisa de fuerza y completamente drogado.

Al mando *en funciones* del submarino se encuentra el Oberleutnant zur See Karl Beck. Es miembro activo del Nacional Socialismo y, en otras circunstancias, podría estar a favor de un poco de ametrallamiento punitivo, pero ahora mismo está agotado y bastante conmocionado. Es extremadamente consciente de que es muy probable que no viva demasiado ahora que se ha informado de su posición.

Así que no lo hace. Los negros saltan de los botes salvavidas y nadan hacia los fardos, y se agarran a ellos dejando sólo la cabeza fuera del agua, conscientes de que llevará una eternidad cazarlos a todos. OL Beck sabe que los Liberators y los Catalinas ya están en el aire y vienen en dirección a ellos, así que tiene que alejarse a toda prisa. Como tiene combustible de sobra, decide dirigirse al sur durante un tiempo, planeando volver al norte en un día o dos, cuando es posible que la costa esté un poco más despejada. Es la jugada que ejecutaría KL Bischoff si no se hubiese vuelto loco, y a bordo todos respetan al viejo hasta el infinito.

Salen a la superficie, lo que hacen siempre que no están intentado hundir un convoy, para poder enviar y recibir mensajes de radio. Beck le pasa uno al Oberfunkmaat Huffer, explicando lo que acaba de suceder, y Huffer se lo pasa a uno de sus Funkmaats, que se sienta frente a la máquina Enigma del U-691 y lo cifra usando la clave del día; luego lo envía por radio.

Una hora más tarde, reciben respuesta, directamente desde el Mando de Submarinos en Wilhelmshaven y cuando el Funkmaat lo pasa por la Enigma, lo que sale es: CAPTURE A LOS OFICIALES SUPERVIVIENTES.

Es el típico ejemplo de orden militar: si hubiese llegado en su momento habría sido muy fácil obedecerla, pero ahora que están a una hora de distancia será extremadamente difícil y peligrosa. La orden no tiene mayor sentido y no se hace ningún intento de aclararla.

Dado el retraso de tiempo, Beck asume que puede salir de ésta esforzándose a medias. Realmente debería darse la vuelta y acercarse a los restos que flotan sobre la superficie, lo que sería más rápido, pero también sería prácticamente un suicidio. Por tanto, en lugar de eso, cierra las escotillas y desciende a profundidad de periscopio a medida que se acercan. Reduce la velocidad del submarino a siete nudos, así que les lleva tres horas regresar al atolón de fardos marrones flotantes que marcan el punto de hundimiento.

Bien hecho, la verdad, porque allí hay otro puto submarino, recogiendo supervivientes. Es un submarino de la Marina Real.

Es tan extraño que pone de punta el vello de la nuca de Beck; y allí tiene mucho pelo, porque, como la mayoría de los marinos de submarinos, Beck lleva semanas sin afeitarse. Pero no es tan extraño que no pueda arreglarse con un torpedo en el sitio justo. Segundos más tarde el submarino explota como una bomba; el torpedo debe de haber dado en la santabárbara. La tripulación y la mayoría de los negros rescatados están atrapados en su interior, y no tienen ninguna posibilidad de salir incluso si han sobrevivido a la explosión. El submarino desaparece de la superficie del océano como los restos del Hindenburg cayendo sobre New Jersey.

—*Gott in Himmel* —murmura Beck, observando la escena por el periscopio. Ha estado encantado por el éxito, hasta recordar que tiene órdenes específicas, y que matar a todos los que viese no era una de ellas. ¿Habrá supervivientes que pueda recoger?

Lleva el submarino a la superficie y sube a la torrecilla con sus oficiales. Lo primero que hace es observar el cielo en busca de Catalinas. No encuentra ninguno, sitúa un vigía y comienza a dirigir el submarino por entre el mar de fardos, que a estas alturas se ha dispersado hasta ocupar al menos un kilómetro cuadrado. Está oscureciendo y tienen que usar los reflectores.

Las perspectivas parecen deprimentes hasta que el reflector encuentra un superviviente, no más que una cabeza, hombros y un par de brazos agarrados a la cuerda de un fardo. El superviviente no se mueve o responde al acercarse, y no es hasta que una ola vira el fardo que queda claro que los tiburones se han comido lo que quedaba por debajo del plexo solar del hombre. La visión amordaza incluso a esa tripulación de duros asesinos. En el silencio subsiguiente, oyen una conversación en voz baja. Buscando un poco más, encuentran a dos hombres, evidentemente tipos parlanchines, que comparten un fardo.

Cuando la luz llega a ellos, uno de los negros se suelta del fardo y se sumerge bajo la superficie. El otro se limita a mirar expectante y con calma a la luz. Los ojos de ese negro son pálidos, casi incoloros, y también tiene problemas de piel: algunas zonas se están volviendo blancas.

Al acercarse, el negro de ojos pálidos le habla en un alemán perfecto:

—Mi camarada intenta ahogarse por su propia voluntad —explica.

—¿Es posible tal cosa? —pregunta el Kapitänleutnant Beck.

—Él y yo estábamos planteándonos esa misma pregunta.

Beck mira el reloj.

—La verdad es que debe de tener muchas ganas de morir —dice.

—El sargento Shaftoe se toma sus obligaciones muy en serio. Es irónico. Su cápsula de cianuro se ha disuelto en el agua.

—Me temo que para mí toda ironía se ha vuelto tediosa y deprimente —dice Beck, mientras un cuerpo llega a la superficie. Es Shaftoe y parece estar inconsciente.

—¿Usted es? —pregunta Beck.

—Teniente Enoch Root.

—Se supone que sólo debo capturar a los oficiales —dice Beck, mirando con ojos fríos la espalda de sargento de Shaftoe.

—El sargento Shaftoe tiene responsabilidades excepcionalmente amplias —dice el teniente Root con calma—, en muchos aspectos superando a los oficiales de menor rango.

—Cogedlos a los dos. Traed la caja de medicinas. Revivid al sargento —dice Beck—. Hablaré con usted más tarde, teniente Root. —Y a continuación da la espalda a los prisioneros, y se dirige a la escotilla más cercana. Va a pasar la siguiente semana poniendo todo su empeño en sobrevivir, a pesar de los mejores esfuerzos de

110

la Marina Real y de la Marina de Estados Unidos. Va a ser un desafío más que interesante. Debería estar pensando en una estrategia. Pero no puede sacarse de la cabeza la imagen de la espalda del sargento Shaftoe. ¡Seguía teniendo la puta cabeza bajo el agua! Si no lo hubiesen sacado, habría conseguido ahogarse. Así que era posible. Al menos en el caso de una persona en particular.

Hostilidades

Mientras las furgonetas, taxis y limusinas llegan al aparcamiento del emplazamiento del Ministerio de Información, los miembros de Epiphyte Corp. son recibidos por sonrientes y amables vírgenes niponas que llevan, y soportan, relucientes cascos de Goto Engineering. Son como las ocho de la mañana, y en lo alto de la montaña la temperatura todavía es soportable, aunque húmeda. Todos se arremolinan frente a la entrada de la caverna, llevando los cascos en las manos, porque ninguno quiere ser el primero en ponérselo y quedar como un estúpido. Algunos de los ejecutivos nipones más jóvenes juguetean con ellos hasta la hilaridad. El doctor Mohammed Pragasu circula. Lleva un casco auténticamente usado y gastado que hace girar ausente alrededor de un dedo mientras pasa de un grupo a otro.

—¿Alguien le ha preguntado a Prag qué coño pasa? —dice Eb. No suele decir palabrotas en inglés, por lo que resulta gracioso cuando lo hace.

El único miembro de Epiphyte Corp. que no muestra al menos una sonrisa es John Cantrell, que parece distante y tenso desde ayer.

(—Una cosa es escribir una disertación sobre técnicas matemáticas en criptografía —dijo de camino a la Cripta, cuando alguien le preguntó qué le pasaba—. Y otra muy diferente arriesgar miles de millones de dólares de Dinero de Otras Personas.

—Necesitamos una nueva categoría —dijo Randy—. El Dinero de Otras Personas Malas.

—Hablando de lo cual... —empezó a decir Tom, pero entonces Avi lo cortó mirando fijamente a la nuca del chófer.)

```
A: enano@siblings.net
De: root@eruditorum.org
Asunto: Re (3) ¿Por qué?
Randy,
Me pides que justifique mi interés en por
qué estáis construyendo la Cripta.
Mi interés es una muestra de mi profesión.
Es, en cierto sentido, lo que hago para vivir.
Continúas asumiendo que soy alguien que cono-
ces. Hoy crees que soy el Dentista, ayer pensabas
que era Andrew Loeb. Este juego de suposiciones
se volverá rápidamente tedioso para ambos, así
que por favor, créeme si te digo que nunca nos he-
mos visto.
INICIO DEL BLOQUE DE FIRMA ORDO
(etc.)
FIN DEL BLOQUE DE FIRMA ORDO
A: root@eruditorum.org
De: enano@siblings.net
Asunto: Re (4) ¿Por qué?
Maldición, después de que dijeses que lo
```

hacías para vivir, iba a suponer que eras Geb,
u otro del grupo de mi ex novia.

¿Por qué no me dices tu nombre?

INICIO DEL BLOQUE DE FIRMA ORDO

(etc.)

FIN DEL BLOQUE DE FIRMA ORDO

A: enano@siblings.net

De: root@eruditorum.org

Asunto: Re(5) ¿Por qué?

Randy,

Ya te he dicho mi nombre, y no significa nada para ti. O más bien, te has equivocado en su
significado. Los nombres tienen esos problemas.

La mejor forma de conocer a alguien es mantener una conversación con él.

Es interesante que asumas que soy académico.

INICIO DE BLOQUE DE FIRMA ORDO

(etc.)

FIN DEL BLOQUE DE FIRMA ORDO

A: root@eruditorum.org

De: enano@siblings.net

Asunto: Re(6) ¿Por qué?

¡Pillado!

No especifiqué quién era Geb. Y sin embargo sabías que él y mi ex novia son académicos.
Si (como afirmas) no te conozco, entonces ¿cómo conoces esos detalles sobre mí?

INICIO DEL BLOQUE DE FIRMA ORDO

(etc.)

FIN DEL BLOQUE DE FIRMA ORDO

Todos se vuelven para mirar a Prag, quien parece que
hoy tiene problemas con su visión periférica.

—Prag nos está evitando —responde Avi—. Lo que

significa que será imposible hablar con él hasta después de que acabe todo este rollo.

Tom se acerca a Avi, cerrando aún más el círculo corporativo.

—¿El investigador en Hong Kong?

—Obtuvo algunas identificaciones, investigó a otros —dice Avi—. Básicamente, el caballero filipino de gran cuerpo es el administrador de Marcos. Responsable de mantener los famosos miles de millones lejos de las manos del gobierno filipino. El chico de Taiwán, no Harvard Li sino el otro, es un abogado cuya familia tiene profundas conexiones con Japón, que se remontan a cuando Taiwán era parte de su imperio. En diversas ocasiones ha ocupado alrededor de media docena de puestos gubernamentales, en su mayoría relacionados con las finanzas y el comercio; ahora es una especie de arregla todo que realiza trabajos para todo tipo de altos miembros del gobierno taiwanés.

—¿Qué hay de ese tipo chino espantoso?

Avi levanta las cejas y lanza un suspiro antes de contestar.

—Es un general del Ejército de Liberación Popular. El equivalente a un general de cuatro estrellas. Se encarga de su rama de inversiones desde hace quince años.

—¿Rama de inversiones? —suelta Cantrell. Lleva minutos sintiéndose mareado y ahora parece al borde de la náusea.

—El Ejército de Liberación Popular es un imperio económico titánico —dice Beryl—. Controla la mayor compañía farmacéutica de China. La mayor cadena de hoteles. Muchas infraestructuras de comunicaciones. Trenes. Refinerías. Y, evidentemente, armamento.

—¿Qué hay del señor Teléfono Móvil? —pregunta Randy.

—Sigue trabajando en él. Mi hombre en Hong Kong va a enviar la foto a un colega de Panamá.

—Creo que después de lo que vimos en el vestíbulo, podemos hacer algunas suposiciones —dice Beryl.*

```
A: enano@siblings.net
De: root@eruditorum.org
Asunto: Re(7) ¿Por qué?
Randy,
Me preguntas cómo conozco esos detalles
acerca de ti. Podría decir muchas cosas, pero la
respuesta básica es vigilancia.
INICIO DE BLOQUE DE FIRMA ORDO
(etc.)
FIN DEL BLOQUE DE FIRMA ORDO
```

Randy supone que no hay mejor momento para plantear la pregunta. Y como conoce a Avi desde hace más tiempo que los demás, es el único capaz de salirse con la suya planteando la pregunta.

—¿Queremos realmente involucrarnos con esas personas? —dice—. ¿Es para eso Epiphyte Corp.? ¿Es eso lo que hacemos?

Avi lanza un gran suspiro y medita durante un rato. Beryl lo mira inquisitivo; Eb, John y Tom estudian sus zapatos, o buscan aves exóticas en la selva, mientras escuchan atentamente.

---

* Hace media hora, mientras Epiphyte Corp. se reunía en el vestíbulo, un enorme Mercedes negro llegó del aeropuerto. Los 747 llegan a Kinakuta cuatro veces al día y, por la hora en que una persona se presenta en la recepción de ese hotel de lujo, se puede deducir de qué ciudad ha venido. Esos tipos llegaron desde Los Ángeles. Tres hombres latinos: un tipo de mediana edad de gran importancia, un asistente algo más joven y un palooka. En el vestíbulo los recibió el tipo solitario que apareció ayer con el teléfono móvil.

—Sabes, allá durante la fiebre del oro, toda ciudad minera de California tenía un cerebrín con una bascula —dice Avi—. El tasador. Pasaba todo el día sentado en una oficina. Tipos duros de aspecto feroz llegaban con bolsitas de polvo de oro. El cerebrín las pesaba, comprobaba la pureza, les decía lo que valía. Básicamente, la balanza del tasador era el punto de intercambio: el punto en el que el mineral, ese montón de tierra, se convertía en dinero que sería reconocido como tal por cualquier banco o mercado del mundo, desde San Francisco, pasando por Londres, hasta Beijing. Por los conocimientos especiales del cerebrín, podía poner su marca en la tierra y convertirla en dinero. De igual forma en que nosotros tenemos el poder de convertir los bits en dinero.

»Ahora bien, muchas de las personas con las que trataban los cerebrines eran tipos increíblemente malos. Habituales de los burdeles. Convictos huidos del mundo entero. Pistoleros psicópatas. Personas que poseían esclavos y masacraban indios. Apuesto a que durante el primer día, semana, mes o año que el cerebrín permaneció en esa ciudad minera y colgó su placa probablemente se cagaba de miedo. Probablemente también tenía problemas morales... quizá incluso muy legítimos —añade Avi, mirando de reojo a Randy—. Algunos de esos cerebrines pioneros probablemente lo dejaron y regresaron al este. Pero ¿sabes qué? En un periodo de tiempo sorprendentemente corto, todo se volvió muy civilizado, y las ciudades se llenaron de iglesias, escuelas y universidades, y los maníacos aulladores que estaban allí primero fueron asimilados, expulsados o arrojados a la cárcel, y los cerebrines acabaron con avenidas y teatros de la ópera con sus nombres. Bien, ¿está clara la analogía?

—La analogía está clara —dice Tom Howard. Es al que menos le importa, con la posible excepción de Avi.

Pero claro, su hobby es coleccionar y disparar armas de fuego raras.

Nadie dice nada más; el trabajo de Randy es dar problemas.

—Eh, ¿cuántos de esos tasadores recibieron un tiro en la cabeza mientras paseaban por la calle después de haber cabreado a un minero psicópata? —pregunta.

—No tengo esas cifras —dice Avi.

—Bien, no estoy del todo convencido de que esto sea lo que me conviene —dice Randy.

—Todos tenemos que decidirlo personalmente —dice Avi.

—Y luego votar como corporación si queremos quedarnos o salirnos, ¿no? —dice Randy.

Avi y Beryl se lanzan miradas.

—Salirse, en este momento, sería, eh, complicado —dice Beryl. Luego, al ver la expresión de Randy, se apresura a añadir—: No para los individuos que deseasen abandonar Epiphyte. Eso es fácil. No hay problema. Pero para que Epiphyte se saliese de ésta, eh...

—Situación —le ofrece Cantrell.

—Disyuntiva —dice Randy.

Eb murmura una palabra en alemán.

—Oportunidad. —Es la contraoferta de Avi.

—... sería prácticamente imposible —dice Beryl.

—Mira —dice Avi—, no quiero que nadie se sienta obligado a permanecer en una situación sobre la que tiene dudas morales.

—O tema una ejecución sumaria inminente —añade Randy solícito.

—Exacto. Bien, hemos invertido toneladas de trabajo en esta montaña, y ese trabajo debería valer algo. Para ser totalmente claro y explícito, dejadme reiterar lo que ya está en los estatutos: cualquiera puede irse; compraremos sus acciones. Después de lo que ha sucedido aquí en los últimos días, tengo plena confianza en que podremos conseguir dinero suficiente para hacerlo. Conseguiréis al menos lo mismo que hubieseis podido ganar en casa en un trabajo normal.

Empresarios de alta tecnología más jóvenes y con menos experiencia se hubiesen burlado ante ese punto. Pero a todos les resulta extremadamente impresionante que Avi pueda formar una empresa y mantenerla con vida el tiempo suficiente para que realmente llegue a valer el trabajo invertido.

Llega un Mercedes negro. El doctor Mohammed Pragasu se acerca a recibirlo, saluda a los suramericanos con un acento español bastante bueno, y realiza un par de presentaciones. Los grupos dispersos de empresarios comienzan a acercarse, convergiendo en la entrada de la cueva. Prag cuenta cabezas, para ver quién está y quién no. Falta alguien.

Una de las asistentas del Dentista, vestida con zapatillas color lavanda, se acerca a Prag con un teléfono pegado a la cabeza. Randy se separa de Epiphyte y establece un curso de colisión, llegando a las proximidades de Prag justo a tiempo para oír como la mujer le dice:

—El doctor Kepler se unirá a nosotros más tarde... unos asuntos importantes en California. Manda sus disculpas.

El doctor Pragasu asiente sonriente, de alguna forma evita mirar a los ojos a Randy, que ya está tan cerca como para limpiar los dientes de Prag, y se da la vuelta, poniéndose el casco sobre el pelo lustroso.

—Por favor, síganme todos —anuncia—, comienza el tour.

Es un tour muy aburrido, incluso para aquellos que nunca han estado allí. Cada vez que Prag los lleva a un sitio nuevo, todos miran por ahí y se reorientan; las conversaciones se calman durante diez o quince segundos, luego vuelven a activarse; los ejecutivos de alto nivel miran sin ver la piedra cortada y murmuran entre ellos mientras los asesores de ingeniería caen sobre los ingenieros de Goto y les plantean preguntas eruditas.

Todos los ingenieros de construcción trabajan para Goto y son, por supuesto, nipones. Hay otro que permanece a un lado.

—¿Quién es ese tipo grande de pelo rubio? —le pregunta Randy a Tom Howard.

—Un ingeniero civil alemán prestado a Goto. Parece estar especializado en asuntos militares.

—¿Hay algún asunto militar?

—En algún momento, en medio de este proyecto, Prag decidió de pronto que quería que todo fuese a prueba de bombas.

—Oh, ¿se trata por casualidad de la Bomba con B mayúscula?

—Creo que está a punto de hablar de eso —dice Tom, tirando un poco de Randy.

Alguien le acaba de preguntar al ingeniero alemán si el lugar está a prueba de un ataque nuclear.

—Resistir una explosión nuclear no es lo importante —dice desdeñoso—. Obtener resistencia nuclear es fácil: significa que la estructura puede soportar un breve exceso de presión de tantos megapascales. Comprenda, la mitad de los búnkeres de Saddam eran nominalmente resistentes a un ataque nuclear. Pero eso no sirve de nada contra munición penetrante con guía de precisión, como han demostrado los norteamericanos. Y es mucho más probable que esta estructura sea atacada de esa forma que por medio de un arma nuclear; no creemos que el sultán tenga planeado participar en una guerra nuclear.

Es lo más gracioso que alguien haya dicho en todo el día, y consigue algunas risas.

—Por suerte —sigue diciendo el alemán—, la piedra que tenemos encima es bastante más efectiva que el hormigón reforzado. No conocemos ningún arma penetrante que pueda atravesarla.

—¿Qué hay de la investigación que los norteamericanos han realizado en la instalación de Libia? —pregunta Randy.

—Ah, se refiere a la planta de gas en Libia, enterrada bajo una montaña —dice el alemán, algo incómodo, y Randy asiente.

—La piedra en Libia es tan quebradiza —dice el alemán— que podrías romperla con un martillo. Aquí trabajamos con una piedra muy diferente, en muchas capas.

Randy intercambia una mirada con Avi, que tiene aspecto de estar a punto de concederle otra medalla por astucia. Justo cuando Randy ríe siente la mirada de alguien. Se vuelve y ve los ojos de Prag, que tiene aspecto inescrutable, al borde del cabreo. Muchas personas en esa parte del mundo se encogerían y marchitarían bajo la mira del doctor Mohammed Pragasu, pero todo lo que Randy ve es a su viejo colega, el *hacker* comepizzas.

Así que Randy devuelve la mirada y sonríe.

Prag se prepara para la mirada de ataque. *Tú, cabrón, has engañado a mi alemán... ¡por esto morirás!* Pero no puede sostenerla. Rompe el contacto visual, se vuelve y lleva una mano a la boca fingiendo atusarse la perilla. El virus de la ironía está tan extendido en California como el herpes, y en cuanto estás infectado se queda en tu cerebro para siempre. Un hombre como Prag puede volver a casa, arrojar sus Nikes y rezar en dirección a La Meca cinco veces al día, pero nunca podrá erradicarlo de su cuerpo.

El tour dura un par de horas. Cuando salen, la tempe-

ratura se duplica. Dos docenas de teléfonos y buscas se ponen a cantar en cuanto salen del silencio de radio de la caverna. Avi mantiene una breve y entrecortada conversación con alguien, luego cuelga y lleva a todo Epiphyte
Corp. hacia el coche.

—Un pequeño cambio de planes —dice—. Tenemos
que mantener una pequeña reunión. —Le da al chófer un
nombre desconocido.

Veinte minutos más tarde, entran en el cementerio nipón estrujados entre dos autobuses de plañideras ancianas.

—Interesante lugar para una reunión —dice Eberhard Föhr.

—Considerando la gente con la que tenemos que
tratar, debemos asumir que todas nuestras habitaciones, el
coche y el hotel del restaurante están llenos de micrófo-
nos —responde Avi.

Nadie habla durante un minuto, mientras Avi les guía
por un sendero de gravilla hacia una esquina aislada del
jardín.

Acaban en la esquina de dos altas paredes de piedra.
El bambú los aísla del resto del jardín, y cruje balsámico
bajo una brisa marina que hace poco por enfriar sus rostros sudorosos. Beryl se abanica con un mapa callejero de
Kinakuta.

—Acabo de recibir una llamada de Annie-en-San-
Francisco —dice Avi.

Annie-en-San-Francisco es su abogada.

—Son, eh... las siete de la tarde allí. Parece que después de que acabase la jornada, un mensajero entró en la
oficina, recién bajado de un avión de Los Ángeles, y le entregó una carta de la oficina del Dentista.

—Nos demanda por algo —dice Beryl.

—Está a esto de demandarnos.

—¿Por qué? —grita Tom Howard.

Avi suspira.

—En cierta forma, Tom, eso es lo de menos. Cuando Kepler considera que es mejor para él presentar una demanda táctica, ya encontrará un pretexto. No debemos olvidar que no se trata de asuntos legales legítimos, sino de táctica.

—Rotura de contrato, ¿no? —dice Randy.

Todos miran a Randy.

—¿Sabes algo que los demás debiésemos saber? —pregunta John Cantrell.

—No es más que una suposición —dice Randy negando con la cabeza—. Nuestro contrato con él estipula que debemos mantenerle informado de cualquier cambio en las condiciones que pudiesen alterar materialmente el clima empresarial.

—Es una cláusula horriblemente vaga —dice Beryl como reproche.

—No es más que una paráfrasis.

—Randy tiene razón —dice Avi—. El sentido general es que debíamos haberle contado al Dentista lo que pasaba en Kinakuta.

—Pero nosotros no lo sabíamos —dice Eb.

—Eso no importa... recuerda, se trata de una demanda táctica.

—¿Qué quiere?

—Asustarnos —dice Avi—. Ponernos nerviosos. Mañana o al día siguiente traerá a otro abogado para jugar al policía bueno... o para hacernos una oferta.

—¿Qué tipo de oferta? —pregunta Tom.

—No lo sabemos, claro —dice Avi—, pero supongo que Kepler quiere un trozo de nuestro pastel. Quiere poseer parte de la empresa.

Se hace la luz en el rostro de todos excepto en el del mismo Avi, quien mantiene su casi perpetua máscara de autocontrol.

—Así que es mala noticia, buena noticia, mala noticia. Mala noticia número uno: la llamada de teléfono de Anne. Buena noticia: por lo que ha sucedido aquí en los últimos dos días, Epiphyte Corp. es de pronto tan deseable que Kepler está dispuesto a jugar duro por conseguir parte de nuestras acciones.

—¿Cuál es la segunda mala noticia? —pregunta Randy.

—Es muy simple. —Avi les da la espalda durante un momento, recorre un par de pasos hasta que le bloquea un banco de piedra y luego se vuelve para encararse con ellos—. Esta mañana os dije que Epiphyte valía ahora lo suficiente como para que la gente pudiese irse a un precio razonable. Probablemente lo interpretasteis como algo positivo. En cierta forma, así era. Pero una compañía pequeña y valiosa en el mundo empresarial es como un pájaro brillante y hermoso posado en una rama, cantando una canción feliz que puede escucharse a millas de distancia. Atrae pitones. —Avi se detiene un momento—. Normalmente, el periodo de gracia es mayor. Te vuelves valioso, pero luego dispones de algo de tiempo, semanas o meses, para establecer una posición defensiva, antes de que las pitones puedan empezar a trepar por el tronco. En esta ocasión, lo que sucedió es que nos volvimos valiosos mientras nos encontrábamos justo encima de la pitón. Ahora ya no valemos nada.

—¿Qué quieres decir? —replica Eb—. Tenemos tanto valor como esta mañana.

—Una compañía pequeña demandada por una gran cantidad de dinero por el Dentista ciertamente no vale nada. Probablemente posee un enorme valor negativo. La única forma de que vuelva a tener valor positivo es hacer que la demanda desaparezca. Por tanto, Kepler tiene todas las cartas. Después de la increíble actuación de Tom ayer, probablemente todos los que estaban sentados a la mesa querían una parte de nosotros con tanto ahínco como Kepler. Pero Kepler tenía una ventaja: ya tenía negocios con nosotros. Lo que le dio un pretexto para presentar una demanda.

»Por tanto, espero que hayáis disfrutado de nuestra mañana al sol, aunque la pasásemos en una cueva —concluye Avi. Mira a Randy y baja la voz como muestra de remordimiento—. Y si alguno de vosotros estaba pensando en vender su parte para irse, que esto sea una lección para vosotros: sed como el Dentista. Decidíos y actuad rápido.

Funkspiel

El asistente del coronel Chattan lo despierta. Lo primero que nota Waterhouse es que el chico respira rápido y con dificultad, como hace Alan cuando regresa de una carrera campo a través.

—El coronel Chattan requiere su presencia en la Mansión con la máxima urgencia.

El alojamiento de Waterhouse se encuentra en un vasto campamento improvisado a cinco minutos de la Mansión de Bletchley Park. Caminando rápido mientras se abrocha la camisa, recorre la distancia en cuatro minutos. A continuación, a veinte pies de la meta, casi lo atropella una manada de Rolls-Royce, deslizándose en la noche tan oscuros y silenciosos como submarinos alemanes. Uno se le acerca tanto que puede sentir el calor del motor; el gas bochornoso le atraviesa la pernera y se condensa en la pierna.

Los carcamales de los Edificios Broadway bajan de los Rolls-Royce y preceden a Waterhouse en la Mansión. En la biblioteca, los hombres se arremolinan serviles alrededor de un teléfono que suena con frecuencia y, cuando contestan, produce unos gritos que pueden oírse, pero no comprenderse, al otro extremo de la habitación. Waterhouse estima que los Rolls-Royce deben haber llegado desde Londres a unas nueve mil millas por hora.

Jóvenes de uniforme y pelo lustroso están sacando mesas largas de las otras salas y las disponen con pequeños movimientos en la biblioteca, dejando rastros de pintura en los marcos de las puertas. Waterhouse elige una silla arbitraria frente a una mesa arbitraria. Otro asistente trae un carrito con cestos llenos de carpetas, todavía humeantes por la fricción de ser arrancadas de los infinitos archivos de Bletchley Park. Si se tratase de una reunión de verdad, se habrían preparado y repartido mimeografías. Pero es un pánico total, y Waterhouse sabe que será mejor que se aproveche de su llegada temprana si quiere enterarse de todo lo que pasa. Así que va al carrito y coge la carpeta que está al fondo del montón, asumiendo que habrán sacado primero las más importantes. La etiqueta reza: U-691.

Las primeras páginas no son más que unos formularios: una hoja de datos de un submarino consistente en muchos recuadros. La mitad están vacías. Manos diferentes han llenado la otra mitad en momentos diferentes y usando instrumentos diferentes, con muchas borraduras y notas marginales escritas por analistas que hacían suposiciones.

A continuación hay un registro que contiene todo lo que se sabe que el U-691 ha hecho, en orden cronológico. La primera entrada es su botadura, en Wilhelmshaven el 19 de septiembre de 1940, seguida de una larga lista de barcos que ha asesinado. Hay una extraña anotación de hace unos meses: REACONDICIONADO CON DISPOSITIVO EXPERIMENTAL (¿SCHNORKEL?). Desde entonces, el U-691 ha estado yendo de un lado a otro como un loco, hundiendo barcos en la bahía de Chesapeake, Maracaibo, las cercanías del Canal de Panamá y un montón de otros lugares que Waterhouse, hasta ese momento, había creído que no eran más que refugios de invierno para ricos.

Entran dos personas más y toman asiento: el coronel Chattan y un joven con un esmoquin desaliñado, quien (según un rumor que se abre paso por la sala) es un percusionista sinfónico, y está claro que ha intentado limpiarse el carmín de la cara, pero no ha llegado a algunos puntos de la oreja izquierda. Tales son las exigencias de la guerra.

Otro asistente entra corriendo con un cesto lleno de mensajes ULTRA descifrados. Parece material mucho más interesante; Waterhouse devuelve la carpeta y comienza a repasar los mensajes.

Cada uno comienza con un bloque de datos que identifica la estación que lo interceptó, la hora, la frecuencia y otras menudencias. El montón de mensajes se reduce a una conversación, mantenida durante varias semanas, entre dos transmisores.

Uno de ellos está en una parte de Berlín llamada Charlottenburg, en el tejado de un hotel en la Steinplatz: la sede temporal del Mando de Submarinos, trasladado allí recientemente desde París. La mayoría de esos mensajes están firmados por el Gran Almirante Karl Dönitz. Waterhouse sabe que hace poco Dönitz ha sido nombrado Comandante en Jefe Supremo de toda la Marina alemana, pero ha decidido conservar también el antiguo título de Comandante en Jefe de Submarinos. Dönitz siente debilidad por los submarinos y los hombres que los tripulan.

El otro transmisor pertenece al U-691. Esos mensajes están firmado por su capitán, Kapitänleutnant Günter Bischoff.

Bischoff: He hundido un mercante. Esa puta mierda del radar está por todas partes.

Dönitz: Recibido. Bien hecho.

Bischoff: Me he cargado otro buque cisterna. Esos cabrones parecen saber exactamente dónde estoy. Gracias a dios por el schnorkel.

Dönitz: Recibido. Bonito trabajo, como de costumbre.

Bischoff: He hundido otro mercante. Los aviones me estaban esperando. Derribé uno de ellos; me cayó encima en una bola de fuego e incineró a tres de mis hombres. ¿Están seguros de que esa cosa Enigma funciona de verdad?

Dönitz: ¡Buen trabajo, Bischoff! ¡Tiene otra medalla! No se preocupe por Enigma, es fantástica.

Bischoff: Ataqué un convoy y hundí tres mercantes, un buque cisterna y un destructor.

Dönitz: ¡Genial! ¡Otra medalla más!

Bischoff: Ya que estábamos, di la vuelta y acabé con lo que quedaba del convoy. Luego apareció otro destructor y nos arrojó cargas de profundidad durante tres días. Estamos todos medio muertos, con los pies metidos en nuestra propia mierda, como ratas que se hayan caído en una letrina y se ahogasen lentamente. Tenemos los cerebros gangrenosos de respirar nuestro propio dióxido de carbono.

Dönitz: ¡Es usted un héroe del Reich y el Führer en persona conoce sus brillantes éxitos! ¿Le importaría dirigirse al sur y atacar el convoy en estas y aquellas coordenadas? P.S.: Por favor, limite la longitud de sus mensajes.

Bischoff: En realidad, me vendrían bien unas vacaciones, pero claro, qué coño.

Bischoff (una semana más tarde): Le dimos a la mitad del convoy en su nombre. Tuvimos que salir a la superficie y enfrentarnos a un molesto destructor con el arma de cubierta. Fue un acto tan suicida que ni se lo esperaban. En consecuencia, los volamos en pedacitos. Hora de unas buenas vacaciones.

Dönitz: Oficialmente es usted ahora el más grande capitán de submarinos de todos los tiempos. Regrese a Lorient para un descanso y diversión bien merecido.

Bischoff: En realidad, tenía en mente unas minivacaciones caribeñas. Lorient es fría y desoladora en esta época del año.

Dönitz: no hemos tenido noticias suyas desde hace dos días. Por favor, informe.

Bischoff: Encontramos una bonita cala bien oculta con una playa de arena blanca. Preferiría no especificar las coordenadas, porque ya no confío en la seguridad de Enigma. La pesca es genial. Le estoy dando duro a un bronceado. Nos sentimos algo mejor. La tripulación está muy agradecida.

Dönitz: Günter, estoy dispuesto a pasarte muchas cosas, pero incluso el Comandante Supremo en Jefe debe responder ante sus superiores. Por favor, deja esas tonterías y vuelve a casa.

U-691: Éste es el Oberleutnant zur See Karl Beck, segundo al mando del U-691. Lamento informar que el KL Bischoff se encuentra en mal estado de salud. Solicito órdenes. P.S.: No sabe que envío este mensaje.

Dönitz: Asuma el mando. Regrese, no a Lorient, sino a Wilhelmshaven. Cuide de Günter.

Beck: El KL Bischoff se niega a entregar el mando.

Dönitz: Adminístrele sedantes y tráigale de vuelta. No será castigado.

Beck: Gracias en mi nombre y en el de la tripulación. Estamos de camino, pero nos falta combustible.

Dönitz: Encuéntrese con el U-413 [un nodriza] en estas coordenadas.

Ahora hay más personas en la sala: un rabino arrugado, el doctor Alan Mathison Turing, un hombre grande con un traje de lana cheviot que Waterhouse recuerda vagamente como un profesor de Oxford y algunos de los tipos de inteligencia naval que siempre andan por el Barracón 4. Chattan inicia la reunión y presenta a uno de los jóvenes, quien se pone en pie y expone el estado de la situación.

—El U-691, un submarino de tipo IXD/42 bajo el mando nominal del Kapitänleutnant Günter Bischoff, y bajo el mando efectivo del Oberleutnant zur See Karl Beck, envió un mensaje Enigma al Mando de Submarinos a las 20.00 horas de Greenwich. El mensaje afirma que, tres horas después de hundir un mercante de Trinidad, el U-691 torpedeó y hundió un submarino de la Marina Real que recogía supervivientes. Beck ha capturado a dos de nuestros hombres: el sargento de marines Robert Shaftoe, un norteamericano, y el teniente Enoch Root, ANZAC.

—¿Qué saben esos hombres? —pregunta el profesor, realizando un intento bastante evidente por ponerse sobrio.

Chattan esquiva la pregunta:

—Si Root y Shaftoe divulgan todo lo que saben, los alemanes podrían inferir que estamos realizando grandes esfuerzos por ocultar la existencia de una fuente de inteligencia valiosa y detallada.

—Oh, maldición —murmura el profesor.

Un civil extremadamente alto y larguirucho, el encargado de crucigramas de uno de los periódicos londinenses, actualmente asignado a Bletchley Park, entra a empujones en la sala y pide disculpas por llegar tarde. Más de la mitad de las personas de la lista Ultra Mega se encuentran ahora en la sala.

El joven analista naval sigue hablando.

—A las 21.10, Wilhelmshaven respondió con un mensaje dando instrucciones al OL Beck de que interrogase a los prisioneros de inmediato. A las 01.50, Beck respondió con su opinión de que los prisioneros pertenecían a una unidad especial de inteligencia naval.

Mientras habla, se pasan alrededor de la mesa copias de los mensajes. El encargado de crucigramas examina el suyo con el ceño fruncido.

—Quizá ya lo han comentado antes de mi llegada, en cuyo caso pido disculpas —dice—, pero ¿cómo interviene en todo esto el mercante de Trinidad?

Chattan silencia a Waterhouse con una mirada y responde:

—No voy a decírselo. —Una risa apreciativa recorre la mesa, como si acabase de soltar un *bon mot* en una fiesta—. Pero el almirante Dönitz al leer esos mismos mensajes podría estar tan confundido como ustedes. Nos gustaría que siguiese así.

—Dato 1: Dönitz sabe que el mercante fue hundido —dice inesperadamente Turing, marcando los números con los dedos—. Dato 2: sabe que horas después un submarino de la Marina Real llegó allí y también fue hundido. Dato 3: sabe que dos de nuestros hombres fueron rescatados del agua, y que probablemente trabajan en inteligencia, que desde mi punto de vista es una categorización muy amplia. Pero no tiene por qué sacar necesariamente ninguna conclusión, basándose en unos mensajes extremadamente escuetos, acerca de qué nave, el mercante o el submarino, venían los dos hombres.

—Bien, eso es evidente, ¿no? —dice el de los crucigramas—. Vinieron del submarino.

Chattan responde sólo con una sonrisa de Cheshire.

—¡Oh! —dice Crucigrama. Las cejas se arquean por toda la sala.

—Mientras Beck siga enviando mensajes al almirante Dönitz, aumenta la probabilidad de que Dönitz descubra algo que no queremos que sepa —dice Chattan—. Esa probabilidad se convertirá en certidumbre cuando el U-691 llegue intacto a Wilhelmshaven.

—¡Corrección! —aúlla el rabino. Todos se sobresaltan y se produce un largo silencio mientras el hombre se agarra con manos temblorosas al borde de la mesa y se pone precariamente en pie—. ¡Lo importante no es si Beck transmite mensajes! ¡Es si Dönitz *cree* esos mensajes!

—¡Escuchad, escuchad! ¡Muy astuto! —dice Turing.

—¡Muy cierto! Gracias por la aclaración, Herr Kahn —dice Chattan.

—Perdóneme un segundo —dice el profesor—, pero ¿por qué no iba a creerlos?

La pregunta produce otro largo silencio. El profesor ha marcado un gol, y ha devuelto a todos a la fría y dura realidad. El rabino empieza a murmurar algo que suena bastante a la defensiva, pero es interrumpido por una voz atronadora desde la puerta:

—¡FUNKSPIEL!

Todos se vuelven para mirar al hombre que acaba de cruzarla. Es un hombre delgado de unos cincuenta años y pelo prematuramente blanco, gafas de lentes extremadamente gruesas que amplían sus ojos y una rugiente tormenta de caspa que le cubre la blazer azul marino.

—¡Buenos días, Elmer! —dice Chattan con la alegría forzada de un psiquiatra que se ve obligado a entrar en un pabellón de enfermos peligrosos.

Elmer entra en la habitación y se gira para mirar a la multitud.

—¡FUNKSPIEL! —grita una vez más, con una voz inapropiadamente alta, y Waterhouse se pregunta si el hombre está borracho, sordo o ambas cosas. Elmer les da la espalda y mira durante un rato la estantería, luego vuelve a encararse con ellos mostrando una expresión de asombro—. Esperaba que al menos hubiese una pizarra —dice con acento de Texarkana—. ¿Qué clase de aula es ésta? —Una risa nerviosa recorre la sala mientras todos intentan decidir si Elmer está rompiendo el hielo con un chiste o está completamente loco.

—Significa «juegos de radio» —dice el rabino Kahn.

—¡Gracias, señor! —responde Elmer con rapidez, sonando cabreado—. Juegos de radio. Los alemanes llevan jugando a ellos toda la guerra. Ahora tenemos nuestra oportunidad.

Hace sólo un momento, Waterhouse estaba pensando en lo británica que era toda esta situación, sintiéndose muy lejos de casa, y deseando que estuviesen presentes uno o dos norteamericanos. Ahora que se ha cumplido su deseo, no desea más que salir de la Mansión arrastrándose sobre manos y pies.

—¿Cómo juega uno a esos juegos, señor, eh...? —dice Crucigrama.

—¡Puede llamarme Elmer! —grita Elmer.

Todos intentan huir de él.

—¡Elmer! —dice Waterhouse—, ¿podría por favor dejar de gritar?

Elmer se vuelve y parpadea dos veces en la dirección de Waterhouse.

—El juego es muy simple —dice en un tono más normal de conversación. Luego vuelve a emocionarse e inicia el crescendo—. ¡Lo único necesario es una radio y un par de jugadores con buenos oídos y buenas manos! —Ahora está aullando. Señala la esquina donde se encuentran juntos la mujer albina con los auriculares y el percusionista con carmín en la oreja—. ¿Desea explicar «letras», señor Shales?

El percusionista se pone en pie.

—Cada operador de radio tiene un estilo de tecleo característico... lo llamamos «letras». Con un poco de práctica, el personal de estaciones de escucha puede identificar los distintos operadores alemanes por sus «letras»... Por ejemplo, sabemos cuándo uno de ellos ha sido transferido a otra unidad. —Inclina la cabeza en dirección a la mujer albina—. La señorita Lord ha interceptado muchos mensajes del U-691, y conoce bien la letra de su operador de radio. Más aún, ahora tenemos una grabación de radio de la transmisión más reciente del U-691, que ella y yo hemos estado examinando con atención. —El percusionista toma aliento y se carga de coraje antes de decir—: Creemos que puedo imitar la «letra» del U-691.

Turing interviene.

—Y como hemos roto Enigma, podemos componer cualquier mensaje que queramos, y cifrarlo como lo hubiese hecho el U-691.

—¡Espléndido! ¡Espléndido! —dice uno de los tipos de los Edificios Broadway.

—No podemos evitar que el U-691 envíe sus propios y legítimos mensajes —advierte Chattan—, a menos que lo hundamos. Cosa que estamos intentando por todos los medios. Pero podemos enfangar las aguas. ¿Rabino?

Una vez más, el rabino se pone en pie, haciendo que todos se fijen en él mientras esperan a que caiga. Pero no se cae.

—He compuesto un mensaje en la jerga alemana de la marina. Traducido al inglés, dice más o menos: «El interrogatorio de los prisioneros continúa lentamente solicitamos permiso para emplear tortura» y luego hay varias equis seguidas y se añaden las palabras AVISO DE EMBOSCADA U-691 HA SIDO CAPTURADO POR COMANDOS BRITÁNICOS.

Todos en la sala contienen el aliento.

—¿Es la jerga contemporánea del alemán naval parte normal de los estudios talmúdicos? —pregunta el profesor.

—El señor Kahn ha pasado un año y medio estudiando los mensajes navales en el Barracón 4 —dice Chattan—. Conoce muy bien el idioma naval. Hemos cifrado el mensaje del señor Kahn usando la clave naval de Enigma de hoy, y se lo he pasado al señor Shales, quien ha estado practicando.

La señorita Lord se pone en pie, como una niña recitando sus lecciones en una escuela victoriana, y dice:

—Considero que la imitación del señor Shales es indistinguible de las emisiones del U-691.

Todos los ojos se dirigen hacia Chattan, quien a su vez se dirige hacia los carcamales de los Edificios Broadway, que ahora mismo están al teléfono retransmitiéndolo todo a alguien que claramente les aterra.

—¿Los germanos no tienen huffduff? —pregunta el profesor, como si examinase un fallo en la disertación de un alumno.

—Su red huffduff no está ni de lejos tan desarrollada como la nuestra —responde uno de los jóvenes analistas—. Es muy improbable que se molestasen en triangular una transmisión que parece provenir de uno de sus propios submarinos, así que probablemente no detectarán que el mensaje tiene su origen en Buckinghamshire y no en el Atlántico.

—Sin embargo, hemos anticipado su objeción —dice Chattan—, y hemos dispuesto que varios de nuestros barcos, así como aeroplanos y tropas de tierra, aneguen el éter con transmisiones. Su red de huffduff tendrá las manos llenas en el momento en que enviemos la transmisión U-691 falsa.

—Muy bien —murmura el profesor.

Todos permanecen sentados en silencio eclesial mientras el representante más importante de los Edificios Broadway da fin a la conversación con Quién Esté Al Otro Lado. Después de colgar el teléfono, entona solemne:

—Tienen órdenes de proceder.

Chattan inclina la cabeza en dirección a un joven, que atraviesa corriendo la sala, coge el teléfono y comienza a hablar, con una voz tranquila y clínica, sobre resultados de críquet. Chattan mira la hora.

—Necesitaremos algunos minutos para que se extienda la cortina de humo huffduff. Señorita Lord, ¿nos notificará cuando el tráfico haya alcanzado el nivel febril adecuado?

La señorita Lord ejecuta una ligera reverencia y se sienta ante la radio.

—¡FUNKSPIEL! —grita Elmer, aterrorizando a todos los presentes—. Ya hemos terminado de enviar otros mensajes. Hicimos que pareciesen tráficos de la Marina Real. Usamos un código que los teutones descifraron hace unas semanas. Esos mensajes están relacionados con una operación, una operación ficticia, en la que se supone que un submarino alemán fue abordado y tomado por nuestros comandos.

Salen un montón de grititos del teléfono. El caballero que tiene la mala suerte de atenderlo los traduce a lo que probablemente es un inglés más educado.

—¿Qué sucederá si la actuación del señor Shales no convence a los operadores de radio en Charlottenburg? ¿Qué sucederá si no consiguen descifrar los mensajes falsos del señor Elmer?

Chattan se ocupa de esas preguntas. Se acerca a un mapa dispuesto sobre un caballete en un extremo de la sala. El mapa muestra un fragmento del Atlántico limitado al este por Francia y España.

—La última posición conocida del U-691 fue ésta —dice señalando un alfiler clavado en la esquina inferior izquierda del mapa—. Se le ha ordenado que regrese a Wilhelmshaven con los prisioneros. Irá por este camino —dice, señalando un trozo de hilo rojo que se extiende en la dirección nornoroeste—, asumiendo que evite el estrecho de Dover.*

»Resulta que hay otro submarino nodriza aquí —continúa diciendo Chattan, señalando otro alfiler—. Uno de nuestros submarinos debería llegar a él en menos de veinticuatro horas; se acercará a profundidad de periscopio y lo atacará con torpedos. Es muy probable que el nodriza sea destruido de inmediato. Si tiene tiempo de enviar una transmisión, simplemente dirá que está siendo atacado por un submarino. Una vez que hayamos destruido el nodriza, recurriremos de nuevo a las habilidades del señor Shales que enviará una señal falsa de alarma que parecerá tener su origen en el nodriza, afirmando que el atacante no era otro sino el U-691.

—¡Espléndido! —proclama alguien.

—Para cuando salga el sol mañana —concluye Chattan—, tendremos una de nuestras mejores fuerzas cazasubmarinos en la escena. Un portaviones ligero con varios aviones antisubmarinos peinarán el océano día y noche, empleando el radar, el reconocimiento visual, huffduff y proyectores Leigh para perseguir al U-691. Tenemos muy buenas posibilidades de que lo encontremos y lo destruyamos antes de que se acerque al continente. Pero si encontrase la forma de atravesar esa formidable barrera, se encontrará con que la Kriegsmarine alemana está igual-

* Se trata de una muestra de humor seco, y todos la reciben como tal; en ese momento de la guerra, un submarino no podría atravesar el Canal de la Mancha al igual que no podría remontar el Mississippi, hundir algunos barcos en Dubuque y escapar.

mente deseosa de darle caza y destruirlo. Mientras tanto, cualquier información que transmita al almirante Dönitz será considerada totalmente sospechosa.

—Por tanto —dice Waterhouse—, el plan, en resumen, consiste en hacer que toda información del U-691 se considere increíble, y subsecuentemente destruirlo, y a todos los que van en él, antes de que llegue a Alemania.

—Sí —dice Chattan—, y la primera tarea quedará extremadamente simplificada por el hecho de que ya se sabe que el capitán del U-691 es mentalmente inestable.

—Parece probable que nuestros hombres, Shaftoe y Root, no sobrevivirán —dice Waterhouse lentamente.

Se produce un largo y embarazoso silencio, como si Waterhouse hubiese interrumpido la hora del té haciendo sonidos de pedos con el sobaco.

Chattan responde con un tono preciso que indica que está realmente cabreado.

—Queda la posibilidad de que cuando el U-691 se enfrente a nuestras fuerzas, se vea obligado a salir a la superficie y se rinda.

Waterhouse examina con detenimiento el grano de la mesa. Tiene la cara caliente y le arde el pecho.

La señorita Lord se pone en pie y habla. Varias cabezas importantes se vuelven hacia el señor Shales, quien se disculpa y se dirige a la mesa en la esquina de la sala. Durante unos momentos ajusta los controles del transmisor de radio, sitúa el mensaje cifrado frente a él y respira profundamente, como si se preparase para un solo importante. Al fin, alarga las manos, apoya una de ellas sobre el pulsador y empieza a enviar el mensaje, inclinándose de un lado a otro y moviendo la cabeza de aquí para allá. La señorita Lord escucha con los ojos cerrados, extremadamente concentrada.

El señor Shales se detiene.

—Ya está —anuncia en voz baja, y mira nervioso a la señorita Lord, quien sonríe. A continuación se produce un aplauso amable a lo largo de la biblioteca, como si acabasen de escuchar un concierto de clavicordio. Lawrence Pritchard Waterhouse mantiene las manos cruzadas sobre el regazo. Acaba de oír la sentencia de muerte de Enoch Root y Bobby Shaftoe.

PEPH

A: root@eruditorum.org
De: enano@siblings.net
Asunto: Re(8) ¿Por qué?
Resumamos lo que sé hasta ahora: dices que preguntar «¿por qué?» es parte de lo que haces para ganarte la vida; no eres un académico, y te dedicas al negocio de la vigilancia. Tengo problemas para formarme una imagen clara.
INICIO DEL BLOQUE DE FIRMA ORDO
(etc.)
FIN DEL BLOQUE DE FIRMA ORDO
A: enano@siblings.net
De: root@erutiorum.org
Asunto: Re(9) ¿Por qué?
Randy,
Nunca dije que yo, personalmente, me dedicase al negocio de la vigilancia. Pero conozco gente que sí se dedica a él. Antes en el sector público y ahora en el privado. Seguimos en contacto. Radio macuto y demás. Hoy en día, mi

implicación en estas cosas se limita a tontear con nuevos sistemas criptográficos como hobby.

Bien, volviendo a lo que considero el tema central de nuestra conversación. Supusiste que era un académico. ¿Estabas siendo sincero o era puramente un intento de «pillarme»?

La razón por la que lo pregunto es que yo, de hecho, soy un hombre del clero, así que considero naturalmente que mi trabajo es preguntar «¿por qué?». Asumía que eso te resultaría bastante evidente. Pero debí tomar en consideración que no eres de los que van a la iglesia. Es culpa mía.

La idea convencional es pensar en los sacerdotes presidiendo bodas y funerales. Incluso las personas que van regularmente a la iglesia (o sinagoga, o lo que sea) se duermen durante los sermones. Eso es debido a que las artes de la retórica y la oratoria pasan por momentos difíciles y, por tanto, los sermones no suelen ser muy interesantes.

Pero hubo una época en la que lugares como Oxford y Cambridge existían casi exclusivamente para crear sacerdotes, y su trabajo no consistía sólo en presidir bodas y funerales sino también en decir cosas que incitasen a la reflexión a un montón de personas varias veces por semana. Eran los puntos de venta al detalle de la profesión filosófica.

Todavía considero que ésa es la función principal del sacerdote, o al menos la parte más interesante del trabajo; de ahí mi pregunta, que, no puedo evitar comentar, sigues sin contestar.

INICIO DEL BLOQUE DE FIRMA ORDO
(etc.)
FIN DEL BLOQUE DE FIRMA ORDO

—Randy, ¿qué es lo peor que ha sucedido nunca?

Una pregunta muy fácil de contestar cuando estás al rededor de Avi.

—El Holocausto —dice Randy obedientemente.

Incluso si no conociese a Avi, el espacio que les rodea le daría una indicación. El resto de Epiphyte Corp. ha regresado ya al Foote Mansion para preparar las hostilidades con el Dentista. Randy y Avi están sentados en un banco de obsidiana negra plantado sobre la tumba común de millares de nipones en el centro de Kinakuta, viendo los autobuses de visitantes que van y vienen.

Avi saca un pequeño receptor GPS de la cartera, lo conecta y lo coloca sobre una piedra frente a ellos, donde tendrá una línea libre al cielo.

—¡Correcto! ¿Y cuál es el más alto y mejor propósito al que podemos consagrar nuestra existencia?

—Eh... ¿incrementar el valor accionarial?

—Muy gracioso —dice Avi molesto. Está desnudando su alma, lo que hace rara vez. Además, está en medio del proceso de catalogar otro lugar de holocausto con h minúscula, añadiéndolo a sus archivos. Está claro que apreciaría algo de puta solemnidad—. Hace unas semanas visité México —sigue diciendo Avi.

—¿Buscando un lugar donde los españoles mataron a un montón de aztecas? —pregunta Randy.

—Contra eso estoy luchando exactamente —dice Avi, todavía más irritado—. No, no buscaba un sitio donde masacraron a un montón de aztecas. ¡Los aztecas pueden irse a tomar por el culo, Randy! Repite conmigo: los aztecas pueden irse a tomar por el culo.

—Los aztecas pueden irse a tomar por el culo —dice Randy con entusiasmo, atrayendo miradas de desconcierto de un guía nipón.

—Para empezar, me encontraba a cientos de millas de Ciudad de México, la antigua capital azteca. Me encontraba en los límites del territorio controlado por los aztecas. —Avi coge el GPS de la roca y comienza a pulsar teclas, indicándole que almacene la latitud y la longitud en la memoria—. Buscaba —siguió diciendo Avi— el emplazamiento de la ciudad de Nahuatl que fue atacada por los aztecas siglos antes de que apareciesen los españoles. ¿Sabes qué hicieron esos cabrones de los aztecas, Randy?

Randy usa las manos para limpiarse el sudor de la cara.

—¿Algo inenarrable?

—Odio la palabra «inenarrable». *Debemos* narrar esos actos.

—Narra entonces.

—Los aztecas hicieron veinticinco mil prisioneros de Nahuatl, se los llevaron a Tenochtitlán y los mataron en un par de días.

—¿Por qué?

—Una especie de festival. El fin de semana de la Super Bowl o algo así. No lo sé. Lo importante es que cometían continuamente cabronadas como ésa. Pero ahora, Randy, cuando hablo de acontecimientos como el Holocausto en México, ¡me ofreces esa mierda sobre los desagradables y cabrones españoles! ¿Por qué? Porque se ha distorsionado la historia, ése es el porqué.

—No me digas que vas a tomar partido por los españoles.

—Como descendiente de personas expulsadas de España por la Inquisición, no me hago ilusiones con respecto a ellos —dice Avi—, pero, en sus peores actos, los espa-

141

ñoles eran un millón de veces mejores que los aztecas. Quiero decir: realmente habla muy mal de los aztecas el hecho de que cuando los españoles aparecieron por allí y lo destrozaron todo, las cosas mejoraron un montón.

—¿Avi?

—Sí.

—Estamos sentados aquí, en el Sultanato de Kinakuta, intentando construir un refugio de datos mientras nos defendemos de un cirujano bucal convertido en lanzador de opas hostiles. Tengo asuntos urgentes en Filipinas. ¿Por qué estamos hablando de los aztecas?

—Te estoy dando un discurso enardecedor —dice Avi—. Estás aburrido. Eso es peligroso. La cosa de los Pinoy-gramas fue genial durante un tiempo, pero ahora ya está en marcha, es un negocio que ya no ofrece nueva tecnología.

—Cierto.

—Pero la Cripta es extremadamente genial. Tom, John y Eb se están volviendo chiflados y todos los Adeptos al Secreto me bombardean con currículos. La Cripta es exactamente lo que te gustaría estar haciendo ahora mismo.

—Cierto una vez más.

—Pero incluso si estuvieses trabajando en la Cripta, las consideraciones filosóficas te estarían reconcomiendo... consideraciones con respecto al tipo de personas con las que te ves implicado, que podrían ser nuestros primeros clientes.

—No puedo negar que tengo dudas filosóficas —le dice Randy. De pronto se le ha ocurrido una nueva hipótesis: *Avi* es realmente root@eruditorum.org.

—En lugar de eso, estás tendiendo cables en las Filipinas. Es un trabajo que, por los cambios de los que supimos ayer, es básicamente irrelevante para nuestra misión corporativa. Pero es una obligación contractual pendiente, y si se la asignamos a alguien menos importante que tú, el Dentista podría demostrar incluso ante un jurado de idiotas californianos con cerebro de tofu que estábamos fingiendo.

—Bien, gracias por dejarme tan claro por qué debo ser tan infeliz —dice Randy tolerante.

—Por tanto —sigue diciendo Avi—, quiero que sepas que allí no te estás limitando a fabricar placas de matrículas. Y más aún, que la Cripta no es un esfuerzo completamente inmoral. En realidad, somos partícipes muy importantes en lo más importante del mundo.

Randy dice:

—Me preguntaste antes cuál era el más alto y mejor propósito al que podemos consagrar nuestra existencia. Y la respuesta evidente es «evitar futuros Holocaustos».

Avi ríe sombrío.

—Me alegra que para ti sea obvio, amigo mío. Empezaba a pensar que yo era el único.

—¿Qué? No seas tan petulante, Avi. La gente conmemora continuamente el Holocausto.

—Conmemorar el Holocausto no es, no no no no no, lo mismo que luchar por evitar futuros holocaustos. La mayoría de los que conmemoran son unos lloricas. Creen que si todo el mundo se sintiera mal por los pasados holocaustos la naturaleza humana se transformaría mágicamente y en el futuro nadie querría cometer un genocidio.

—Asumo que no compartes ese punto de vista, Avi.

—¡Piensa en Bosnia! —se mofa Avi—. La naturaleza humana no cambia, Randy. La educación es inútil. La gente más educada del mundo se puede convertir en aztecas o nazis así. —Chasca los dedos.

—¿Y la esperanza está en?

—En lugar de intentar educar a los potenciales perpetradores de holocaustos, debemos intentar educar a las víctimas en potencia. Al menos ellos prestarán algo de atención.

—¿Educarles cómo?

Avi cierra los ojos y agita la cabeza.

—Oh, mierda, Randy, podría hablar durante horas... incluso tengo un plan de estudios preparado.

—Vale, nos ocuparemos de eso más tarde.

—Definitivamente será más tarde. Por ahora, lo principal es que la Cripta es de la mayor importancia. Podría coger todas mis ideas y almacenarlas en un único receptáculo de información, pero casi cualquier gobierno del mundo impediría su distribución entre sus ciudadanos. Es esencial construir la Cripta para que PEPH pueda ser distribuido por todo el mundo.

—¿PEPH?

—Paquete de Educación y Prevención del Holocausto.

—¡Oh, dios mío!

—Ése es el verdadero propósito del trabajo que estás realizando —dice Avi—, y por tanto te exhorto a que no pierdas la fe. Cuando te aburras de fabricar matrículas en Filipinas, piensa en PEPH. Pienso en lo que esos campesinos de Nahuatl habrían podido hacer a esos cabrones de los aztecas si hubiesen tenido un manual de prevención de holocaustos... una guía de tácticas de guerrilla.

Randy permanece sentado y meditando durante un rato.

—Debemos ir a comprar algo de agua —dice al fin—. Acabo de perder un par de litros aquí sentado.

—Podemos volver al hotel —dice Avi—. Básicamente he terminado.

—Tú has terminado. Yo ni siquiera he empezado —dice Randy.

—¿Empezar qué?

—Explicarte por qué no hay ni una posibilidad de que llegue a aburrirme en las Filipinas.

Avi parpadea.

—¿Has conocido a una chica?

—¡No! —responde Randy malhumorado, lo que significa, evidentemente, sí—. Venga, vámonos.

Entran en un 24 Jam cercano y compran agua en unas botellas azuladas de plástico del tamaño de un ladrillo de ceniza. Vagan, tragando el agua, por entre calles cubiertas por carritos de comida de sabroso olor.

—Hace unos días recibí un correo de Doug Shaftoe —dice Randy—. Desde su barco, vía teléfono por satélite.

—¿En abierto?

—Sí. Siempre le insisto en que se busque Ordo y cifre sus correos, pero no lo hace.

—Es muy poco profesional —se queja Avi—. Necesita ser más paranoico.

—Es tan paranoico que ni siquiera se fía de Ordo.

El ceño de Avi se relaja.

—Oh. En ese caso, vale.

—Su correo contenía un chiste estúpido sobre Imelda Marcos.

—¿Me llevas de paseo para contarme un chiste?

—No, no, no —dice Randy—. El chiste era una señal convenida de antemano. Doug me dijo que me enviaría un correo conteniendo un chiste de Imelda si sucedían ciertas cosas.

—¿Qué cosas?

Randy bebe un rápido trago de agua, toma una buena bocanada de aire y se serena.

—Hace más de un año, mantuve una conversación con Doug Shaftoe durante esa fiesta extraordinaria que dio el Dentista a bordo del *Rui Faleiro*. Quería que contratásemos a su empresa, Semper Marines Services, para realizar el sondeo para tender todos los demás cables. A cambio, me ofreció parte de los tesoros hundidos que encontrase mientras realizase el sondeo.

Avi se detiene de golpe y agarra la botella de agua con ambas manos como si temiese que fuese a caerse.

—¿Tesoros hundidos, como jo-jo-jo y una botella de ron? ¿Piezas de seis? ¿Ese tipo de cosas?

—Piezas de ocho. La misma idea básica —dice Randy—. Los Shaftoe son cazadores de tesoros. Doug está obsesionado con la idea de que hay montones de tesoros escondidos por toda Filipinas.

—¿Dónde? ¿Galeones españoles?

—No. Bien, en realidad, sí. Pero no es eso lo que busca Doug. —Él y Avi han empezado a caminar de nuevo—. En su mayoría es mucho más antiguo, cerámica de juncos chinos hundidos, o mucho más reciente, oro de guerra japonés.

Como Randy esperaba, la mención del oro de guerra japonés causa una gran impresión en Avi. Randy sigue hablando.

—Los rumores dicen que los nipos dejaron un montón de oro en la zona. Se supone que Marcos recuperó un gran alijo escondido en un túnel... de ahí sacó todo su dinero. La mayoría de la gente opina que Marcos tenía algo así como cinco o seis mil millones de dólares, pero gente en Filipinas cree que recuperó más de sesenta mil millones.

—¡Sesenta mil millones! —Avi pone rígida la espina dorsal—. Imposible.

—Mira, puedes creer los rumores o no, no me importa —dice Randy—. Pero como parece que uno de los administradores de Marcos va a depositar fondos en la Cripta, es el tipo de cosas que deberías saber.

—Sigue hablando —dice Avi, deseando de pronto saber más.

—Vale. La gente ha ido corriendo por las Filipinas desde la guerra, cavando hoyos y dragando el fondo marino, intentando encontrar el oro de guerra japonés. Doug Shaftoe es una de esas personas. El problema es que realizar un reconocimiento completo con sonar de Sidescan de toda la zona es bastante caro; no puedes hacerlo a ver qué sale. Vio la oportunidad cuando aparecimos nosotros.

—Comprendo. Muy inteligente —dijo Avi aprobador—. Realizaría el reconocimiento que nosotros necesitamos de todas formas para poder tender los cables.

—Quizá un poco más de lo estrictamente necesario, siempre que estuviese ahí fuera.

—Correcto. Ahora recuerdo el correo furioso de las arpías de la diligencia exigible del Dentista porque el reconocimiento costaba demasiado y llevaba demasiado tiempo. Creen que podríamos haber contratado a una compañía diferente y obtener los mismos resultados con mayor rapidez y menos dinero.

—Probablemente tenían razón —admite Randy—. En todo caso, Doug quería que llegásemos a un acuerdo para darnos a nosotros un diez por ciento de lo que encontrase. Más, si quisiésemos avalar las operaciones de recuperación.

De pronto, Avi abre los ojos como platos y traga una buena bocanada de aire.

—Oh, mierda —dice—. Quería que el Dentista no se enterase.

—Exacto. Porque el Dentista acabaría quedándose con todo. Y dada la peculiar situación doméstica del Dentista, eso implica que los Bolobolos acabarían enterándose de todo. Esos tíos matarían con alegría por quedarse con el oro.

—¡Guau! —dice Avi, agitando la cabeza—. ¿Sabes?, no quiero parecer uno de esos judíos chapados a la antigua que salen en las películas almibaradas. Pero en momentos como éste, todo lo que puedo decir es «Oy, gevalt!».

—No te conté el negocio, Avi, por dos razones. Una de ellas es que nuestra política general es no cotillear sobre esos asuntos. La otra razón es que habíamos decidido contratar a Semper Marine Services de todas formas, por sus méritos, así que la propuesta de Doug Shaftoe era irrelevante.

Avi medita sobre la situación.

—Corrección. Era irrelevante, *siempre que Doug Shaftoe no encontrase ningún tesoro hundido*.

—Cierto. Y di por supuesto que no lo encontraría.

—Te equivocaste en esa suposición.

—Me equivoqué en esa suposición —admite Randy—. Shaftoe ha encontrado los restos de un viejo submarino nipón.

—¿Cómo lo sabes?

—Si encontraba un junco chino me enviaría un chiste sobre Ferdinand Marcos. Si encontraba algo de la Segunda Guerra Mundial, sería sobre Imelda. Si era un barco de superficie, trataría de los zapatos de Imelda. Si era un submarino, sobre sus hábitos sexuales. Me envió un chiste sobre los hábitos sexuales de Imelda Marcos.

—Bien, ¿respondiste formalmente en alguna ocasión a la propuesta de Doug Shaftoe?

—No. Como he dicho, no era relevante, íbamos a contratarle de todas formas. Pero luego, después de que se firmasen todos los contratos, cuando estábamos preparando los detalles del reconocimiento, me dijo lo de ese código relacionado con los chistes de Marcos. Comprendí que creía que por haberle contratado habíamos dado un sí implícito a su propuesta.

—Es una forma curiosa de hacer negocios —dice Avi, arrugando la nariz—. Uno pensaría que hubiese sido más explícito.

—Es ese tipo de hombres que cierra tratos con un apretón de manos. Todo basado en el honor personal —dice Randy—. Una vez que planteó la propuesta, no la retiraría.

—El problema de esos hombres honorables —dice Avi— es que esperan que todos los demás se comporten de forma igualmente honorable.

—Cierto.

—Así que ahora cree que somos cómplices en el plan de ocultar al Dentista y los Bolobolos la existencia del tesoro hundido —dice Avi.

—A menos que se lo contemos directamente.

—En cuyo caso traicionaríamos a Doug Shaftoe —dice Avi.

—Traicionando cobardemente al ex SEAL que combatió durante seis años en Vietnam y que tiene muy buenas y tenebrosas conexiones por todo el mundo —añade Randy.

—¡Maldición, Randy! Pensé que iba a hacerte alucinar contándote lo de PEPH.

—Así fue.

—Y ahora vas y me cuentas esto.

—La vida es un espectáculo complejo y todo eso —dice Randy.

Avi piensa durante un minuto.

—Bien, supongo que en el fondo se limita a quién nos gustaría tener de nuestro lado en una pelea tabernaria.

—La respuesta sólo puede ser Douglas MacArthur Shaftoe —dice Randy—. Pero eso no implica que consigamos salir vivos del bar.

Buscador

Le han metido en el hueco estrecho que queda entre el casco exterior perforado y el casco presurizado del submarino, por donde pasa agua oscura y glacial con la potencia de una manguera de incendios y le atormenta con escalofríos de malaria: los huesos cascan, las articulaciones se congelan, los músculos se llenan de nudos. Está encajado sin espacio libre entre dos superficies desiguales de acero duro, doblándole en formas que se supone que su cuerpo no debería doblarse, y castigándole cuando intenta moverse. Sobre su cuerpo empiezan a crecer los percebes: como piojos pero mayores y con más capacidad de penetrar en la carne. De alguna forma es capaz de seguir respirando, lo justo para permanecer con vida y saborear lo incómodo de la situación en la que se encuentra. Ha estado mucho tiempo respirando agua de mar fría, le ha despellejado los conductos respiratorios, y sospecha que el plancton o algo similar crece ahora en sus pulmones. Golpea el casco presurizado, pero el impacto no produce ningún ruido. Puede sentir el calor del interior, y le gustaría entrar para disfrutar de él. Al final sucede algo con la lógica de los sueños y encuentra una escotilla. La corriente saca a Shaftoe, dejándole suspendido en soledad en medio de un cosmos acuoso, y el submarino se aleja silbando y abandonándole. Ahora Shaftoe está perdido. No sabe distinguir arriba de abajo. Algo le golpea en la cabeza. Ve unas cosas negras con aspecto de bidones que se mueven inexorablemente por entre las aguas dejando rastros cometarios paralelos de burbujas. Cargas de profundidad.

Luego Shaftoe se despierta y comprende que no era más que su cuerpo deseando morfina. Durante un momento está seguro de que vuelve a estar en Oakland y que el teniente Reagan se alza ante él, preparándose para la Fase 2 de la entrevista.

—Buenas noches, sargento Shaftoe —dice Reagan. Por alguna razón ha adoptado un fuerte acento alemán. Una broma. ¡Estos actores! Shaftoe huele carne, y otras cosas no tan apetitosas. Algo pesado, pero no especialmente duro, le golpea la cara. Luego se retira. Luego vuelve a golpearle.

—¿Su compañero es un buscador de morphium? —dice Beck.

Enoch Root se muestra un poco sorprendido; sólo llevan ocho horas en el submarino.

—¿Ya se ha convertido en un incordio?

—Está semiconsciente —dice Beck—, y tiene mucho que decir sobre lagartos gigantes, entre otras cosas.

—Oh, eso es normal en él —dice Root ya aliviado—. ¿Qué le hace pensar que sea un buscador de morphium?

—La botella de morphium y la jeringuilla hipodérmica que tenía en el bolsillo —dice Beck con la ironía inexpresiva teutónica—, y las marcas de aguja en los brazos.

Root observa que el submarino es como un túnel taladrado en el mar y tapizado de aparatos. El camarote (si no es una palabra demasiado grandiosa) es de lejos el espacio abierto más grande que Root ha visto, lo que significa que puede estirar los brazos sin golpear a nadie o tirar sin querer un reloj o una lámpara. Incluso tiene un armario de madera, y ha sido aislado del pasillo por una cortina de cuero. Cuando le trajeron, pensó que era un armario de la limpieza. Pero al examinarlo con atención, comienza a comprender que es el lugar más agradable de todo el submarino: el camarote privado del capitán. Suposición que queda confirmada cuando Beck abre con llave un cajón y saca una botella de Armagnac.

—Conquistar Francia tiene sus privilegios —dice Beck.

—Sí —responde Root—, realmente sabéis cómo saquear un país.

El teniente Reagan ha vuelto, atacando a Bobby Shaftoe con un estetoscopio que parece haber sido conservado en un baño de nitrógeno líquido hasta el momento de usarse.

—Tose, tose, tose —dice continuamente. Al final aparta el instrumento.

Algo está jodiendo los tobillos de Shaftoe. Intenta apoyarse en el codo para echar un vistazo y se golpea la cara contra una tubería abrasadoramente caliente. Una vez que ha conseguido recuperarse, mira cuidadosamente al otro extremo de su cuerpo y ve allí abajo una puta ferretería. ¡Los cabrones le han puesto cadenas!

Se recuesta y un jamón colgante le golpea en la cara. Encima hay un firmamento de tuberías y cables. ¿Dónde lo ha visto antes? En el Dutch-Hammer, allí fue. Sólo que en este submarino las luces están encendidas, no parece que esté hundiéndose y está lleno de alemanes. Los alemanes se muestran tranquilos y relajados. Ninguno de ellos está sangrando o gritando. ¡Maldición! El navío se agita de un lado a otro, y una gigantesca Blutwurst le golpea en la barriga.

Comienza a prestar atención a lo que le rodea, intentando descubrir dónde está. No hay mucho que ver, excepto carne colgando. El camarote es una rodaja de seis pies de submarino, con una pasarela estrecha en el medio, cercado de literas. O quizá sean camastros. La que tiene justo enfrente está ocupada por un saco de lona sucio.

Que se jodan. ¿Dónde está la caja con las botellas púrpura?

—Es divertido leer las comunicaciones con Charlottenburg —le dice Beck a Root, cambiando de tema a los mensajes descifrados que hay sobre la mesa—. Quizá las escribió ese judío Kafka.

—¿Y eso?

—Parece que no esperan que regresemos vivos a casa.

—¿Qué le hace pensar tal cosa? —dice Root, intentando no saborear demasiado el Armagnac.

Cuando se lo lleva a la nariz e inhala, el aroma casi aniquila la peste a orina, vómitos, comida podrida y diesel que baña hasta el nivel atómico todo lo que contiene el submarino.

—Nos presionan para que enviemos información sobre los prisioneros. Están muy interesados en vosotros —dice Beck.

—En otras palabras —dice Root con cuidado—, quieren que nos interrogues ahora mismo.

—Exacto.

—¿Y que envíes los resultados por radio?

—Sí —dice Beck—. Pero en realidad debería concentrarme en que todos permaneciésemos con vida... pronto saldrá el sol y nos esperan muchos problemas. Recordaré que tu nave envió nuestras coordenadas antes de que la hundiésemos. Todos los aviones y barcos aliados nos estarán buscando.

—Por tanto, si coopero —dice Root—, podrás volver a concentrarte en salvaguardar nuestras vidas.

Beck intenta controlar una sonrisa. Su pequeña táctica era desde el principio torpe y evidente, y Root ya lo ha comprendido. Beck se siente, en todo caso, aún más incómodo que Root con respecto a ese rollo del interrogatorio.

—Supongamos que te cuento todo lo que sé —dice Root—. Si lo envías todo a Charlottenburg, la radio estará funcionando, en la superficie, durante horas. Huffduff nos localizará en unos segundos y todo bombardero y destructor en mil millas a la redonda te caerá encima.

—Caerá sobre nosotros —le corrige Beck.

—Sí. Así que si realmente quiero conservar la vida, será mejor que me calle —dice Root.

—¿Busca esto? —dice el alemán del estetoscopio, quien (según ha descubierto Shaftoe) no es un médico de verdad, sino simplemente el tipo que resulta estar al cargo de la caja de material médico. En todo caso, está sosteniendo el objeto. El objeto en sí.

—¡Deme eso! —dice Shaftoe, intentado agarrarla débilmente—. ¡Es mío!

—En realidad, es mío —dice el médico—. La suya está con el capitán. Podría compartir parte de la mía si coopera.

—Jódase —dice Shaftoe.

—Muy bien —dice el médico—. La dejaré aquí. —Pone la jeringuilla llena de morfina en la litera opuesta y un nivel por debajo de la de Shaftoe, de forma que Shaftoe, mirando por entre un par de Knockwursts, pueda verla. Pero no pueda alcanzarla. Luego el médico se va.

—¿Por qué llevaba el sargento Shaftoe una botella alemana de morfina y una jeringuilla alemana? —pregunta Beck inquisitivo, intentando en la medida de lo posible que parezca una conversación y no un interrogatorio. Pero el esfuerzo le supera y esa sonrisa intenta de nuevo tomar el control de sus labios. Es la sonrisa de un perro apaleado. A Root le parece algo alarmante, ya que Beck es el tipo encargado de mantener con vida a todos los que están en el submarino.

—No lo sabía —dice Root.

—La morfina está muy regulada —dice Beck—. Cada botella tiene un número. Ya hemos radiado los números de la botella del sargento Shaftoe a Charlottenburg, y pronto sabremos de dónde ha salido. Aunque es posible que no nos lo digan.

—Buen trabajo. Eso les mantendrá ocupados durante un tiempo. ¿Por qué no vuelve a comandar la nave? —sugiere Root.

—Nos encontramos en la calma antes de la tormenta —dice Beck—, y no tengo demasiado que hacer. Así que intento satisfacer mi curiosidad personal sobre vosotros.

—Estamos jodidos, ¿no? —dice una voz alemana.

—¿Eh? —dice Shaftoe.

—He dicho que estamos jodidos. ¡Habéis roto Enigma!

—¿Qué es Enigma?

—No te hagas el tonto —dice el alemán.

Shaftoe siente un picor en la nuca. Suena exactamente como algo que un alemán diría justo antes de iniciar la tortura.

Shaftoe compone su rostro con la expresión fría, de párpados caídos, y estúpida que emplea siempre que intenta irritar a un oficial. Se vuelve hacia el sonido de la voz, lo mejor que puede teniendo las piernas encadenadas. Espera ver un oficial aquilino de la SS vestido con un uniforme negro, botas militares, insignias de calaveras, fusta de montar, quizá jugueteando con un par de empulgueras entre los guantes negros.

En su lugar no ve a nadie. ¡Mierda! ¡Sigue alucinando!

Luego la bolsa marinera sucia comienza a moverse. Shaftoe parpadea y distingue una cabeza que sobresale de un extremo: rubia paja pero prematuramente medio calva, barba negra que contrasta, ojos verde pálidos como los de un gato. La vestimenta de lona del hombre no es exactamente una bolsa, sino un abrigo voluminoso. Tiene los brazos cruzados sobre el cuerpo.

—Oh, bien —murmura el alemán—. Sólo intentaba iniciar una conversación. —Vuelve la cabeza y se rasca la nariz acariciando el hocico contra una almohada durante un rato—. Puedes contarme cualquier secreto —dice—. Comprende, ya he notificado a Dönitz que Enigma es basura. Y no ha pasado nada. Excepto que me ha enviado un abrigo nuevo. —El hombre se da la vuelta, mostrando la espalda a Shaftoe. Las mangas del abrigo cosidas en los extremos y atadas entre ellas a la espalda—. Es más cómodo de lo que parece, los primeros dos días.

Un oficial aparta la cortina de cuero, asiente para disculparse y le pasa a Beck un mensaje recién descifrado. Beck lo lee, enarca las cejas y parpadea de cansancio.

Lo deja sobre la mesa y mira la pared durante quince segundos. Luego lo coge y lo vuelve a leer, con atención.

—Dice que no debo hacerte más preguntas.

—¿¡Qué!?

—Bajo ninguna circunstancia —dice Beck— debo sacarte más información.

—¿Qué coño significa eso?

—Probablemente que sabes algo que yo no estoy autorizado a saber —responde Beck.

Ya hace como doscientos años desde que Bobby Shaftoe tuvo rastros de morfina en su cuerpo. Sin ella, no puede conocer el placer o incluso la comodidad.

La jeringuilla brilla como una estrella fría en la litera de debajo del alemán loco con la camisa de fuerza. Preferiría que le arrancasen las uñas o similar.

Sabe que va a desmoronarse. Intenta pensar en una forma de desmoronarse que no ponga en peligro la vida de ningún marine.

—Podría llevarte la jeringuilla en los dientes —sugiere el hombre, que se ha presentado como Bischoff.

Shaftoe lo medita.

—¿A cambio de qué?

—Me cuentas si habéis descifrado Enigma.

—Oh. —Shaftoe se siente aliviado; temía que Bischoff le exigiese una mamada—. ¿Ésa es la máquina de códigos de la que me ha hablado? —Él y Bischoff han tenido mucho tiempo para charlar.

—Ésa.

Shaftoe está desesperado. Pero también está muy irritable, lo que ahora le sirve muy bien.

—¿Espera que crea que no es más que un tipo loco que siente curiosidad con respecto a Enigma y no un oficial naval alemán que se ha puesto una camisa de fuerza para engañarme?

Bischoff se exaspera.

—¡Ya te he dicho que le he contado a Dönitz que Enigma es basura! ¡Así que si me cuentas que es basura, eso no tendrá mayor importancia!

—Déjame preguntarte algo —dice Root.

—¿Sí? —dice Beck, realizando el esfuerzo visible de alzar las cejas y aparentar que le importa.

—¿Qué le has contado a Charlottenburg acerca de nosotros?

—Nombres, rangos, números, circunstancias de la captura.

—Pero eso se lo dijiste ayer.

—Correcto.

—¿Qué les has dicho recientemente?

—Nada. Excepto el número de serie de la botella de morfina.

—¿Y cuánto tiempo ha pasado desde ese momento hasta que te han ordenado dejar de extraer información?

—Como cuarenta y cinco minutos —dice Beck—. Por tanto, sí, me gustaría mucho preguntarte de dónde salió la botella. Pero iría contra las órdenes.

—Podría considerar responder a su pregunta con respecto a Enigma —dice Shaftoe— si me dice si este cacharro transporta oro.

Bischoff frunce el ceño; está sufriendo problemas de traducción.

—¿Te refieres a dinero? ¿*Geld*?

—No. Oro. El metal amarillo tan caro.

—Quizá un poco —dice Bischoff.

—Nada de calderilla —dice Shaftoe—. Toneladas y toneladas.

—No. Los submarinos no transportan toneladas de oro —contesta Bischoff categórico.

—Lamento que haya dicho eso, Bischoff. Pensaba que habíamos empezado nuestra relación con buen pie. Y ahora va y me miente... ¡cabrón!

Para sorpresa de Shaftoe, y su creciente irritación, Bischoff piensa que es hilarante que lo llamen cabrón.

—¿Por qué cojones iba a mentirte? ¡Por amor de dios,

Shaftoe! ¡Desde que habéis roto Enigma y habéis montado radares en todo lo que se mueve, virtualmente habéis
hundido todo submarino que hemos botado! ¿Por qué iba
la Kriegsmarine a cargar oro en una nave que sabe conde-
nada?

—¿Por qué no se lo pregunta al tipo que lo cargó en
el U-553?

—¡Ja! ¡Eso sólo demuestra que eres un mentiroso!
—dice Bischoff—. Al U-553 lo hundieron hace un año,
durante un ataque a un convoy.

—No fue así. Subí a bordo no hace dos meses —replica Shaftoe—, en la costa de Qwghlm. Estaba repleto de
oro.

—Gilipolleces —dice Bischoff—. ¿Qué llevaba pintado en la torrecilla?

—Un oso polar sosteniendo una jarra de cerveza.

Un largo silencio.

—¿Quiere saber más? Fui al camarote del capitán
—dice Shaftoe—, y había una foto suya con otros tipos, y
ahora que lo pienso, uno de ellos se parecía a usted.

—¿Qué hacíamos?

—Todos llevaban trajes de baño. ¡Y una puta sentada
en las rodillas! —grita Shaftoe—. A menos que fuesen
sus esposas... ¡en cuyo caso lamento que su esposa sea una
puta!

—¡Oh, jo, jo, jo, jo , jo! —dice Bischoff. Se tiende de
espaldas y mira las tuberías durante un rato, meditando
sobre la información, y luego continúa—: ¡Jo, jo, jo, jo, jo,
jo, jo!

—¿Qué, he revelado algún secreto? Que se jodan usted y su madre si así fue —dice Shaftoe.

—¡Beck! —grita Bischoff—. *Achtung*!

—¿Qué hace? —pregunta Shaftoe.

—Conseguirte morfina.

—Oh. Gracias.

Media hora más tarde, se presenta el hombre al mando. Bastante puntual considerando lo que es habitual en los oficiales. Él y Bischoff hablan en alemán durante un rato. Shaftoe oye varias veces la palabra *morphium*. Al final, el hombre al mando llama al médico, quien clava la aguja en el brazo de Shaftoe y le inyecta como la mitad.

—¿Tiene algo que decir? —le pregunta el capitán a Shaftoe. Parece un tipo agradable. Ahora todos le parecen tipos agradables.

Primero, Shaftoe se dirige a Bischoff.

—¡Señor! ¡Lamento haber usado un lenguaje tan fuerte con usted, señor!

—No importa —contesta Bischoff—, como has dicho, era una puta.

El hombre al mando se aclara la garganta con impaciencia.

—Sí. Me estaba preguntando —dice Shaftoe volviéndose hacia el capitán—, ¿tienen oro en este submarino?

—¿El metal amarillo?

—Sí. En lingotes.

El capitán sigue perplejo. Shaftoe comienza a sentir una cierta satisfacción maliciosa. Jugar con las cabezas de los oficiales no es tan agradable como tener el cerebro saturado de opiáceos muy refinados, pero valdrá por el momento.

—Pensaba que todos los submarinos lo llevaban —dice.

Beck despide al médico. Luego él y Bischoff hablan un rato en alemán sobre Shaftoe. En medio de la conversación, Beck le lanza una bomba a Bischoff. Bischoff queda atónito, y durante un momento se niega a creerlo, y Beck sigue diciéndole que es cierto. Luego Bischoff vuelve a otra vez al jo-jo-jo.

—Él no puede hacerte preguntas —dice Bischoff—. Órdenes de Berlín. ¡Jo, jo! Pero yo sí puedo.

—Dispare —dice Shaftoe.

—Háblanos del oro.

—Denme más morfina.

Beck vuelve a llamar al médico, y el médico le da el resto de la jeringuilla. Shaftoe jamás se ha sentido mejor. ¡Qué negocio tan cojonudo! Recibe morfina de los alemanes a cambio de contarles secretos militares alemanes.

Bischoff empieza a interrogar a Shaftoe en profundidad, mientras Beck observa. Shaftoe cuenta toda la historia del U-553 como tres veces. Bischoff está fascinado, Beck parece triste y asustado.

Cuando Shaftoe menciona que las barras de oro tenían caracteres chinos, tanto Beck como Bischoff quedan desconcertados. Se les enciende el rostro, como si hubiesen sido iluminados por un proyector Leigh en medio de una noche cerrada. Beck comienza a sorber, como si estuviese resfriado, y Shaftoe se asombra al darse cuenta de que en realidad está llorando. Llora lágrimas de vergüenza. Pero Bischoff sigue fascinado y concentrado.

Luego un oficial entra para darle un mensaje a Beck. Es evidente que el oficial está asombrado y muerto de miedo. Mira continuamente no a Beck, sino a Bischoff.

Beck se controla y lee el mensaje. Bischoff se sienta en la litera, pone la barbilla sobre el hombro de Beck y lee al mismo tiempo. Tienen el aspecto de un monstruo de feria de dos cabezas que no se ha bañado desde la administración Hoover. Ninguno de ellos habla al menos durante un minuto. Bischoff guarda silencio porque sus engranajes mentales giran tan rápido como el giroscopio de un torpedo. Beck guarda silencio porque está a punto de desmayarse. En el exterior del camarote, Shaftoe oye la noticia, la que sea, viajar por toda la longitud del submarino a la velocidad del sonido. Algunos hombres gritan de rabia, otros lloran, otros ríen histéricos. Shaftoe se imagina que se ha perdido o ganado una importante batalla. Quizá Hitler haya sido asesinado. Quizá Berlín ha sido saqueada.

Ahora Beck está claramente aterrorizado.

Entra el médico. Adopta una firme postura militar, la primera vez que Shaftoe ha visto tal formalidad en el submarino. Se dirige brevemente a Beck en alemán. Beck asiente continuamente mientras el médico habla. Luego ayuda al doctor a sacar a Bischoff de la camisa de fuerza.

Bischoff se muestra un poco rígido, un poco inestable, pero se recupera con rapidez. Es más bajo que la media, con una constitución fuerte y una cintura delgada, y cuando salta de la litera al suelo Shaftoe piensa en un jaguar bajando de un árbol. Le da la mano vigorosamente al médico, y también al deprimido Beck. Luego abre la escotilla que lleva a la sala de control. La mitad de la tripulación abarrota la pasarela, contemplando la puerta, y cuando ve a Bischoff, el éxtasis recorre sus caras y se producen gritos de júbilo. Bischoff acepta la mano de todos ellos, abriéndose paso hasta la sala de control como un político por entre una multitud que le adora. Beck se va por la otra salida y se pierde entre los motores.

Shaftoe no tiene ni idea de lo que pasa hasta que Root se presenta media hora más tarde. Root coge el mensaje del suelo y lo lee. Su aspecto perpetuamente perplejo, normalmente tan molesto, en esta ocasión le sienta muy bien.

—Es un mensaje a todas las naves en el mar desde el centro naval supremo alemán, Tirpitzufer, Berlín. Dice que el U-691, el submarino en el que nos encontramos, Bobby, ha sido abordado y capturado por comandos aliados, y que ya ha atacado y hundido un nodriza en el Atlántico. Ahora parece que se dirige hacia la Europa continental, donde presumiblemente intentará infiltrarse en bases navales alemanas y hundir más barcos. Se ordena a todas las fuerzas aéreas y navales que si localizan al U-691 lo destruyan.

—Mierda —dice Shaftoe.

—Estamos en el submarino equivocado en el momento equivocado —dice Root.

—¿Qué pasa con ese personaje, Bischoff?

—Lo apartaron del mando hace un tiempo. Ahora ha vuelto.

—¿Ese maniaco controla el submarino?

—Es el capitán —dice Root.

—Bien, ¿a dónde lo lleva?

—No creo que ni él mismo lo sepa.

Bischoff va a su camarote y se sirve un trago de Armagnac. Luego se dirige a la sala de cartas que siempre ha preferido por encima de su camarote. La sala de cartas es el único lugar civilizado en todo el submarino. Por ejemplo, tiene un hermoso sextante en el interior de una caja de madera pulida. Allí convergen desde toda la nave tubos de comunicación y, aunque nadie habla en ellos directamente, puede oír fragmentos de conversación, el clamor distante de los motores, el barajar de un mazo de cartas, el silbido de los huevos frescos sobre la plancha. ¡Huevos frescos! Gracias a dios que pudieron llegar al nodriza antes de que lo hundiesen.

Extiende un mapa pequeño que representa todo el Atlántico Norte, dividido en una rejilla con letras y números para cazar convoyes. Debería mirar el sur del mapa, que es donde se encuentran ahora. Pero se siente atraído, insistentemente, hacia el norte, hacia el archipiélago de Qwghlm.

Lo ponemos en el centro de un reloj. De tal forma, Gran Bretaña está a las cinco y seis en punto, e Irlanda a las siete. Noruega está al este, a las tres en punto. Dinamarca está justo al sur de Noruega, a las cuatro en punto, y en la base de Dinamarca, donde conecta con Alemania, se encuentra Wilhelmshaven. Francia, hogar de tantos submarinos, está muy, muy lejos hacia el sur, completamente fuera del mapa.

Un submarino que fuese desde mar abierto a un puerto seguro en la Fortaleza Europa se limitaría a dirigirse a los puertos franceses en el golfo de Vizcaya; el más probable, Lorient. Llegar al mar al norte de Alemania y a los puertos bálticos sería un viaje mucho más largo, complicado y peligroso.

Los submarinos tendrían que encontrar una forma de dar la vuelta a Gran Bretaña. Al sur, tendrían que atravesar el canal de la Mancha, que (dejando de lado que es un cuello de botella repleto de radares británicos) ha sido convertido en un laberinto de barcos de bloqueo hundidos y campos de minas por esos aguafiestas de la Marina Real. Hay mucho más espacio al norte.

Dando por supuesto que la historia de Shaftoe sea cierta —y algo de verdad debe de tener, o de dónde si no habría sacado la botella de morfina—, entonces debería haber sido una cuestión razonablemente simple para el U-553 rodear Gran Bretaña por la ruta norte. Pero los submarinos casi siempre sufren problemas mecánicos de algún tipo, sobre todo si llevan mucho tiempo en el mar. Eso haría que un capitán se mantuviese cerca de la costa, en lugar de ir por mar abierto, donde no habría esperanza de sobrevivir si los motores fallaban por completo. Durante el último par de años, los submarinos maltrechos han quedado abandonados en las costas de Irlanda e Islandia.

Pero supongamos que un submarino maltrecho y pegado a la costa pasase cerca de la base de la Marina Real en Qwghlm justo cuando otro realizaba una incursión allí, como afirmaba Shaftoe. En ese caso, la red barredera de destructores y aeroplanos enviada para capturar al submarino incursor hubiese podido también capturar al U-553, sobre todo si su habilidad para maniobrar estuviese comprometida.

Hay dos elementos poco plausibles en la historia de Shaftoe. Uno, que un submarino estuviese transportando un tesoro en oro sólido. Dos, que un submarino se dirigiese a puertos alemanes en lugar de a uno de los puertos franceses.

Pero los dos juntos son más plausibles que cada uno por separado. Un submarino que transportase tanto oro tendría muy buenas razones para ir directamente a la Patria. Alguna persona en muy buena posición quería mantener el oro en secreto. No sólo secreto para el enemigo, sino secreto también para los alemanes.

¿Por qué están los japoneses entregando oro a los alemanes? Los alemanes deben estar dándoles a cambio algo que necesitan: materiales estratégicos, planes para nuevas armas, consejos, algo similar.

Compone un mensaje:

¡Dönitz!

Soy Bischoff. Vuelvo a tener el mando. Gracias por las agradables vacaciones. Ahora me siento renovado.

Qué poco civilizado por su parte el ordenar que nos hundan. Debe tratarse de un malentendido. ¿Podríamos discutirlo cara a cara?

Un oso polar borracho me contó algunas cosas fascinantes. Quizá emita la información dentro de más o menos una hora. Como de todas formas no confío en Enigma, no me molestaré en cifrarla.

Respetuosamente suyo.

Bischoff

Una bandada de blancas Uves migra hacia el norte desde Gibraltar atravesando un mar soleado. En el ápice de cada V hay una mota como una liendre. Las motas son barcos, transportando megatoneladas de basura bélica, y millares de soldados desde el norte de África (donde sus servicios ya no son necesarios) de vuelta a Gran Bretaña. Ése es el aspecto que tiene para los pilotos de los aviones sobre el golfo de Vizcaya.

Todos esos pilotos y todos esos aviones son ingleses o norteamericanos, ahora esa zona es de ellos y la han convertido en un crisol para tripulaciones de submarinos.

La mayoría de las Uves dibujan rumbos paralelos hacia el norte, pero algunas giran y viran incesantemente: son destructores, dando vueltas literalmente alrededor de los transportes, buscando tenaces. Esas latas protegerán los convoyes; los pilotos de los aviones que intentan encontrar el U-691 pueden por tanto buscar en otra parte.

El potente sol produce sombras frente a cada barco; los ojos de los vigías, los iris convertidos en puntos y mirando al resplandor marítimo, no pueden penetrar en la sombra más de lo que pueden penetrar en la madera. Si pudiesen, quizá notarían que uno de los grandes transportes de la fila delantera tiene un accesorio peculiar: una cañería que sobresale del agua verticalmente justo frente y a un lado de proa. En realidad, es un conjunto de cañerías, una absorbiendo aire, otra emitiendo humos de diesel, otra transmitiendo un flujo de información en forma de luz reflejada por prismas. Sigue el flujo de datos unas pocas yardas al interior del agua y llegarás al nervio óptico del Kapitänleutnant Günter Bischoff. Éste a continuación lleva hasta su cerebro, que en este momento está muy activo.

En la era del sónar, el submarino de Bischoff era una rata en un sótano infinito, oscuro y abarrotado, escondiéndose de un hombre que no tiene ni lámpara ni linterna: sólo dos rocas que lanzan una chispa cuando las golpeaba. Bischoff hundió muchos barcos en esos días.

Un buen día, cuando se encontraba en la superficie, intentando atravesar el Caribe, de la nada apareció un Catalina. Apareció en un cielo azul y despejado y Bischoff tuvo tiempo de sobra para sumergirse. El Catalina lanzó algunas cargas de profundidad y se alejó; debía estar al final de su autonomía.

Dos días más tarde, cayó un frente de nubes, cubriendo el cielo, y Bischoff cometió el error de relajarse. Otro Catalina los encontró: éste empleó las nubes para ocultar su aproximación, esperó hasta que el U-691 atravesase una zona de mar iluminada por el sol y luego cayó en picado, centrando su propia sombra sobre el puente del submarino. Por suerte, Bischoff disponía de un sistema de vigía antisolar doble de sector. Era una forma de expresar, en jerga, que en un momento determinado, sobre el puente había dos hombres apestosos, sin camisa, sin afeitar y quemados por el sol, que proyectaban sombras sobre los osos usando las manos. Uno de los hombres dijo algo en un tono de voz inquisitivo, lo que sirvió para alertar a Bischoff. A continuación, un cohete destrozó a los dos vigías. El fuego de artillería y los cohetes hirieron a cinco hombres más de Bischoff antes de que éste pudiese ordenar que el submarino descendiese.

Al día siguiente, el frente había cubierto el cielo de nubes bajas de un color gris azulado de un extremo del horizonte hasta el otro. El U-691 estaba muy lejos de tierra. Aún así, Bischoff hizo que Holz, su maquinista jefe, llevase al submarino a profundidad de periscopio. Bischoff examinó el horizonte con toda meticulosidad. Satisfecho de que se encontraban perfectamente a solas, hizo que Holz los llevase a la superficie. Encendieron el motor diesel y dirigieron el barco hacia el este. Había terminado la misión, el submarino estaba dañado, era hora de regresar a casa.

Dos horas más tarde, un avión descendió desde la capa de nubes y les arrojó un delgado huevo negro. Bischoff se encontraba en el puente, disfrutando del aire fresco, y tuvo la presencia de ánimo para gritar algo sobre medidas evasivas en el tubo de comunicación. Metzger, el timonel, viró instantáneamente a estribor. La bomba se hundió en el agua exactamente allí donde había estado la cubierta del U-691.

Siguió en la misma vena hasta que el U-691 se encontraba aún más lejos de tierra. Cuando al final llegaron cojeando hasta la base en Lorient, Bischoff le contó a sus superiores la historia en tono de asombro supersticioso, y al final le informaron de que el enemigo tenía algo nuevo llamado radar.

Bischoff lo estudió y leyó los informes de inteligencia: ¡los Aliados incluso lo estaban instalando en aviones! ¡Podían ver tu periscopio!

Su submarino ya no es una rata en un sótano a oscuras. Ahora es un tábano sin alas arrastrándose sobre un mantel inmaculado bajo la luz torrencial del sol de la tarde.

Dönitz, bendito sea, intenta construir nuevos submarinos que puedan permanecer sumergidos todo el tiempo. Pero debe suplicar por cada tonelada de acero y por los servicios de cada ingeniero. Mientras tanto, está esa solución provisional, el schnorkel, que no es más que fontanería: una cañería que sobresale del agua y te permite avanzar por diesel, justo bajo la superficie. Incluso el schnorkel se ve en el radar, pero de forma menos brillante. Cada vez que el U-691 sube a la superficie durante más de una hora, Holz se pone a trabajar en el schnorkel, soldando trozos nuevos, arrancando antiguos, envolviéndolo en goma o algún otro material del que tiene la esperanza que absorba el radar. Los ingenieros que instalaron el schnorkel en Lorient hace seis meses no lo reconocerían, porque ha cambiado, como las musarañas evolucionando en tigres. Si Bischoff consigue llevar el U-691 a puerto seguro, otros podrán aprender de las innovaciones de Holz, y los pocos submarinos que no han sido hundidos podrán sacar algún beneficio de sus experimentos.

¡Para! Así debe ser como mueren los oficiales, y llevan a la muerte a sus hombres: pasan más tiempo repasando el pasado que planeando el futuro. Que Bischoff piense en todas esas cosas no es más que masturbación. Debe concentrarse.

No tiene que preocuparse demasiado de que los alemanes vayan a hundirle. Tan pronto como envió a Dönitz el mensaje amenazando con emitir la información sobre el oro, Dönitz rectificó su orden general de hundir el U-691. Pero queda la posibilidad de que algún barco recibiese la primera orden pero no la segunda, así que todavía debe andarse con ojo.

Como si importase. Apenas queda Marina Alemana para hundirle. En lugar de eso, puede preocuparse de ser atacado por los Aliados. Estarán extremadamente irritados cuando descubran que lleva siguiendo ese convoy durante dos días enteros. Bischoff ya está bastante irritado él mismo: es un convoy rápido que se protege haciendo zigzag, y si el U-691 no hace zigzag siguiendo perfectamente al barco que tiene por encima, o será aplastado o se quedará fuera de su sombra y será descubierto. Tal cosa ejerce mucha presión sobre el capitán y la tripulación, y añade un gran consumo a las provisiones de bencedrina. ¡Pero han cubierto quinientas millas! Pronto, el fatal golfo de Vizcaya quedará atrás, Bretaña estará a estribor, y Bischoff podrá elegir: quedarse en el canal de la Mancha, lo que sería un suicidio; dirigirse al norte entre Gran Bretaña e Irlanda, lo que sería un suicidio; o dirigirse al oeste para bordear Irlanda, lo que sería un suicidio.

Claro está, siempre queda Francia, que es territorio amigo, pero se trata de una sirena a cuya llamada es preciso resistirse con todas las fuerzas. Para Bischoff no es suficiente encallar el submarino en alguna playa olvidada de dios; quiere regresar a una base de verdad. Pero los cielos sobre las bases de verdad están infestados de Catalinas, iluminando el mar con la luz satánica de sus radares. Es mucho más inteligente hacerles creer que se dirige a un puerto francés y luego dirigirse a un puerto alemán.

O al menos eso pensaba hace dos días. Ahora empiezan a pesarle las complejidades del plan.

La sombra del barco que tienen encima de pronto parece más larga y más profunda. Por tanto, o la rotación de la Tierra acaba de acelerar tremendamente, trasladando el sol a un ángulo diferente, o el barco ha virado hacia ellos.

—Todo a estribor —dice Bischoff con calma. Su voz se traslada por el tubo hasta el hombre que controla el timón—. ¿Hay algo en la radio?

—Nada —dice el Funkmaat.

Es extraño; normalmente, cuando los barcos zigzaguean, se coordinan por radio. Bischoff va moviendo el periscopio y observa el transporte, todavía intentado meterse entre ellos. Comprueba su rumbo; ¡el cabrón ha virado nada menos que noventa grados!

—Nos han visto —dice Bischoff—. Nos sumergiremos en un momento. —Pero antes de perder la habilidad de emplear el periscopio, realiza un giro de más de trescientos sesenta grados, simplemente para verificar que su mapa mental del convoy es exacto. Lo es, más o menos; ahí está el destructor, justo donde creía que estaba. Mantiene fijo el periscopio, e indica la posición del blanco. El

170

Torpedomaat repite los dígitos mientras los marca en el computador de blanco: lo último en tecnología analógica. El ordenador realiza algunos de sus cálculos y ajusta los giroscopios de un par de torpedos. Bischoff dice: *fuego, fuego, inmersión*. Sucede casi con la misma rapidez. El coro de martillos diesel, que desde hace un par de días le ha ido volviendo loco sutilmente, es reemplazado por un silencio atronador. Ahora van con baterías.

Como ha sido siempre, y lo seguirá siendo durante al menos medio siglo más, las baterías son una mierda. El convoy parece acelerar mientras la velocidad del U-691 cae hasta un bamboleo patético. Ahora mismo, el destructor puede avanzar cinco veces más rápido que ellos. Bischoff odia esta parte.

—El destructor está realizando acciones de evasión —dice el hombre de sonido.

—¿Tuvimos tiempo de recibir el informe meteorológico? —pregunta.

—Frente de tormentas por la noche. Tiempo horrible mañana.

—Veamos si podemos permanecer vivos hasta que llegue la tormenta —dice Bischoff—. Luego dirigiremos este cubo de mierda directamente al centro del Canal, metiéndolo directamente en el culo gordo de Winston Churchill, y si morimos, moriremos como hombres.

Un clamor terrible se propaga por el agua y atraviesa el casco. Los hombres lanzan vítores sombríos; acaban de hundir otro barco. ¡Genial!

—Creo que era el destructor —dice el hombre de sonido, como si no pudiese creer su suerte.

—Esos torpedos buscadores son unos cabrones —dice Bischoff—, eso cuando no se dan la vuelta y te buscan a ti.

Un destructor menos, quedan tres. Si hunden otro

más, tienen una posibilidad de escapar de los otros dos. Pero es casi imposible escapar de tres destructores.

—No hay momento como el presente —dice—. ¡Profundidad de periscopio! Veamos qué coño pasa mientras los tenemos nerviosos.

Es así: uno de los destructores se hunde y otro se dirige a él para ayudarle. Los otros dos convergen a donde el U-691 se encontraba hace treinta segundos, pero se ven entorpecidos al tener que avanzar por entre el convoy. Casi inmediatamente comienzan a disparar. Bischoff lanza un ataque de torpedos hacia el destructor de ayuda. Ahora mismo hay agua saltando alrededor de todo el submarino por los disparos de los otros. Hace otro giro de trescientos sesenta grados, fijando en su mente la imagen del convoy.

—¡Inmersión! —dice.

Luego se le ocurre una idea mejor.

—¡Olvida eso último! Superficie y velocidad máxima.

Cualquier otra tripulación de submarino le cortaría la garganta ahora mismo y luego se rendiría. Pero esos tipos ni vacilan; o le quieren de verdad o todos han decidido que van a morir de todas formas.

Se producen veinte segundos de terror puro. El U-691 corre por la superficie, ladeándose como un Messerschmidt mientras a su alrededor las bombas golpean el agua. Los miembros de la tripulación salen corriendo por las escotillas, con el aspecto de residentes de un campo de prisioneros bajo el sol brillante, intentando no deslizarse por la cubierta mientras se inclina de un lado a otro, sumergiéndose para fijar las líneas de seguridad a los cables antes de que las trombas de agua los saquen de sus zapatos. Ya operan las armas.

De pronto hay un enorme barco de transporte entre ellos y los dos destructores. Estarán seguros durante un minuto. Bischoff se encuentra en la torrecilla. Se mueve a popa y mira al otro destructor, que da vueltas como un loco intentando deshacerse de los torpedos.

Cuando salen de la seguridad del transporte, Bischoff comprueba que su mapa mental del convoy era más o menos exacto. Da más órdenes al timón y a los motores. Antes de que los dos destructores tengan oportunidad de volver a disparar, Bischoff ha conseguido colocarse entre ellos y un transporte de tropas: un trasatlántico decrépito cubierto por una capa apresurada de camuflaje de guerra. Ahora no pueden dispararle sin hacer volar por los aires a sus propias tropas. Pero él sí que puede disparar. Cuando los hombres de Bischoff ven el trasatlántico y miran a los destructores impotentes, comienzan a cantar: una cancioncilla de felicitación de cervecería.

El U-691 está cargado de armas, debido a las amenazas aéreas. La tripulación de Bischoff abre fuego contra los destructores con todas las armas pequeñas y medianas, dando así a la tripulación de cañones de cubierta una oportunidad de prepararse y disparar. A esa distancia, el peligro está en que el proyectil atraviese el casco del destructor y salga por el otro lado, sin detonar. Debes ser paciente, tomarte tu tiempo, apuntar a los motores. La tripulación de Bischoff lo sabe.

El cañón de cubierta produce un sonido de explosión capaz de romper el cráneo; el proyectil roza el agua, da en el destructor más cercano justo en las calderas. El destructor no estalla, pero sí se detiene de pronto. Disparan un poco más al otro destructor y consiguen acabar con uno de sus cañones y uno de sus lanzadores de cargas de profundidad. Luego los vigías ven aviones que vienen hacia ellos, y es hora de sumergirse. Bischoff realiza una última observación de periscopio antes de sumergirse, y se sorprende al ver que el destructor que intentaba evadir los torpedos lo ha conseguido; aparentemente dos de ellos han dado la vuelta y han alcanzado barcos de transporte.

Descienden directamente a los ciento sesenta metros. Los destructores les lanzan cargas de profundidad durante ocho horas. Bischoff duerme un poco. Cuando despierta, las cargas de profundidad estallan por todas partes y todo va bien. Ahora mismo allá arriba debería haber oscuridad y una tormenta: mal tiempo para los Catalinas. Escapa a los destructores (en resumen) haciendo cosas inteligentes que ha aprendido por las malas. El submarino es tan delgado como una aguja de tejer, y cuando lo enfilas directamente hacia o en contra de la fuente de un ping, casi no produce reflexión. Lo único que necesitas es un mapa mental claro de dónde te encuentras con respecto a los destructores.

Después de una hora más, los destructores se rinden y se van. Bischoff lleva el U-691 a profundidad de superficie y lo apunta directamente al centro del Canal de la Mancha, como estaba anunciado. También emplea el periscopio para verificar que el tiempo es, como estaba anunciado, terrible.

Esos cabrones tienen un alfiler rojo bien grande marcando en un mapa su última posición conocida, de la que han informado esos destructores. Alrededor de ese alfiler, a medida que pasan las horas, dibujarán círculos de radios cada vez mayores, espirales crecientes que encierran el conjunto de puntos del océano donde podría encontrarse ahora mismo el U-691, basándose en sus suposiciones sobre la velocidad. Las millas cuadradas que deben buscarse se incrementarán con el cuadrado del radio.

Remontar el canal mientras estén sumergidos no saldrá bien, se encontrarán con los barcos de bloqueo que los británicos han hundido para evitar que los submarinos realicen precisamente esa maniobra. La superficie es el único camino, y también es mucho más rápido. Eso trae el tema de los aviones. Los aviones no buscan el submarino en sí, que es diminuto y oscuro, sino su estela, que es blanca y se extiende durante millas sobre aguas tranquilas. Esta noche el U-691 no dejará estela; o más bien, sí lo hará, pero quedará perdida en un ruido caótico de mucha mayor intensidad. Bischoff decide que en ese momento es más importante recorrer la distancia que ser sutil, así que lo lleva hasta la superficie y le da al máximo de la válvula reguladora. Eso quemará combustible de forma enloquecida, pero el U-691 tiene un alcance de once mil millas.

En algún momento alrededor del mediodía del día siguiente, el U-691, abriéndose paso a golpes por entre una tormenta asesina, atraviesa el estrecho de Dover y llega al mar del Norte. Debe de estar iluminando hasta la última pantalla de radar de Europa, pero los aviones no pueden hacer mucho con ese tiempo.

—El prisionero Shaftoe desea hablar con usted —dice Beck, que vuelve a ser el segundo al mando, como si nada hubiese cambiado nunca. La guerra enseña a los hombres a olvidar. Bischoff asiente.

Shaftoe entra en la sala de control, acompañado de Root, que aparentemente ejercerá de traductor, guía espiritual y/u observador irónico.

—Sé un lugar al que podemos dirigirnos —dice Shaftoe.

Bischoff está anonadado. Lleva días sin pensar realmente a dónde van. El concepto de tener una meta coherente casi está más allá de su comprensión.

—Es... —tantea Bischoff— conmovedor que esté interesado.

Shaftoe se encoge de hombros.

—He oído que está hundido en mierda con Dönitz.

—No tanto como parecía —dice Bischoff, percibiendo de inmediato la sabiduría popular de la metáfora de corral norteamericana—. La profundidad es la misma, pero ahora estoy cabeza arriba en lugar de cabeza abajo.

Shaftoe ríe encantado. Ahora son todos colegas.

—¿Tienes cartas de Suecia?

A Bischoff le parece una idea buena pero imbécil. Buscar refugio temporal en un país neutral: genial. Pero es mucho más probable que estrellen el submarino contra una piedra.

—Allí hay una bahía, junto a una pequeña ciudad —dice Shaftoe—. Conocemos las profundidades.

—¿Y cómo es eso?

—Porque las medimos nosotros mismos, hace un par de meses, con una piedra atada a una cuerda.

—¿Fue antes o después de abordar el misterioso submarino lleno de oro? —pregunta Bischoff.

—Justo antes.

—¿Estaría metiéndome donde no me llaman si preguntará qué hacían un marine raider y un capellán de AN-ZAC en Suecia, un país neutral, realizando reconocimientos batimétricos?

Shaftoe no parece opinar que sea meterse donde no le llaman. La morfina le ha puesto de muy buen humor. Cuenta otra historia. En esta ocasión se inicia en la costa de Noruega (es deliberadamente vago sobre cómo llegó allí) y va de cómo Shaftoe llevó a Enoch Root y a una docena más o menos de hombres, incluido uno con una grave herida de hacha en la pierna (Bischoff arquea las cejas) atravesando Noruega sobre esquís, matando a derecha e izquierda a los alemanes que les perseguían, hasta llegar a Suecia. Después, la historia se atasca durante un rato porque ya no hay más alemanes que matar, y Shaftoe, presintiendo que la atención de Bischoff comienza a vagar, intenta inyectar algo de tensión en la narración describiendo el progreso de la gangrena por la pierna del oficial que tuvo un desafortunado encuentro con el hacha (de quien, por lo que Bischoff puede comprender, se sospechaba que era un espía alemán). Shaftoe anima continuamente a Root para que intervenga y cuente la historia de cómo Root realizó varias amputaciones consecutivas en la pierna del oficial, hasta llegar a la misma pelvis. Justo cuando Bischoff comienza a sentirse preocupado por ese pobre cabrón con la pierna gangrenosa, la historia toma otro rumbo: llegan hasta un pequeño pueblecito pesquero en el golfo de Botnia. El oficial gangrenoso acaba en manos del médico del pueblo. Shaftoe y sus camaradas se esconden en el bosque y establecen lo que suena como una relación nerviosa con un contrabandista local y su flexible hija. Y ahora queda claro que Shaftoe ha llegado hasta su parte favorita de la historia, que es esa chica finlandesa. Y es bien cierto, hasta ese punto la narrativa ha sido tan tosca, ruda y funcional como el interior de un submarino. Pero ahora se relaja, comienza a sonreír y se vuelve casi poético, hasta el punto de que algunos miembros de la tripulación de Bischoff, que hablan un poquito de inglés, comienzan a gandulear allí donde pueden oír. Esencialmente, la historia pierde el rumbo completamente, y aunque es material entretenido, parece no dirigirse a ninguna parte. Bischoff le interrumpe finalmente con:

—¿Qué hay del tipo con la pierna enferma?

Shaftoe frunce el ceño y se muerde el labio.

—Oh, sí —dice al fin—, murió.

—La piedra en una cuerda —interviene Root—. ¿Recuerdas? Por eso contabas la historia.

—Oh, sí —dice Shaftoe—, vinieron a recogernos con un pequeño submarino. Así es como llegamos a Qwghlm y vimos el submarino alemán con el oro. Pero antes de que pudiesen entrar en el puerto tenían que disponer de una carta. Por tanto, el teniente Root y yo salimos en un puto bote de remos con la piedra y la cuerda y realizamos la carta.

—¿Y todavía tienen encima la carta? —pregunta Bischoff escéptico.

—No —responde Shaftoe, con cierta frialdad alocada que en un hombre menos carismático sería totalmente exasperante—. Pero el teniente se acuerda. Es muy bueno recordando cifras. ¿No es así, señor?

Enoch se encoge de hombros con modestia.

—Donde me crié, memorizar los dígitos de pi era lo más parecido que teníamos al entretenimiento.

Caníbales

Goto Dengo huye atravesando el pantano. Está bastante seguro de que los caníbales le persiguen, caníbales que acaban de cocer al amigo con el que había llegado hasta la costa. Trepa por una maraña de sarmientos y se oculta a varios metros sobre el suelo; hombres con lanza examinan la zona, pero no le encuentran.

Se desmaya. Cuando despierta, está oscuro, y en las ramas cercanas se mueve un animal pequeño. Siente tal desesperación de comida que lo agarra a ciegas. La criatura tiene un cuerpo del tamaño de un gato doméstico, pero también grandes miembros correosos: una especie de murciélago enorme. Le muerde varias veces en las manos antes de conseguir matarlo. Luego se lo come crudo.

Al día siguiente se adentra más en el pantano, intentado poner más distancia entre él y los caníbales. Alrededor de mediodía encuentra un riachuelo, el primero. En su mayor parte, el agua se escapa de Nueva Guinea por las zonas pantanosas, pero allí tiene un río real de agua fría y dulce, lo suficientemente ancho para atravesarlo de un salto.

Pocas horas después encuentra otro poblado similar al primero, pero sólo la mitad de grande. El número de cabezas colgantes es mucho menor; quizás estos cazadores de cabezas no sean tan temibles como los del primer grupo. De nuevo hay un fuego central en el que se cuece una sustancia blanca en una olla: en este caso, parece tratarse de un wok, que deben haber conseguido por medio del comercio. La gente de ese poblado no saben que un nipón hambriento está al acecho en las inmediaciones, así que no vigilan demasiado. Alrededor del crepúsculo, cuando los mosquitos salen de los pantanos formando una neblina zumbante, todos se retiran a las chozas. Goto Dengo corre al interior del poblado, agarra el wok y se aleja con él. Se obliga a no tomar nada de comida hasta que no está bien lejos, oculto de nuevo en el árbol, y luego se atiborra. La comida es un gel correoso de lo que parece ser fécula pura. Incluso para un hombre hambriento carece por completo de sabor. Aún así, deja el wok completamente limpio. Mientras lo hace, se le ocurre una idea.

A la mañana siguiente, cuando el sol sale burbujeando del mar, Goto Dengo está arrodillado en el lecho del río, poniendo arena a paletadas en el wok y haciéndola girar, hipnotizado por el torbellino de tierra y espuma, que lentamente desarrolla un centro reluciente.

A la mañana siguiente, Dengo está de pie muy temprano en el límite del poblado, gritando:

—*Ulab! Ulab! Ulab!* —Que es cómo la gente del primer poblado llamaba al oro.

Los nativos se liberan de las diminutas puertas, sorprendidos al principio, pero cuando ven su cara y el wok colgando de una mano, la furia se eleva sobre ellos como el sol que sale reluciente de detrás de una nube. Un hombre carga portando una lanza, y atraviesa corriendo el claro. Goto Dengo se retira y medio se refugia tras un cocotero, sosteniendo el wok frente al pecho como un escudo.

—*Ulab! Ulab! Ulab!* —grita de nuevo.

El guerrero vacila. Goto Dengo levanta el puño, lo mueve de un lado a otro hasta que encuentra un chorro de luz solar y lo abre ligeramente. Cae una diminuta cascada de escamas relucientes, reflejando el sol, luego se hunde en las sombras, susurrando al golpear las hojas.

Llama su atención. El hombre de la lanza se detiene. Alguien detrás de él dice algo sobre *patah*.

Goto Dengo nivela el wok, descansándolo en el antebrazo, y deja caer en él todo el puñado de oro. El poblado observa, paralizado. Se producen muchos susurros más sobre *patah*. Se adentra en el claro, sosteniendo el wok frente a él como una ofrenda al guerrero, dejándoles apreciar su desnudez y su lastimosa situación. Finalmente cae de rodillas, inclina la cabeza bien abajo, y deja el wok sobre el suelo a los pies del guerrero. Permanece allí, con la cabeza inclinada, dejándoles saber que pueden matarle ahora si así lo desean.

Es decir, si quieren acabar con su recién descubierta fuente de oro.

La cuestión requerirá algo de discusión. Le atan los codos con lianas, le ponen un lazo alrededor del cuello y atan el lazo a un árbol. Todos los niños del poblado se plantan frente a él y lo miran fijamente. Tienen la piel púrpura y el pelo rizado. Las moscas vuelan alrededor de sus cabezas.

Se llevan el wok a una choza decorada con más cabezas que cualquier otra. Allí entran todos los hombres. A lo que sigue una discusión furiosa.

Una mujer pintarrajeada con fango y poseedora de largos pechos delgaduchos le trae media cáscara de leche de coco y un puñado de larvas blancas del tamaño de nudillos envueltas en hojas. Su piel es un embrollo de cicatrices en forma de anillos y lleva un collar que consiste en un único dedo humano colgando de un trozo de bramante. Las larvas lanzan un chorrito cuando Goto Dengo las muerde.

Los niños le abandonan para ver pasar sobre el océano un par de P-38 norteamericanos. Aburrido de los aviones, Goto Dengo se agacha sobre las caderas y observa el zoo de artrópodos que se han acercado a él con la esperanza de chuparle la sangre, morderle, comerle los ojos, o impregnarle con sus huevos. La posición de caderas está bien, porque cada cinco segundos más o menos tiene que aporrearse la cara contra una rodilla, luego la otra, para mantener a los bichos lejos de ojos y nariz. Un pájaro se arroja de un árbol, aterrizando con torpeza sobre su cabeza, pica algo de entre su pelo y se aleja volando. A Goto Dengo le salta sangre del ano y se acumula bajo sus pies. Criaturas de muchas patas se reúnen alrededor del charco de sangre y comienzan a comer. Goto Dengo se aparta, y dejándoles con la sangre consigue un respiro de varios minutos.

Los hombres de la choza han llegado a una especie de acuerdo. Se rompe la tensión. Incluso hay risas. Se pregunta qué considerarán gracioso esos tipos.

El tipo que antes quería empalarle atraviesa el claro, agarra la correa y obliga a Goto Dengo a ponerse en pie.

—*Patah* —dice.

Mira el cielo. Se está haciendo tarde, pero no se hace ilusiones de poder explicarles que deberán esperar hasta mañana. Recorre tambaleándose el claro hasta el fuego y señala al estofado de cerebro.

—Wok —dice.

No funciona. Creen que quiere cambiar el wok por oro.

Se producen como dieciocho horas de malentendidos e intentos fallidos de comunicación. Goto Dengo casi muere; al menos siente como si debiese morir. Ahora que no está en movimiento, los días pasados empiezan a pesarle. Pero al final, a media mañana del día siguiente, hace una demostración de su magia. Agachado en el riachuelo cercano, con los codos sueltos, el wok entre las manos, rodeado por padres escépticos que todavía sostienen con fuerza su lazo, comienza a buscar oro. En unos minutos ha conseguido extraer un poco de polvo del lecho, demostrando así el concepto básico.

Quieren aprender a hacerlo ellos mismos. Lo esperaba. Intenta mostrarle a uno de ellos cómo se hace, pero (como el mismo Goto Dengo descubrió hace mucho tiempo) es una de esas cosas más difíciles de lo que parece.

De vuelta al poblado. Esa noche dispone de un sitio para dormir: le meten en un saco largo y delgado de hierba tejida y se lo atan sobre la cabeza, así es como ellos mismos evitan que los insectos los devoren cuando duermen. Ahora le ataca la malaria: oleadas alternativas de frío y calor golpean su cuerpo con la fuerza de aguas revueltas.

Pierde la noción del tiempo. Más tarde comprende que lleva ya mucho allí, porque el índice roto está sólido y retorcido, y los cortes del coral son ahora un campo de cicatrices delgadas y paralelas, como el grano de la madera. Tiene la piel cubierta de fango y huele a aceite de coco y al humo con el que llenan las chozas para alejar a los insectos. Su vida es simple: cuando la malaria le tiene colgando del borde de la muerte, se sienta frente a una palmera derribada y la va desconchando mecánicamente durante horas, creando lentamente un montón de material fibroso blanco que las mujeres usan para hacer fécula. Cuando se siente con más fuerzas, se arrastra hasta el río y busca oro. A cambio, hace lo que puede por evitar que Nueva Guinea le mate a él. Está tan débil que ni se molestan en enviar un vigilante cuando sale.

Sería un idílico paraíso tropical si no fuese por la malaria, los insectos, la diarrea constante y las hemorroides resultantes, y el hecho de que los habitantes estén sucios, huelan mal, se coman los unos a los otros y empleen cabezas humanas como adorno. En lo que piensa Goto Dengo, cuando es capaz de pensar, es que hay un muchacho en el poblado que parece tener unos doce años. Recuerda al joven de doce años cuya iniciación fue atravesar el corazón de su compañero con una lanza, y se pregunta a quién van a usar para el rito de iniciación del muchacho.

De vez en cuando los ancianos de la tribu golpean un tronco hueco durante un rato, luego escuchan atentamente como otros troncos huecos son golpeados en otros poblados. Un día se produce un episodio particularmente largo de golpes, y parece que los otros poblados se sienten encantados por lo que han oído. Al día siguiente tienen visita: cuatro hombres y un niño que habla una lengua completamente diferente; su palabra para oro es *gabitisa*. El niño que han traído tiene unos seis años, y evidentemente es retrasado. Se produce una negociación. Parte del oro que Goto Dengo ha sacado del río se cambia por el niño retrasado. Los cuatro visitantes desaparecen en la selva con el *gabitisa*. Horas después, el niño retrasado es atado a un árbol y el chico de doce años lo acuchilla hasta matarlo y se convierte así en un hombre. Después de algunos desfiles y bailes, los ancianos se sientan sobre el nuevo hombre y realizan largas y complicadas cuchilladas que rellenan con tierra para que al cicatrizar queden en relieve.

Goto Dengo no puede hacer más que quedarse boquiabierto asombrado. Cada vez que comienza a pensar más allá de los siguientes quince minutos, intenta formular un plan de acción, pero la malaria regresa, lo aplana durante una semana o dos, le cuece el cerebro y le obliga a empezar desde el principio. A pesar de todo ello, se las arregla para extraer algunos centenares de gramos de oro del riachuelo. De vez en cuando, el poblado recibe las visitas de comerciantes de piel relativamente clara que se trasladan por la costa en canoas con estabilizadores y que hablan una tercera lengua diferente. Esos comerciantes comienzan a llegar con más frecuencia, a medida que los ancianos del poblado comienzan a intercambiar el polvo de oro por nueces de betel, que mascan porque les hacen sentir bien, y la esporádica botella de ron.

Un día, Goto Dengo regresa del río, llevando en el wok una cucharada de polvo de oro, cuando oye voces desde el poblado, voces que hablan con una cadencia que le solía ser familiar.

Todos los hombres del poblado, unos veinte en total, están de pie con un cocotero a la espalda y los brazos atados tras el tronco. De esos hombres, varios están muertos, con los intestinos desperdigados por el suelo, ya ennegrecidos por las moscas. Los que no están muertos todavía los emplean algunas docenas de soldados nipones demacrados y enloquecidos para realizar prácticas de bayonetas. Las mujeres deberían andar por allí gritando, pero no las ve. Deben de estar en las chozas.

Un hombre con uniforme de teniente sale de una choza, con una gran sonrisa, limpiándose con un trapo la sangre del pene, y casi tropieza con un niño muerto.

Goto Dengo deja caer el wok y pone las manos en alto.

—¡Soy nipón! —grita, aunque lo único que desea decir en ese momento es *No soy nipón*.

Los soldados se sobresaltan, y algunos de ellos intentan apuntarle con los rifles. Pero el rifle nipón es algo terrible, casi tan largo como alto es el soldado medio, demasiado pesado para manejarlo con comodidad incluso cuando su propietario goza de salud perfecta. Por suerte está claro que todos los hombres se mueren de hambre, y están medio lisiados por la malaria y la pérdida de sangre, y sus mentes se mueven con mayor rapidez que sus cuerpos. El teniente aúlla: «No disparéis» antes de que cualquiera pueda hacerlo en dirección a Goto Dengo.

Lo siguiente es un largo interrogatorio en una de las chozas. El teniente tiene muchas preguntas, y algunas de ellas las plantea más de una vez. Cuando repite una pregunta por quinta o decimotercera vez, adopta una gran magnanimidad, como si le diese a Goto Dengo la oportunidad de retractarse de sus anteriores mentiras. Goto Dengo intenta ignorar los gritos de los hombres atravesados por las bayonetas y las mujeres violadas, y se concentra en ofrecer la misma respuesta en cada ocasión sin variación.

—¿Te rendiste a estos salvajes?

—Estaba incapacitado e indefenso. Así me encontraron.

—¿Qué esfuerzos hiciste por escapar?

—He estado recuperando fuerzas y aprendiendo de ellos como sobrevivir en la selva... qué comidas comer.

—¿Durante seis meses?

—¿Perdóneme, señor? —Esa pregunta no la ha oído antes.

—Tu convoy se hundió hace seis meses.

—Imposible.

El teniente se adelanta y le golpea en la cara. Goto Dengo no siente nada pero aún así intenta parecer dolorido para no humillarle.

—¡Tu convoy venía a reforzar nuestra división! —aúlla el teniente—. ¿Te atreves a cuestionarme?

—¡Me disculpo humildemente, señor!

—¡Su fracaso en llegar nos obligó a realizar una maniobra retrógrada!* ¡Marchamos por tierra para reunirnos con nuestras fuerzas en Wewak!

—¿Son entonces la avanzadilla de la división? —Goto Dengo ha visto quizá dos docenas de hombres, un par de pelotones como mucho.

—Somos la división —dice el teniente con voz impersonal—. Bien, una vez más, ¿te rendiste a estos salvajes?

Cuando se marchan del poblado a la mañana siguiente, ya no queda ningún nativo con vida; todos han sido usados para prácticas de bayoneta o les han disparado cuando intentaban escapar.

Goto Dengo es un prisionero. El teniente ha decidido ejecutarle por el crimen de haberse rendido al enemigo, y estaba ya desenvainando la espada cuando uno de los sargentos consiguió convencerlo de que esperase un tiempo. Aunque pareciese imposible, Goto Dengo está en bastante mejor condición física que cualquiera de los otros y por tanto podría ser útil como animal de carga. Siempre se le podrá ejecutar como mandan los cánones frente a un público mucho más amplio en cuanto lleguen a un campamento mayor. Así que ahora marcha en medio del grupo, sin trabas, con la jungla sirviendo de cadenas y barrotes. Le han cargado con la ametralladora ligera Nambu que les queda, que es demasiado pesada para que la cargue cualquier otro, y demasiado potente para que la disparen; cualquier hombre que apretase el gatillo quedaría

---

* Jerga del ejército nipón para «retirada».

convertido en pedacitos muy pequeños, la carne podrida por la jungla separada de los huesos temblorosos.

Después de que hayan pasado unos días, Goto Dengo pide permiso para aprender a operar la Nambu. La respuesta del teniente consiste en darle una paliza, aunque no tiene fuerzas para azotar a nadie como dios manda, por lo que Goto Dengo debe ayudarle, gritando y doblándose cuando el teniente cree haber descargado un golpe mortal.

Cada par de días, al salir el sol por la mañana, se descubre que este o aquel soldado tiene más bichos encima de los habituales. Eso significa que está muerto. Como no tienen palas ni fuerzas para cavar, lo abandonan allí donde ha quedado tendido y siguen marchando. En ocasiones se pierden, vuelven al mismo territorio, y se encuentran a esos cadáveres hinchados y ennegrecidos; cuando empiezan a oler a carne humana podrida, ya saben que han malgastado los esfuerzos de un día. Pero en general, van ganando altitud, y hace más fresco. Frente a ellos, la ruta está bloqueada por una cordillera montañosa de picos cubiertos por la nieve que llega justo hasta el mar. Según los mapas del teniente, tendrán que trepar por un lado y bajar por el otro para llegar a territorio bajo control nipón.

Allí arriba las plantas y los pájaros son diferentes. Un día, mientras el teniente orina contra un árbol, el follaje se agita y un pájaro enorme sale corriendo. Se parece vagamente a un avestruz, pero más compacto y más colorido. Tiene el cuello rojo, y una cabeza de color azul cobalto terminada en un enorme hueso en forma de casco que sobresale del cráneo, como la punta de una bala de cañón. Brinca directamente en dirección al teniente y le da un par de patadas, dejándole tendido de culo, luego inclina el largo pico, le lanza un chillido a la cara y se oculta en la selva, empleando el hueso de la cabeza como una especie de ariete para abrirse camino entre la maleza.

Aunque los hombres no se hubiesen estado muriendo de pie, habrían estado demasiado sorprendidos para levantar las armas y disparar. Ríen con algo de vértigo de las alturas. Goto Dengo ríe hasta que empieza a llorar. El golpe del pájaro debe haber sido bien potente, porque el teniente se queda tendido un buen rato, agarrándose el estómago.

Al final, uno de los sargentos recupera la compostura y se dirige a ayudar al pobre hombre. Al acercarse, de pronto se da la vuelta y mira al resto del grupo. El rostro es todo preocupación.

La sangre sale a borbotones de un par de cortes profundos en el vientre del teniente, y el cuerpo ya está quedándose flácido cuando el resto del grupo se arremolina a su alrededor. Se sientan y miran hasta asegurarse de que está bien muerto, y luego siguen marchando. Esa tarde, el sargento le enseña a Goto Dengo a desmontar y limpiar la ametralladora ligera Nambu.

Ya son sólo diecinueve. Pero parece que todos los hombres proclives a morir allí donde estaban ya lo han hecho, porque pasan dos, tres, cinco, siete días sin perder a ninguno más. Eso a pesar de, o quizá por, el hecho de estar subiendo las montañas. Es un esfuerzo brutal, especialmente para el muy cargado Goto Dengo. Pero el aire frío parece limpiarles de la jungla y calmar los feroces fuegos internos de la malaria.

Un día interrumpen pronto la marcha al borde de un campo de nieve y el sargento ordena raciones dobles para todos. Picos de piedra negra se alzan sobre sus cabezas, y entre ellos hay zonas de hielo. Duermen todos juntos, lo que no les impide despertarse con los dedos de los pies congelados. Comen casi todo lo que queda de los suministros de comida y luego se dirigen hacia el paso de montaña.

El paso de montaña resulta ser casi decepcionantemente fácil; la pendiente es tan suave que realmente no son conscientes de haber llegado a lo más alto hasta que se dan cuenta de que bajo sus pies la nieve cae hacia abajo. Están sobre las nubes, y las nubes cubren el mundo.

La pendiente suave termina de pronto al borde de un acantilado que cae casi en vertical al menos durante mil pies; en ese punto atraviesa la cubierta de nubes y no hay forma de saber su altura real. Encuentran el recuerdo de un sendero que atraviesa la pendiente. Parece ir hacia abajo con mayor frecuencia que hacia arriba, así que lo siguen. Al principio es algo nuevo y emocionante, pero luego se vuelve tan brutalmente monótono como cualquier otro paisaje por el que hayan marchado soldados. Al pasar las horas, la nieve se va volviendo más escasa, y las nubes se acercan. Uno de los hombres se queda dormido de pie, tropieza y cae rodando pendiente abajo, saltando ocasionalmente en caída libre durante varios segundos. Para cuando se pierde entre la cubierta de nubes, está demasiado lejos para distinguirlo.

Finalmente, los dieciocho descienden hasta una niebla bochornosa. Cada uno ve al que tiene enfrente sólo cuando están muy cerca, y aún entonces no más que como una forma gris y borrosa, como un demonio de hielo en una pesadilla infantil. El paisaje se ha vuelto irregular y peligroso y el guía tiene que avanzar prácticamente a cuatro patas.

Están dando la vuelta trabajosamente a una formación rocosa que sobresale y está cubierta por la niebla cuando el guía grita:

—¡Enemigo!

Algunos de los dieciocho se ríen, pensando que es un chiste.

Goto Dengo oye claramente a un hombre que habla en inglés, con acento australiano. El hombre dice:

—A joderles.

Luego se inicia un ruido que parece tan potente como para partir la montaña por la mitad. Al principio cree que es una avalancha de roca hasta que el oído se ajusta y comprende que es un arma: algo grande y muy automático. Los australianos les están disparando.

Intentan retirarse, pero sólo pueden moverse unos cuantos pasos por minuto. Mientras tanto, a su alrededor vuelan gruesas balas de plomo atravesando la niebla, astillando las piedras, lanzándoles fragmentos de roca contra los cuellos y las caras.

—La Nambu —grita alguien—. ¡Dispara la Nambu! —Pero Goto Dengo no puede hacerlo hasta que no encuentre un sitio decente para apoyarla. Y lo único que puede ver es niebla.

Se produce una tregua durante unos minutos. Goto Dengo grita los nombres de sus camaradas. Los tres que están detrás de él responden. Los otros no parecen hacerlo. Finalmente, un hombre llega por el sendero.

—Los otros están todos muertos —dice—, puedes disparar a voluntad.

Así que comienza a disparar la Nambu hacia la niebla. El retroceso casi le hace caer desde la montaña, así que aprende a sujetarse contra un saliente. Luego barre con ella. Sabe cuando da a las piedras porque el sonido es diferente que cuando da a la niebla. Apunta a la niebla.

Gasta varios cargadores sin obtener resultado. Luego comienza a avanzar por el sendero.

Sopla el viento, la niebla se agita y se abre durante un momento. Ve un sendero cubierto de sangre que lleva directamente hasta un australiano alto con un bigote pelirrojo que porta un subfusil. Se miran a los ojos. Goto Dengo está en mejor posición y dispara primero. El hombre del subfusil cae por el acantilado.

Otros dos australianos, ocultos al otro lado de la formación rocosa, ven lo que sucede y comienzan a lanzar maldiciones.

Uno de los camaradas de Goto Dengo corretea por el sendero, grita «¡Banzai!» y desaparece por el recodo, con la bayoneta calada. Se oye un disparo y dos hombres gritan al unísono. Y luego se produce el sonido ya familiar de cuerpos cayendo por la pared de roca.

—¡Maldición! —grita uno de los australianos restantes—. Jodidos nipos.

Goto Dengo sólo tiene una forma honorable de salir de la situación. Sigue a su camarada por el recodo y dispara con la Nambu, metiéndola entre la niebla, barriendo con plomo la pared de roca. Se detiene cuando se vacía la recámara. Después de eso no sucede nada. O el australiano ha retrocedido por el sendero o Goto Dengo lo ha lanzado a tiros por el acantilado.

Al anochecer, Goto Dengo y sus camaradas supervivientes vuelven a encontrarse en la selva.

Naufragio

A: root@eruditorum.org
De: randy@epiphyte.com
Asunto: respuesta

Que seas un proveedor al por menor de filosofía que resulta tener compañeros en el negocio de la vigilancia es simplemente una coincidencia demasiado grande para que pueda aceptarla.

Así que no voy a decirte por qué.

Pero, en caso de que estés preocupado, déjame asegurarte que tenemos nuestras razones para construir la Cripta. Y no es sólo por ganar dinero, aunque eso será muy bueno para nuestros accionistas. ¿Creíste que no éramos más que un montón de fanáticos de los ordenadores que se han topado con este asunto y que nos sobrepasa? No es así.

PS. ¿Qué has querido decir con eso de «tontear con nuevos sistemas criptográficos como hobby»? Dame un ejemplo.

Randall Lawrence Waterhouse

Coordenadas actuales en el espacio físico, recién sacadas de la tarjeta GPS de mi portátil:

8 grados, 52,33 minutos latitud norte 117 grados, 42,75 minutos longitud este.

Lugar geográfico más cercano: Palawan, Filipinas.

A: randy@epiphyte.com
De: root@eruditorum.org
Asunto: Re: respuesta
Randy,

Gracias por tu nota extrañamente a la defensiva. Me alegro mucho de que tengáis una buena razón. Nunca pensé lo contrario. Claro está, no debes sentirte obligado a compartirla conmigo.

Que tenga amigos en el mundo de la inteligencia electrónica no es una coincidencia tan grande como tú afirmas.

¿Cómo acabaste siendo uno de los fundadores de la Cripta?

Siendo bueno en ciencia y matemática.

¿Cómo acabaste siendo bueno en ciencia y matemática?

Alzándote sobre los hombros de los que vinieron antes que tú.

¿Quiénes eran esas personas?

Solíamos llamarlos filósofos naturales.

De igual forma, mis amigos en el negocio de la vigilancia deben sus habilidades a la aplicación práctica de la filosofía. Son lo suficientemente inteligentes para comprenderlo y dar crédito a quien se lo merece.

P.S. Has olvidado emplear la dirección «enano@siblings. net». ¿Debo asumir que fue deliberado?

P.P.S. Dices que quieren un ejemplo de un sistema criptográfico novedoso en que esté trabajando. Suena a prueba. Tú y yo sabemos, Randy, que la historia de la criptografía está salpicada con los restos de criptosistemas inventados por diletantes que fueron pronto derribados por los rompecódigos. Probablemente sospechas que no conozco la historia, que no soy más que otro diletante arrogante. De forma muy inteligente, me pides que me ponga al descubierto, de forma que tú y Cantrell, y sus amigos igualmente preparados, me podáis cortar el cuello. Me estás probando para descubrir mi nivel.

Muy bien. En unos días te enviaré otro mensaje. De cualquier forma, me encantaría que los Adeptos al Secreto se enfrentasen a mi método.

En un bote de casco estrecho y doble estabilizador en el mar del sur de China, America Shaftoe permanece a horcajadas sobre una bancada, el cuerpo apuntando directamente al sol, a pesar de los bandazos, como si estuviese estabilizada por un giroscopio. Viste un chaleco de inmersión sin mangas que muestra hombros fuertes y muy bronceados, la piel de un marrón nogal está grabada con un par de tatuajes negros y adornada por brillantes gotas de agua. El mango de un enorme cuchillo sobresale proyectado de una funda al hombro. La hoja es la de un cuchillo corriente de inmersión pero el mango es de un kris, una elaborada arma tradicional de Palawan. Un turista puede comprar un kris en la tienda libre de impuestos del AINA, pero éste en particular parece ser menos espectacular pero más trabajado que los fabricados para turistas, y está gastado por el uso. América lleva al cuello una cadena de oro de la que cuelga una perla negra y retorcida. Acaba de salir del agua sosteniendo entre los dientes un destornillador de joyero. Tiene la boca abierta para respirar, dejando al descubierto dientes torcidos de un blanco brillante y sin empastes. Durante ese breve momento se encuentra en su elemento, completamente absorta en lo que hace, totalmente inconsciente de sí misma. En ese momento Randy cree que la comprende: por qué pasa la mayor parte de su tiempo viviendo allí, por qué no se molestó en ir a la universidad, por qué dejó atrás a la familia de su madre, que la crió, con amor, en Chicago, para trabajar con su padre, el indisciplinado veterano que había abandonado el hogar cuando America tenía nueve años.

A continuación, America se vuelve para observar el bote que se aproxima, y ve que Randy la mira. Gira los ojos y la máscara cae una vez más sobre su rostro. Le dice algo a los filipinos en cuclillas a su alrededor y dos de ellos se ponen en marcha, correteando por los postes de los estabilizadores, como artistas de circo, para quedarse de pie en el pontón del estabilizador.

Extienden los brazos como si fuesen amortiguadores para facilitar el contacto entre la barcaza —que Doug Shaftoe ha bautizado con entusiasmo *Recuerdo de Mekong*— y el mucho más largo y estrecho pamboat, abierto y con estabilizadores.

Uno de los otros filipinos planta el pie desnudo en lo alto del pequeño generador portátil Honda y tira del cordón, los tendones y los músculos nervudos sobresaliendo del brazo y la espalda como si fuesen otros tantos cordones. El generador se pone en marcha instantáneamente, con un zumbido casi inaudible. Es buen material, una de las mejoras introducidas por Semper Marine como parte de su contrato con Epiphyte y FiliTel. Ahora lo emplean, con toda eficacia, para defraudar al Dentista.

—Se encuentra a ciento cincuenta y cuatro metros por debajo de esa boya —dice Doug Shaftoe, señalando un bote de un galón de leche que flota en el agua—. En cierta forma, tuvo suerte.

—¿Suerte? —Randy baja gateando del bote y descansa su peso sobre el estabilizador, hundiéndolo de forma que el agua templada le llega a las rodillas. Extendiendo los brazos como un artista de la cuerda floja, recorre el tramo para llegar a la canoa que hay en el centro.

—Suerte para nosotros —se corrige Shaftoe—. Nos encontramos en la falda de una montaña submarina. La depresión de Palawan está cerca. —Sigue a Randy, pero sin tanta vacilación y movimiento de brazos—. Si se hubiese hundido allí, la profundidad sería tal que sería difícil llegar a él, y la presión lo hubiese aplastado. Pero a doscientos metros no hay mucha implosión. —Al llegar al casco del bote, hace un gesto dramático entrechocando las manos.

195

—¿Nos importaría? —pregunta Randy—. El oro y la plata no implotan.

—Si el casco está intacto, sacar el material es muchísimo más fácil —dice Doug Shaftoe.

Amy ha desaparecido bajo la cubierta del pamboat. Randy y Doug la siguen hasta la sombra, y se la encuentran sentada con las piernas cruzadas sobre una caja de fibra de vidrio que está cubierta de pegatinas de equipaje del aeropuerto. Tiene la cara metida en lo alto de una pirámide de goma negra cuya base es la pantalla de un resistente tubo de rayos catódicos.

—¿Cómo va el negocio del cable? —murmura. Hace meses, dejó siquiera de intentar ocultar el desprecio que le produce el aburrido trabajo de tender cables. Las apariencias son asuntos delicados que, al igual que las casas de *papier-mâché*, es preciso mantener con energía o se disuelven. Otro ejemplo: hace un tiempo, Randy dejó de fingir que no estaba completamente fascinado por Amy Shaftoe. No es exactamente lo mismo que estar enamorado de ella, pero son sentimientos con muchos rasgos en común. Siempre ha sentido una extraña y enfermiza fascinación por las mujeres que fuman y beben mucho. Amy no hace ninguna de esas dos cosas, pero su absoluta indiferencia con respecto a las precauciones modernas sobre el cáncer de piel la sitúa en la misma categoría: personas demasiado ocupadas viviendo sus vidas como para preocuparse en extender la esperanza de vida.

En cualquier caso, siente la desesperada necesidad de saber cuál es el sueño de Amy. Durante un tiempo pensó que era buscar tesoros en el mar de la China meridional. Es algo de lo que claramente disfruta, pero él no está seguro de que la satisfaga del todo.

—He estado reajustando de nuevo la orientación de las aletas de inmersión —explica—. No creo que esas barras de presión estuviesen muy bien diseñadas. —Saca la cabeza de la capucha de goma negra y dirige a Randy una mirada rápida, haciéndole responsable por las limitaciones de todos los ingenieros—. Espero que ahora vaya sin dispararse por todas partes.

—¿Estás lista? —le pregunta su padre.

—En cuanto lo estés tú —responde ella, devolviéndole la pelota.

Doug se pone en cuclillas y sale de debajo de la cubierta. Randy le sigue, deseoso de ver en persona el ROV.

Se encuentra en el agua junto al casco central del pamboat: un torpedo amarillo rechoncho con una burbuja de vidrio por nariz, mantenido en su lugar por un tripulante filipino que se inclina sobre la borda para agarrarlo con las dos manos. Pares de alas atrofiadas están montadas en morro y cola, cada ala sosteniendo una hélice en miniatura montada en el interior de una cubierta de protección. A Randy le recuerda a un dirigible sin la góndola exterior.

Al notar el interés de Randy, Doug Shaftoe se agacha junto al torpedo para señalar los rasgos importantes.

—Es de flotación neutral, así que cuando lo tenemos así, lo sostenemos sobre un soporte de espuma, que ahora le quitaremos. —Comienza a tirar de algunos cordones, y del casco del Vehículo de Operación Remota se separan segmentos de espuma moldeada. Se hunde aún más en el agua, casi llevándose con él al marinero, quien lo suelta, manteniendo los brazos extendidos para evitar que les golpee con el vaivén—. Notarás que no está conectado con un cordón umbilical —dice Doug—. Normalmente, en un ROV es obligatorio. El cordón es necesario por tres razones.

Randy sonríe, porque sabe que Doug Shaftoe va a enumerar las tres razones. Randy casi no ha tenido contacto con los militares, pero está descubriendo que se lleva asombrosamente bien con ellos. Su característica es la necesidad compulsiva que tienen de educar continuamente a todos los que les rodean. Randy no precisa saber nada sobre el ROV pero, de todas formas, Doug Shaftoe va a ofrecerle un curso rápido. Randy supone que, cuando te encuentras en medio de una guerra, el conocimiento práctico es algo que vale la pena transmitir.

—Uno —dice Douglas MacArthur Shaftoe—, como fuente de energía del ROV. Pero este ROV dispone de su propia fuente de energía; un motor de plato distribuidor de oxígeno/gas natural, adaptado de la tecnología de torpedos y *parte de nuestro dividendo de paz* —(otra cosa que a Randy le gusta de los militares: su dominio del humor irónico)—, que genera suficiente electricidad para mover todas las hélices. Dos, para la comunicación y el control. Pero esta unidad emplea láseres verdes y azules para comunicarse con la consola de control que Amy está manejando. Tres, para la recuperación de emergencia en caso de un fallo total del sistema. Pero si esta unidad falla, se supone que es lo suficientemente inteligente para inflar una vejiga y flotar hasta la superficie donde activará una luz estroboscópica para que podamos recuperarla.

—Vaya —dice Randy—, ¿no es increíblemente cara?

—Es increíblemente cara —dice Douglas MacArthur Shaftoe—, pero el tipo que dirige la compañía es un viejo amigo mío, estuvimos juntos en la Academia Naval, y me lo presta cuando tengo necesidades perentorias.

—¿Sabe tu amigo cuáles son tus necesidades perentorias en este caso?

—No lo sabe exactamente —dice Doug Shaftoe, ligeramente ofendido—, pero asumo que tampoco es un estúpido.

—¡Listo! —grita Amy Shaftoe, sonando bastante impaciente.

Su padre da un buen vistazo a cada uno de los impulsores por turnos.

—Listo —responde. Un momento más tarde, algo comienza a retumbar dentro del ROV, y un hilillo de burbujas sale de un orificio en la cola, y luego las hélices comienzan a dar vueltas. Giran en los extremos de las alas raquíticas hasta mirar hacia abajo, lanzando fuentes al aire, y el ROV se hunde con rapidez. Las fuentes se reducen y se convierten en ligeros flujos hacia arriba en la superficie del mar. Visto a través de la desigual superficie del agua, el ROV es una mancha amarilla. Se acorta cuando la nariz del vehículo se hunde, y desaparece con rapidez a medida que las hélices lo sumergen—. Siempre me deja sin aliento ver algo que cuesta tanto ir a dios sabe dónde —dice Doug Shaftoe con aire meditativo.

El agua alrededor del bote comienza a emitir una especie de luz atroz y enfermiza, como la radiación en una película de terror de bajo presupuesto.

—¡Vaya! ¿Los láseres? —dice Randy.

—Montada en el fondo del casco hay una pequeña bóveda —dice Doug—. Atraviesa con facilidad incluso el agua más turbia.

—¿Qué ancho de banda se puede transmitir?

—Amy ve ahora mismo una imagen monocroma bastante decente en la pequeña pantalla, si a eso te refieres. Todo es digital. Todo por paquetes. De forma que si parte de los datos no llega, la imagen se vuelve un poco mala, pero no perdemos totalmente el contacto visual.

—Genial.

—Sí, es genial —le dice Doug Shaftoe—. Vayamos a ver la tele.

Se agachan bajo la cubierta. Doug enciende un pequeño televisor portátil Sony, un duro modelo a prueba de agua en una caja de plástico amarillo, y conecta el cable de entrada en un conector libre del equipo de Amy. Lo conecta y comienza a ver un poco de lo que Amy ve. No tienen el beneficio de la capucha negra que Amy está usando, por lo que el brillo del sol borra todos los detalles menos una línea recta y blanca que sale del centro oscuro de la imagen y se expande hacia el borde. Se mueve.

—Estoy siguiendo la línea de la boya —explica Amy—. Algo aburrido.

El reloj calculadora de Randy lanza dos pitidos. Comprueba la hora; son las tres de la tarde.

—¿Randy? —dice Amy con voz de terciopelo.

—¿Sí?

—¿Podrías decirme la raíz cuadrada de tres mil ochocientos veintitrés?

—¿Para qué la quieres?

—Hazlo.

Randy levanta la muñeca para poder ver la pantalla digital del reloj, saca un lápiz del bolsillo y usa el borrador para pulsar los diminutos botoncitos. Oye un sonido cortante y metálico, pero no le presta atención.

Algo frío y suave se mete bajo la muñeca.

—Estate quieto —dice Amy. Ésta se muerde el labio y tira. El reloj cae y acaba en su mano izquierda con la correa de vinilo perfectamente cortada. Sostiene el kris en la mano derecha, el borde de la hoja todavía decorado con algunos pelos del brazo de Randy—. Mm. Sesenta y uno coma ocho tres cero cuatro. Suponía que sería mayor. —Lanza el reloj por encima del hombro y desaparece en el mar de la China meridional—. Las raíces cuadradas son complicadas.

—¡Amy, estás perdiendo la cuerda! —dice impaciente su padre, completamente concentrado en la pantalla de televisión.

Amy vuelve a introducir el kris en la vaina, le sonríe a Randy con dulzura y mete de nuevo la cara en el equipo. Randy se queda sin habla durante un rato.

La pregunta de si es lesbiana o no se está volviendo con rapidez algo más que académica. Realiza un rápido repaso mental de todas las lesbianas que ha conocido. Normalmente son urbanitas razonables con trabajos de nueve a cinco y peinados razonables. En otras palabras, son iguales que la mayoría que la gente que Randy conoce. Amy es escandalosamente exótica, demasiado parecida a la imagen que tendría un director de cine salido de cómo debe ser una lesbiana. Así que quizás haya esperanza.

—Si vas a mirar a mi hija de esa forma —dice Doug Shaftoe—, será mejor que empieces a practicar los bailes de salón.

—¿Me está mirando? Nunca me entero cuando tengo la cabeza metida en este cacharro —dice Amy.

—Estaba enamorado de su reloj. Ahora ya no tiene objeto al que demostrar su afecto —dice Doug—. Por tanto, ¡a prepararse para lo bueno!

Randy sabe cuando alguien intenta ponerle nervioso.

—¿Qué te resultaba tan desagradable de mi reloj? ¿La alarma?

—El conjunto en sí era bastante molesto —dice Amy—, pero la alarma es lo que me ha puesto psicótica.

—Deberías haberme dicho algo. Como soy un verdadero tecnófilo, sé cómo desconectarla.

—Entonces, ¿por qué no lo hiciste?

—Me gusta saber la hora.

—¿Por qué? ¿Tienes un pastel en el horno?

—La gente de diligencia exigible del Dentista se me subirá encima.

Doug cambia de posición y hace un gesto de curiosidad con la cara.

—Ya lo has mencionado antes. ¿Qué es diligencia exigible?

—Más o menos va así. Alfred tiene algo de dinero que desea invertir.

—¿Quién es Alfred?

—Una persona hipotética cuyo nombre comienza por A.

—No comprendo.

—En el mundo de la criptografía, cuando explicas un protocolo criptográfico, empleas gente hipotética. Alice, Bob, Carol, Dave, Evan, Fred, Greg, y demás.

—Vale.

—Alfred invierte su dinero en una compañía administrada por Barney. Cuando digo «administrada» quiero decir que Barney tiene la responsabilidad final sobre lo que la compañía hace. Por tanto, quizá en este caso Barney sea el presidente del consejo de administración. Ha sido elegido, por Alfred, Alice, Agnes, Andrew y los demás inversores, para encargarse de la compañía. Él y los otros directores contratan directivos corporativos; como Chuck, que actúa de presidente. Chuck y los otros directores contratan a Drew para administrar una de las divisiones de la compañía. Drew contrata a Edgar, el ingeniero, y así sucesivamente. Por tanto, en términos militares, hay toda una cadena de mando que se extiende hasta los tipos en las trincheras, como Edgar.

—Y Barney es el hombre en lo alto de la cadena de mando —dice Doug.

—Exacto. Por tanto, como un general, es el responsable último de todo lo que pasa en los niveles inferiores. Alfred ha confiado personalmente su dinero a Barney. Barney está obligado legalmente a ejercitar la diligencia exigible asegurándose de que el dinero se gasta de forma responsable. Si Barney no demuestra la diligencia exigible, se encuentra con graves problemas legales.

—Ah.

—Sí. Es algo que hace que Barney preste atención. Los abogados de Alfred pueden presentarse en cualquier momento y exigir pruebas de que se está ejerciendo la diligencia exigible. Barney tiene que andar de puntillas, para asegurarse de estar cubierto en todo momento.

—¿En este caso Barney es el Dentista?

—Sí. Alfred, Agnes y todos los otros son las personas en su club de inversión, la mitad de los odontólogos del condado de Orange.

—Y tú eres Edgar el ingeniero.

—No, tú eres Edgar el ingeniero. Yo soy un directivo corporativo de Epiphyte. Soy más bien como Chuck o Drew.

Amy interviene.

—Pero ¿qué podría hacerte el Dentista? No trabajas para él.

—Lamento decir que ése ya no es el caso, desde ayer.

Eso atrae la atención de los Shaftoe.

—El Dentista posee ahora el diez por ciento de Epiphyte.

—¿Cómo ha sucedido tal cosa? Según lo último que supe —dice Doug acusador—, ese hijo de puta os estaba demandando.

—Nos demandaba —dice Randy—, porque nos quería. Nuestras acciones no estaban a la venta, y no planeábamos tener una oferta pública en un futuro cercano, así que la única forma que tenía de entrar era chantajearnos con una demanda.

—¡Dijiste que era una demanda ficticia! —exclama Amy, la única persona de los presentes que se está molestando en manifestar, o sentir, indignación moral.

—Lo era. Pero nos hubiese costado tanto ir a juicio que nos hubiésemos arruinado. Por otra parte, cuando nos ofrecimos a venderle algunas acciones, retiró la demanda. Recibimos algo de su dinero, cosa que siempre viene bien.

—Pero ahora eres responsable ante su personal de diligencia exigible.

—Sí. Mientras hablamos están en el barco del cable; han llegado esta mañana en una lancha.

—¿Qué creen que estás haciendo?

—Les he dicho que el sónar Sidescan había revelado algunos defectos en la ruta del cable que era preciso evaluar.

—Mucha rutina.

—Sí. Es fácil manipular a la gente de diligencia exigible. Tienes que actuar de forma muy diligente. Se lo tragan.

—Ya hemos llegado —dice Amy, y tira del joystick, girando el cuerpo para dejar clara la maniobra.

Doug y Randy miran la pantalla de televisión. Está completamente a oscuras. Dígitos en la parte baja indican que la cabezada es de cinco grados y el balanceo de ocho, lo que significa que el ROV está casi horizontal. La cifra de guiñada cambia con rapidez, lo que significa que el ROV rota alrededor de su eje vertical como un coche coleando.

—Debería aparecer alrededor de los cincuenta grados —murmura Amy.

La cifra de guiñada se reduce, bajando de los cien grados, noventa, ochenta. Alrededor de los setenta grados, algo aparece en el borde de la pantalla. Tiene el aspecto de un pan de azúcar en forma de pelota de rugby multicolor surgiendo del fondo marino. Amy palpa los controles un par de veces y la rotación va deteniéndose. El pan de azúcar se desliza hasta el centro de la pantalla y luego se detiene.

—Fijando giroscopios —dice Amy, dándole a un botón—. Hacia delante. —El pan de azúcar aumenta, crece despacio. El ROV se va acercando, con la dirección estabilizada automáticamente por sus giroscopios incorporados.

—Dirígelo hacia estribor —dice Doug—. Quiero tener un ángulo diferente. —Presta algo de atención al vídeo que se supone que lo está grabando todo.

Amy deja que el joystick vuelva a la posición neutral, y ejecuta una serie de movimientos que hace que pierdan la imagen del naufragio durante un minuto. Lo único que pueden ver son formaciones coralinas que pasan bajo las cámaras del ROV. Luego lo gira hacia la izquierda y aparece de nuevo: la misma forma de proyectil. Pero desde ese ángulo, pueden ver que realmente sobresale del fondo marino en un ángulo de cuarenta y cinco grados.

—Parece el morro de un avión. Un bombardero —dice Randy—. Como un B-29.

Doug agita la cabeza.

—Los bombarderos tenían que tener una sección transversal circular porque iban presurizados. Esa cosa no tiene una sección circular. Es más elíptica.

—Pero no veo las barandas, armas, y...

—Basura que un submarino clásico alemán hubiese tenido colgando. Ésta forma es mucho más hidrodinámica —dice Doug. Grita algo en tagalo a uno de los tripulantes en el *Glory IV*.

—Parece tener una costra —dice Randy.

—Habrá muchas cosas creciendo en él —dice Doug—, pero todavía es reconocible. No se produjo una implosión catastrófica.

Un tripulante corre sobre el pamboat portando un viejo libro de imágenes tomado de la pequeña pero idiosincrásica biblioteca del *Glory IV*: una historia ilustrada de los submarinos alemanes. Doug pasa los primeros tres cuartos del libro y se detiene en la fotografía de un submarino cuyas líneas parecen asombrosamente familiares.

—Dios, parece el submarino amarillo de los Beatles —dice Randy. Amy saca la cabeza del visor y lo aparta para mirar.

—Excepto que no es amarillo —dice Doug—. Es de la nueva generación. Hitler habría podido ganar la guerra si hubiese podido fabricar unas docenas como éste. —Pasa unas páginas. Hay imágenes de submarinos similares pero mucho mayores.

Un diagrama de la sección transversal muestra un casco externo de paredes delgadas y forma elíptica que rodea un casco interior perfectamente circular y de paredes gruesas.

—El círculo es el casco presurizado. Se mantenía siempre a una atmósfera y lleno de aire, para la tripulación. En el exterior, un casco exterior, liso e hidrodinámico, con espacio para tanques de combustible y peróxido de hidrógeno.

—¿Llevaba su propio oxidante? ¿Como un cohete?

—Claro... para correr sumergido. Cualquier intersticio del casco exterior estaría lleno de agua de mar, presurizada para igualar la presión externa del océano, para evitar que colapsara.

Doug coloca el libro bajo el monitor de televisión y lo gira para comparar las líneas de un submarino con la forma en la pantalla. Ésta última es escabrosa y llena de coral y otros materiales, pero las similitudes son más que evidentes.

—Me pregunto por qué no está tendido en el fondo del océano —dice Randy.

Doug coge una botella de plástico, que está casi llena, y la arroja por la borda. Flota al revés.

—¿Por qué no está plana, Randy?

—Porque en el otro extremo hay una burbuja de aire atrapada —dice Randy con bochorno.

—Sufrió daños en popa. La proa se elevó. Se produjo un colapso parcial. El agua de mar, penetrando por la rotura de popa, obligó al aire a concentrarse en la proa. La profundidad es de ciento cincuenta y cuatro metros, Randy. Eso son quince atmósferas de presión. ¿Qué te dice la ley de Boyle?

—Que el volumen del aire se habrá reducido en un factor de quince.

—Bingo. De pronto catorce quinceavas partes del submarino están llenas de agua, y la quinceava parte restante es una bolsa de aire, capaz de sostener la vida por poco tiempo. La mayor parte de la tripulación está muerta, se hundió con rapidez y chocó contra el fondo, rompiendo la parte de atrás y dejando la sección de proa apuntando hacia arriba, como la vemos. Si quedaba alguien con vida en la burbuja, tuvo una muerte lenta y larga. Que Dios tenga piedad de sus almas.

En otras circunstancias, la referencia religiosa hubiese puesto incómodo a Randy, pero aquí parece apropiada. Piensa lo que quieras de las personas religiosas, siempre tienen algo que decir en momentos como ése. ¿Qué se le ocurriría a un ateo? *Sí, los organismos que habitaban ese submarino perdieron las funciones neuronales superiores y con el tiempo se convirtieron en trozos de carne descompuesta. ¿Y qué?*

—Nos acercamos a la torrecilla —dice Amy. Según el libro, el submarino no va a tener una de esas tradicionales y largas torres verticales: sólo un bulto bajo. Amy pilota el ROV muy cerca del submarino, y una vez más lo detiene y lo gira. El casco aparece en la pantalla como una abigarrada montaña de corales, completamente irreconocible como objeto de fabricación humana... hasta que algo oscuro entra en la pantalla. Se transforma en un agujero perfectamente circular. De él sale una anguila y ataca con furia a la cámara, llenando la pantalla con sus dientes y gaznate. Cuando se aleja nadando, cerca del agujero se ve una puerta de escotilla en forma de bóveda colgando de goznes.

—Alguien abrió la escotilla —dice Amy.

—Dios mío —dice Douglas MacArthur Shaftoe—. Dios mío. —Se aparta del televisor como si ya no pudiese soportar la imagen. Sale de la cubierta y se pone de pie, mirando el mar—. Alguien salió de ese submarino.

Amy sigue fascinada, y es una con el joystick, como un quinceañero con un videojuego. Randy se frota el extraño sitio vacío en la muñeca y mira la pantalla, pero ahora ya no ve nada excepto la abertura circular perfecta.

Después de un minuto más o menos, va a unirse a Doug, quien, como siguiendo un rito, enciende un puro.

—Es un buen momento para fumar —masculla—. ¿Quieres uno?

—Claro. Gracias. —Randy saca una herramienta plegable multipropósito y corta el extremo del puro, un cubano de aspecto muy impresionante—. ¿Por qué dices que es un buen momento para fumar?

—Para fijarlo en la memoria. Para señalarlo. —Doug aparta la vista del horizonte y mira a Randy inquisitivo, casi implorándole que comprenda—. Éste es uno de los momentos más importantes de tu vida. Nada volverá a ser igual. Puede que nos hagamos ricos. Puede que muramos. Puede que sólo tengamos una aventura, o aprendamos algo. Pero hemos cambiado. Estamos cerca de un fuego digno de Heráclito, sintiendo su calor en la cara. —Saca una cerilla de seguridad encendida entre las manos como un mago y la sostiene frente a los ojos de Randy, y Randy enciende el puro, mirando la llama.

—Bien, se lo dedicamos —dice Randy.

—Y se lo dedicamos también a quién fuese que saliese —contesta Doug.

Santa Mónica

La infraestructura militar de Estados Unidos (ha decidido Waterhouse) es ante todo y por encima de todo una red insondable de mecanógrafos y oficinistas y, en segundo lugar, un formidable mecanismo para mover cosas de una parte del mundo a otra y, por último, el aspecto menos importante, una organización bélica. Durante el último par de semanas él mismo ha sido propiedad del segundo grupo. Le han embarcado en trasatlánticos de lujo demasiado rápidos para ser atrapados por los submarinos alemanes, cosa que no tiene demasiada importancia ya que, como saben Waterhouse y algunas otras personas, Dönitz ha declarado la derrota en la batalla del Atlántico, y ha retirado a los submarinos hasta que pueda construir una nueva generación, que funcionará con combustible de cohete y nunca tendrá que salir a la superficie. De tal forma llegó Waterhouse a Nueva York. En Penn Station cogió un tren al Medio Oeste, donde pasó una semana con su familia y les aseguró por enésima vez que, por lo que sabía, nunca le enviarían al combate.

Luego vuelve a encontrarse en un tren, a Los Ángeles, y ahora espera lo que parece ha de ser una serie matadora de vuelos de avión atravesando el mundo hasta Brisbane.

Es uno entre otro millón de jóvenes, hombres y mujeres, de uniforme y de permiso, vagando por Los Ángeles en busca de algo de entretenimiento.

Ahora bien, dicen que esa ciudad es la capital del entretenimiento y por lo tanto no debería ser difícil encontrarlo. Precisamente, no puedes recorrer una manzana sin toparte con media docena de prostitutas y pasar junto a un número igual de locales nocturnos, cines y salones de billar.

Waterhouse prueba un poco de todo durante sus cuatro días de permiso y se aflige al descubrir que ya nada de eso le entretiene. ¡Ni siquiera las putas!

Quizá sea por eso por lo que pasea por el lado norte del embarcadero de Santa Mónica, buscando una forma de llegar a la playa, que está completamente vacía, lo único en Los Ángeles que no genera comisiones y derechos residuales para alguien. La playa atrae pero no complace. Las plantas de allí, vigilando el Pacífico, parecen venidas de otro planeta. No, ni siquiera parecen plantas reales de un planeta concebible. Son demasiado geométricas y perfectas. Son diagramas esquemáticos de plantas esbozados por un diseñador imposiblemente moderno, muy bueno con la geometría pero que nunca ha ido al bosque y visto plantas de verdad. Ni siquiera crecen desde una matriz orgánica reconocible, están integradas en un polvo ocre y estéril que es lo que en esa parte del país consideran tierra de cultivo. Waterhouse sabe que no es más que el principio, que a partir de ese punto todo se volverá aún más extraño. Ha oído suficientes historias de Bobby Shaftoe para saber que el otro lado del Pacífico va a ser indescriptiblemente extraño.

El sol se prepara para ocultarse y el embarcadero, a lo largo de la playa por la izquierda, está iluminado, una galaxia llamativa; los trajes extravagantes de los feriantes destacan a una milla de distancia, como bengalas de emergencia. Pero Waterhouse no tiene prisa por llegar allí. Puede ver ejércitos ignorantes de soldados, marineros y marines revoloteando por allí, distinguibles por los tonos de sus uniformes.

La última vez que estuvo en California, antes de Pearl Harbor, no era diferente a esos chicos en el embarcadero, sólo un poco más inteligente, con habilidad para los números y la música. Pero ahora comprende la guerra como ellos nunca lo harán. Él sigue vistiendo el mismo uniforme, pero sólo como disfraz. Ahora cree que la guerra, como la entienden esos chicos, es tan completamente ficticia como las películas de guerra que producen al otro lado de la ciudad, en Hollywood.

Dicen que Patton y MacArthur son generales atrevidos; el mundo aguarda con expectación sus próximas salidas tras las líneas enemigas. Waterhouse sabe que Patton y MacArthur, más que cualquier otra cosa, son consumidores inteligentes de Ultra/Magic. La emplean para descubrir dónde ha concentrado el enemigo sus fuerzas, luego las esquivan y atacan allí donde son más débiles. Eso es todo.

Dicen que Montgomery es una mano firme, alguien cauteloso y perspicaz. A Waterhouse no le interesa Monty; Monty es un idiota; Monty no lee Ultra; es más, la ignora en detrimento de sus hombres y el esfuerzo bélico.

Dicen que Yamamoto murió a causa de un accidente afortunado cuando algunos P-38 errantes se encontraron con un grupo anónimo de aviones nipones y los derribaron. Waterhouse sabe que la sentencia de muerte de Yamamoto fue escrita por una impresora de línea de la Electrical Till Corporation en una instalación de criptoanálisis de Hawai, y que el almirante fue víctima de un asesinato político en toda regla.

Incluso ha cambiado su concepto de la geografía. Cuando estaba en casa, se sentaba con su abuelo y miraba el globo, girándolo hasta que sólo veían azul, trazando rutas por el Pacífico, desde un volcán solitario hasta el siguiente atolón olvidado de dios. Waterhouse sabe que esas islitas, antes de la guerra, sólo tenían una única función económica: el procesamiento de información. Las rayas y puntos que viajan por los cables submarinos quedan tragados por las corrientes de la tierra después de algunos miles de millas, como ondas en una marejada. Las potencias europeas colonizaron esas islas más o menos cuando se estaban tendiendo los largos cables, y construyeron estaciones donde se recogían las rayas y puntos que venían por las líneas, los amplificaban y los enviaban a la siguiente cadena de islas.

Algunos de esos cables deben estar sumergidos no muy lejos de esa playa. Waterhouse está a punto de seguir las rayas y puntos hasta el horizonte occidental, donde termina el mundo.

Encuentra una rampa que lleva a la playa y deja que la gravedad le guíe hasta el nivel del mar, mirando al sur y al oeste. El agua se muestra tranquila e incolora bajo un cielo nebuloso, apenas se puede distinguir la línea del horizonte.

La fina arena se hunde bajo sus pies formando gruesas ondas circulares con cumbres alrededor de los tobillos, por lo que debe detenerse y desatarse los duros zapatos de cuero. La arena se ha quedado atrapada en la matriz de sus calcetines negros, así que se los quita y se los mete en los bolsillos. Camina hacia el agua llevando un zapato en cada mano. Ve a otros que han atado los zapatos entre sí alrededor del cinturón, dejando así las manos libres. Pero le ofende la asimetría, así que los lleva como si se preparase para darse la vuelta y caminar sobre las manos con la cabeza colgando.

El sol envía la luz horizontalmente sobre la arena, arañando el caos y creando una línea clara de separación entre luz y oscuridad en cada pequeña duna. Las curvas coquetean y se besan formando un dibujo que es, supone Waterhouse, profundamente fascinante e importante pero demasiado potente para que se ocupe de él su mente cansada. Las gaviotas han aplanado algunas zonas.

La arena de la línea donde golpean las olas ha quedado aplanada. Las huellas de un niño pequeño la atraviesan, extendiéndose como gardenias con delgados rayos. La arena parece un plano geométrico hasta que una lámina del océano la ataca. Luego, los remolinos de agua traicionan pequeñas imperfecciones. A su vez, esos remolinos tallan la arena. El océano es una máquina de Turing, la arena es la cinta; el agua lee las marcas escritas en la arena, en ocasiones las borra y en ocasiones graba marcas nuevas por medio de pequeñas corrientes que son a su vez resultado de las marcas. Recorriendo laboriosamente la línea, Waterhouse aprecia sobre la arena húmeda profundos cráteres que son leídos por el océano. Con el tiempo el océano los borra, pero en ese proceso su estado ha cambiado, la estructura de sus remolinos ha quedado alterada. Waterhouse imagina que la alteración podría de alguna forma propagarse a través del Pacífico hasta un supersecreto dispositivo nipón de vigilancia construido con tubos de bambú y hojas de crisantemo; los operadores niponos sabrían que Waterhouse ha caminado por allí. De la misma forma, el agua arremolinada alrededor de los pies de Waterhouse contiene información sobre el diseño de hélices niponas y la distribución de su flota, si sólo tuviese la inteligencia suficiente para leerla. El caos de las olas, preñado de datos cifrados, se burla de él.

La guerra terrestre ha terminado para Waterhouse. Ahora se ha ido, se ha ido al mar. Es la primera vez que le ha dado un buen vistazo —al mar— desde que ha llegado a Los Ángeles. A él le parece grande. Antes, cuando estaba en Pearl, era un espacio vacío, una nada. Ahora le parece un participante activo, y un vector de información. Luchar una guerra en él podría volverte loco, trastornarte. ¿Cómo será ser un general? ¿Vivir durante años entre volcanes y árboles raros, olvidar los robles, los trigales, las tormentas de nieve y los partidos de fútbol norteamericano? ¿Luchar contra los terribles nipones en la selva, quemándolos en cuevas, haciéndoles caer desde los acantilados? ¿Ser un potentado oriental, la autoridad suprema sobre millones de millas cuadradas, centenares de millones de personas? Tu único contacto con el mundo real una delgada fibra de cobre recorriendo el fondo del océano, el ligero gimoteo de los puntos y rayas en medio de la noche ¿En qué tipo de hombre te convertirías?

Avanzada

Cuando su sargento quedó convertido en aerosol por cortesía del australiano de la ametralladora, Goto Dengo y sus camaradas supervivientes se quedaron sin mapa, y estar sin mapa en las selvas de Nueva Guinea en medio de una guerra es malo, malo, malo.

En otro país, quizá hubiesen podido seguir descendiendo hasta llegar al océano, y luego seguir la costa hasta su destino. Pero recorrer la costa es casi aún más imposible que recorrer el interior, porque la costa es una cadena de pantanos pestilentes infestados de cazadores de cabezas.

Al fin, encuentran una avanzada nipona simplemente siguiendo las explosiones. Quizá ellos no tengan mapas, pero la Quinta Fuerza Aérea norteamericana sí que los tiene.

En cierta forma, para Goto Dengo, el bombardeo continuo es tranquilizador. Después del encuentro con los australianos, considera una idea que no se atreve a expresar: que para cuando llegasen a su destino podrían ya estar en manos enemigas. Que pueda siquiera concebir tal posibilidad demuestra más allá de toda duda que no está capacitado para ser un soldado del emperador.

En cualquier caso, el sonsonete de los motores de los bombarderos, el ruido titánico de las explosiones, los destellos sobre el horizonte nocturno les ofrecen muchas pistas útiles sobre la posición de los nipones. Uno de los camaradas de Goto Dengo es un granjero de Kyushu que parece capaz de sustituir el entusiasmo por comida, agua, sueño, medicinas y cualquier otra necesidad física. Mientras atraviesa penosamente la selva, este muchacho mantiene alto el espíritu pensando en el día en que estén lo suficientemente cerca para oír el sonido de las baterías antiaéreas y ver a los aviones norteamericanos, destrozados por los proyectiles, cayendo en espiral hacia el mar.

Ese día no llega nunca. Pero a medida que se acercan, pueden encontrar la avanzada con los ojos cerrados, simplemente siguiendo el olor a disentería y carne en descomposición. Justo cuando la fetidez está tan cerca como para ser insoportable, el chico entusiasta emite un extraño sonido gutural. Goto Dengo se vuelve para ver una peculiar entrada de forma oval en el centro de la frente del muchacho. El muchacho cae el suelo y se estremece.

—¡Somos nipones! —dice Goto Dengo.

La tendencia de las bombas a caer del cielo y estallar entre ellos cuando el sol está en lo alto dicta que es necesario cavar búnkeres y hoyos de protección. Por desgracia, el suelo coincide con el nivel freático. Las pisadas se llenan de agua incluso antes de que el pie haya tenido tiempo de separarse del lodo. Los cráteres de las bombas son perfectos charcos circulares. Las trincheras son canales en zigzag. No hay vehículos de ruedas ni bestias de carga, ni animales de corral ni edificios. Esos trozos de aluminio quemados deben haber sido aviones en otro tiempo. Hay algunas armas pesadas, pero los cañones están fracturados y deformados por las explosiones, y llenos de pequeños cráteres. Las palmeras no son más que tocones coronados por unas pocas esquirlas radiando desde la zona de explosión más reciente. La extensión de lodo rojo está salpicada por grupos aleatorios de gaviotas que arrancan trozos de comida; Goto Dengo ya sospecha lo que comen, y lo confirma cuando se corta el pie descalzo con los restos de una mandíbula humana. La cantidad brutal de explosivos potentes que han estallado en el campamento ha bañado hasta la última molécula de aire, agua y tierra con el olor químico de los residuos de TNT. Ese olor hace que Goto Dengo recuerde su hogar; ése mismo explosivo es adecuado para pulverizar cualquier roca que se interponga entre ti y cualquier veta de material.

Un cabo escolta a Goto Dengo y a los camaradas supervivientes desde el perímetro hasta una tienda levantada sobre el lodo. Las cuerdas no están atadas a estacas sino a segmentos dentados de troncos, y fragmentos pesados de armas estropeadas. En el interior, el lodo está cubierto con las tapas de cajones de madera. Un hombre sin camisa de quizá unos cincuenta años está sentado de piernas cruzadas en lo alto de una caja vacía de munición. Sus párpados están tan pesados e hinchados que resulta difícil decidir si está despierto. Respira de forma errática. Cuando inhala, la piel se retrae a los espacios entre las costillas, produciendo la ilusión de que el esqueleto intenta escapar a la desesperada de un cuerpo condenado. Hace mucho tiempo que no se afeita, pero no tiene pelo suficiente para producir una barba de verdad. Le murmura a un oficinista, sentado sobre una tapa que dice MANILA, que copia sus palabras.

Goto Dengo y sus camaradas permanecen de pie como durante media hora, intentando desesperadamente controlar su decepción. Esperaba a esas alturas encontrarse tendido en una cama de hospital bebiendo sopa de miso. Pero esa gente está todavía en peores condiciones que él; teme que ellos le pidan ayuda a él.

Aún así, es agradable simplemente estar bajo una lona, y frente a alguien con autoridad que va a ocuparse de todo. Los oficinistas entran en la tienda trayendo mensajes descifrados, lo que significa que en algún lugar cercano hay una estación de radio que funciona y personal con libros de código. No están desconectados del todo.

—¿Qué sabes hacer? —dice el oficial, una vez que a Goto Dengo se le ha ofrecido finalmente la oportunidad de presentarse.

—Soy ingeniero —dice Goto Dengo.

—Ah. ¿Sabes cómo construir puentes? ¿Pistas de aviación?

El oficial está fantaseando un poco; los puentes y las pistas de aviación están tan lejos de su comprensión y de sus hombres como las naves intergalácticas. Se le han caído todos los dientes, así que se le pegan las palabras, y en ocasiones debe detenerse dos o tres veces para tomar aliento durante una frase.

—Construiría tales cosas si fuese el deseo de mi comandante, aunque para tales cosas otros tienen mejores habilidades que yo. Mi especialidad es la ingeniería sub-terránea.

—¿Búnkeres?

Una avispa le pica en la nuca e inhala con fuerza.

—Construiría búnkeres si fuese el deseo de mi co-mandante. Mi especialidad son los túneles, en tierra o pie-dra, pero especialmente en piedra.

El oficial mira fijamente a Goto Dengo durante unos momentos, luego dirige una mirada al oficinista, que se in-clina ligeramente y lo apunta.

—Aquí tus habilidades son inútiles —dice con des-consideración, como si fuese cierto para todos.

—¡Señor! También sé manejar la ametralladora lige-ra Nambu.

—La Nambu es mala arma. No es tan buena como lo que tienen norteamericanos y australianos. Aún así, es útil para la defensa en la jungla.

—¡Señor! Defenderé nuestro perímetro hasta el últi-mo aliento...

—Por desgracia, no nos atacan desde la selva. Nos bombardean. Pero la Nambu no puede alcanzar a un avión. Cuando lleguen, llegarán desde el océano. La Nambu es inútil frente a un ataque anfibio.

—¡Señor! He vivido en la selva durante seis meses.

—¿Oh? —Por un momento el oficial parece interesa-do—. ¿Qué has estado comiendo?

—¡Larvas y murciélagos, señor!

—Vete y búscame algunos.

—¡De inmediato, señor!

Desenrolla algo de cuerda vieja para hacer cordel, y teje el cordel en redes, y cuelga las redes de los árboles. Una vez que está terminado, su vida es simple: cada mañana trepa a los árboles y recoge los murciélagos atrapados en las redes. Luego pasa la tarde sacando larvas, usando una bayoneta, de los troncos podridos. El sol se pone y permanece en un hoyo de protección lleno de aguas residuales hasta que vuelve a salir. Cuando estallan bombas cerca, la concusión le produce una conmoción tan profunda que separa su cuerpo de su mente; durante las horas posteriores, su cuerpo se mueve haciendo cosas sin que él se lo diga. Desprovista de sus conexiones con el mundo físico, su mente va dando vueltas como un impulsor al que se le ha roto el árbol motor y va aullando a velocidad máxima, sin hacer trabajo útil pero consumiéndose. Normalmente no sale de ese estado hasta que alguien le habla. Luego caen más bombas.

Una noche nota que hay arena bajo sus pies. Extraño. El aire huele a limpio y fresco. Algo desconocido. Otros caminan por la arena con él.

Les escoltan un par de soldados tambaleantes, y un cabo encorvado por el peso de una Nambu. El cabo mira de forma extraña.

—Hiroshima —dice.

—¿Me ha dicho algo?

—Hiroshima.

—Pero ¿qué ha dicho antes de «Hiroshima»?

—En.

—¿En?

—En Hiroshima

—¿Qué ha dicho antes de decir «en Hiroshima»?

—Tía.

—¿Me hablaba sobre su tía en Hiroshima?

—Sí. A ella también.

—¿Qué quiere decir con a ella también?

—El mismo mensaje.

—¿Qué mensaje?

—El mensaje que memorizaste. Dáselo a ella también.

—Oh —dice Goto Dengo.

—¿Recuerdas la lista completa?

—¿La lista de personas a las que se supone que debo dar el mensaje?

—Sí. Vuelve a recitarla.

El cabo tiene acento de Yamaguchi, que es de donde vienen la mayoría de los soldados apostados allí. Parece más rural que urbano.

—Eh, su padre y su madre en la granja de Yamaguchi.

—¡Sí!

—Y su hermano que está en... ¿la Marina?

—¡Sí!

—Y su hermana que es...

—Profesora en Hiroshima, ¡muy bien!

—Así como a su tía que también vive en Hiroshima.

—Y no te olvides de mi tío en Kure.

—Oh, sí. Lo siento.

—¡No hay problema! Ahora repíteme el mensaje, sólo para asegurarme de que no lo olvidas.

—De acuerdo —dice Goto Dengo, y respira bien hondo. Ahora está empezando a entender su situación. Caminan hacia el mar: él y media docena más, desarmados y cargando pequeños paquetes, acompañados por el cabo y soldados. Abajo, sobre las olas, les espera una lancha de goma.

—¡Ya casi estamos! ¡Dime el mensaje! ¡Repítemelo!

—Querida familia —comienza a decir Goto Dengo.

—Muy bien... ¡perfecto hasta ahora! —dice el cabo.

—Siempre pienso en vosotros. —Es la suposición de Goto Dengo.

El cabo parece algo alicaído.

—Cerca... sigue.

Han llegado a la lancha. La tripulación la mete en la arena unos pocos pasos. Goto Dengo deja de hablar durante unos momentos mientras observa subir a los otros. Luego el cabo le da un golpecito en la espalda. Goto Dengo se mete en el océano. Nadie le grita todavía; de hecho, le ofrecen ayuda para subir. Cae en el fondo de la lancha y se pone de rodillas mientras la tripulación la saca de la playa. Mira a los ojos al cabo que se ha quedado en la playa.

—Éste es el último mensaje que recibiréis de mí, porque ya hace tiempo que he encontrado mi descanso en la tierra sagrada del templo de Yasukuni.

—¡No! ¡No! ¡Todo mal! —aúlla el cabo.

—Sé que me visitaréis y me recordaréis con cariño, como yo os recuerdo a vosotros.

El cabo se mete en el agua, intentando alcanzar la lancha, y los soldados van tras él y lo agarran por los brazos. El cabo grita:

—¡Pronto inflingiremos a los norteamericanos una derrota total y regresaré a casa marchando por las calles de Hiroshima con mis compañeros! —recita como un escolar haciendo los deberes.

—¡Ahora he muerto con valor, en una magnífica batalla, y ni una vez eludí mi responsabilidad! —le grita Goto Dengo.

—¡Por favor, enviadme un cordón fuerte para que pueda arreglarme las botas! —grita el cabo.

—¡El ejército nos ha tratado bien, y hemos vivido nuestros últimos meses entre tantas comodidades y limpieza que uno apenas podría suponer que habíamos abandonado las islas natales! —grita Goto Dengo, sabiendo que el sonido de las olas debe estar dificultando la recepción—. ¡Cuando llegó la batalla final, fue rápida, y nos adentramos en la muerte en plena juventud, como las flores del cerezo de las que se habla en el rescripto del emperador, que todos llevamos junto al pecho! ¡Haber abandonado este mundo es un precio pequeño a pagar por la paz y la prosperidad que hemos traído a la gente de Nueva Guinea!

—¡No, está mal del todo! —gime el cabo. Pero sus compañeros le llevan hasta la playa, hacia la selva, donde su voz se pierde entre la cacofonía eterna de ululatos, alaridos, chillidos, gorjeos y otros gritos extraños.

Goto Dengo huele a diesel y aguas rancias. Se da la vuelta. Las estrellas a su espalda están bloqueadas por algo largo y oscuro, con forma similar a un submarino.

—Tu mensaje es mucho mejor —murmura alguien. Es un joven con una caja de herramientas: un mecánico de avión que no ha visto un avión nipón desde hace medio año.

—Sí —dice otro hombre, aparentemente también un mecánico—. A su familia ese mensaje le parecerá mucho más reconfortante.

—Gracias —dice Goto Dengo—. Por desgracia, no tengo ni idea de cuál es su nombre.

—Entonces vas a Yamaguchi —dice el primer mecánico—, y eliges al azar a una pareja anciana.

Meteoro

—No follas para nada como una chica inteligente —dice Bobby Shaftoe, con la voz apagada por el asombro.

La estufa de leña brilla en la esquina, aunque en Suecia,

donde Shaftoe ha pasado los últimos seis meses, gracias a dios todavía es septiembre.

Julieta es oscura y flexible. Alarga un brazo largo desde la cama y busca un cigarrillo en la mesilla de noche.

—¿Podrías coger ese trapo? —dice Shaftoe, mirando un pañuelo del cuerpo de marines de Estados Unidos muy bien doblado que está junto a los cigarrillos. Su brazo es demasiado corto.

—¿Por qué? —Julieta habla un inglés genial, como todos los finlandeses.

Shaftoe suspira por la irritación y hunde la cara en el pelo negro. El golfo de Botnia se agita formando espuma allá abajo, como una radio mal sintonizada que emitiese información extraña.

Julieta es muy dada a plantear grandes preguntas.

—Simplemente no quiero mancharlo todo cuando ejecute la retirada, señora —dice.

Oye junto al oído el sonido del encendedor, una, dos, tres veces. A continuación, el pecho de Julieta lo levanta al llenarse de humo.

—Tómate tu tiempo —ronronea, las cuerdas vocales endulzadas por el alquitrán condensado—. ¿Qué vas a hacer con tanta prisa? ¿Ir a nadar? ¿Invadir Rusia?

En algún punto, al otro lado del golfo, está Finlandia. Allí hay rusos, y alemanes.

—Ves, sólo mencionando el ir a nadar mi polla se encoge —dice Shaftoe—. Así que va a acabar saliendo. Es inevitable. —Cree que ha pronunciado bien la última palabra.

—¿Y luego qué pasará? —pregunta Julieta.

—Tendremos una mancha de humedad.

—¿Y? Es natural. La gente ha estado durmiendo sobre manchas de humedad desde que existen las camas.

—Maldición —dice Shaftoe, y se lanza heroicamente en busca del pañuelo Semper Fi.

Julieta hunde las uñas en uno de los puntos sensibles que ha localizado durante la exhaustiva exploración cartográfica a la que ha sometido a su cuerpo. Shaftoe se retuerce en vano; todos los finlandeses son grandes atletas. Se sale. ¡Demasiado tarde! Tira la cartera al suelo cuando agarra el pañuelo, luego se aparta de Julieta y lo enrolla alrededor de sí mismo, una bandera en un mástil roto, la única bandera de rendición que jamás hará ondear Bobby Shaftoe.

Luego se queda tendido durante un rato, escuchando las olas, y los chasquidos de la madera en la estufa. Julieta se aparta de él y se acurruca en su lado de la cama, evitando la zona húmeda, aunque sea natural, y disfruta de su cigarrillo, aunque eso no lo sea.

Julieta huele a café. A Shaftoe le gusta acercar el hocico y oler su carne.

—El tiempo no está tan mal. El tío Otto debería estar de vuelta antes de la noche —dice ella. Mira perezosamente un mapa de Escandinavia. Suecia cuelga como un falo flácido y circuncidado. Finlandia destaca como un escroto debajo de ese país. Su frontera este, con Rusia, ya no conserva ningún parecido con la realidad. Esa frontera ilusoria está furiosamente marcada con marcas de lápiz, los golpes de los repetidos esfuerzos de Stalin por castrar Escandinavia, obsesivamente registrados y anotados por el tío de Julieta, que como todos los fineses es un experto esquiador, tirador perfecto y guerrero indomable.

Aún así se desprecian. Shaftoe opina que se debe a que al final encargaron la defensa de su país a los alemanes. Los finlandeses destacaron en el viejo y personalizado estilo al por menor de matar rusos, pero cuando empezaron a acabárseles los fineses que enrolar, tuvieron que llamar a los alemanes, que son mucho más numerosos y que han perfeccionado un sistema al por mayor de exterminar rusos.

Julieta se mofa de esa teoría tan tonta: los fineses son un millón de veces más complejos de lo que Bobby Shaftoe podría llegar a entender. Incluso si no hubiese estallado la guerra, habría un número infinito de razones para que estuviesen deprimidos todo el tiempo. Ni siquiera tiene sentido intentar explicarlo. Ella sólo puede ofrecerle vagas nociones de la psicología finlandesa follándoselo una vez cada par de semanas.

Lleva allí tendido demasiado tiempo. Pronto el semen que le queda en el tracto se endurecerá como el epoxi. Ese peligro le incita a la acción. Sale deslizándose de la cama, se estremece por el frío, salta las tablas heladas hasta llegar a la alfombra, y corre instintivamente hacia el calor de la estufa.

Julieta se pone de espaldas para mirarlo. Lo evalúa.

—Sé un hombre —dice—. Prepárame café.

Shaftoe coge la tetera de hierro de la cabaña, un artefacto que podría servir de ancla si se presentase la oportunidad. Se pone una manta sobre los hombros y sale al exterior. Se detiene al borde del malecón, sabiendo que el embarcadero desnudo no hará bien a sus pies descalzos, y mea sobre la playa. El arco amarillo se vela por el vapor que huele a café. Entrecierra los ojos y mira al otro lado del golfo y ve a un remolcador tirando de una línea de troncos por la costa, y un par de velas, pero no las del tío Otto.

Tras la cabaña hay un tubo vertical alimentado por una fuente en la colina. Shaftoe llena la tetera, coge unos trozos de madera y vuelve adentro, maniobrando entre ladrillos apilados de paquetes de java y cajas de munición para el subfusil Suomi. Pone la tetera sobre la estufa y la alimenta con madera.

—Usas demasiada madera —dice Julieta—. El tío Otto se dará cuenta.

—Cortaré más —dice Shaftoe—. Todo este puto país está lleno de madera.

—Estarás cortando madera todo el día si el tío Otto se enfada contigo.

—Por tanto, ¿está bien que me acueste con la sobrina de Otto, pero quemar un par de palitos de madera para hacer café es razón para molerme a palos?

—Moler —dice Julieta—. Café molido.

Todo el país de Finlandia (según cuenta Otto) ha caído bajo la noche eterna de la desesperación existencial y la depresión suicida. Se han agotado los antídotos habituales: la autoflagelación con ramas de abedul remojadas, el humor mordaz, el beber durante una semana. Lo único que ahora puede salvar a Finlandia es el café. Por desgracia, el gobierno de ese país ha sido tan miope que ha incrementado exageradamente los impuestos de aduanas. Supuestamente está destinado a pagar por matar rusos, y para reasentar a los cientos de miles de fineses que han tenido que recoger e irse cada vez que Stalin, en una embestida borracha, o Hitler, en un ataque psicótico, atacan un mapa con un lápiz rojo. El único efecto es que el café sea más difícil de conseguir. Según Otto, Finlandia es una nación de zombis improductivos, excepto en las zonas penetradas por la red de distribución de los traficantes de café. Los finlandeses generalmente desconocen el concepto de la buena suerte, pero sin embargo tienen la suerte de vivir, separados sólo por el golfo de Botnia, justo enfrente de un país neutral y razonablemente próspero famoso por su café.

Con esos datos, no es preciso explicar en demasía la existencia de una pequeña colonia finlandesa en Norrsbruck. Lo único que falta es músculo para cargar el café en el bote, y para descargar lo que sea que Otto traiga de vuelta. Se necesita: un tontorrón musculado sin papeles deseoso de recibir como pago en especie aquello que Otto pueda conseguir.

El sargento Bobby Shaftoe, Cuerpo de Marines de Estados Unidos, pone algunos granos en el molinillo y comienza a darle a la manivela. Una nevisca negra comienza a acumularse en la parte de abajo. Ha aprendido a hacerlo al estilo sueco, empleando un huevo para asentar el café molido.

Cortar madera, follarse a Julieta, moler café, follarse a Julieta, mear en la playa, follarse a Julieta, cargar y descargar el queche de Otto. Más o menos eso es todo lo que Bobby Shaftoe ha hecho durante el último medio año. En Suecia ha encontrado el ojo tranquilo y gris verdoso del huracán de sangre que es el mundo.

Julieta Kivistik es el misterio central. No viven una aventura amorosa; viven una serie de aventuras amorosas. Al comienzo de cada aventura, ni siquiera se hablan, ni siquiera se conocen. Shaftoe no es más que un trotamundos que carga para su tío. Al final de cada aventura están en la cama follando. En medio, se producen entre una o tres semanas de maniobras tácticas, falsos comienzos y arduos flirteos de ataque y retirada.

Aparte de eso, cada aventura es completamente diferente, como una relación completamente nueva entre dos personas del todo distintas. Es una locura. Probablemente porque Julieta está loca, mucho más loca que Bobby Shaftoe. Pero no hay razón por la que Bobby Shaftoe, aquí y ahora, no se haya vuelto completamente loco.

Hierve el café, hace el truco con el huevo, y le sirve una taza a Julieta. No es más que una cortesía: su aventura acaba de terminar y la siguiente todavía no ha comenzado.

Cuando le lleva la taza, ella está sentada en la cama, fumándose otro cigarrillo, y (como cualquier mujer) limpiándole la cartera, que es algo que él no ha hecho desde, bien, desde que la fabricó, hace diez años, en Oconomowoc, para cumplir los requisitos de la medalla del mérito de trabajo con piel. Julieta ha sacado el contenido y lo va repasando como si fuese un libro. En gran parte ha quedado destrozado por el agua de mar. Pero está mirando, analíticamente, una fotografía de Glory.

—¡Dame eso! —dice, y se la quita.

Si ella fuese su amante, intentaría jugar a no dársela, habría tonterías y quizá más sexo al final. Pero ahora es una extraña y le deja coger la cartera.

Le observa dejar el café, como si fuese un camarero.

—Tienes novia... ¿dónde? ¿En México?

—Manila —responde Bobby Shaftoe—, si sigue viva.

Julieta asiente, completamente impasible. Ni siente celos de Glory, ni le preocupa la suerte de Glory a manos de los nipones. Lo que sucede en Filipinas no puede ser peor que lo que ha visto en Finlandia. ¿Y qué podrían preocuparle, en todo caso, las pasadas relaciones románticas del estibador de su tío, el joven como se llame?

Shaftoe se pone los calzoncillos, los pantalones de lana, la camisa y un suéter.

—Voy a la ciudad —dice—. Dile a Otto que estaré de vuelta para descargar.

Julieta no dice nada.

Como un último gesto amable, Shaftoe se detiene en la puerta, mete la mano tras el montón de cajas, saca uno de los subfusiles Suomi* y lo examina: limpio, cargado, listo para la acción, como lo estaba hace una hora, la última

---

* No hay ni que decir que los finlandeses tienen su propia marca *sui generis* de armas automáticas.

vez que lo examinó. Lo vuelve a poner en su sitio, se gira, mira a Julieta a los ojos durante un momento. Luego sale y cierra la puerta. Tras él, puede oír los pies delcazos sobre el suelo frío, y el sonido satisfactorio de los pasadores de la puerta al cerrarse.

Se enfunda un par de botas altas de goma y luego comienza a recorrer la playa hacia el sur. Las botas pertenecen a Otto y son un par de números demasiado grandes. Le hacen sentirse como un muchachito, metiendo los pies en los charcos de Wisconsin. Eso es lo que debería estar haciendo un chico de su edad: trabajar, de forma dura y honrada, en un trabajo fácil. Besar chicas. Ir a la ciudad para comprar tabaco y quizá algo de cerveza. La idea de volar por ahí en el interior de aviones de guerra muy armados y emplear armas modernas para matar a cientos de maniacos homicidas extranjeros le parece ahora anticuada e inapropiada.

Reduce la marcha cada centenar de yardas para mirar un tambor de acero, o cualquier otro resto de guerra, arrastrado por las olas, medio enterrado en la arena, marcado crípticamente en cirílico, finés o alemán. Le recuerdan a los bidones nipones en la playa de Guadalcanal.

> *Luna alza mar,*
> *No a muertos en la playa*
> *Que las olas entierran.*

Se malgastan muchas cosas en la guerra, no sólo cosas que vienen en cajas y bidones. Como sucede a menudo, por ejemplo, se pide a los hombres que mueran de buena gana para que otros puedan vivir. Shaftoe aprendió en Guadalcanal que nunca sabes cuándo van a tornarse las circunstancias. Puedes entrar en batalla con el plan más simple, claro e inteligente jamás concebido, ingeniado por oficiales marines entrenados en Anápolis y endurecidos en la batalla, y apoyado en una tonelada de trabajo de inteligencia. Pero diez segundos después de que se apriete el primer gatillo, pasan cosas por todas partes, las personas corren como locas. El plan de batalla que era el producto de un genio hace un minuto, de pronto parece tan ingenuo como tus poemas de instituto. La gente muere. Algunos hombres porque resulta que les ha caído encima una bomba, pero sorprendentemente, a menudo mueren porque se lo han ordenado.

Fue así con el U-691. Todo ese asunto del vapor de Trinidad probablemente fue, en algún momento, un brillante plan (quizá de Waterhouse). Pero todo salió mal, y algún comandante aliado dio la orden de que Shaftoe y Root, junto con toda la tripulación del U-691, debían morir.

Debió haber muerto en la playa de Guadalcanal junto con sus compañeros, y no fue así. Todo lo sucedido entre ese momento y el U-691 fue una especie de bono de vida extra. Tuvo una oportunidad de volver a casa y ver a su familia, parecida a la de Jesús tras la Resurrección.

Ahora Bobby Shaftoe está muerto con toda seguridad. Por eso recorre la playa tan lentamente, y se toma tanto interés fraternal por esos elementos, porque Bobby Shaftoe también es un cadáver arrojado por la marea en la playa de Suecia.

Piensa en eso cuando ve la Aparición Celestial.

Allí el cielo es como un cubo recién galvanizado invertido sobre el mundo para bloquear la inconveniente luz del sol; si alguien enciende un cigarrillo a media milla de distancia, brilla como una nova. Con esos niveles, la Aparición Celestial parece toda una galaxia cayendo de su órbita para rascar la superficie del mundo. Casi podrías confundirla con un avión, excepto que no produce el sonido habitual. Esa cosa emite un gemido agudo, y una larga cola de fuego. Además, va demasiado rápido para ser un avión. Surca el cielo sobre el golfo de Botnia y atraviesa la costa un par de millas al norte de la cabaña de Otto, perdiendo altitud gradualmente y reduciendo velocidad. Pero al reducir velocidad, las llamas florecen y se adueñan del cuerpo negro de la cosa, que se parece a la mecha arrugada y rizada al pie de la llama de una vela.

Desaparece tras los árboles. Por allí, todo desaparece tarde o temprano tras los árboles. De esos árboles surge una bola de fuego, y Bobby Shaftoe dice:

—Mil uno, mil dos, mil tres, mil cuatro, mil cinco, mil seis, mil siete. —Y luego se detiene, al oír la explosión. Se da la vuelta y se dirige a Norrsbruck, yendo ahora más rápido.

Lavender Rose

Randy quiere descender para echar un vistazo en persona al submarino. Doug dice con tranquilidad que puede hacerlo, pero primero necesita preparar un plan de inmersión válido, y le recuerda que la profundidad del naufragio es de ciento cincuenta y cuatro metros. Randy asiente como si hubiese esperado, efectivamente, el tener que preparar un plan de inmersión.

Quiere que todo sea como conducir un coche, donde te limitas a meterte dentro y arrancar. Conoce a un par de tipos que pilotan aviones, y todavía puede recordar cómo se sintió al descubrir que no puedes limitarte a subir al avión (incluso en los pequeños) y salir volando; tienes que preparar un plan de vuelo, y se necesita toda una maleta llena de libros, tablas y calculadoras especializadas, y acceso a la información meteorológica muy por encima y más allá de lo que ofrecen los sistemas habituales, para conseguir incluso un plan de vuelo malo y equivocado que te matará con toda seguridad. Una vez que Randy se acostumbró a la idea, admitió a regañadientes que tenía sentido.

Ahora Doug Shaftoe le dice que necesita un plan para atarse unos tanques a la espalda y nadar ciento cincuenta y cuatro metros (hacia abajo, hay que admitirlo) y de vuelta. Así que Randy coge algunos libros de inmersión de los estantes protegidos por elásticos del *Glory IV* e intenta obtener incluso una idea vaga de eso de lo que Doug habla. Randy nunca ha hecho inmersión en su vida, pero ha visto cómo lo hacen en los documentales de Jacques Cousteau y le parece bastante simple.

Los primeros tres libros que consulta contienen detalles más que suficientes para reproducir el abatimiento que Randy experimentó cuando descubrió lo de los planes de vuelo. Antes de abrir los libros, Randy ha dispuesto el lápiz mecánico y el papel milimetrado como preparación para tomar notas y empezar a hacer marcas; media hora más tarde sigue intentando comprender el contenido de las tablas, y no ha hecho ninguna marca. Nota que las profundidades en esas tablas sólo llegan hasta ciento treinta metros, y que a ese nivel sólo hablan en términos de permanecer allá abajo cinco o diez minutos. Y sin embargo sabe que Amy y el conjunto de submarinistas poliétnicos, siempre creciente y colorista, de Shaftoe van a pasar mucho más tiempo a esa profundidad, y de hecho están regresando a la superficie con artefactos del naufragio. Hay, por ejemplo, un maletín de aluminio en el que Doug espera encontrar claves sobre quién estaba en ese submarino y por qué se encontraba al otro extremo del mundo.

Randy comienza a temer que los restos queden completamente vacíos incluso antes de que realice ni la más mínima marca sobre el papel. Los submarinistas se presentan, uno o dos cada día, en fuerabordas o canoas procedentes de Palawan. Surferos rubios, zoquetes taciturnos, franceses fumadores compulsivos, asiáticos jugadores de Nintendo, ex marineros que arrugan latas de cerveza, granjeros. Todos ellos tienen planes de inmersión. ¿Por qué Randy no tiene un plan de inmersión?

Comienza a bosquejar uno a partir de la profundidad de ciento treinta metros, que parece estar razonablemente cerca de ciento cincuenta y cuatro. Después de trabajarlo durante una hora (tiempo suficiente para imaginar todo tipo de detalles engañosos) se da cuenta de que la tabla que ha estado usando está en pies, no metros, lo que significa que esos submarinistas se han estado sumergiendo a una profundidad que es más de tres veces mayor que el máximo de profundidad reflejado en las tablas.

Randy cierra todos los libros y los contempla durante un rato con gesto de mal humor. Son libros bonitos, con fotografías en color en las portadas. Los cogió del estante porque (éste es un detalle de introspección) es un informático y, en el mundo de los ordenadores, cualquier libro impreso hace más de dos meses es un objeto para la nostalgia. Investigando un poco más, descubre que esos tres libros relucientes han sido firmados personalmente por los autores, con largas dedicatorias personales: dos para Doug y una para Amy. La de Amy es evidente que ha sido escrita por un hombre desesperadamente enamorado de ella. Leerla es como hidratarse con salsa Tabasco.

Llega a la conclusión de que se trata de libros divulgativos sobre el submarinismo escritos para turistas cargados de ron y, es más, probablemente el editor hizo que un equipo de abogados repasase hasta la última palabra para asegurarse de que no hubiese posibilidad de denuncia. Que por tanto, el contenido de esos libros representa como un uno por ciento de todo lo que sus autores saben sobre submarinismo, pero que los abogados se han asegurado de que los autores ni lo mencionen.

Vale, así que los submarinistas han conseguido dominar un amplio cuerpo de conocimiento oculto. Eso explica su parecido general con los hackers, aunque sean hackers con muy buena forma física.

Doug Shaftoe no va a bajar en persona. De hecho, se mostró sorprendido, casi despectivo, cuando Randy preguntó si iba a hacerlo. En lugar de eso, va examinando el material recuperado por los submarinistas más jóvenes. Empezaron realizando un informe fotográfico empleando cámaras digitales, y Doug ha estado imprimiendo en su impresora láser ampliaciones del interior del submarino para pegarlas por las paredes de su cámara de oficiales en el *Glory IV*.

Randy realiza un proceso de ordenación con los libros: ignora cualquier cosa con fotografías en color, o que parezca haber sido publicado en los últimos veinte años, o que tenga citas en la contraportada con las palabras *alucinante, estupendo, fácil de leer* o, la peor de todas, *sencillo de entender*. Busca libros viejos y gruesos con encuadernaciones gastadas y títulos en letras mayúsculas como MANUAL DE INMERSIÓN. Cualquier cosa con furiosas notas marginales de Doug Shaftoe recibe puntos extras.

```
A: randy@epiphyte.com
De: root@eruditorum.org
Asunto: Pontifex
Randy.
```

Por ahora, empleemos «Pontifex» como nombre de trabajo de este nuevo criptosistema. Es un sistema posterior a la guerra. Lo que quiero decir es que, después de ver lo que Turing y compañía hicieron con Enigma, llegué a la conclusión (ahora evidente) de que cualquier sistema criptográfico moderno es mejor que se resista al criptoanálisis mecánico. Pontifex emplea una permutación de 54 elementos como clave —¡una clave por mensaje, por supuesto!— y emplea esa permutación (que representaremos como T) para generar un flujo de clave que se añade, módulo 26, al texto llano (P), como en un cuaderno de uso único. El proceso de generar cada carácter en el flujo de clave altera T de una forma reversible pero más o menos «aleatoria».

En este momento, un submarinista llega con un pieza de oro, pero no es un lingote: es una lámina de oro, quizá de unas ocho pulgadas por cada lado, y como un cuarto de milímetro de grosor, con un dibujo de pequeños agujeros perfectamente grabados, como si fuese una tarjeta de ordenador. Randy pasa un par de días obsesionado con el artefacto. Descubre que ha salido de una caja almacenada en la bodega de carga del submarino, y que allí hay un centenar más.

Ahora, de pronto, está leyendo textos de tipos cuyos nombres van precedidos por graduaciones navales y terminan en doctor en Medicina o doctor a secas y que hablan durante docenas de páginas sobre la física de la formación de burbujas de nitrógeno en las rodillas, por ejemplo. Hay fotografías de gatos atados en el interior de cámaras de presión de sobremesa. Randy descubre que la razón por la que Doug Shaftoe no se sumerge hasta los ciento cincuenta y cuatro metros es que ciertos cambios relacionados con la edad en las articulaciones tienden a aumentar la posibilidad de formación de burbujas durante la descompresión. Asume el hecho de que la presión a la profundidad del pecio va a ser de quince o dieciséis atmósferas, lo que significa que al subir a la superficie, cualquier burbuja de nitrógeno que ande dando vueltas por su cuerpo crecerá quince o dieciséis veces y eso es cierto incluso para las burbujas que estén en el cerebro, rodillas, los pequeños vasos sanguíneos de los ojos, o hayan quedado atrapadas bajo sus empastes. Desarrolla una sofisticada comprensión a nivel de profano con respecto a la medicina de inmersión, lo que no significa demasiado porque cada cuerpo es diferente, de ahí la necesidad de que cada submarinista tenga un plan de inmersión diferente. Randy tendrá que calcular su porcentaje de grasa corporal antes siquiera de apuntar nada en el papel.

También depende del camino. Los cuerpos de esos submarinistas se saturan parcialmente de nitrógeno cada vez que descienden, y no todo sale cuando ascienden —todos ellos, sentados en la *Glory IV* jugando a las cartas, bebiendo cerveza o hablando con sus novias por medio de teléfonos GSM, están *desgasificándose* continuamente—, el nitrógeno se libera de sus cuerpos a la atmósfera, y cada uno de ellos sabe más o menos cuánto nitrógeno tiene acumulado en el cuerpo en un momento dado y comprende, de forma profunda y casi intuitiva, exactamente cómo esa información se propaga por entre cualquier plan de inmersión que pueda estar fraguándose en el interior del potente superordenador de inmersión que aparentemente cada uno de esos tipos lleva en el interior de su cerebro saturado de hidrógeno.

Uno de los submarinistas trae un tablón de la caja que contenía el montón de hojas de oro. Está en muy mal estado, y todavía burbujea por el gas que sale. Randy no tiene ningún problema en visualizar el burbujeo como algo que sus huesos harían si se equivocase al trazar su plan de inmersión. En la madera hay unas letras apenas visibles: NIZARCH.

Glory IV tiene compresores para comprimir el aire hasta presiones acojonantemente altas para llenar las botellas de inmersión. Randy acaba desarrollando la idea de que la presión debe ser acojonantemente alta o ni siquiera saldría de las botellas cuando esos tipos están a esa profundidad. Los submarinistas están siendo impregnados por ese gas a presión; medio espera que uno de ellos comience a hincharse y estalle convertido en una nube rosa en forma de champiñón.

```
A: randy@epiphyte.com
De: cantrell@epiphyte.com
Asunto: Pontifex
R-
Me has reenviado un mensaje sobre un sistema
criptográfico llamado Pontifex. ¿Lo inventó un
amigo tuyo? En sus aspectos generales (a saber,
una permutación de n elementos que se usa para
generar un flujo de clave, y que evoluciona len-
tamente) es similar a un sistema comercial lla-
mado RC4, que disfruta de una complicada repu-
tación entre los Adeptos al Secreto; parece
seguro, y no ha sido roto, pero nos pone nervio-
sos porque básicamente es un sistema de un solo
rotor, aunque se trata de un rotor que evolucio-
na. Pontifex evoluciona de una forma mucho más
complicada y asimétrica que RC4 y por tanto po-
dría ser más seguro.
    Algunos detalles de Pontifex son ligeramen-
te peculiares.
```

237

(1) Él habla de generar «caracteres» en el flujo de clave y luego añadirlos, módulo 26, al texto llano. Así es como la gente hablaba hace 50 años cuando los cifrados se realizaban con lápiz y papel. Hoy hablamos en términos de generar bytes y añadirlos módulo 256. ¿Es muy viejo tu amigo?

(2) Habla de T como una permutación de 54 elementos. No hay nada de malo, pero Pontifex funcionaría exactamente igual de bien con 64, 73 o 699 elementos, así que tiene más sentido describirlo como una permutación de n elementos donde n puede ser 54 o cualquier otro entero. No se me ocurre ninguna razón para que eligiese 54. Es posible que sea porque 54 es el doble del número de letras en el alfabeto, pero no tiene tampoco demasiado sentido.

Conclusión: el autor de Pontifex es sofisticado criptológicamente pero muestra signos de ser un posible loco de avanzada edad. Necesito más detalles para poder emitir un veredicto.

Cantrell

—¿Randy? —dice Doug Shaftoe, y le indica que vaya a su cámara.

El interior de la puerta de la cámara está decorada con una gran fotografía en color de unas enormes escaleras de piedra en una iglesia polvorienta. Se quedan de pie frente a ella.

—¿Hay muchos Waterhouse? —pregunta Doug—. ¿Es un apellido común?

—Eh, bien, no es poco común.

—¿Hay algo que te gustaría compartir conmigo sobre tu historia familiar?

Randy sabe que como posible pretendiente para Amy, sufrirá un escrutinio concienzudo y continuo. Los Shaftoe le están aplicando la diligencia exigible.

—¿Qué tipo de detalles buscas? ¿Algo horrible? No creo que haya nada que valga la pena ocultar.

Doug lo observa distraído durante un momento, luego se vuelve para mirar al ahora abierto maletín de aluminio que han subido del submarino.

Randy supone que el mismo hecho de abrirlo exigió la preparación de un plan detallado. Doug ha extendido su variado contenido sobre una mesa para fotografiarlo y catalogarlo. El antiguo Navy SEAL Douglas MacArthur Shaftoe se han convertido, en el cenit de su carrera, en una especie de bibliotecario.

Randy ve un par de gafas con montura dorada, una pluma, algunos clips oxidados. Pero parece que del maletín también ha salido un montón de papeles empapados, y Doug Shaftoe los ha estado secando con cuidado y ha intentado leerlos.

—La mayoría de los papeles de guerra eran basura —dice—. Probablemente se convirtieron en papilla días después del hundimiento. Los papeles de este maletín al menos estaban protegidos de los bichos marinos, pero en su mayoría han desaparecido. Sin embargo, el dueño de este maletín parece que era una especie de aristócrata. Examina las gafas, la pluma.

Randy lo hace. Los submarinistas han encontrado dientes y empastes, pero nada que se pueda considerar un cuerpo. Los lugares donde murió gente están marcados por esos restos duros e inertes, como gafas. Como los restos de un avión que ha estallado.

—Adonde voy es que tenía algunos trozos de papel

bueno en el maletín —continúa diciendo Doug—. Papel de carta personal. Así que sospechamos que su nombre era Rudolf von Hacklheber. ¿Te suena ese nombre?

—No. Pero podría buscar en la web...

—Ya lo he intentado —dice Doug—. Aparecieron un par de resultados. Un hombre con ese nombre escribió un par de artículos matemáticos en los años treinta. Y hay algunas organizaciones en y alrededor de Leipzig, Alemania, que emplean ese nombre: un hotel, un teatro, una compañía de reaseguros ya desaparecida. Eso es todo.

—Bien, si era matemático, podría haber tenido alguna conexión con mi abuelo. ¿Por eso me preguntabas por mi familia?

—Mira esto —dice Doug, y golpea con la uña una bandeja de vidrio llena de un líquido transparente. Un sobre, desencolado y abierto por completo, flota en el líquido. Randy se inclina y lo mira de cerca. En el anverso se ha escrito algo a lápiz, pero es imposible leerlo porque se han estirado las solapas.

—¿Puedo? —pregunta. Doug asiente y le pasa un par de guantes quirúrgicos—. Para esto no tengo que presentar ningún plan de inmersión, ¿no? —pregunta Randy, agitando los dedos para meterlos en los guantes.

A Doug no le hace gracia.

—Es más profundo de lo que parece —dice.

Randy le da la vuelta al sobre, luego dobla las solapas, recomponiendo la inscripción. Dice:

WATERHOUSE
LAVENDER ROSE

Brisbane

A través de una polvorienta ventana cruzada con cinta adhesiva, Lawrence Pritchard Waterhouse mira el centro de Brisbane. De bullicioso no tiene nada. Un taxi recorre lentamente la calle y se mete en el camino de entrada del hotel Canberra, que es el hogar de muchos oficiales de media graduación. El taxi lanza humo y apesta, está impulsado por un quemador de carbón metido en el maletero. A través de la ventana se pueden oír pies marchando. No es el ritmo pesado de las botas de combate, sino el golpeteo del calzado razonable portado por mujeres razonables. Waterhouse se inclina instintivamente hacia la ventana para mirarlas, pero malgasta el tiempo. Vestidas con esos uniformes, podrías hacer marchar todo un regimiento de chicas de calendario por los pasillos y pasarelas de un buque de batalla en activo y no obtendrían ni un silbido de lobo, ninguna proposición deshonesta ni siquiera un pellizco en el culo.

Un camión de reparto aparece por una calle lateral y petardea de forma alarmante al intentar acelerar para entrar en la calle principal. A Brisbane todavía le preocupan los ataques aéreos, y no le gustan nada los ruidos fuertes y súbitos. El camión parece sufrir el ataque de una ameba: atrás lleva un globo, hinchado, de lona recauchutada lleno de gas natural.

Se encuentra en el tercer piso de un edificio comercial tan anodino que el detalle más interesante a destacar es que tiene cuatro pisos. En la planta baja hay un estanco. El resto del edificio debía de estar vacío hasta que el General —apaleado por los nipos como si fuese un hijastro tonto— llegó a Brisbane desde Corregidor, y convirtió a la ciudad en la capital del Teatro de Operaciones del

241

Suroeste del Pacífico. Debía de haber una buena cantidad de espacio de oficinas libres antes de la llegada del General, porque muchos de sus habitantes habían huido al sur temiendo una invasión.

Waterhouse ha tenido mucho tiempo para familiarizarse con Brisbane y sus alrededores. Lleva allí cuatro semanas, y no le han asignado ninguna tarea. Cuando estaba en Gran Bretaña, no podían trasladarlo con la suficiente rapidez. Cualquiera que fuese su trabajo en un momento determinado, lo hacía de forma febril, hasta que recibía órdenes de máxima prioridad y alto secreto para ir corriendo, con cualquier medio de transporte disponible, hasta su próxima tarea.

Luego lo llevaron allí. La Marina lo hizo volar sobre el Pacífico, saltando desde una base en una isla hasta la siguiente empleando diversos hidroaviones y transportes. Atravesó el ecuador y la línea internacional de fecha el mismo día. Pero cuando llegó al límite entre el Teatro de Operaciones del Pacífico de Nimitz y el Teatro de Operaciones del Suroeste del Pacífico del General, fue como si hubiese chocado con un muro. Lo más que pudo fue conseguir que lo subiesen a un transporte de tropas hasta Nueva Zelanda y luego hasta Fremantle. Los transportes eran casi alucinantemente terribles: hornos de acero abarrotados de hombres, cocidos por el sol, sin permitir que nadie subiese a cubierta por el temor de que se les viese y que un submarino nipón decidiese matarlos. Ni siquiera por la noche podían permitir que entrase la brisa, porque todas las aberturas estaban cubiertas por cortinas de oscurecimiento. En realidad, Waterhouse no podía quejarse; algunos hombres habían viajado de tal guisa desde la costa este de Estados Unidos.

Lo importante es que llegó a Brisbane, como decían sus órdenes, y se presentó ante el oficial correcto, que le dijo que esperase órdenes posteriores. Lo que había estado haciendo hasta esa mañana, cuando se le había dicho que se presentase en esa oficina, sobre el estanco. Era una habitación llena de soldados mecanografiando formularios, haciéndolos rodar en bandejas de alambre, y rellenándolos. Según la experiencia de Waterhouse con los militares, ha descubierto que no es buena señal que te digan que te presentes en un sitio así.

Al final se le admite en presencia de un comandante del Ejército que mantiene otras conversaciones, y se ocupa de diverso papeleo importante, al mismo tiempo. No hay problema; Waterhouse no precisa ser un criptoanalista para recibir el mensaje alto y claro, que es que allí no se le quiere.

—Marshall le ha enviado aquí porque cree que el General se muestra descuidado con Ultra —dice el comandante.

Waterhouse se estremece al oír esas palabras en voz alta en una oficina en la que trabajan soldados rasos y por la que van y vienen mujeres voluntarias. Es casi como si el comandante quisiese dejar claro que efectivamente el General es descuidado con Ultra, y que le gusta exactamente así, muchas gracias.

—Marshall teme que los nipos se den cuenta y cambien los códigos. Todo es culpa de Churchill. —El comandante se refiere al general George C. Marshall y a sir Winston Churchill como si fuesen reservas de un equipo de béisbol pueblerino. Se detiene para encender un cigarrillo—. Ultra es la criatura de Churchill. Oh sí, Winnie adora tanto a su Ultra. Cree que vamos a revelar su secreto y quitarle toda efectividad porque piensa que somos idiotas. —El comandante toma una buena bocanada de humo, se sienta en su sillón y exhala con cuidado un par de aros de humo. Es una muestra bastante convincente de

243

indiferencia—. Así que siempre le insiste a Marshall para que mejore la seguridad, y Marshall de vez en cuando le lanza un hueso, simplemente para que la Alianza se mantenga en equilibrio. —Por primera vez el comandante mira a Waterhouse a los ojos—. Resulta que usted es el último hueso. Eso es todo.

Se produce un largo silencio, como si esperase a que Waterhouse dijese algo. Se aclara la garganta. Nunca han mandado a nadie a un consejo de guerra por seguir órdenes.

—Mis órdenes dicen que...

—Que se jodan sus órdenes, capitán Waterhouse —dice el comandante.

Se produce un largo silencio. El comandante atiende a un par de otras obligaciones. Luego mira por la ventana durante unos momentos, intentando componer sus ideas. Al final dice:

—Que se le meta esto en la cabeza. No somos idiotas. El General no es un idiota. El General aprecia Ultra tanto como sir Winston Churchill. El General usa Ultra tan bien como cualquier otro en esta guerra.

—Ultra no vale nada si los japoneses lo descubren.

—Como puede apreciar, el General no tiene tiempo para reunirse con usted en persona. Ni tampoco lo tiene su personal. Así que no tendrá ninguna oportunidad para instruirle en cómo mantener Ultra en secreto —dice el comandante. Mira un par de veces una hoja sobre el papel secante, y la verdad es que ahora habla como un hombre que leyese una declaración preparada de antemano—. De vez en cuando, desde que supimos que se le había enviado, se ha comunicado al General su existencia. Durante breves periodos de tiempo, cuando no está ocupado por asuntos más importantes, ocasionalmente manifiesta algunas ideas concisas sobre usted, su misión y las mentes maestras que le han enviado aquí.

—Sin duda —dice Waterhouse.

—El General sostiene que personas no familiarizadas con las características distintivas del Teatro de Operaciones del Suroeste del Pacífico podrían no ser del todo competentes para juzgar su estrategia —dice el comandante—. El General opina que los nipos nunca sabrán de Ultra. Nunca. ¿Por qué? Porque son incapaces de comprender lo que les ha sucedido. El General ha comentado que podría ir a una estación de radio mañana mismo y anunciar al mundo que hemos roto los códigos nipones y que leemos todos sus mensajes, y no sucedería nada. Las palabras del General vienen a decir que los nipos nunca creerán que los hemos jodido de verdad, porque cuando te joden tanto, es tu jodida culpa y te hace parecer un jodido gilipollas.

—Comprendo —dice Waterhouse.

—Pero el General dijo todo eso con muchas más palabras y sin usar ni una sola palabra malsonante, porque así es como se expresa el General.

—Gracias por resumírmelo —dice Waterhouse.

—¿Sabe esas bandas blancas que los nipos se atan alrededor de la frente? ¿Con la albóndiga y los signos nipones?

—He visto fotografías.

—Yo las he visto de verdad, atadas alrededor de las cabezas de pilotos de caza nipones que se encontraban a cincuenta pies y disparaban la ametralladora contra mis compañeros y yo —dice el comandante.

—¡Oh, sí! Yo también. En Pearl Harbor —dice Waterhouse—. Lo había olvidado.

Parece que ése es el comentario más irritante que Waterhouse ha expresado en todo el día. El comandante debe invertir un momento en tranquilizarse.

—Esa banda se llama *hachimaki*.

—Oh.

—Imagínese esto, Waterhouse. El emperador se reúne con sus generales. Todos los generales superiores y almirantes de Nipón entran en la sala vestidos con los uniformes de gala y se inclinan solemnes ante el emperador. Han venido a informar sobre el progreso de la guerra. Cada uno de esos generales y almirantes lleva una *hachimaki* nueva sobre la frente. Esas *hachimaki* llevan frases como «Soy un mierda» y «Como resultado de mi incompetencia personal han muerto doscientos mil de nuestros propios hombres» y «Le entregué a Nimitz los planes de Midway en bandeja de plata».

El comandante se detiene y atiende una llamada de teléfono para que Waterhouse pueda saborear esa imagen. Luego cuelga, enciende otro cigarrillo y continúa.

—Así es como sería para los nipos admitir en este punto de la guerra que tenemos Ultra.

Más anillos de humo. Waterhouse no tiene nada que decir. Así que el comandante sigue hablando.

—Compréndalo, hemos superado la línea divisoria de la guerra. Ganamos Midway. Ganamos el norte de África. Stalingrado. La batalla del Atlántico. Todo cambia cuando superas la línea divisoria. Los ríos fluyen en dirección contraria. Es como si la misma fuerza de gravedad hubiese cambiado y ahora actuase a nuestro favor. Nos hemos adaptado a la situación. Marshall y Churchill y todos los demás siguen atrapados en una mentalidad obsoleta. Son defensores. Pero el General no es un defensor. De hecho, entre usted y yo, El General es terrible en la defensa, como demostró en Filipinas. El General es un conquistador.

—Bien —dice al fin Waterhouse—, ¿qué sugiere que haga con mi persona, dado que ya estoy en Brisbane?

—Estoy tentando de decirle que entre en contacto con el resto de los expertos en seguridad Ultra que Marshall envió antes que usted y formen un grupo de bridge —dice el comandante.

—No me gusta el bridge —contesta con amabilidad Waterhouse.

—Se supone que es un experto rompiendo códigos, ¿no?

—Exacto.

—Por qué no va a la oficina central. Los nipos tienen un billón de códigos diferentes y no los hemos roto todos.

—Ésa no es mi misión.

—No tiene que preocuparse de su jodida misión —dice el comandante—. Me aseguraré de que Marshall crea que está cumpliendo su misión, porque si cree lo contrario, no nos dejará en paz. Así que está libre en lo que respecta a los de arriba.

—Gracias.

—Puede considerar que su misión está cumplida —dice el comandante—. Felicidades.

—Gracias.

—Mi misión es dar una buena paliza a esos cabrones nipos, y todavía no se ha cumplido esa misión, y por tanto tengo otras cosas de qué ocuparme —responde el comandante.

—Entonces, ¿me acompaño yo mismo hasta la puerta? —pregunta Waterhouse.

Dönitz

En una ocasión, cuando Bobby Shaftoe tenía ocho años, fue a Tennessee a visitar a abuela y abuelo. Una tarde aburrida empezó a ojear una carta que la vieja dama había dejado en una mesilla. Abuela le dio un buen sermón y luego le contó el incidente a abuelo, quién comprendió lo que se le pedía y le dio cuarenta azotes. Eso y toda otra serie más o menos paralela de experiencias de infancia, más varios años en el Cuerpo de Marines, le han convertido en un tipo amable.

Así que no lee el correo de los demás. Eso va contra las reglas.

Pero allí está. El lugar: una habitación cubierta de madera en un pub en Norrsbruck, Suecia. El pub es uno de esos sitios marineros, dirigido a los pescadores, lo que lo vuelve agradable para el amigo y compañero de copas de Shaftoe: Kapitänleutnant Günter Bischoff, Kriegsmarine del Tercer Reich (retirado).

Bischoff recibe mucho correo interesante y lo deja esparcido por toda la habitación. Parte del correo es de su familia en Alemania y contiene dinero. En consecuencia, Bischoff, al contrario que Shaftoe, no tendrá que trabajar aunque continúe la guerra y él se quede en Suecia relajándose durante otros diez años.

Parte del correo, según Bischoff, proviene de la tripulación del U-691. Después de que Bischoff los trajese de una pieza hasta Norrsbruck, su segundo al mando, Oberleutnant-zur-See Karl Beck, llegó a un acuerdo con la Kriegsmarine por el cual se permitía a la tripulación el regreso a Alemania, sin rencores ni repercusiones. Todos ellos, excepto Bischoff, subieron a bordo de lo que quedaba del U-691 y se fueron en dirección a Kiel. Días más tarde, comenzó a llegar el correo. Cada miembro de la tripulación, hasta el último hombre, envió a Bischoff una carta describiendo el recibimiento de héroes del que habían disfrutado. El mismo Dönitz se encontró con ellos en el puerto e hizo entrega de abrazos, besos, medallas y otros regalos en vergonzosa profusión. No dejan de hablar de lo mucho que desean que el querido Günter regrese a casa.

El querido Günter no cambia de opinión; ya lleva sentado en esa habitación un par de meses. Su mundo consiste en pluma, tinta, papel, velas, tazas de café, botellas de aquavit, el tranquilizador sonido de las olas. Dice que el sonido de las olas chocando le recuerda que está por encima del nivel del mar, donde se supone que deben vivir los hombres. Su mente siempre está allá, a cien pies bajo la superficie gélida del Atlántico, atrapado como una rata en una alcantarilla, estremeciéndose por las explosiones de las cargas de profundidad. Así vivió durante un centenar de años, y pasó cada momento de esos cien años soñando con la Superficie. Juró, diez mil veces, que si alguna vez regresaba al mundo de aire y luz, disfrutaría de cada aliento, se deleitaría con cada momento.

Más o menos, eso es lo que ha estado haciendo en Norrsbruck. Conserva su diario personal, y ha estado recorriéndolo, página a página, añadiendo los detalles que no tuvo tiempo de apuntar, antes de que los olvide. Algún día, después de la guerra, escribirá un libro: uno más del millón de recuerdos de guerra que abarrotarán las bibliotecas desde Novosibirsk a Gander, desde Sequim a Batavia.

Después de la primera semana, el ritmo de correo entrante se redujo drásticamente. Varios de sus hombres le siguen escribiendo diligentemente. Shaftoe está acostumbrado a ver, cuando viene de visita, las cartas tiradas por todas partes: En su mayoría están escritas en trozos de papel barato y grisáceo.

Desde la ventana de Bischoff entra una luz plateada y sin dirección aparente, que ilumina lo que parece una piscina rectangular de crema sobre la mesa. Es una especie de papel de carta huno, coronado por un ave de presa sosteniendo una svástica. La carta está escrita a mano, no a máquina. Cuando Bischoff apoya encima su vaso húmedo, la tinta se disuelve.

Y cuando Bischoff va a vaciar la vejiga, Shaftoe no puede evitar echarle un ojo. Sabe que son malos modales, pero la Segunda Guerra Mundial le ha obligado a todo tipo de comportamientos vulgares, y no parece haber ningún abuelo furioso oculto en las trincheras con el cinturón en la mano; de hecho, no hay ninguna consecuencia para los malos. Quizá eso cambie en un par de años, si los alemanes y los nipos pierden la guerra. Pero ese acontecimiento será tan importante y tremebundo que probablemente nadie se dé cuenta de que Shaftoe ojeó la carta de Bischoff.

Vino en un sobre. La primera línea de la dirección es muy larga y consiste en «Günter BISCHOFF» precedido de una lista de rangos y títulos y seguido de una serie de letras. La dirección de remite ha sido destrozada por el abrecartas de Bischoff, pero es en algún lugar de Berlín.

La carta en sí es una maraña imposible de cursivas alemanas. Tiene una firma, enorme, consistente en una única palabra. Shaftoe invierte algo de tiempo en intentar descifrar la palabra; quién coño será el tipo. Debe tener un ego a la altura de un general.

Cuando Shaftoe deduce que la firma pertenece a Dönitz, siente un hormigueo. Ese Dönitz es un tío importante, Shaftoe incluso le ha visto en un noticiario en el cine, felicitando a una mugrienta tripulación de submarino, recién llegada de su paseo salado.

¿Por qué le escribe cartas de amor a Bischoff? Shaftoe no puede leerla más de lo que podría leer niponés. Pero puede ver unas cifras. Dönitz habla de números. Quizá toneladas hundidas, o muertes en el frente oriental. Quizá dinero.

—¡Oh, sí! —dice Bischoff, habiendo reaparecido en la habitación sin hacer ruido. Cuando estás en el fondo del submarino, navegando en silencio, aprendes a andar sin hacer ruido—. Se me ha ocurrido una hipótesis para el oro.

—¿Qué oro? —dice Shaftoe. Lo sabe, claro, pero como le han pillado en un acto de flagrante mala conducta, su instinto le dice que se haga el inocente.

—El que viste en las baterías del U-553 —dice Bischoff—. Comprende, amigo mío, que cualquier otro diría que no eres más que un cabeza de correlimo loco.

—El término correcto es cabeza de chorlito.

—Dirían, primero, que el U-553 se hundió muchos meses antes de la fecha en que tú afirmas haberlo visto. Segundo, dirían que nadie hubiese cargado oro en semejante nave. Pero creo que lo viste.

—¿Y?

Bischoff mira la carta de Dönitz, con aspecto de estar ligeramente mareado.

—Primero tengo que contarte algo de la Wehrmacht de lo que me avergüenzo.

—¿Qué? ¿Que invadieron Polonia y Francia?

—No.

—¿Que invadieron Rusia y Noruega?

—No, no es eso.

—¿Que bombardearon Inglaterra y...?

—No, no, no —dice Bischoff, el modelo ejemplar de la paciencia—. Algo que no sabes.

—¿Qué?

—Parece que, mientras yo daba vueltas por el Atlántico, cumpliendo con mi deber... al Führer se le ocurrió un pequeño programa de incentivos.

—¿A qué te refieres?

—Parece que para ciertos oficiales de alto nivel el deber y la lealtad no son suficientes. No cumplirán sus órdenes hasta el final a menos que reciban... premios especiales.

—¿Quieres decir medallas?

Bischoff sonríe nervioso.

—A algunos generales del frente oriental les han dado terrenos en Rusia. Terrenos muy, muy grandes.

—Oh.

—Pero no es posible sobornar a todos con tierra. Algunas personas requieren una forma de compensación más líquida.

—¿Alcohol?

—No, me refiero a líquida en el sentido financiero. Algo que te puedas llevar contigo, y que sea aceptado en cualquier burdel del planeta.

—Oro —dice Shaftoe en voz baja.

—El oro bastaría —dice Bischoff. Ha pasado mucho rato desde la última vez que miró a Shaftoe a los ojos. Ahora mira por la ventana. Tiene los ojos verdes un poco húmedos. Respira hondo, parpadea, y consigue controlar la amarga ironía antes de continuar—: Desde Stalingrado, no nos ha ido bien en el frente oriental. Digamos que unas tierras en Ucrania ya no valen lo mismo que antes, si el título de propiedad de la tierra resulta estar escrito en alemán y emitido en Berlín.

—Cada vez es más difícil sobornar a los generales prometiéndoles porciones de tierra en Rusia —traduce Shaftoe—. Así que Hitler necesita mucho oro.

—Sí. Ahora bien, los japoneses tienen mucho oro... piensa que saquearon China. Así como otros muchos sitios. Pero carecen de ciertas cosas. Necesitan volframita. Mercurio. Uranio.

—¿Qué es uranio?

—¿Quién cojones lo sabe? Los japoneses lo quieren, nosotros se lo damos. También les damos tecnología... planos para turbinas nuevas. Máquinas Enigma. —En ese punto Bischoff se desmorona y ríe, una risa dolorosa y depresiva, durante un buen rato—. Así que hemos estado enviando esas cosas por medio de submarinos.

—Y los nipos les pagan en oro.

—Sí. Es una economía oscura, oculta bajo el océano, comerciando con pequeños elementos a grandes distancias. Tú entreviste un poco.

—Tú sabías que eso pasaba pero no sabías lo del U-553 —comenta Shaftoe.

—Ah, Bobby, hay muchas, muchas cosas que pasan en el Tercer Reich de las que no se entera un simple capitán de submarino. Eres un soldado, así que sabes que es verdad.

—Sí —dice Shaftoe, recordando las peculiaridades del Destacamento 2702. Mira la carta—. ¿Por qué te lo cuenta Dönitz ahora?

—No me está contando nada —dice Bischoff reprobatorio—. Lo he deducido yo solo. —Se muerde el labio durante un rato—. Dönitz me hace una oferta.

—Pensé que te habías retirado.

Bischoff lo medita.

—Me he retirado del negocio de matar gente. Pero el otro día di una vuelta a la cala.

—¿Y?

—Así que parece que no me he retirado del negocio de recorrer el mar. —Bischoff lanza un suspiro—. Por desgracia, todos los barcos realmente interesantes son propiedad de los gobiernos importantes.

Bischoff empieza a asustarle, así que Shaftoe opta por un ligero cambio de tema.

—Eh, hablando de cosas realmente interesantes... —Y le cuenta la historia de la Aparición Celestial que vio mientras iba hasta aquí.

A Bischoff le encanta la historia, que reaviva su ansia de emociones que ha mantenido conservada en sal y alcohol después de llegar a Norrsbruck.

—¿Estás seguro de que era de fabricación humana? —pregunta.

—Zumbaba. Soltaba trozos. Pero nunca he visto hacer eso a un meteoro, así que no sé.

—¿A qué distancia?

—Se estrelló a siete kilómetros de donde me encontraba yo. Por tanto, a unos diez kilómetros de aquí.

—¡Pero diez kilómetros no es nada para un Boy Scout y un Joven de Hitler!

—Tú no estuviste en las juventudes hitlerianas.

Bischoff lo considera durante un momento.

—Hitler... tan vergonzoso. Tenía la esperanza de que si lo ignoraba desaparecería. Quizá si me hubiese unido a las juventudes hitlerianas me habrían dado una nave de superficie.

—Entonces estarías muerto.

—Cierto. —El humor de Bischoff mejora considerablemente—. Aún así, diez kilómetros no es nada. ¡Vamos!

—Ya está oscuro.

—Seguiremos las llamas.

—Ya se habrán apagado.

—Seguiremos el rastro de restos, como Hansel y Gretel.

—A Hansel y Gretel no les salió bien. ¿Leíste alguna vez la jodida historia?

—No seas tan derrotista, Bobby —dice Bischoff, me-

254

tiéndose en un grueso suéter de pescador—. Normalmente no eres así. ¿Qué te preocupa?

Glory.

Es octubre y los días se acortan. Shaftoe y Bischoff, ambos enfangados en vertederos emocionales del aún por descubrir Desorden Afectivo Estacional, son como hermanos atrapados en el mismo pozo de arenas movedizas, cada uno vigilando al otro.

—¿Eh? ¿*Was ist los*, amigo?

—Supongo que siento que no tengo nada que hacer.

—Necesitas una aventura. ¡Vamos!

—Necesito una aventura tanto como Hitler necesita un horripilante bigotito en forma de cepillo de dientes —dice Bobby Shaftoe. Pero se arranca de la silla y sigue a Bischoff por la puerta.

Shaftoe y Bischoff recorren penosamente el oscuro bosque sueco como si fuesen una pareja de almas perdidas que buscan la entrada trasera del Limbo. Se turnan para cargar con la lámpara de queroseno, que tiene un rango efectivo similar al brazo extendido de un hombre adulto. A veces pasa una hora sin que se hablen, cada hombre inmerso en su propia lucha contra la depresión suicida. Luego, uno de ellos (normalmente Bischoff) se anima y dice algo como:

—Hace mucho que no veo a Enoch Root. ¿Qué ha estado haciendo desde que terminó de curarte de tu adicción a la morfina? —pregunta Bischoff.

—No lo sé. Fue tal coñazo durante el proyecto que no quiero verle más durante el resto de mi vida. Pero creo que le sacó a Otto un transmisor de radio ruso y se lo llevó al sótano de la iglesia en la que vive; desde entonces ha estado ocupado con él.

—Sí. Lo recuerdo. Cambiaba las frecuencias. ¿Consiguió que funcionase?

—Ni idea —dice Shaftoe—, pero cuando grandes trozos de mierda ardiente empiezan a caer del cielo sobre mi vecindario yo me empiezo a plantear preguntas.

—Sí. Además, va con mucha frecuencia a la oficina de correo —dice Bischoff—. En una ocasión charlé allí con él. Mantiene una gran correspondencia con gente de todo el mundo.

—¿Con quiénes?

—Eso me pregunto yo también.

Al final encuentran los restos siguiendo el sonido de una sierra de arco para metales, que reverbera por entre los pinos como el chillido de un pájaro extraordinariamente estúpido y salido. Eso les permite orientarse de forma general. Las coordenadas finales son cortesía de un súbito destello estroboscópico, un ruido devastador y una lluvia de follaje amputado con aroma a salvia. Shaftoe y Bischoff se echan ambos al suelo y allí se quedan escuchando balas de subfusil rebotando de tronco en tronco. El ruido de la sierra continúa sin cambio de ritmo.

Bischoff empieza a hablar en sueco, pero Shaftoe le hace callar.

—Eso fue un Suomi —dice—. ¡Eh, Julieta! ¡Déjalo! Somos Günter y yo.

No hay respuesta. Shaftoe recuerda que hace poco que se ha follado a Julieta y por tanto debe hacer uso de sus modales.

—Perdóneme, señora —dice—, pero deduzco por el sonido de su arma que viene usted de la nación finlandesa, para la que no albergo sino admiración sin límite, y quiero hacerle saber que yo, anteriormente sargento Robert Shaftoe, y mi amigo, el antiguo Kapitänleutnant Günter Bischoff, no pretendemos hacerle daño.

Julieta, apuntando al sonido de su voz en la oscuridad, responde con una ráfaga controlada que pasa un pie por encima de la cabeza de Bobby Shaftoe.

—¿No deberías estar en Manila? —pregunta la mujer.

Shaftoe gruñe, y se pone de espaldas como si hubiese recibido un disparo en el vientre.

—¿Qué ha querido decir? —pregunta un asombrado Günter Bischoff. Viendo que su amigo ha quedado (emocionalmente) incapacitado, prueba con—: ¡Estamos en Suecia, un país neutral y pacífico! ¿Por qué intentas matarnos?

—¡Iros! —Julieta debe de estar con Otto, porque le oyen hablarle antes de decir—. Aquí no queremos representantes de los marines americanos y la Wehrmacht. No sois bienvenidos.

—Suena como si estuvieseis aserrando algo muy pesado —responde finalmente Shaftoe—. ¿Cómo vais a sacarlo de este bosque?

Eso provoca una animada conversación entre Julieta y Otto.

—Podéis acercaros —responde Julieta al fin.

Se encuentran a los Kivistik, Julieta y Otto, en medio de un círculo de luz de lámpara cerca del ala cortada y chamuscada de un avión. En su mayoría, es difícil distinguir a los fineses de los suecos, pero Otto y Julieta tienen los dos pelo oscuro y ojos negros, y podrían pasar por turcos. La punta del ala de avión está pintada con la cruz negra y blanca de la Luftwaffe. Hay un motor montado en el ala. Si la sierra de Otto cumple su propósito, no se quedará allí mucho tiempo. El motor se ha incendiado recientemente y luego ha sido empleado para derribar un montón de pinos. Pero incluso Shaftoe comprende que no se trata de un motor como otro que haya visto antes. No hay hélice, sino un montón de hojas como de ventilador.

—Parece una turbina —dice Bischoff—, pero para aire en lugar de agua.

Otto se endereza, se aprieta la parte baja de la espalda de forma teatral, y le pasa la sierra a Shaftoe. Luego le pasa también una botella de tabletas de bencedrina por si acaso. Shaftoe se traga unas pocas, se quita la camisa para revelar una espléndida musculatura, realiza un par de ejercicios de estiramiento aprobados por el Cuerpo de Marines de Estados Unidos, agarra la sierra y se pone a trabajar. Después de un par de minutos dirige una mirada despreocupada en dirección a Julieta, que está de pie sosteniendo el subfusil y le observa con una mirada a partes iguales helada y ardiente, como un postre Alaska. Bischoff se mantiene apartado, disfrutando del espectáculo.

El amanecer abofetea con dedos agrietados y rojos el cielo helado, intentando restaurar la circulación, cuando los restos de la turbina caen al fin del ala. Inflado de bencedrina, Shaftoe lleva seis horas manejando la sierra; Otto se ha acercado varias veces para cambiar de hoja, una importante inversión de capital por su parte. A continuación, dedican la mitad de la mañana a sacar a rastras el motor del bosque, atravesando el lecho de un arroyo, hasta el mar, donde aguarda el bote de Otto, y Otto y Julieta se alejan con su premio. Bobby Shaftoe y Günter Bischoff regresan al lugar del desastre. No lo han discutido en voz alta —sería innecesario— pero tienen la intención de encontrar la parte del avión que contiene el cuerpo del piloto y asegurarse de que reciba un entierro como es debido.

—¿Qué hay en Manila, Bobby? —pregunta Bischoff.

—Algo que la morfina me hizo olvidar —responde Shaftoe—, y que Enoch Root, el muy cabrón, me hizo recordar.

Ni quince minutos después llegan a la herida del bosque producida por el avión, y oyen la voz de un hombre quejándose y llorando, completamente trastornado por la pena.

—*Angelo! Angelo! Angelo! Mein liebchen!*

No pueden ver al hombre que llora de semejante forma, pero ven a Enoch Root, allí de pie reflexionando. Levanta la vista alerta al oírles aproximarse, y saca una semiautomática de la chaqueta de piel. Les reconoce y se relaja.

—¿Qué coño pasa aquí? —pregunta Shaftoe... nunca muy dispuesto a buscar entre la maleza—. ¿Tienes ahí a un alemán?

—Sí, estoy con un alemán —dice Root—, y tú también.

—Bien, ¿por qué está dando ese alemán semejante espectáculo?

—Rudy llora sobre el cuerpo de su amante —dice Root—, que murió en un intento de reunirse con él.

—¿Una mujer pilotaba ese avión? —dice el atónito Shaftoe.

Root pone los ojos en blanco y lanza un suspiro.

—Se te ha olvidado considerar la posibilidad de que Rudy sea homosexual.

Le lleva a Shaftoe mucho tiempo extender la mente alrededor de ese concepto tan grande y de forma tan inconveniente. Bischoff, con la típica naturalidad europea, parece completamente sereno. Pero aún así tiene una pregunta.

—Enoch, ¿qué haces... aquí?

—En general, ¿por qué mi espíritu se ha encarnado en un cuerpo físico en este mundo? O específicamente, ¿por qué me encuentro aquí, en un bosque sueco, junto a los restos de un misterioso avión cohete alemán mientras un homosexual alemán llora sobre los restos cremados de su amante italiano?

»Extremaunción. —Root contesta su propia pregunta—. Angelo era católico. —Entonces, después de un rato, nota que Bischoff le mira fijamente, completamente insatisfecho—. Oh. Estoy aquí, en un sentido más amplio, porque la señora Tenney, la mujer del vicario, se ha vuelto muy descuidada, y ha olvidado cerrar los ojos cuando saca las bola del bombo de bingo.

Cereales

El condenado se ducha, se afeita, se pone la mayor parte de un traje y se da cuenta de que va por delante del horario. Enciende la televisión, saca una San Miguel de la nevera para calmar los nervios, y luego se dirige al armario para sacar el material de su última comida. El apartamento sólo tiene un armario y cuando tiene la puerta abierta parece haber sido tapiado con ladrillos, al estilo de Un Barril de Amontillado, con grandes oblongos rojos, cada uno de ellos impreso con la imagen de un venerable y extrañamente alegre, y sin embargo de alguna forma curiosamente triste, oficial naval. Toda la carga fue enviada hasta allí hace varias semanas por Avi, en un intento de animar el espíritu de Randy. Por lo que sabe Randy, hay otro cargamento esperando en una dársena de Manila rodeado de guardias armados y gigantescas trampas para ratas dispuestas a dispararse, cada una con el señuelo de una pepita de oro.

Randy elige uno de los ladrillos de esa pared, creando un hueco en la formación, pero hay otro, idéntico, justo detrás, otra imagen del mismo oficial naval. Parecen marchar saliendo del armario formando una falange entusiasta.

—Parte de un desayuno completo —dice Randy.

Luego les cierra la puerta en la cara y se dirige con paso tranquilo y mesurado hasta el salón donde cena la mayor parte de las veces, normalmente mirando el televisor de treinta y seis pulgadas. Dispone la San Miguel, un cuenco vacío, una cuchara sopera excepcionalmente grande, tan grande que la mayoría de las culturas europeas la identificarían como una cuchara de servir y la mayoría de las asiáticas como un instrumento de horticultura. Obtiene un montón de servilletas de papel, no las marrones recicladas que no pueden humedecerse ni siquiera por inmersión en agua, sino las flagrantemente imperfectas desde el punto de vista ambiental, de un blanco brillante, mullidas como el algodón y desesperadamente higroscópicas. Va a la cocina, abre el refrigerador, mete la mano hasta el fondo y encuentra una unidad caja-bolsa-vaina de leche UHT.

Técnicamente la leche UHT no necesita refrigeración, pero es muy importante, en lo que va a hacer a continuación, que la leche se encuentre sólo a unos microgrados por encima del punto de congelación. El refrigerador del apartamento de Randy tiene rejillas al fondo por donde entra el aire frío, directamente desde los serpentines freón. Randy siempre almacena los briks de leche en el fondo de la nevera. No demasiado cerca, o bloquearían el flujo de aire, pero tampoco demasiado lejos. El aire frío se vuelve visible al salir a toda prisa y condensarse en vaho, así que es muy simple sentarse con la puerta de la nevera abierta y observar sus características de flujo, como un ingeniero probando un monovolumen experimental en un túnel de viento de River Rouge. Lo que a Randy le gustaría ver, idealmente, sería a todo el brik rodeado en un flujo uniforme para producir un mejor intercambio de calor a través de la piel multicapa de plásticos y papel de aluminio del recipiente.

Le gustaría que la leche estuviese tan fría que cuando fuese a cogerla sintiese el recipiente flexible y blando endurecerse entre sus dedos al formarse de súbito cristales de hielo, invocados desde la nada simplemente por la alteración de sufrir un apretón en el contenedor.

Hoy la leche está casi, pero no del todo, así de fría. Randy se dirige con ella al salón. La tiene que envolver en una toalla porque el frío le hace daño en los dedos. Pone una cinta de vídeo y luego se sienta. Todo está listo.

Es uno de los vídeos de una serie grabada en una cancha de basketball vacía, de suelo de arce abrillantado y un sistema de ventilación rugiente y despiadado. Muestran a un joven y una joven, los dos atractivos, esbeltos, y vestidos como los miembros principales de un espectáculo sobre hielo, realizando sencillos pasos de baile de salón acompañados por la música ahogada que sale de un tremendo aparato portátil situado en la línea de tiro libre. Queda tristemente claro que un tercer conspirador ha grabado el vídeo empleando una cámara normal y corriente y que se tambalea por culpa de una enfermedad del oído interior que a él o ella le gustaría compartir con otros. Los bailarines realizan los pasos más simples con una determinación autística. El operador de la cámara comienza en cada caso con una toma del rostro, luego, como un desperado atormentando a un cobardica, apunta el arma a sus pies y les hace bailar, bailar, bailar. En un momento dado, suena el busca metido en la cinturilla elástica del hombre y es preciso cortar antes de tiempo la escena. No es de extrañar: se trata de uno de los profesores de baile más solicitados de Manila. Su compañera también lo sería, si hubiese más hombres en la ciudad interesados en aprender a bailar. Tal y como están las cosas, debe conformarse con ganar como una décima parte de lo que se embolsa el profesor, dando lecciones a un número reducido de torpes confusos y calzonazos como Randy Waterhouse.

Randy coge la caja roja y la sostiene con seguridad entre las rodillas con la muy útil lengüeta de cierre apuntando en dirección opuesta. Empleando ambas manos al unísono coloca con cuidado las puntas de los dedos bajo la solapa, intentando obtener igual presión a cada lado, prestando atención especial a esos lugares donde la máquina depositó excesivo pegamento. Durante unos momentos largos y tensos no sucede nada en absoluto, y un observador ignorante o impaciente podría llegar a la conclusión de que Randy no consigue nada. Pero luego toda la solapa se abre de un golpe y toda la parte superior se separa. Randy odia que se doble o, peor aún, se rasgue. La solapa inferior está sujeta con un par de puntos de pegamento y Randy la retira para revelar un saco traslúcido e inflado. La luz halógena bien hundida en el techo atraviesa el material neblinoso del saco para revelar oro, por todas partes el brillo del oro. Randy gira la caja noventa grados y la sostiene entre las rodillas de forma que el eje largo apunte al televisor, luego agarra la parte alta del saco y separa cuidadosamente la costura sellada con calor, que ronronea al ceder. La retirada de la algo lechosa barrera plástica hace que las pepitas individuales de Cap'n Crunch se definan, bajo la luz halógena, con una especie de claridad y nitidez sobrenaturales que hace que el cielo de la boca de Randy reluzca y palpite por la turbación.

En la televisión, los profesores de baile han terminado de mostrar los pasos básicos. Es casi doloroso verles ejecutarlos, porque cuando lo hacen, deben olvidar conscientemente todo lo que saben sobre el baile de salón avanzado, y bailar como personas que han sufrido embolias o importantes daños cerebrales, que han borrado no sólo las partes del cerebro responsables de las habilidades motoras precisas sino también han volado todo elemento del módulo de discreción estética. Deben, en otras palabras, bailar en la forma en que bailan sus alumnos novatos como Randy.

Las pepitas de oro de Cap'n Crunch cubren el fondo del cuenco produciendo un sonido similar al de barras de vidrio partiéndose por la mitad. Diminutos fragmentos se escapan de sus esquinas y rebotan por la superficie de porcelana blanca. Comer cereales correctamente es un baile de pequeños compromisos. Un cuenco enorme cargado de cereales empapados cubiertos de leche es la marca de un novato. Idealmente, uno desea que los cereales completamente secos y la leche criogénica entren en la boca con el mínimo contacto y que la reacción entre ellos tenga lugar en la boca. Randy ha creado un conjunto de planos mentales para la cuchara perfecta para comer cereales que tendría un pequeño tubo corriendo por el medio y una pequeña bomba para la leche, de forma que puedas tomar cereales secos del cuenco, apretar un botón con el pulgar y lanzar leche sobre la cuchara mientras la introduces en la boca. A falta de esa cuchara, lo mejor es actuar con pequeños incrementos, poniendo sólo una pequeña cantidad de Cap'n Crunch en el cuenco y comérselo todo antes de que se convierta en un pozo de asqueroso cieno, lo que, en el caso de Cap'n Crunch, lleva unos treinta segundos.

En este punto de la cinta siempre se pregunta si no habrá dejado por descuido la cerveza sobre el botón de avance rápido, o algo, porque los bailarines pasan directamente de su cruel parodia de Randy a algo que se puede calificar evidentemente como baile avanzado. Randy sabe que los pasos que ejecutan son nominalmente los mismos que los pasos básicos que han demostrado antes, pero que le jodan si puede distinguirlos una vez que se vuelven creativos. No se produce ninguna transición reconocible, y eso es lo que cabrea a Randy con respecto a las lecciones de baile. Cualquier idiota puede aprender a ejecutar más o menos los pasos básicos. Eso lleva como media hora. Pero cuando ha pasado la media hora, los profesores de baile siempre esperan que te eches a volar y realices una de esas milagrosas transiciones temporales que sólo suceden en los musicales de Broadway, y que empieces a bailar con brillantez. Randy supone que la gente a la que no se le dan bien las matemáticas se siente igual: el profesor escribe algunas ecuaciones simples en la pizarra, y diez minutos después está derivando la velocidad de la luz en el vacío.

Vierte la leche con una mano mientras hunde la cuchara con la otra, sin querer malgastar ni un momento del tiempo glorioso y mágico en el que la leche fría y el Cap'n Crunch están juntos pero todavía no han contaminado la naturaleza esencial de cada uno de ellos: dos ideales platónicos separados por una frontera de una molécula de espesor. Allí donde los vapores de leche salpican sobre el mango de la cuchara, el acero inoxidable pulido se cubre de vaho. Randy, por supuesto, usa leche entera, porque en caso contrario ¿para qué tomarla? Cualquier otra cosa es indistinguible del agua, y además cree que la grasa de la leche entera actúa como una especie de retardante que reduce la velocidad de la conversión en cieno. La gigantesca cuchara entra en la boca incluso antes de que la leche del cuenco haya tenido tiempo de alcanzar su nivel. Unas pocas gotas escapan del fondo y quedan atrapadas en una perilla recién lavada (todavía intentando alcanzar el equilibrio correcto entre una barba y la vulnerabilidad, Randy ha permitido que le crezca una de ellas). Randy deja el bote de leche, coge una servilleta algodonosa, se la lleva a la barbilla y ejecuta un movimiento de pinzamiento para sacar las gotas de leche de los pelos en lugar de apretar y restregárselas por toda la barba. Mientras tanto, toda su concentración está fija en el interior de la boca, que naturalmente no puede ver, pero que puede imaginar en tres dimensiones como si se moviese por ella en una exhibición de realidad virtual. Allí es donde un novato perdería la calma y mordería. Algunas de las pepitas explotarían entre sus muelas, pero luego su mandíbula se cerraría del todo y empujaría todas las pepitas sin romper hacia el paladar donde sus armaduras de afilados cristales de dextrosa inflingirían importantes daños colaterales, convirtiendo el resto de la comida en una marcha mortal de dolor y dejándole mudo por la novocaína durante tres días. Pero Randy ha desarrollado, con el paso del tiempo, una estrategia realmente diabólica para comer Cap'n Crunch que gira alrededor de la idea de enfrentar las características más peligrosas de las pepitas unas contra otras. Las pepitas en sí tienen forma de almohada y están ligeramente estriadas en una forma que recuerda vagamente a los cofres del tesoro de los piratas. Ahora bien, con un cereal en láminas, la estrategia de Randy jamás funcionaría. Pero claro, Cap'n Crunch en forma de láminas sería una locura suicida; duraría sumergido en leche tanto como un copito de nieve en una sartén caliente. No, los ingenieros de cereales de General Mills tuvieron que encontrar una forma que minimizase el área de superficie y algún compromiso entre la esfera, como dicta la geometría euclidea, y la forma de tesoros hundidos que probablemente exigían los estetas de los cereales, y se les ocurrió la difícil de clasificar formación de almohada estriada. Lo importante, para los propósitos de Randy, es que las piezas individuales de Cap'n Crunch tienen, en una primera aproximación, la forma de una muela. La estrategia es, por tanto, hacer que Cap'n Crunch se mastique a sí mismo triturando las pepitas entre sí en el centro de la cavidad oral, como piedras en una centrifugadora. Como en el baile de salón avanzado, las explicaciones verbales (o mirar cintas de vídeo) sólo sirven para empezar y luego tu cuerpo es el que debe aprender los movimientos.

Para cuando ha comido una cantidad satisfactoria de Cap'n Crunch (como un tercio de una caja de 25 onzas) y ha llegado al fondo de la botella de cerveza, Randy ha conseguido convencerse de que todo el asunto del baile no es más que una broma. Cuando llegue al hotel, Amy y Doug Shaftoe le estarán esperando con sonrisas malévolas. Le dirán que sólo se burlaban de él y luego le llevarán a un bar para conversar y calmarle.

Randy se pone los últimos elementos del traje. Cualquier táctica dilatoria es aceptable en este punto, así que comprueba su email.

A: randy@epiphyte.com
De: root@eruditorum.org
Asunto: La Transformación Pontifex, como has pedido.
Randy,
Tienes toda la razón, evidentemente, como descubrieron los alemanes por el camino más difícil, no puede confiarse en ningún sistema criptográfico que no se haya publicado, de forma que gente como tus amigos los Adeptos al Secreto puedan tener oportunidad de romperlo. Estaría en deuda contigo si lo hiciesen con Pontifex.

La transformación que es el núcleo de Pontifex posee varias asimetrías y casos especiales que hacen difícil expresarla en unas pocas líneas claras y elegantes de matemáticas. Casi hay que escribirla en seudocódigo. Pero ¿por qué conformarse con el seudocódigo cuando puedes hacerlo de verdad? Lo que sigue es Pontifex es-

crito como código Perl. La variable $D contiene
la permutación de 54 elementos. La subrutina e
genera los siguientes valores del flujo de clave
mientras hace evolucionar a $D.

```
#!/usr/bin/perl-s
$f=$d?-1:1;$D=pack('C*',33..86);$p=shift;
$p=~y/a-z/A-Z/; $U='$D=~s/(.*)U$U/$U$1/;
$D=~s/U(.)/$1U/;';($V=$U)=~s/U/V/g;
$p=~s/[A-Z]/$k=ord($&)-64,$e/eg;$k=0;
while(<>)  {y/a-z/A-Z/;y/A   Z//dc;$o.=$_}
$o. = 'X'
while length($o)%5&&!$d;
$o=~s/./chr(($f*&e+ord($&)-13)%26+65)/eg;
$o=~s/X*$// if $d;$o=~s/.{5}/$&/g;
print«$o\n»;sub v{$v=ord(substr($D,$_[0]))
-32;
$v>53?53:$v}
sub w{$D=~s/(.{$_[0]})(.*)(.)/$2$1$3/}
sub   e{eval«$U$V$V»;$D=~s/(.*)([UV].*[UV])
(.*)/$3$2$1/; &w(&v(53));$k?(&w($k)):($c=&v(&v_
(0)),$c>52?&e:$c)}
```

También hay un mensaje de su abogado de divor-
cios en California, que imprime y se mete en el bolsillo
de la camisa para saborearlo mientras esté atrapado en
el tráfico. Baja en el ascensor y coge un taxi hasta el
Hotel Manila. Eso (atravesar Manila en taxi) sería una
de las experiencias más memorables de su vida si fuese
la primera vez que lo hace, pero es la enésima vez, así
que no registra nada. Por ejemplo, ve dos coches que
han chocado entre sí bajo una gigantesca señal de carretera que dice NO VIRAJE BRUSCO, pero realmente no se da
cuenta.

Estimado Randy,

Lo peor ha pasado, ¡Charlene y (lo que es más importante) su abogado parecen haber aceptado, por fin, que no estás sentado sobre un montón de oro en Filipinas! Ahora que tus millones imaginarios ya no confunden la situación, podemos decidir cómo disponer de los elementos valiosos que sí posees: principalmente, la casa. Sería mucho más complicado si Charlene quisiese permanecer allí; sin embargo, parece que ha conseguido un trabajo en Yale, lo que significa que ella está tan deseosa de vender la casa como tú. La duda sería, entonces, cómo deberían dividirse las ganancias. Su posición parece ser (y no me sorprende) que el inmenso incremento del valor de la casa desde que la compraste es consecuencia del cambio en el mercado inmobiliario, no importan para nada el cuarto de millón de dólares que gastaste apuntalando los cimientos, reemplazando la fontanería, etc., etc.

Doy por supuesto que conservas todos los recibos, cheques cobrados y demás pruebas de todo el dinero que invertiste en mejoras, porque eres ese tipo de hombre. Me ayudaría mucho si pudieses buscar todo eso y entregármelo para poder esgrimirlos en mis siguientes conversaciones con el abogado de Charlene. ¿Puedes? Comprendo que te resultará inconveniente. Sin embargo, como has invertido la mayor parte de tu dinero en esa casa, hay mucho en juego.

Randy se mete la página en el bolsillo de la camisa y comienza a planear un viaje a California.

La mayor parte de los locos del baile de salón de esta

ciudad pertenecen a la clase social que se puede permitir coches y chóferes. Los coches están alineados por toda la entrada del hotel y en la calle, esperando a descargar a sus pasajeros, cuyos relucientes vestidos largos son visibles incluso a través de las lunas tintadas. Los encargados hacen soplar los silbatos y realizan gestos con los guantes blancos, dirigiendo los coches hacia el aparcamiento, donde se solidifican formando un mosaico ajustado. Algunos de los chóferes ni se molestan en salir, limitándose a reclinar los asientos para echar un sueñecito. Otros se reúnen bajo un árbol en un extremo del aparcamiento para fumar, contar chistes y agitar las cabezas en aturdida diversión ante el mundo en la forma en que sólo pueden agitarlas los miembros endurecidos del Tercer Mundo que sufren de shock del futuro.

Como ha temido tanto esta situación, podría pensarse que Randy se limitaría a recostarse y saborear el retraso. Pero al igual que arrancarse un esparadrapo de una zona peluda del cuerpo, es una operación que es mejor hacer con rapidez y de golpe. Mientras se detienen al final de la línea de limusinas, le larga dinero al sorprendido taxista, abre la puerta y recorre a pie la última manzana hasta el hotel. Puede sentir los ojos de las filipinas perfumadas con vestidos largos recorriendo su espalda como las miras láser de rifles de comando.

Filipinas avejentadas con trajes de gala han recorrido de un lado a otro el vestíbulo del Hotel Manila desde que Randy conoce el lugar. Apenas las notaba los primeros meses que pasó viviendo allí. La primera vez que aparecieron asumió que se estaba realizando alguna función en el gran salón de baile: quizá una boda, quizá se estaba presentando una demanda colectiva por parte de las participantes avejentadas en concursos de belleza contra la industria de la fibra sintética. Hasta ahí llegó antes de dejar de quemar su circuitería mental en intentar comprenderlo todo. Buscar una explicación a todo lo extraño que puedas ver en Filipinas es como intentar sacar hasta la última gota de agua de lluvia de una rueda deshinchada.

Los Shaftoe no le esperan en la puerta para contarle que todo ha sido una broma, así que Randy cuadra los hombros y atraviesa con terquedad el amplio vestíbulo, totalmente solo, como un soldado confederado en la Carga del general Picket en Gettysburg, el último hombre de su regimiento. Frente a la puerta del gran salón de baile hay plantado un fotógrafo con un tupé a lo Ronald Reagan y un esmoquin blanco, sacando fotografías a los que entran, con la esperanza que al salir le paguen por las copias. Randy le dirige tal mirada cruel que el dedo del hombre se retira del botón. Luego no queda más que atravesar las grandes puertas para llegar al salón de baile, donde, bajo luces giratorias de colores, cientos de filipinas bailan, en su mayoría con hombres mucho más jóvenes, bajo la tensión de la música reprocesada de los Carpenters generada por una pequeña orquesta situada en una esquina. Randy intercambia unos pesos por un ramillete de flores de sampaguita. Sosteniéndolo con el brazo totalmente extendido para no caer en un coma diabético por sus olores, inicia una circunnavegación magallánica de la pista de baile, que está rodeada por un atolón de mesas redondas adornadas con manteles de hilo blanco, velas y ceniceros de vidrio. En una de las mesas se encuentra sentado un hombre con un fino bigote, con la espalda a la pared, un teléfono móvil pegado a la cabeza, y un lado del rostro iluminado fluoroscópicamente por la misteriosa luz verde del teclado. Del puño le sobresale un cigarrillo.

La abuela Waterhouse insistió en que el Randy de siete años tomase clases de baile de salón porque era seguro que algún día le sería útil. Él no estaba de acuerdo.

El acento australiano de la abuela se había vuelto altivo y británico en las décadas que habían pasado desde su llegada a Estados Unidos, o quizá no fuese más que su imaginación. Se sentaba allí, perfectamente tiesa como siempre, sobre el sofá tapizado de cretona floreada comprado en Gomer Bolstrood, visibles a su espalda las resecas colinas de Palouse a través de las cortinas de encaje, bebiendo té de una taza de porcelana decorada con, ¿qué era, rosas lavanda? Cuando inclinaba la taza, el Randy de siete años debía de ser capaz de leer el nombre de la compañía en el fondo. La información debe estar almacenada en algún sitio de su memoria inconsciente. Quizá un hipnotizador pudiese extraerla.

Pero el Randy de siete años tenía otra cosa en mente: protestar, en los términos más fuertes posibles, la afirmación de que el baile de salón pudiese llegar a serle de utilidad. Al mismo tiempo, estaba siendo condicionado. Ideas implausibles, incluso ridículas, iban empapando su cerebro, invisibles e inodoras como el monóxido de carbono: que el Palouse era un paisaje normal. Que el cielo era azul en todas partes. Que una casa debería tener ese aspecto: con cortinas de encaje, vidrieras y habitación tras habitación de mobiliario Gomer Bolstrood.

—Conocí a tu abuelo Lawrence en un baile, en Brisbane —anunció Abuela. Estaba intentando decirle que él, Randall Lawrence Waterhouse, ni siquiera existiría si no fuese por el baile de salón. Pero Randy ni siquiera sabía todavía de dónde venían los niños y probablemente no lo hubiese comprendido a pesar de haberlo sabido. Randy se puso tieso, recordando su postura, y le hizo una pregunta: ¿ese encuentro en Brisbane se produjo cuando ella tenía siete años, o, quizá, un poco más tarde?

Quizá si hubiese vivido en una caravana, el Randy adulto habría enterrado su dinero en un fondo común de inversión, en lugar de pagar diez mil dólares a un *soi-disant* artesano de San Francisco para que instalase vidrieras alrededor de la entrada principal, como en la casa de Abuela.

Produce grandes cantidades de diversión duradera a los Shaftoe pasando al lado de su mesa sin reconocerlos. Mira directamente a la compañera de Doug Shaftoe, una hermosa Filipina, probablemente de unos cuarenta años, que está manifestando un enérgico argumento. Sin apartar los ojos de Doug y Amy Shaftoe, la mujer alarga un brazo largo y grácil y agarra la muñeca de Randy al pasar junto a ellos, tirando de él como un perro con una correa. Luego lo retiene mientras termina la frase y después levanta la vista para dirigirle una amplia sonrisa. Randy se la devuelve respetuoso, pero no le dedica toda la atención a la que ella está acostumbrada, porque está algo preocupado por el espectáculo de America Shaftoe con un vestido.

Por suerte, Amy no ha intentado adoptar el aspecto de reina de la fiesta. Viste un modelo negro ajustado de largas mangas que ocultan sus tatuajes, y panties negros, en lugar de medias. Randy le da las flores, como un quarterback ofreciéndole el balón a un corredor. Ella las acepta con expresión torcida, como un soldado herido mordiendo la bala. Ironías aparte, tiene un brillo en los ojos que él no ha visto nunca antes. O quizá no sea más que luz de la bola de espejo, reflejando lágrimas inducidas por el humo de tabaco. Siente en las entrañas que ha hecho lo correcto al presentarse. Como todas las sensaciones en las entrañas, sólo el tiempo dirá si es algo más que un autoengaño patético. Medio temía que ella sufriera alguna transformación de película y se convirtiese en una diosa radiante, lo que tendría el mismo efecto en Randy que un hachazo en la base del cráneo. El hecho en cuestión es que ella tiene muy buen aspecto, pero posiblemente se sienta tan fuera de lugar como Randy en su traje.

Abriga la esperanza de que puedan acabar con el asunto del baile para poder huir del edificio protagonizando una fuga de Cenicienta, pero le piden que se siente. La orquesta hace una pausa, y los bailarines vuelven a las mesas. Doug Shaftoe está tendido cómodamente en su silla con la confianza masculina de un hombre que no sólo ha matado gente sino que, además, escolta a la mujer más hermosa de la sala. Su nombre es Aurora Taal, y reparte su mirada de Lâncome sobre las otras filipinas con la diversión controlada de quien ha vivido en Boston, Washington y Londres y, habiéndolo visto todo, ha decidido de todas formas vivir en Manila.

—Bien, ¿has descubierto algo más sobre ese personaje Rudolf von Hacklheber? —pregunta Doug, después de unos minutos de charla insustancial.

Se entiende que Aurora debe conocer todo el secreto. Doug comentó, hace semanas, que cierto número de filipinos sabían lo que hacían y que se podía confiar en ellos.

—Era matemático. Pertenecía a una familia de Leipzig. Se encontraba en Princeton antes de la guerra. De hecho, sus años de estancia se solapan con los de mi abuelo.

—¿Qué tipo de matemáticas practicaba, Randy?

—Antes de la guerra se ocupaba de teoría de números. Que no nos dice nada sobre lo que hacía durante la guerra. No me sorprendería que hubiera acabado trabajando en la estructura criptográfica del Tercer Reich.

—Lo que no explicaría cómo acabo aquí.

Randy se encoge de hombros.

—Quizá realizaba trabajos de ingeniería en una nueva generación de submarinos. No lo sé.

—Así que el Reich lo metió en alguna operación secreta, que al final lo mató —dice Doug—. Supongo que nosotros mismos hubiésemos podido llegar a esa conclusión.

—Entonces, ¿por qué has mencionado la criptografía? —pregunta Amy. Ella posee una especie de detector de metales emocional que se pone a rugir cuando llega a las inmediaciones de suposiciones ocultas e impulsos reprimidos con rapidez.

—Supongo que tengo la criptografía metida en el cerebro. Y, si existía alguna conexión entre Von Hacklheber y mi abuelo...

—¿Se dedicaba tu abuelo a la criptografía, Randy? —pregunta Doug.

—Nunca habló de lo que hacía durante la guerra.

—Es habitual.

—Pero tenía un arcón en el ático. Un recuerdo de guerra. En realidad me recuerda a un arcón lleno de material criptográfico nipón que vi hace poco en una cueva de Kinakuta. —Doug y Amy lo miran fijamente—. Probablemente no sea nada —concede Randy.

La orquesta inicia una melodía de Sinatra. Doug y Aurora se sonríen el uno al otro y se ponen en pie. Amy pone los ojos en blanco y aparta la vista, pero ahora toca cumplir o callarse, y Randy no puede concebir ninguna otra salida. Se pone en pie y extiende la mano a aquella que teme y ansía, y ella, sin mirar, alarga la suya y la toma.

Randy arrastra los pies, lo que no es forma de bailar bonito pero evita pisar los metatarsos de la acompañante. Esencialmente, Amy no es mejor que él, pero muestra mejor actitud. Para cuando llegan al final del primer baile, Randy al menos ha alcanzado el punto en que ya no le arde la cara, y lleva treinta segundos sin tener que disculparse por nada, y sesenta segundos sin preguntar a su compañera si precisa atención médica. Luego termina la canción, y las circunstancias dictan que debe bailar con

Aurora Taal. Es menos intimidante; aunque ella está llena de glamour y es buena bailarina, su relación no es tal que permita la posibilidad de grotescos tanteos prerrománticos. Además, Aurora sonríe mucho, y tiene una sonrisa realmente espectacular, mientras que el rostro de Amy es todo preocupación. Se anuncia el siguiente baile como elección de las damas, y Randy intenta establecer contacto visual con Amy cuando se encuentra con esa diminuta filipina de mediana edad preguntándole a Aurora si le importaría mucho. Aurora lo confía a la otra dama como si fuese un contrato de futuro sobre tripas de cerdo en el mercado de materias primas, y de pronto Randy y la dama bailan el doble paso de Tejas al ritmo de una melodía de los Bee Gees anterior a la era disco.

—Bien, ¿ya ha encontrado fortuna en las Filipinas? —pregunta la dama, cuyo nombre Randy no ha acabado de pillar. Ella actúa como si esperase que él la conociese.

—Eh, mi socio y yo exploramos posibilidades mercantiles —dice Randy—. Quizá tengamos fortuna.

—Tengo entendido que es bueno con los números —dice la dama.

Ahora mismo Randy se está devanando los sesos. ¿Cómo sabe esa mujer que él se dedica a las cifras?

—Soy bueno en matemáticas —dice al fin.

—¿No es eso lo que he dicho?

—No, en realidad los matemáticos en la medida de lo posible se mantienen alejados de los números concretos. Nos gusta hablar de números sin tener que exponernos a ellos... para eso están los ordenadores.

La mujer no permitirá una negativa; tiene un guión y es fiel a él.

—Tengo un problema matemático para usted —dice la dama.

—Dispare.

—¿Cuál es el valor de la siguiente información: quince grados, diecisiete minutos, cuarenta y uno coma tres segundos norte, y ciento veintiún grados, cincuenta y siete minutos, cero coma cinco cinco segundos este?

—Eh... no lo sé. Suena a latitud y longitud. Noreste de Luzón, ¿no?

La dama asiente.

—¿Quiere que le diga el valor de esos números?

—Sí.

—Supongo que depende de lo que haya allí.

—Supongo que sí —dice la dama. Y eso es todo lo que dice durante el resto del baile. Aparte de felicitar a Randy por sus habilidades en la pista de baile, comentario cuya interpretación le resulta igualmente difícil.

Chica

✠ Cada vez es más difícil encontrar piso en Brisbane, que se ha convertido en una ciudad repleta de espías, Bletchley Park en Australia. Hay una oficina central, que se ha establecido en el Hipódromo de Ascot, y otra entidad en una zona diferente de la ciudad llamada Oficina de Inteligencia Aliada. Las personas que trabajan en la Oficina Central tienden a ser expertos matemáticos de rostro pálido. Por otra parte, las personas de la OIA a Waterhouse le recuerdan más a los tipos del Destacamento 2702: tensos, curtidos y taciturnos.

A media milla del Hipódromo de Ascot ve a uno de estos últimos salir de una casita de habitaciones de cuento de hadas, cargando a la espalda un petate de quinientas libras.

El hombre va ataviado para un largo viaje. Una dama con aspecto de abuelita y delantal se encuentra en el porche, agitando una toallita de té en dirección al hombre. Es como la escena de una película; ni siquiera se te ocurriría que, a unas pocas horas de vuelo de allí, los hombres se están volviendo negros como el papel fotográfico en una bandeja de revelado mientras su carne viva se convierte en gas putrefacto cortesía de las bacterias clostridium.

Waterhouse no se detiene a estimar la probabilidad de que él, que necesita un sitio para vivir, resulta que aparece en el momento exacto en que una habitación queda libre. Los criptoanalistas aguardan los golpes de suerte y luego los explotan. Después de que el soldado se pierda doblando la esquina, llama a la puerta y se presenta a la dama. La señora McTeague dice (en la medida en que Waterhouse puede penetrar su acento) que a ella le gusta su aspecto. Suena claramente asombrada. Queda claro que la improbabilidad de que Waterhouse aparezca justo cuando queda libre una habitación no es nada comparada con la improbabilidad de que a la señora McTeague le guste su aspecto. De tal suerte, Lawrence Pritchard Waterhouse se une a un grupo de elite de jóvenes (cuatro en total) cuyo aspecto es del agrado de la señora McTeague. Duermen, dos en cada habitación, en los dormitorios donde los vástagos de la señora McTeague empezaron siendo los más hermosos e inteligentes niños jamás nacidos para convertirse en los más excelentes adultos que caminan sobre la tierra excepto el rey de Inglaterra, el General y lord Mountbatten.

El nuevo compañero de habitación de Waterhouse está ahora mismo fuera de la ciudad, pero simplemente examinando sus efectos personales, Waterhouse estima que rema en kayak desde Australia a la base naval de Yokosuka, donde se deslizará al interior de un buque de guerra y matará en silencio a toda la tripulación con las manos desnudas antes de realizar una zambullida de nivel olímpico en la bahía, noquear algunos tiburones, volver a subir al kayak y regresar remando a Australia para tomarse una cerveza.

A la mañana siguiente, durante el desayuno, conoce a los ocupantes de la otra habitación: un oficial naval británico pelirrojo que muestra todos los signos de trabajar en la Oficina Central, y un tipo llamado Hale, cuya nacionalidad es imposible de precisar porque no viste uniforme y está demasiado resacado para hablar.

Habiendo cumplido su misión (según lo que entendió del adlátere del General), ha encontrado un lugar para vivir, y arreglado sus asuntos personales, Waterhouse se pasa por el Hipódromo de Ascot y el prostíbulo adyacente con la intención de ser útil. En realidad, preferiría quedarse sentado en su habitación durante todo el día y trabajar en su nuevo proyecto, que consiste en diseñar una máquina de Turing de gran velocidad. Pero es su obligación contribuir al esfuerzo bélico. Incluso si no fuese así, sospecha que si su nuevo compañero de cuarto regresase de su misión y se lo encontrase sentado todo el día dibujando circuitos, le daría tal paliza que a la señora McTeague dejaría de gustarle su aspecto.

Para decirlo con suavidad, la Oficina Central no es el tipo de lugar en el que puede entrar un extraño, mirar por todas partes y presentarse para que le den trabajo. Incluso lo de entrar es potencialmente fatal. Por suerte, Waterhouse dispone de autorización Ultra Mega, que es la autorización más alta del mundo.

Por desgracia, esta categoría de secreto es tan secreta que su misma existencia es secreta, y por tanto no puede revelársela a nadie, a menos que encuentre a alguien más con autorización Ultra Mega. Sólo hay una docena de personas con autorización Ultra Mega en Brisbane. Ocho de ellos forman el escalafón más alto de la jerarquía de mando del General, tres trabajan en la Oficina Central y la otra es Waterhouse.

Waterhouse se pasea por el centro nervioso en el viejo prostíbulo. El lugar está rodeado por miembros retirados de la Guardia Territorial Australiana ataviados con garbosos sombreros asimétricos y armados con trabucos. Al contrario que con la señora McTeague, a ellos no les gusta su aspecto. Por otra parte, están habituados a ese tipo de cosas: chicos listos de muy lejos que se presentan a la puerta con largas y, al final, aburridas historias sobre cómo los militares han jodido sus órdenes, los metieron en el barco equivocado, los enviaron al lugar equivocado, les infectaron con enfermedades tropicales, lanzaron sus pertenencias por la borda y los abandonaron a su suerte. No le disparan, pero no le dejan entrar.

Se queda colgando por ahí y se convierte en un incordio durante un par de días hasta que finalmente reconoce a, y es reconocido por, Abraham Sinkov. Sinkov es un importante criptoanalista norteamericano; ayudó a Schoen a romper Índigo. Él y Waterhouse se han cruzado un par de veces, y aunque no son amigos *per se*, sus mentes trabajan de la misma forma. Eso los convierte en amigos en una familia extraña que sólo tiene unos pocos cientos de miembros, dispersos por el mundo. En cierta forma, es una autorización más rara aún, más difícil de conseguir y más misteriosa que Ultra Mega. Sinkov le prepara un nuevo conjunto de documentos, dándole una autorización muy alta, pero no tan alta que no pueda revelarla.

A Waterhouse le dan un paseo. Hombres sin camisa en barracones metálicos, convertidos en agobiantes debido a los tubos al rojo vivo de las radios. Pescan del aire los mensajes del ejército nipón y se los pasan a una legión de jóvenes australianas que perforan los mensajes en tarjetas ETC.

Hay un cuadro militar de oficiales norteamericanos compuesto enteramente por todo un departamento de la Electrical Till Corporation. Un día, a principios de 1942, guardaron sus camisas blancas y trajes azules entre bolas de naftalina, se pusieron los trajes del ejército y se metieron en un barco con dirección a Brisbane. Su jefe es un tipo llamado teniente coronel Comstock, y ha conseguido automatizar todo el proceso de desciframiento de códigos. Las tarjetas perforadas por las australianas llegan a la sala de máquinas apiladas en lingotes y se hacen pasar por las máquinas. Los textos descifrados salen por una impresora de línea al otro extremo y se llevan a otro barracón donde nisei* norteamericanos, y algunos blancos que hablan niponés, los traducen.

Un Waterhouse es lo último que necesitan esos tipos. Comienza a comprender lo que el mayor le dijo el otro día: han superado la línea. Los códigos se han roto.

Lo que le recuerda a Turing. Desde que Alan regresó de Nueva York, se ha estado distanciando de Bletchley Park. Se ha trasladado a otra instalación, un centro de radio llamado Hanslope en el norte de Buckinghamshire, un lugar de cemento reforzado, cables, antenas, y de atmósfera más formalmente militar.

En su momento, Waterhouse no podía comprender por qué Alan querría apartarse de Bletchley. Pero ahora sabe cómo debió de sentirse Alan cuando convirtieron el desciframiento en un proceso totalmente mecánico, industrializando Bletchley Park. Debió de sentir que se había ganado la batalla y con ella la guerra. El resto podría

* Japoneses de segunda generación nacidos y criados en Estados Unidos. *(N. del T.)*

parecer una conquista gloriosa a gente como el General, pero para Turing, y ahora para Waterhouse, parece simplemente un tedioso proceso de limpieza militar. Es emocionante descubrir los electrones y construir las ecuaciones que gobiernan su movimiento; es aburrido usar esos principios para diseñar abrelatas eléctricos. Desde este punto en adelante, todo son abrelatas.

Sinkov le suministra a Waterhouse un escritorio en el prostíbulo y comienza a pasarle mensajes que la Oficina Central no ha podido descifrar. Hay todavía docenas de códigos nipones menos importantes que quedan por romper. Quizá, rompiendo uno o dos, y enseñándole a las máquinas ETC cómo leerlos, Waterhouse pueda acortar la guerra por un día, o salvar una vida. Es una tarea noble a la que se enfrenta de buena gana, pero que en esencia no es diferente a ser un carnicero del ejército de Tierra que salva vidas manteniendo limpios los cuchillos, o un inspector de salvavidas de la Marina.

Waterhouse rompe esos poco importantes códigos nipones uno tras otro. Un mes incluso vuela a Nueva Guinea, donde submarinistas de la Marina están recuperando libros de códigos de un submarino nipón hundido. Vive en la selva durante dos semanas, intentando no morir, volver a Brisbane, y dar a esos libros de códigos recuperados un uso adecuado pero aburrido. Entonces, un día, lo aburrido de su trabajo se vuelve irrelevante.

Ese día, regresa a la casa de huéspedes de la señora McTeague por la noche, se mete en la habitación y se encuentra con un hombre inmenso durmiendo en la litera superior. Por todas partes hay esparcido un montón de ropa y equipo, emitiendo un pestazo sulfuroso.

El hombre duerme durante dos días y luego una mañana llega tarde a desayunar, mirando al resto de la habitación con ojos amarillos debido a la quinina. Se presenta como Smith. Su acento extrañamente familiar no es más fácil de comprender por el hecho de que sus dientes castañeteen violentamente. Cosa que no parece molestarle especialmente. Se sienta y se coloca una servilleta de hilo irlandés sobre las rodillas con una mano rígida y desollada. La señora McTeague se preocupa hasta tal punto por él que el resto de los hombres de la mesa deben resistir el impulso de darle un porrazo a la pobre mujer. Le sirve té con mucha leche y azúcar. Toma unos sorbos, luego se disculpa y va al baño, donde vomita decididamente y con buenas maneras. Regresa, se come un huevo cocido sostenido por una huevera de porcelana, se pone verde, se reclina en la silla y cierra los ojos como durante diez minutos.

Cuando Waterhouse regresa esa tarde de trabajar, entra a ciegas en el salón y se encuentra a la señora McTeague bebiendo el té con una joven dama.

El nombre de la joven dama es Mary Smith; es la prima del compañero de habitación de Waterhouse, que está arriba, estremeciéndose y sudando acostado en la litera.

Mary se pone en pie para las presentaciones, lo que técnicamente no es necesario; pero es una chica del interior del país y no le interesan los refinamientos decadentes. Es una chica pequeña vestida de uniforme.

Es la única mujer que Waterhouse haya visto jamás. En realidad, es el único otro ser humano en el universo, y cuando se pone en pie para darle la mano, la visión periférica de Waterhouse deja de funcionar como si hubiese entrado en un túnel. Cortinas negras convergen sobre un ciclorama plateado, reduciendo su cosmos a un rayo vertical de un glorioso arco de carbono, un pilar de luz, un círculo de luz celestial que rodea a esa mujer.

La señora McTeague, conociendo el paño, le pide que se siente.

Mary es una personita diminuta, de piel blanca y pelirroja que sufre a menudo ataques de timidez. Cuando sucede tal cosa, aparta la mirada y traga, y cuando traga hay cierta cuerda en su cuello blanco, rodeando la concavidad de hombro a oreja, que destaca durante un momento. Destaca tanto sobre su vulnerabilidad y sobre la piel blanca de su cuello, que no es blanco en el sentido de palidez enfermiza sino de otra forma que Waterhouse no hubiese podido comprender hasta hace poco: es decir, por su pequeño salto a Nueva Guinea, donde todo o está muerto y en descomposición, o es brillante y amenazador, o discreto e invisible. Waterhouse sabe que algo tan tierno y traslúcido es demasiado vulnerable y tentador para defenderse en este mundo de destructores en violenta competición, que sólo puede sostenerse durante un momento (y menos aún durante años) por la fuerza vital de su interior. En el Pacífico sur, donde las fuerzas de la Muerte son tan poderosas, le deja vagamente intimidado. Su piel, tan carente de marcas y tan limpia como el agua, es un muestrario extravagante de vibrante potencia animal. Desea lamerla con su lengua. La curva completa de su cuello, desde la clavícula hasta el lóbulo de la oreja, sería un soporte perfecto para su cara.

Ella ve que él la sigue mirando y vuelve a tragar. El cordón se flexiona, extendiendo por un momento la piel viva de su cuello, y luego se relaja, dejando exclusivamente suavidad y calma. Ella podría haberle hundido la cabeza con una piedra y atarle el pene con un dispositivo de enganche. El efecto debe de ser calculado. Pero aparentemente no se lo ha aplicado a nadie más, o habría una banda de oro alrededor de su pálido dedo anular.

Mary Smith comienza a sentirse molesta con él. Se lleva la taza de té a los labios. Se ha vuelto, de forma que la luz roza su cuello de otra forma, y en esta ocasión cuando traga puede ver como se eleva la nuez de Adán. Luego desciende como un martinete sobre lo que queda del poco juicio de Lawrence.

Arriba se oye un ruido; su primo acaba de recuperar la conciencia.

—Discúlpenme —dice ella, y desaparece, dejando sólo como recuerdo la porcelana de McTeague.

Conspiración

El doctor Rudolf von Hacklheber no es mucho mayor que el sargento Bobby Shaftoe, pero incluso aplastado emocionalmente, exhibe cierto porte que hombres del mundo de Shaftoe no adquieren hasta que llegan a los cuarenta, si acaso. Sus gafas tienen pequeñas lentes sin montura que parecen haber sido extraídas de las miras telescópicas de un francotirador. Detrás de ellas hay toda una paleta de colores vivos: pestañas rubias, ojos azules, venas rojas, párpados hinchados y morados por el llanto. Aún así, está perfectamente afeitado, y la plateada luz del norte que atraviesa la diminuta ventana del sótano de Enoch Root se refleja en los planos de su cara como si desease destacar un interesante territorio de grandes poros, arrugas prematuras y viejas cicatrices de duelo. Ha intentado peinarse el pelo hacia atrás, pero éste se porta mal y continuamente cae sobre su frente. Viste una camisa blanca y un abrigo largo y pesado por encima para protegerse del frío del sótano. Shaftoe, que días atrás regresó a pie hasta Norrsbruck, sabe que von Hacklheber, con sus piernas largas, tiene las cualidades de un deportista más que decente. Pero también sabe que deportes brutales como el fútbol norteamericano no serían de su agrado; este teutón practicaría esgrima, escalada o esquí.

Shaftoe simplemente se asombró —pero no se sintió molesto— ante la homosexualidad de von Hacklheber. Algunos de los marines de China en Shanghai tenían muchos más jovencitos chinos en sus pisos de los estrictamente necesarios para dar lustre a sus botas, y Shanghai está lejos de ser el lugar más extraño o más lejano donde los marines han establecido su hogar entre guerras. Puedes preocuparte de la moral cuando no estás de servicio, pero si sufres y te preocupas por lo que los demás hagan en el catre, entonces ¿qué coño vas a hacer cuando se te presente la oportunidad de darle a un nipo con un lanza-llamas?

Hace dos semanas enterraron los restos de Angelo, el piloto, y sólo ahora von Hacklheber se siente con ganas de hablar. Ha alquilado una casita en las afueras de la ciudad, pero ha venido a Norrsbruck para reunirse con Root, Shaftoe y Bischoff, en parte porque está convencido de que le vigilan espías alemanes. Shaftoe se presenta con una botella de schnapps finés, Bischoff trae un montón de pan, Root abre una lata de pescado. Von Hacklheber trae información. Todos traen cigarrillos.

Shaftoe empieza a fumar pronto y con rapidez, intentado hacer desaparecer el olor a moho del sótano, que le recuerda el tiempo que pasó allí encerrado con Enoch Root liberándose de su adicción a la morfina. Durante ese periodo, el pastor tuvo que bajar en una ocasión y pedirles que por favor dejasen de gritar porque arriba intentaban celebrar una boda. Shaftoe no sabía que estaba gritando.

El inglés de Rudolf von Hacklheber es, en algunos aspectos, mejor que el de Shaftoe. Suena desconcertantemente como el profesor de dibujo de Shaftoe en el instituto, el señor Jaeger.

—Antes de la guerra trabajé a las órdenes de Dönitz en el Beobachtung Dienst de la Kriegsmarine. Rompimos algunos de los códigos más secretos del Almirantazgo Británico antes incluso de que estallasen las hostilidades. Fui responsable de algunos avances en ese campo, con respecto al uso de cálculos mecánicos. Cuando estalló la guerra, se produjo una reorganización y me convertí en una especie de hueso que varios perros se disputan. Me trasladaron al *Referat* Iva de *Gruppe* IV, Criptoanálisis Analítico, que formaba parte de *Hauptgruppe* B, Criptoanálisis, bajo la responsabilidad última del mayor general Erich Fellgiebel, jefe de *Wehrmachtnachrichtungenverbindungen*.

Shaftoe mira a los otros, pero ninguno de ellos se ríe o siquiera sonríe. Seguramente no lo han oído.

—¿Puede repetirlo? —pregunta Shaftoe, con rapidez, como un hombre en un bar que intenta que su amigo tímido cuente un chiste de los buenos.

—Wehrmachtnachrichtungenverbindungen —dice von Hacklheber, muy lentamente, como si repitiese una rima infantil para un niño. Parpadea una vez, dos, tres en dirección a Shaftoe, luego se inclina y dice con alegría—: Quizá debería explicar la organización de la jerarquía de inteligencia alemana, ya que os ayudará a comprender mi historia.

A continuación viene UN BREVE DESCENSO AL INFIERNO con HERR DOKTOR PROFESSOR RUDOLF VON HACKLHEBER.

Shaftoe sólo presta atención al primer par de frases. En el punto en que von Hacklheber arranca la hoja de un cuaderno y comienza a dibujar un diagrama de la organización del Reich de los mil años, con «Der Führer» en lo más alto, los ojos de Shaftoe se empañan, el cuerpo se relaja, se vuelve sordo, y baja acelerando por la garganta de una pesadilla, como el resto de un perrito caliente medio digerido que es expulsado por peristalsis inversa del cuerpo de un adicto. Nunca antes ha tenido esa experiencia, pero sabe intuitivamente que así es el viaje al infierno: nada de un paseo cómodo en barca por el pintoresco Estigia, nada de un descenso gradual en esa trampa para turistas que es la Caverna de Plutón, ninguna parada por el camino para conseguir licencias de pesca en el Lago de Fuego.

Shaftoe no está (aunque debiera) muerto, y eso no es el infierno. Pero se le parece mucho. Es como un escenario montado con papel bituminado y lonas, como las ciudades falsas donde practicaron batallas de casa en casa durante el entrenamiento. Shaftoe se ve atenazado por una especie de náusea que, sabe, es lo más agradable que va a sentir allí.

—La morfina elimina la capacidad del cuerpo para sentir placer —declama la atronadora voz de Enoch Root, su irónico y molesto Virgilio que, para propósitos de esa pesadilla, ha adoptado la voz de Moe, el mezquino miembro de los Tres Chiflados de pelo oscuro—. Puede que pase algún tiempo antes de que te sientas bien físicamente.

El árbol de organización de esa pesadilla comienza, como el de von Hacklheber, con Der Führer, pero luego se subdivide de una forma caótica y extensa. Hay una rama asiática, dirigida por el General, que incluye, entre otras cosas, un Hauptgruppe de enormes lagartos carnívoros, un Referat de mujeres chinas sosteniendo bebés de ojos pálidos y varios Abteilungs de nipos enyesados portando espadas. En el centro de sus dominios se encuentra la ciudad de Manila, donde, en una visión que Shaftoe debería identificar como del Bosco si no se hubiese pasado las clases de arte del instituto tirándose a las animadoras, una

288

enorme y preñada Glory Altamira se ve obligada a hacerles mamadas a tropas niponas sifilíticas.

La voz del señor Jaeger, su profesor de dibujo —el hombre más aburrido que Shaftoe haya conocido jamás, hasta quizás el día de hoy—, penetra por un momento con las palabras:

—... pero todas las estructuras organizativas que he detallado hasta este punto se volvieron obsoletas con el estallido de las hostilidades. La jerarquía se alteró, y varias de las entidades cambiaron de nombre como sigue...

Shaftoe oye arrancar otra hoja de papel, pero lo que ve es al señor Jaeger rompiendo un diagrama de una ménsula que el joven Bobby Shaftoe pasó una semana preparando. Todo ha quedado reorganizado. El general MacArthur sigue bien en lo alto, paseando un grupo de lagartos gigantes controlados por medio de correas de acero, pero ahora la jerarquía está llena de árabes sonrientes que sostienen pedazos de hachís, carniceros congelados, tenientes muertos o desahuciados, y ese puto bicho raro, Lawrence Pritchard Waterhouse, vestido de blanco, con una capucha, dirigiendo a toda una legión de frikis de Señales, sosteniendo sobre sus cabezas antenas de forma extraña, atravesando una ventisca de billetes de dólar impresos sobre viejos periódicos chinos. Les brillan los ojos, parpadeando en código Morse.

—¿Qué dicen? —pregunta Bobby.

—Por favor, deja de gritar —dice Enoch Root—. Sólo durante un momentín.

Bobby está tendido en un camastro en un barracón con tejado de paja en Guadalcanal. Salvajes suecos corren por ahí vestidos con taparrabos, recogiendo comida: de vez en cuando, un barco estalla en el estrecho, y llueve pescado como si fuese metralla y los peces quedan colgados de las ramas junto con el ocasional brazo humano cortado o el esporádico pedazo de cráneo. Los suecos ignoran los restos humanos y recogen los peces, llevándoselos, en bidones negros de acero, para preparar lutefisk.

Enoch Root tiene un caja de puros sobre las rodillas. En la línea alrededor de la tapa brilla una luz dorada.

Pero ya no está en el barracón de techo de paja; se encuentra en el interior de un frío y oscuro falo de metal que se ha mantenido sumergido por debajo de la superficie de la pesadilla: el submarino de Bischoff. Por todas partes estallan cargas de profundidad, y el submarino se está llenando de aguas residuales. Algo le da un golpe en la cabeza: en esta ocasión no se trata de un jamón, sino de una pierna humana. El submarino está forrado de tubos que llevan voces: en inglés, alemán, árabe, niponés, shanghainés, pero confinadas y apagadas por las tuberías, de forma que se entremezclan para sonar como el agua corriente. Luego una de las tuberías se rompe por el impacto cercano de una carga de profundidad; del extremo roto surge una voz alemana:

—Lo anterior puede considerarse como un tratamiento bastante superficial de la organización general del Reich, y especialmente de la rama militar. La responsabilidad por el criptoanálisis y la criptografía se distribuye entre un gran número de Amts y Diensts pequeñas asignadas a distintos tentáculos de esta estructura. Se reorganizan y cambian continuamente, pero es posible que pueda ofreceros una imagen exacta y detallada...

Shaftoe, encadenado con grilletes de oro a una litera del submarino, siente que una de sus pequeñas armas ocultas le aprieta en la espalda, y se pregunta si se considerarían malos modales si se pegase un tiro en la boca. Agarra con desesperación el tubo roto y consigue meterlo en las aguas residuales que no hacen más que subir; salen burbujas, y las palabras de von Hacklheber quedan atrapadas en ellas, como los bocadillos de un cómic. Cuando las burbujas llegan a la superficie y estallan, suenan como gritos.

Root está sentado en la litera opuesta con la caja de puros sobre las rodillas. Con la mano forma la V de Victoria, luego la lanza contra el rostro de Shaftoe y le da en los ojos.

—No puedo ayudarte con tu incapacidad para encontrar el bienestar físico; se trata de un problema de química corporal —dice—. Plantea interesantes problemas teológicos. Nos recuerda que todos los placeres del mundo son ilusiones proyectadas sobre nuestras almas por nuestros cuerpos.

Ahora ya se han roto muchos de los otros tubos de comunicaciones, y de la mayoría de ellos salen gritos; Root tiene que acercarse para poder gritar al oído de Bobby. Shaftoe se aprovecha de la situación para inclinarse e intentar alcanzar la caja de puros, que contiene lo que desea: no es morfina. Algo mejor que la morfina. Morfina es a lo que hay en la caja como una prostituta de Shanghai es a Glory.

La caja se abre y de ella surge una luz cegadora. Shaftoe se cubre la cara. Los miembros de cuerpos salados y preservados que cuelgan del techo caen a sus rodillas y comienzan a retorcerse, buscando otras partes, combinándose para formar cuerpos vivos. Mikulski regresa a la vida, apunta la Vickers al techo del submarino y abre una escotilla de huida. En lugar de aguas negras, lo que entra es luz dorada.

—¿Cuál era su posición en todo esto? —pregunta Root, y Shaftoe casi salta de la silla, sorprendido por el sonido de una voz diferente a la de von Hacklheber. Considerando lo que sucedió la última vez que alguien (Shaftoe) planteó una pregunta, es un gesto heroico pero arriesgado. Empezando con Hitler, von Hacklheber se abre camino por toda la cadena de mando.

A Shaftoe no le importa: se encuentra en un bote de goma, junto con algunos otros camaradas resucitados de Guadalcanal y el Destacamento 2702. Reman a través de una cala tranquila iluminada por gigantescas luces de arco desde el cielo. De pie tras las luces hay un hombre que habla con acento alemán:

—Mis supervisores inmediatos, Wilhelm Fenner, de San Petersburgo, que dirigió todo el criptoanálisis militar alemán desde 1922 en adelante, y su ayudante en jefe, el profesor Novopaschenny.

Para Shaftoe todos esos nombres suenan igual, pero Root dice:

—¿Un ruso?

Shaftoe ya está regresando, saliendo de nuevo al mundo. Se sienta recto y siente el cuerpo rígido, como si hiciese mucho tiempo que no lo mueve. Está a punto de disculparse por su comportamiento, pero como nadie le mira raro, Shaftoe no ve razón para informarles de lo que ha estado haciendo en los últimos minutos.

—El profesor Novopaschenny fue un astrónomo zarista que conoció a Fenner en San Petersburgo. Bajo su mando, se me dio autoridad amplia para realizar investigaciones sobre los límites teóricos de la seguridad. Empleé herramientas de matemática pura así como dispositivos calculadores mecánicos de mi propia invención. Examiné nuestros propios códigos así como los del enemigo, buscando debilidades.

—¿Qué descubrió? —pregunta Bischoff.

—Encontré puntos débiles por todas partes —dice von Hacklheber—. En su mayoría, los códigos fueron diseñados por diletantes y amateurs que no comprendían las matemáticas subyacentes. En realidad, es bastante lastimoso.

—¿Incluido Enigma? —pregunta Bischoff.

—Ni siquiera me hable de esa mierda —dice von Hacklheber—. La despaché casi de inmediato.

—¿Qué quiere decir con despachar? —pregunta Root.

—Demostré que era una mierda —responde von Hacklheber.

—Pero toda la Wehrmacht sigue empleándola —dice Bischoff.

Von Hacklheber se encoge de hombros y mira la punta encendida del cigarrillo.

—¿Espera que tiren todas esas máquinas porque un matemático escribe un artículo? —Mira el cigarrillo un poco más, luego se lo lleva a los labios, da una calada con elegancia, mantiene el humo en los pulmones y, finalmente, lo exhala lentamente a través de las cuerdas vocales mientras emite simultáneamente el siguiente sonido—: Sabía que había gente trabajando para el enemigo que sería capaz de descifrarla. Turing. Von Neumann. Waterhouse. Algunos de los polacos. Empecé a buscar pruebas de que habían roto Enigma, o al menos de que hubiesen comprendido sus debilidades y que estuviesen intentando romperla. Realicé análisis estadísticos del hundimiento de convoyes y ataques de submarinos. Encontré algunas anomalías, algunos acontecimientos improbables, pero no lo suficiente para demostrar nada. Muchas de las anomalías más evidentes quedaban explicadas posteriormente por el descubrimiento de estaciones de espionajes y similares. De ahí no extraje ninguna conclusión. Estaba claro que, si eran lo suficientemente inteligentes para romper Enigma, serían lo suficientemente inteligentes para ocultarnos ese hecho a cualquier precio. Pero había una anomalía que no podían ocultar. Me refiero a las anomalías humanas.

—¿Anomalías humanas? —pregunta Root. La frase es un clásico cebo de Root.

—Sabía perfectamente que sólo un puñado de personas en todo el mundo tenía perspicacia suficiente para romper Enigma y luego ocultar ese hecho. Empleando nuestras fuentes de inteligencia para establecer dónde se encontraban esos hombres, y qué hacían, pude realizar inferencias. —Von Hacklheber apaga el cigarrillo, se pone derecho y vacía medio vaso de schnapps, preparándose para la tarea—. Se trataba de un problema de inteligencia humana, no de inteligencia de señal. De eso se ocupa una rama diferente del servicio... —Y se lanza de nuevo a hablar sobre la estructura de la burocracia alemana. Aterrorizado, Shaftoe huye de la habitación, sale al exterior y hace uso del servicio. Cuando regresa, von Hacklheber está a punto de regresar al punto de partida—. Todo se reducía a un problema de examinar grandes cantidades de datos en bruto; un trabajo largo y tedioso.

Shaftoe se estremece, preguntándose cómo debe ser una tarea para que este idiota la considere larga y tediosa.

—Después de un tiempo —continúa Hacklheber—, descubrí, por medio de uno de nuestros agentes en las islas británicas, que un hombre que correspondía en general a la descripción de Lawrence Pritchard Waterhouse había sido enviado a un castillo de Qwghlm Exterior. Pude arreglar que una joven vigilase bien de cerca a ese hombre —dice con ironía—. Sus precauciones de seguridad eran impecables, así que no descubrimos nada directamente. De hecho, es bastante probable que supiese que la joven en cuestión era una agente, por lo que tomó precauciones extra. Pero descubrimos que ese hombre se comunicaba por medio de cuadernos de uso único. Leía los mensajes cifrados por medio del teléfono a una base naval cercana donde eran telegrafiados a una estación en Buckinghamshire, que le respondía con un mensaje cifrado usando el mismo sistema de cuadernos de uso único. Examinando los registros de nuestras estaciones de escucha, pudimos conseguir un montón de mensajes acumulados que habían sido enviados por esa unidad misteriosa, empleando una serie de cuadernos de uso único durante un periodo de tiempo que comenzaba a mediados de 1942 y seguía hasta el presente. Fue interesante percatarse de que esa unidad operaba en muchos lugares distintos: Malta, Alejandría, Marruecos, Noruega, y varios barcos en alta mar. Muy poco habitual. Me interesé por esa unidad misteriosa y comencé a intentar romper su código especial.

—¿No es imposible? —pregunta Bischoff—. No hay forma de romper un cuaderno de uso único, excepto robando una copia.

—Eso es cierto en teoría —dice von Hacklheber—. En la práctica, eso sólo es cierto si las letras elegidas para formar el cuaderno se escogen de forma totalmente aleatoria. Pero, como descubrí, eso no es cierto en el caso de los cuadernos de uso único empleados por el Destacamento 2702; que es la misteriosa unidad a la que pertenecen Waterhouse, Turing y estos dos caballeros.

—Pero ¿cómo lo hizo? —pregunta Bischoff.

—Me ayudaron un par de cosas. Había mucha profundidad, muchos mensajes con los que trabajar. Había consistencia; los cuadernos eran generados de la misma forma, siempre, y siempre exhibían la misma estructura. Hice algunas suposiciones razonables que resultaron ser correctas. Y tenía una máquina calculadora para realizar el trabajo con mayor rapidez.

—¿Suposiciones razonables?

—Tenía la hipótesis de que los cuadernos de uso único eran producidos por una persona que tiraba dados o barajaba un mazo de cartas para producir las letras. Comencé a considerar factores psicológicos. Un hablante de inglés está acostumbrado a cierta distribución en frecuencia de letras. Esperará ver muchas «es», «tes», y «aes», y no muchas «zetas», «cúes» y «equis». De forma que si esa persona estuviese empleando algún algoritmo supuestamente aleatorio para generar las letras, se sentiría inconscientemente irritada cada vez que apareciese una zeta o una equis, y, de la misma forma, se sentiría feliz con la aparición de una «e» y una «te». Con el tiempo, eso podría afectar a la distribución en frecuencia.

—Pero Herr Doctor von Hacklheber, me resulta muy improbable que tal persona sustituyese sus propias letras por las que saliesen en las cartas o dados, o lo que usase.

—No es muy probable. Pero supongamos que el algoritmo dejase cierta cantidad de iniciativa a la persona. —Von Hacklheber enciende otro cigarrillo, se sirve más schnapps—. Realicé un experimento. Conseguí veinte voluntarias; mujeres de mediana edad que querían aportar su granito de arena al Reich. Las puse a trabajar creando cuadernos de uso único empleando un algoritmo en el que sacaban papeles de una caja. Luego empleé mis máquinas para realizar análisis estadísticos. Resultó que no eran aleatorios.

Root dice:

—Los cuadernos de uso único del Destacamento 2702 los prepara la señora Tenney, la esposa de un vicario. Emplea una máquina de bingo, un bombo lleno de bolas de madera con una letra en cada bola. Se supone que debe cerrar los ojos antes de meter la mano. Pero supongamos que se ha vuelto descuidada y ya no cierra los ojos al meter la mano.

—O —dice Hacklheber— supongamos que mira el bombo y ve cómo están distribuidas las bolas en su interior, y luego cierra los ojos. Inconscientemente se dirigirá a la «e» y evitará la «zeta». O, si cierta letra acaba de salir, intentará evitar elegirla de nuevo. Incluso si no puede ver el interior del bombo, aprenderá a distinguir entre las distintas bolas por el tacto; como están hechas de madera, cada bola tendrá un peso diferente, y una textura diferente.

Bischoff no se lo cree.

—¡Pero en su mayoría seguirá siendo aleatorio!

—¡Casi aleatorio no es suficiente! —responde von Hacklheber—. Me convencí de que los cuadernos de uso único del Destacamento 2702 tendrían una distribución en frecuencia similar a la versión de la Biblia del rey Jacobo, por ejemplo. Y sospechaba que el contenido de esos mensajes contendría palabras como Waterhouse, Turing, Enigma, Qwghlm, Malta. Haciendo uso de mis máquinas, pude romper algunas de las cifras. Waterhouse siempre quemaba las hojas después de usarlas, pero otras partes del Destacamento eran más descuidadas, y empleaban la misma hoja una y otra vez. Leí muchos mensajes. Era evidente que el Destacamento 2702 tenía como propósito engañar a la Wehrmacht ocultando el hecho de que habían roto Enigma.

Shaftoe sabe qué es Enigma, aunque sólo sea porque Bischoff no deja de hablar de ella. Una vez que von Hacklheber lo explica, todas las acciones del Destacamento 2702 cobran de pronto sentido.

—Por tanto, el secreto ya no lo es —dice Root—. Asumo que se lo comunicaste a tus superiores.

—No les conté absolutamente nada —gruñe von Hacklheber—, porque para entonces hacía tiempo que había caído en una trampa del Reichsmarschall Hermann Göring. Me había convertido en su peón, su esclavo, y había de dejado de sentir cualquier tipo de lealtad hacia el Reich.

La llamada a la puerta de Rudolf von Hacklheber se produjo a las cuatro de la mañana, una hora muy empleada por la Gestapo por su impacto psicológico. Rudy está completamente despierto. Incluso si las bombas no llevasen toda la noche machacando Berlín, habría estado despierto, porque llevaba tres días sin saber nada de Angelo. Se pone un albornoz sobre el pijama, se mete en las zapatillas y abre la puerta del piso para mostrar, como era fácil de predecir, un hombre de pelo prematuramente blanco flanqueado por un par de asesinos clásicos de la Gestapo vestidos con abrigos de cuero.

—¿Puedo realizar una observación? —dice Rudy von Hacklheber.

—Por supuesto, Herr Doktor Professor. Siempre que no sea un secreto de estado, claro.

—En los viejos días, la primera época, cuando nadie sabía qué era la Gestapo, y nadie le tenía miedo, este truco de las cuatro de la madrugaba era muy inteligente. Una forma muy elegante de aprovecharse del temor primitivo del hombre a la oscuridad. Pero ahora estamos en 1942, casi en 1943, y todo el mundo teme a la Gestapo. Todos. Más de lo que temen a la oscuridad. Por tanto, ¿por qué no hacerlo a la luz del día? Están atrapados en una rutina.

La mitad de abajo del rostro del hombre prematuramente blanco ríe. La mitad superior no cambia.

—Transmitiré su sugerencia al resto de la cadena de mando —dice—. Pero, Herr Doktor, no estamos aquí para producir miedo. Hemos venido a esta hora tan inconveniente por problemas con los horarios de trenes.

—¿Debo entender que voy a subir a un tren?

—Tiene unos minutos —dice el hombre de la Gestapo, levantando el puño de la chaqueta para revelar un enorme cronómetro suizo. Luego se invita a sí mismo a pasar y comienza a caminar de un lado a otro frente a la biblioteca de Rudy, con las manos a la espalda, inclinándose por la cintura para poder mirar los títulos. Parece defraudado al comprobar que son todos textos matemáticos, ni una sola copia de la Declaración de Independencia, aunque nunca se sabe cuándo un ejemplar de Los Protocolos de los Sabios de Sion puede encontrarse oculto entre las páginas de una revista matemática. Cuando Rudy regresa, totalmente vestido pero todavía sin afeitar, se encuentra al hombre exhibiendo una expresión dolorida mientras intentar leer la tesis de Turing sobre la Máquina Universal. Tiene el aspecto de un primate inferior que intentase hacer volar un aeroplano.

Media hora más tarde, se encuentran en la estación de tren. Al entrar, Rudy levanta la vista para mirar los anuncios de salida, y memoriza su contenido, de forma que pueda deducir, según el número de vía, si lo envían a Leipzig, Königsberg o Varsovia.

Es una precaución inteligente, pero resulta ser una pérdida de tiempo, porque el hombre de la Gestapo lo lleva hasta una vía que no aparecía en el tablón. Allí aguarda un tren corto. No contiene ningún vagón de ganado, un alivio para Rudy, porque en los últimos años cree haber entrevisto vagones de ganado que parecían estar llenos de seres humanos. Eran visiones breves e irreales, y realmente no tiene claro si fueron reales o sólo fragmentos de pesadillas mal almacenados en el cerebro.

Pero todos los vagones de este tren tienen puertas, protegidas por hombres vestidos con un uniforme que no le suena, y ventanas, tapadas desde el interior por contraventanas y gruesas cortinas. El hombre de la Gestapo lo lleva hasta la puerta de un vagón sin cambiar el paso y, así de fácil, Rudy entra. Y está solo. Nadie examina sus papeles, y el hombre de la Gestapo se queda fuera. La puerta se cierra a su espalda.

El Doktor Rudolf von Hacklheber está de pie en un vagón largo y esquelético decorado como la antesala de un prostíbulo de lujo, con alfombrillas persas sobre el suelo de madera dura encerado, pesado mobiliario cubierto de terciopelo granate y cortinas tan gruesas que parecen a prueba de balas. En un extremo del vagón, una criada francesa corre alrededor de una mesa servida con el desayuno: panecillos, lonchas de carne y queso, y café. La nariz de Rudy le indica que es café de verdad, y el olor le atrae hasta ese extremo del vagón. La criada le sirve una taza con manos temblorosas. Se ha puesto mucha base de maquillaje bajo los ojos para ocultar oscuros círculos y (comprueba al pasarle la taza) también se la ha puesto en las muñecas.

Rudy saborea el café, mezclándolo con la crema empleando una cucharilla dorada que lleva el blasón de una familia francesa. Recorre de arriba abajo el vagón, admirando el arte que cuelga de las paredes: una serie de grabados de Durero y, a menos que le engañen los ojos, un par de páginas de un códice de Leonardo da Vinci.

La puerta vuelve a abrirse y entra un hombre con torpeza, como si lo hubiesen arrojado, y acaba tendido sobre un sofá de terciopelo. Para cuando Rudy lo reconoce, el tren ya está saliendo de la estación.

—¡Angelo! —Rudy deja el café en el extremo de la mesa y se arroja a los brazos de su amado.

Angelo le devuelve el abrazo con debilidad. Apesta y tiembla de forma incontrolada. Viste un ropaje basto, sucio y con aspecto de pijama, y está envuelto en una manta de lana gris. Sus muñecas están rodeadas por laceraciones medio curadas incrustadas en un campo de magulladuras de un amarillo verdoso.

—No te preocupes, Rudy —dice Angelo, abriendo y cerrando los puños para demostrar que siguen funcionando—. No fueron amables conmigo, pero tuvieron cuidado con mis manos.

—¿Puedes volar?

—Puedo seguir pilotando. Pero ésa no es la razón por la que tuvieron tanto cuidado con mis manos.

—¿Entonces?

—Sin manos, un hombre no puede firmar una confesión.

Rudy y Angelo se miran a los ojos. Angelo parece triste, pero sigue manteniendo parte de su serena confianza. Levanta las manos, como si fuese un sacerdote en un bautizo dispuesto a recibir al niño. En silencio mueve la boca formando las palabras: *¡Pero todavía puedo volar!*

Un ayuda de cámara trae un traje. Angelo se asea en uno de los lavabos del vagón. Rudy intenta mirar al exterior entre las cortinas, pero las ventanas están cubiertas por contraventanas. Desayunan juntos mientras el tren maniobra por entre las estaciones de maniobra del gran Berlín, quizá rodeando zonas bombardeadas de las vías, y finalmente acelera hacia territorio abierto.

El Reichsmarschall Hermann Göring se abre paso a través del vagón, en dirección al fondo del tren, donde se encuentra el vagón más adornado. Su cuerpo tiene el tamaño aproximado de una torpedera, está cubierto por un albornoz de seda china del tamaño de una carpa de circo, cuyo cordón arrastra por el suelo, como la correa que corre tras un perro. Tiene el estómago más grande que Rudy haya visto jamás, y está cubierto de pelo rubio que se hace más espeso a medida que el vientre se curva por debajo, hasta que se convierte en una espesura leonada que oculta por completo sus genitales. En realidad no espera ver a dos hombres sentados ante la mesa del desayuno, pero parece considerar la presencia de Rudy y Angelo como una de esas pequeñas anomalías de la vida que no merecen mayor atención. Considerando que Göring es el número dos del Tercer Reich —el mismísimo sucesor de Hitler— Rudy y Angelo deberían ponerse de inmediato en pie y lanzar un «¡Heil Hitler!». Pero están paralizados por la sorpresa. Göring atraviesa el vagón sin prestarles atención. A medio camino, comienza a hablar, pero habla consigo mismo y es difícil entender lo que dice. Abre de un golpe la puerta al final del vagón y sigue al siguiente.

Dos horas más tarde, pasa un doctor vestido de blanco, en dirección al vagón de Göring, portando una bandeja de plata cubierta con una tela blanca. Dispuestas encima con buen sentido estético, como si se tratase de caviar y champán, hay botellas azules y una jeringuilla hipodérmica de vidrio.

Hora y media después, un asistente con uniforme de la Luftwaffe pasa portando un fajo de papeles, y dedica a Rudy y Angelo un frío:

—¡Heil, Hitler!

Pasa otra hora, y luego un sirviente escolta a Rudy y Angelo. El vagón al final del tren es más oscuro y más señorial que el recargado salón donde han estado enfriándose. Está recubierto de madera teñida de oscuro y contiene un escritorio, una monstruosidad de baronía tallada a partir de una tonelada de roble de Bavaria. En ese momento, su única función es sostener una única hoja de papel, escrita a mano y firmada en la parte inferior. Incluso desde lejos, Rudy reconoce la letra de Angelo.

Tienen que dejar el escritorio atrás para llegar hasta Göring, que está desperdigado sobre un sofá igualmente masivo al fondo del vagón, bajo un Matisse, y flanqueado por un par de bustos romanos sobre sus pedestales de mármol. Está vestido con unos pantalones de montar de cuero rojo, botas de piel roja, una chaqueta de uniforme roja de piel, una fusta de cuero rojo con un enorme diamante en el mango. Sus dedos regordetes están rodeados de anillos de oro del tamaño de brazaletes e infestados de rubíes. Una gorra de oficial de piel roja cuelga de su cabeza, con una calavera dorada de ojos de rubí justo en el centro. Todo esto está iluminado sólo por unas pocas estriaciones de luz polvorienta que han conseguido abrirse paso por entre las diminutas grietas de las cortinas y contraventanas; el sol ya está en lo alto, pero los ojos azules de Göring, dilatados hasta ser pozos del tamaño de una moneda, no pueden soportarlo. Tiene las botas color cereza apoyadas sobre una otomana; sin duda tiene problemas de circulación. Bebe té de una taza de porcelana del tamaño de un dedal, incrustada con hojas doradas, resultado del saqueo de algún *château*. Una colonia fuerte no consigue camuflar su olor: dientes podridos, problemas intestinales y hemorroides necróticas.

—Buenos días, caballeros —dice con alegría—. Lamento haberles hecho esperar. ¡Heil Hitler! ¿Les apetece algo de té?

Una charla intrascendente. Se alarga. A Göring le fascina el trabajo de Angelo como piloto de pruebas. No sólo eso, es poseedor de un gran número de ideas propias adaptadas de los Illuminati de Bavaria y busca alguna forma de conectarlas con las matemáticas avanzadas. Rudy teme, durante un momento, que esa tarea recaiga sobre sus hombros. Pero incluso el propio Göring parece impaciente con esa fase de la conversación. Una o dos veces alarga la fusta para apartar ligeramente una cortina. La luz del exterior parece causarle un indecible dolor y rápidamente desvía la vista.

Pero finalmente el tren reduce la marcha, maniobra entre algunos cambios de aguja y se detiene con suavidad. No pueden ver nada, claro. Rudy concentra el oído, y cree percibir algo de actividad alrededor del tren: muchos pies

marchando y órdenes a gritos. Göring mira a un asistente y agita la fusta en dirección al escritorio. El asistente
salta, coge el documento manuscrito y lo lleva hasta el
Reichsmarschall, entregándoselo con una pequeña y elegante inclinación. Göring lo lee con rapidez. Luego mira
a Rudy y Angelo y dice algo como «no-no-no», moviendo la gigantesca cabeza de un lado a otro. Varias capas de
carrillos se pliegan, fluyendo la grasa, siempre desfasados
en unos pocos grados.

—Homosexualidad —dice Göring—. Deben ser
conscientes de la política del Führer con respecto a ese tipo de comportamiento. —Levanta la hoja y la agita—.
¡Deberían avergonzarse! Los dos. Un piloto de pruebas
que es un invitado en este país, y un eminente matemático que trabaja con grandes secretos. Deberían haber
sabido que la Sicherheitsdienst acabaría enterándose de
esto. —Lanza un suspiro de agotamiento—. ¿Cómo se supone que voy a cubrirlo?

Cuando Göring dice eso último, Rudy sabe por primera vez desde la llamada a la puerta que no va a morir
hoy. Göring tiene algo en mente.

Pero primero es preciso aterrorizar de forma adecuada a las víctimas.

—¿Saben qué les pasaría? ¿Eh? ¿Lo saben?

Ni Rudy ni Angelo responden. Es de ese tipo de preguntas que en realidad no requieren respuesta.

Göring responde por ellos alargando la fusta y levantando la cortina. Dura luz azul, reflejada desde la nieve,
entra en el vagón. Göring entrecierra los ojos y aparta la
vista.

Están en medio de una zona abierta, rodeada de altas
alambradas de espino, llena de grandes filas de barracones. En el centro, un alto caño de chimenea emite humo
al cielo blanco. Las tropas de la SS vestidas con sobreto-

dos y botas militares vigilan, calentándose las manos con el aliento. Sólo a unas yardas de ellos, en una vía adyacente, un grupo de infelices vestidos a rayas trabajan en, y alrededor, de un vagón de ganado, descargando una carga pálida. Un gran número de cuerpos humanos desnudos se han convertido en una masa congelada y entremezclada en el interior del vagón de ganado, y los prisioneros usan hachas, sierras y palancas para desmantelarlos y arrojar los trozos al suelo. Como están totalmente congelados, no hay sangre, y por tanto la operación es asombrosamente limpia. Las ventanas dobles del vagón de Göring bloquean el sonido con tanta efectividad que el impacto de las grandes hachas sobre un abdomen congelado llega como una vibración casi imperceptible.

Uno de los prisioneros se vuelve hacia ellos, portando un muslo hacia una carretilla, y se arriesga a mirar directamente el tren del Reichsmarschall. Ese prisionero tiene un triángulo rosa cosido al pecho del uniforme. Los ojos del prisionero intentan atravesar la ventana, más allá de la cortina, tratando de establecer alguna conexión humana con alguien en el interior del vagón. Debido al pánico, Rudy se pone rígido un momento creyendo que el prisionero le ve. Luego Göring retira la fusta y la cortina cae. Unos momentos más tarde, el tren reinicia su marcha.

Rudy mira a su amante. Angelo está totalmente congelado, igual que uno de esos cadáveres, con las manos sobre la cara.

Göring agita la fusta desdeñoso.

—Salga —dice.

—¿Qué? —preguntan Rudy y Angelo simultáneamente.

Göring ríe cordialmente.

—¡No, no! ¡No me refiero a que salga del tren! Quiero decir, Angelo, por favor, salga de este vagón. Quiero hablar a solas con Herr Doktor Professor von Hacklheber en privado. Puede esperar en el otro vagón.

Angelo sale con impaciencia. Göring agita la fusta en dirección a los asistentes, y éstos también se van. Göring y Rudy están a solas.

—Lamento mostrarle esas cosas tan desagradables —dice Göring—. Simplemente quería dejarle clara la importancia de mantener los secretos.

—Puedo asegurarle al Reichsmarschall que...

Göring lo corta con un movimiento de la fusta.

—No sea tedioso. Sé que ha hecho muchos juramentos, y que ha sido adoctrinado con respecto al secreto. No dudo de su sinceridad. Pero no son más que palabras, y no son suficiente para el trabajo que quiero que empiece a realizar para mí. Para trabajar para mí debe ver las cosas que le he mostrado, de forma que pueda realmente comprender lo que está en juego.

Rudy mira el suelo, respira profundamente y se obliga a decir:

—Sería un gran honor trabajar para usted, Reichsmarschall. Pero ya que tiene acceso a muchos de los grandes museos y bibliotecas de Europa, hay un pequeñísimo favor que yo, un estudioso, le pediría humildemente.

De vuelta al sótano de la iglesia en Norrsbruck, Suecia, Rudy grita y lanza el cigarrillo al suelo, habiéndolo dejado consumirse hasta los dedos, como una mecha, mientras relataba su historia. Se lleva la mano a la boca, se chupa el dedo un momento, luego recuerda sus modales y recupera la compostura.

—Göring sabía sorprendentemente mucho sobre criptología y conocía mi trabajo sobre Enigma. No confiaba en la máquina. Me dijo que quería que diseñase el mejor sistema criptográfico del mundo, uno que jamás pudiera romperse; quería comunicarse (me dijo) con los submarinos en alta mar y con instalaciones en Manila y Tokio. Y por tanto, creé ese sistema.

—Y se lo entregó —dice Bischoff.

—Sí —dice Rudy, y es aquí, por primera vez en todo el día, que se permite una ligera sonrisa—. Y es un sistema razonablemente bueno, a pesar del hecho de haberlo lisiado antes de entregárselo a Göring.

—¿Lisiado? —pregunta Root—. ¿Qué quiere decir?

—Imaginen un nuevo motor de avión. Imaginen que tiene dieciséis cilindros. Es más potente que cualquier otro motor del mundo. Aún así, un mecánico puede hacer ciertas cosas, cosas muy simples, para reducir su rendimiento. Tales como sacar la mitad de las bujías. O alterar la temporización. Es una analogía de lo que hice con el sistema criptográfico de Göring.

—¿Y qué salió mal? —pregunta Shaftoe—. ¿Se dieron cuenta de lo que había hecho?

Rudolf von Hacklheber ríe.

—No era fácil. Quizá sólo media docena de personas en el mundo podrían haberlo descubierto. No, lo que salió mal es que ustedes, los Aliados, llegaron a Sicilia, luego a Italia, y no mucho después Mussolini había caído, los italianos se retiraron del Eje, y Angelo, como todos los otros cientos de miles de ciudadanos italianos viviendo y trabajando en el Reich, se convirtió en sospechoso. Se necesitaban sus servicios como piloto de pruebas, pero su situación era delicada. Se ofreció voluntario para el trabajo más peligroso de todos: volar el nuevo prototipo Messerschmidt con motor de turbina. A ojos de algunos eso demostró su lealtad.

»Recuerden que al mismo tiempo yo descifraba los mensajes del Destacamento 2702. Me guardé esos resultados, dado que ya no sentía ninguna lealtad en especial hacia el Tercer Reich. A mediados de abril se había producido un estallido de actividad, y luego nada de mensajes durante un tiempo... como si el destacamento hubiese dejado de existir. Exactamente en ese mismo momento, la gente de Göring se activó durante unos días: temían que Bischoff fuese a emitir el secreto del U-553.

—¿Lo sabe? —pregunta Bischoff.

—Natürlich. El U-553 era el barco del tesoro de Göring. Se suponía que su existencia era un secreto. Cuando usted, sargento Shaftoe, apareció a bordo del submarino de Bischoff, hablando de esas cosas, Göring estuvo muy preocupado durante unos días. Pero luego todo se calmó, y no hubo tráfico del Destacamento 2702 durante el resto de primavera y principios de verano. Mussolini cayó a finales de junio. Luego empezaron los problemas para Angelo y para mí. La Wehrmacht fue derrotada por los rusos en Kursk; prueba absoluta, para aquellos que la necesitaban, de que el Frente Oriental estaba perdido por completo. Desde entonces Göring ha redoblado sus esfuerzos para sacar oro, joyas y obras de arte del país. —Rudy mira a Bischoff—. Estoy francamente sorprendido de que no haya intentado reclutarle.

—Dönitz lo ha intentado —admite Bischoff.

Rudy asiente; todo encaja.

—Durante todo ese periodo —sigue diciendo Rudy—, sólo recibí un mensaje interceptado al Destacamento 2702. Mis máquinas precisaron varias semanas para descifrarlo. Era un mensaje de Enoch Root, diciendo que él y el sargento Shaftoe estaban en Norrsbruck, Suecia; solicitaba instrucciones. Sabía que el Kapitänleutnant Bischoff se encontraba en la misma ciudad y eso despertó mi interés. Decidí que sería un buen lugar al que Angelo y yo podríamos escapar.

—¿Por qué? —dice Shaftoe—. De todos los lugares...

—Enoch y yo nunca nos habíamos visto. Pero hay ciertas viejas conexiones familiares —dice Rudy—, y ciertos intereses compartidos.

Bischoff murmura algo en alemán.

—Las conexiones serían una historia muy larga. Tendría que escribir un puto libro —dice Rudy irritable.

Bischoff parece sólo ligeramente aplacado, pero Rudy sigue hablando igualmente.

—Nos llevó varias semanas realizar los preparativos. Guardé el archivo Leibniz...

—Un momento... ¿el qué?

—Cierto material que empleo en mis investigaciones. Estaba disperso por diversas bibliotecas de toda Europa. Göring lo recopiló para mí; ejecutar esos pequeños favores por sus esclavos hace que hombres como él se sientan muy poderosos. Salí de Berlín la semana pasada, con el pretexto de ir a Hannover, para realizar mi investigación sobre Leibniz. En lugar de eso, me dirigí a Suecia a través de canales muy complejos...

—¡Bromea! ¿Cómo se las arregló para realizar esa pequeña hazaña? —pregunta Shaftoe.

Rudy mira a Enoch Root como si esperase que éste responda a la pregunta. Root agitaba la cabeza ligeramente.

—Sería demasiado tedioso explicarlo —dice Rudy, sonando ligeramente molesto—. Encontré a Enoch. Enviamos un mensaje a Angelo diciendo que yo me encontraba aquí a salvo. Luego Angelo intentó escapar en el prototipo de Messerschmidt con el resultado que han visto.

Una larga pausa.

—¡Y ahora aquí estamos! —dice Bobby Shaftoe.

—Aquí estamos —admite Rudolf von Hacklheber.

—¿Qué cree que deberíamos hacer? —pregunta Shaftoe.

—Creo que deberíamos formar una conspiración secreta —dice Rudolf von Hacklheber de forma casual, como si propusiese compartir un bourbon—. Deberíamos dirigirnos por separado a Manila y, una vez allí, coger parte, si no todo, el oro que los nazis y los nipones han estado atesorando allí.

—¿Para qué quiere un cargamento de oro? —pregunta Bobby—. Ya es rico.

—Hay muchas obras de caridad que merecen dinero —dice Rudy, mirando fijamente a Root. Root aparta la vista.

Se produce otra pausa larga.

—Puedo ofrecer líneas de comunicación seguras, que es el *sine qua non* de cualquier conspiración secreta —dice Rudolf von Hacklheber—. Emplearíamos la versión completa, sin alterar, del criptosistema que inventé para Göring. Bischoff puede ser nuestro hombre en el interior, ya que Dönitz está deseoso de tenerle. El sargento Shaftoe puede ser...

—No lo diga, ya lo sé —dice Bobby Shaftoe.

Él y Bischoff miran a Root, que está sentado sobre las manos, mirando a Rudy. Parece extrañamente nervioso.

—Enoch el Rojo, su organización puede llevarnos hasta Manila —dice von Hacklheber.

Shaftoe resopla.

—¿No cree que la Iglesia Católica tiene las manos llenas en este momento?

—No hablo de la Iglesia —dice Rudy—. Me refiero a la *Societas Eruditorum*.

Root se queda helado.

—¡Debo felicitarle, Rudy! —dice Shaftoe—. Ha sorprendido al capellán. No creía que pudiese hacerse. Ahora ¿le importaría decirnos de qué coño habla?

✠ Como si fuese un cliente de los menos reconocidos chefs de sushi de pez globo, Randy Waterhouse no se mueve del asiento asignado durante los noventa minutos posteriores a la salida del jumbo del Aeropuerto Internacional Ninoy Aquino. Hay una lata de cerveza hundida en lo más hondo de su mano cerrada. Su brazo yace sobre el apoyo extra ancho de Business Class, como un trozo de carne a la brasa. No gira la cabeza y ni siquiera mueve los ojos para mirar por la ventanilla al norte de Luzón. Todo lo que hay ahí fuera es selva, lo que ahora mismo tiene dos conjuntos de connotaciones. Una es la del tipo escalofriante Tarzán/Stanley y Livingstone/«Horror, horror»/nativos inquietos/los charlies están esperándonos ahí fuera. La segunda es la más moderna y racional del tipo Jacques Cousteau, reserva llena de hermosas especies amenazadas, pulmones del planeta. A Randy ya no le vale ninguna de las dos, que es por lo que a pesar del sopor de hibernar en que él se sumió en el mismo instante en que su culo impactó contra el asiento de cuero azul marino, siente un pequeño pinchazo de irritación cada vez que uno de los otros pasajeros, que miran por las ventanillas, pronuncia la palabra «selva». Para él, ahora no es más que una mierda llena de árboles, árboles durante millas y millas, subiendo colinitas y bajando las colinitas. Ahora le resulta fácil comprender la horrorosa franqueza y deseo directo de los habitantes del trópico por atravesar ese tipo de territorio montados en el más grande y más ancho bulldozer que puedan encontrar (las únicas partes de su cuerpo que se agitan durante la primera hora y media de vuelo son ciertos músculos faciales que hacen que su boca adopte un rictus irónico cuando se imagina lo que Charlene opinaría de tal cosa —es simplemente demasiado perfecto—: Randy se va a una Aventura Empresarial y regresa identificándose con la gente que destruye selvas tropicales). Randy quiere destruir la selva, toda ella. En realidad, sería más rápido emplear armas termonucleares, detonadas a la altura adecuada. Necesita racionalizar ese deseo. Lo hará, tan pronto como resuelva el problema de quedarse sin oxígeno planetario.

Para cuando se le ocurre llevarse la cerveza a los labios, el calor de su cuerpo ya la ha calentado, y su mano se ha puesto tan fría y rígida como un trozo de carne sin cocer. Ahora que lo piensa, todo su cuerpo ha entrado en una especie de descanso metabólico, y su cerebro tampoco es que vaya a muchas revoluciones por minuto. Se siente más o menos como cuando una de esas Ofensivas víricas, cada pocos años, te saca durante una semana o dos de la tierra de los vivos. Es como si tres cuartos de los recursos en nutrientes y energía de su cuerpo hubiesen sido desviados a la tarea de fabricar quintillones de virus. Frente a la ventanilla de Cambio de divisas del AINA, Randy hacía cola tras un chino que, justo antes de alejarse de la ventanilla con su dinero, descargó un Estornudo de potencia tan titánica que la onda de presión que salió de sus orificios nasales en carne viva hizo que la pared de vidrio a prueba de balas que le separaba del empleado se flexionase ligeramente, de forma que el reflejo del chino, Randy tras él, el vestíbulo del AINA y el túnel de pasajeros del exterior sufrieron una sutil distorsión. Los virus pudieron rebotar en el cristal, reflejados como la luz, y envolver a Randy. Así que quizá Randy sea el vector personal de la versión de este año de la gripe apodada como alguna ciudad asiática que anualmente recorre Estados Unidos, apenas precedida por el envío apresurado de vacunas contra la gripe. O quizá se trate del Ébola.

En realidad, se siente bien. Aparte del hecho de que sus mitocondrias hayan ido a la huelga, o que su tiroides parece estar fallando (¿puede que se lo haya extraído una organización secreta de traficantes clandestinos de órganos? Recuerda mentalmente buscar nuevas cicatrices la próxima vez que esté frente a un espejo) no parece estar experimentando ningún síntoma vírico.

Es un fenómeno postestrés. Es la primera vez que se relaja en un par de semanas. Ni una vez se ha sentado en un bar con una cerveza, o apoyado los pies sobre la mesa, ni se ha desmoronado frente al televisor como si fuese un cadáver en descomposición. Ahora su cuerpo le dice que es hora de pagar por los excesos. No duerme; no se siente para nada soñoliento. En realidad, ha estado durmiendo bastante bien. Pero su cuerpo se niega a moverse durante una hora, y luego durante parte de otra hora, y en la medida que su cerebro funciona, no puede sino dar vueltas.

Pero hay algo que podría estar haciendo. Para eso se inventaron los portátiles, para que los ejecutivos importantes no se relajasen durante los vuelos largos. Está justo ahí, en el suelo frente a él. Sabe que debería cogerlo. Pero eso rompería el hechizo. Siente como si el agua se hubiese condensado sobre su piel y se hubiese congelado formando un caparazón que se quebrará tan pronto como mueva alguna parte de su cuerpo. Así es, comprende, exactamente como debe sentirse un ordenador portátil cuando está en modo de consumo reducido de energía.

Luego la azafata se planta frente a él sosteniéndole un menú frente a la cara y diciendo algo que le sacude como si fuese un aguijón eléctrico para ganado. Casi salta del asiento, tira un poco de cerveza y agarra el menú. Antes de volver a caer en un semicoma, continúa con el movimiento y coge el portátil. El asiento a su lado está vacío y deja allí la cena mientras trabaja con el ordenador.

La gente a su alrededor está viendo la CNN, en directo, desde el Centro CNN en Atlanta, no grabada en cinta. Según la plétora de hojas de datos seudotécnicos metidas en el bolsillo frente a su asiento, Randy es la única persona que no los ha leído jamás, ese avión dispone de una antena que puede seguir un satélite de comunicaciones mientras atraviesa el Pacífico. Más aún, va en doble sentido, de forma que incluso puedes transmitir correos. Randy invierte un poco de tiempo familiarizándose con las instrucciones, comprueba las tarifas como si realmente le importase una mierda el coste, y luego lo conecta al ano de su portátil. Abre el portátil y comprueba su correo. No hay mucho tráfico, porque todos en Epiphyte saben que está en tránsito.

Aún así, hay tres mensajes de Kia, la única empleada real de Epiphyte, la asistente administrativa de toda la compañía. Kia trabaja en una oficina totalmente alienada y alejada en el complejo de nidos de empresas de Springboard Capital en San Mateo. Hay algún tipo de legislación federal que obliga a las compañías emergentes de alta tecnología a no contratar personal de apoyo cincuentón y regordete, como hacen las grandes compañías establecidas. Aquéllas deben contratar veinteañeras topológicamente destacables cuyos nombres deben sonar como nuevos modelos de coches. Como en su mayoría los hackers son hombres blancos, sus compañías son zonas desastrosas en lo que se refiere a diversidad, y por tanto toda la diversidad debe concentrarse en el empleado, o par de empleados, que no es hacker. En la parte del formulario federal de igualdad de oportunidades donde Randy se limitaría a marcar la casilla de CAUCASIANO, Kia tendría que adjuntar multitud de páginas donde se ramificaría su árbol genealógico durante diez o doce generaciones hasta encontrar un antepasado al que pudiese asignársele un grupo étnico específico sin desestimar otros, y esos grupos étnicos serían marchosos hasta lo intimidante —digamos, no sueco, sino lapón, no chino sino hakka, no español sino vasco. En lugar de hacer tal cosa, en su formulario de solicitud de empleo para Epiphyte se limitó a señalar «otro» y luego escribir TRANSÉTNICO. De hecho, Kia es trans en casi cualquier sistema de categorización humana, y donde no es trans es post.

En cualquier caso, Kia realiza un gran trabajo (es parte del acuerdo social implícito el que esa gente realice siempre un trabajo absolutamente fantástico) y le ha enviado un email a Randy notificándole que recientemente ha lidiado con tres llamadas transpacíficas de America Shaftoe, que desea conocer el paradero de Randy, sus planes, su estado mental y su pureza de espíritu. Kia ha informado a Amy que Randy está de camino a California y ha insinuado de alguna forma, o Amy lo ha descubierto de alguna forma, que el propósito de la visita NO ES DE NEGOCIOS. Randy siente que en algún lugar se rompe un panel de vidrio sobre un botón de alarma neurológico. Tiene problemas. Es el castigo divino por haberse atrevido a quedarse quieto y no hacer nada durante noventa minutos. Usa su procesador de textos para escribir una nota explicándole a Amy que necesita arreglar papeleo para poder dar por cercenadas las últimas ramificaciones de su relación muerta, muerta, muerta con Charlene (que ya para empezar era una idea tan terrible que le hace quedarse despierto por las noches preguntándose por su juicio y su capacidad para vivir), y que debe ir a California para poder hacerlo. Envía la nota por fax a Semper Marine en Manila y también al *Glory IV* en caso de que Amy esté en el mar.

A continuación hace algo que probablemente significa que está claramente loco. Se levanta y recorre el pasillo de Business Class con el pretexto de usar el baño y comprueba los asientos de los pasajeros cercanos, prestando atención especial a su equipaje, a lo que han metido en los compartimientos superiores, las bolsas bajo los asientos. Busca cualquier cosa que pueda contener una antena para phreaking van Eck. Es una actividad completamente inútil, porque una antena podría ocultarse en cualquier equipaje y nunca lo sabría. Más aún, un espía plantado en ese avión para vigilar su ordenador no estaría sentado sosteniendo una enorme antena y mirando un osciloscopio. Pero realizar la comprobación (como comprobar el ritmo de la transmisión de datos en vivo al satélite) es una especie de ritual vacío que le hace sentirse vagamente responsable y no un estúpido.

De regreso al asiento, lanza OrdoEmacs, que es un programa maravillosamente paranoico inventado por John Cantrell. Emacs en su forma normal es un procesador de textos de los hackers, un editor de textos que ofrece muy poco en lo que se refiere a posibilidades de formato pero que realiza muy bien el trabajo de editar texto llano. El hacker normal y criptográficamente paranoico crearía archivos empleando Emacs y los cifraría más tarde con Ordo. Pero si te olvidas de cifrarlos, o si roban el portátil antes de que puedas hacerlo, o el avión se estrella y mueres y el portátil es recuperado de entre los restos por un investigador asombrado pero concienzudo y cae en manos de las autoridades federales, podrán leer tus archivos. Ya puestos, es incluso posible encontrar restos fantasmales de viejos bits en los sectores del disco duro incluso después de haberlos sobrescrito con nuevos datos.

OrdoEmacs, al contrario, actúa exactamente como el Emacs normal excepto que lo cifra todo antes de escribirlo en el disco. En ningún momento OrdoEmacs deja el texto llano en el disco; el único lugar en el que existe como texto llano y legible es en los píxeles de la pantalla y en la RAM volátil del ordenador, de donde se desvanece en cuanto se desconecta la corriente. No sólo eso, sino que está acoplado con un salvapantallas que emplea la pequeña cámara CCD incorporada del portátil para comprobar si estás realmente allí. No puede reconocer el rostro, pero sí puede distinguir si hay una forma vagamente humana sentada frente a él, y si esa forma vagamente humana desaparece, incluso durante una fracción de segundo, activará un salvapantallas que borrará la pantalla y congelará la máquina hasta que teclees una clave o verifiques biométricamente tu identidad empleando el reconocimiento de voz.

Randy abre una plantilla de documento usada para los comunicados internos de Epiphyte y comienza a presentar ciertos datos que a Avi, Beryl, John, Tom y Eb les resultarán novedosos, y sin duda interesantes.

```
MI VIAJE A LA SELVA
o
LOS TAMBORES DE LOS HUKS
o
CARGA CON ESTO
o
ME APRETÓ LOS HUEVOS
o
EL BICHO RARO SE HACE PROFESIONAL
una narración de aventura y descubrimiento en
la majestuosa selva tropical del norte de Luzón
por
Randall Lawrence Waterhouse
```

Mientras pisaba los pies de esa desconocida filipina de mediana edad durante una desastrosa incursión en el baile de salón, ella se me acercó y me susurró algunas cifras de latitud y longitud con muchos números de gran precisión, lo que daba a entender un error máximo de posición del orden del tamaño de un plato. ¡Dios, vaya si sentía curiosidad! La mujer en cuestión ofreció esas cifras como parte de un gambito/experimento mental conversacional relativo al valor inherente (en cuanto a dinero) de la información, tema que (¿coincidencia?) también nos interesa a nosotros, los directivos de Epiphyte(2) Corp. El análisis de mapas de alta resolución de Luzón indicó que la latitud y longitud en cuestión se encontraban en una región accidentada (vamos a adelantarnos y llamarla montañosa) a unos 250 kilómetros de Manila. Para aquellos que no estén familiarizados con la historia de la Segunda Guerra Mundial, esa zona se encontraba en el perímetro final controlado por el general Yamashita, el Tigre de Malaya y conquistador de Singapur, al final de la guerra, cuando el general MacArthur lo expulsó, a él y aproximadamente a 105 de sus soldados, de las tierras bajas pobladas. Y no, no se trata de una nota histórica fundamentalmente irrelevante, como tendremos ocasión de comprobar.

Transmitidos dichos datos a un Douglas MacArthur Shaftoe (repasad mi informe de situación, extremadamente colorista y ameno, con respecto al reconocimiento para leer más material anecdótico relativo al mismo) que afirmó «alguien intenta enviarte un mensaje» (nota:

todos los diálogos malos pertenecen a DMS) y me ofreció su ayuda con un vigor cercano a la agresividad más temible. DMS es enérgico y emprendedor hasta un punto que, de vez en cuando, deja a ciertas personas (por ejemplo, a aquellos con ridículos temores ante la muerte y la tortura) en un estado de intranquilidad (véanse mis elucubraciones anteriores con respecto a la posibilidad de que DMS naciese con un cromosoma Y redundante). El papel principal de Vuestro Seguro Servidor fue el siguiente: fuente de consejos repetidos y evidentemente irritantes de cautela, restricción, otras virtudes a las que DMS asigna poca prioridad, quien cita su longevidad (que inevitablemente excede a la de Vuestro Seguro Servidor ya que nació antes que yo), relaciones personales (oscuras, de alcance global, supuestamente con personas poderosas), prosperidad financiera (materias primas, por ejemplo metales preciosos, distribuidas entre muchos lugares que DMS se negó a revelar) y (como as en la manga) la corpórea perfección de su novia (cuando sale al exterior debe llevar una sombrilla para evitar que su rostro haga que los pilotos de aeronaves comerciales provoquen un accidente al caer, atontados e inertes, sobre los controles), todo como prueba de que las ideas compartidas por Vuestro Seguro Servidor con respecto a cómo evitar la muerte, el desmembramiento, etc., no precisaban de mayor atención. Las únicas fichas para negociar de Vuestro Seguro Servidor eran, apropiadamente y de forma muy irónica, la información: es decir, los dígitos finales de la latitud y longitud que no había revelado a DMS para evitar que se fuese solo a comprobarlo (nota: DMS es honrado hasta el final, y por tanto la preocupación no es que DMS pudiese robar o apropiarse de algo, sino que la situación se descontrolase, asumiendo que alguna vez estuviese bajo control).

Se trazaron planes para un viaje («misión» en la lengua de DMS) a dicha latitud y longitud. Se compraron baterías extras para el receptor GPS (véase hoja adjunta de gastos). Nos proveímos de agua, etc. Se contrató un jeepney. El concepto de jeepney es imposible de transmitir aquí por completo: un minibús, normalmente bautizado con el nombre de una estrella de pop, figura bíblica o concepto teológico abstracto, cuyo motor y estructura proviene de una compañía automovilística norteamericana o nipona pero cuya carrocería, asientos, tapicería e incrustaciones de decoración chillona es producto local de artesanos fogosos. Los jeepneys normalmente se fabrican fuera de Manila, en ciudades o barangays (barrios semiautónomos) especializados; el diseño, materiales, estilo, etc. de un jeepney reflejan su origen de igual forma a como se supone que un buen vino supuestamente revela el clima, suelo, etc. de su territorio. El nuestro era (anómalamente) un jeepney perfectamente monocromático fabricado con puro acero inoxidable en un barangay especializado en la fabricación con acero inoxidable de San Pablo, sin (al contrario que los jeepney normales) ningún adorno en color, todo o era de color acero inoxidable o (donde se hacía uso de luces eléctricas) de un blanco puro halógeno de tono azulado que complementaba gratamente el tono de acero inoxidable. Los asientos traseros eran bancos de acero inoxidable con apoyos lumbares sorprendentemente ergonómicos. El nombre de nuestro jeepney era LA GRACIA DE DIOS. Los lectores de este memorando quedarán defraudados al saber que Bong-Bong Gad (sic), diseñador/dueño/chófer/propietario del vehículo, anticipó el inevitable comentario ingenioso «allí voy sólo por LA GRACIA DE DIOS », soltándoselo él mismo a Vuestro Seguro Servidor mientras le daba la mano (a los filipinos les encantan los apretones de mano largos, y el primero que inicia el final del apretón —normalmente el no filipino— se queda invariablemente con la sensación insistente de ser un montón de mierda).

Vuestro Seguro Servidor, en una discreta conversación exclusiva con DMS, comentó la falta de vidrio de ventanas en la sección posterior (de pasajeros) de LA GRACIA DE DIOS como prueba ineludible de que carecía de aire acondicionado, una tecnología ampliamente extendida en las islas Filipinas. DMS manifestó su escepticismo ante la fibra moral de Vuestro Seguro Servidor, comenzando con una serie de preguntas inquisitivas destinadas a comprobar mi compromiso con la Misión, responsabilidad fiduciaria ante los accionistas de Epiphyte, nivel de vigor físico y mental, y nivel general de «seriedad» (ser «serio» es una especie de concepto paraguas que muestra una gran correlación con la capacidad para vivir, tener el privilegio de conocer a DMS, y salir con su hija. Esto me da la oportunidad de mencionar lo que generalmente no sería asunto de nadie más que mío propio pero que, ante las circunstancias, me veo obligado éticamente a revelar, es decir, que estoy locamente enamorado de la hija de DMS y, aunque ella no manifiesta sentimientos semejantes con la misma intensidad, me encuentra lo suficientemente no-desagradable para cenar conmigo de vez en cuando. Se me acaba de ocurrir en este mismo momento que mi intento de una relación con la mujer en cuestión, de nombre America [*sic*], se podría clasificar en el contexto de la sociedad norteamericana moderna como ACOSO SEXUAL y que si consiguiese la deseada culminación podría clasificarse como ABUSO SEXUAL o VIOLACIÓN debido al «desequilibrio de poder» entre ella y yo. A saber, Vuestro Seguro Servidor pertenece al equipo de administración de la corporación que ha contratado a Semper Marine para un gran trabajo y que les ha proporcionado una gran parte de sus beneficios durante el pasado año fiscal. Cualquiera que crea que es necesario llamar a las autoridades federales para que me arresten al llegar a San Francisco, exponer mis fechorías, someterme a humillación pública y talleres obligatorios para aumentar mi conciencia, debería primero conocer a los Shaftoe y, al menos, mantener abierta la posibilidad de que la destreza marcial de su padre en combinación con los sentimientos tradicionales de protección psicótica hacia su hija, añadido al hábito de la hija de llevar un enorme cuchillo de Palawan llamado kris, y en general la ferocidad física, buena forma y coraje de la hija que excede al de Vuestro Seguro Servidor, mitiga cualquier desequilibrio de poder, particularmente teniendo en cuenta que la mayor parte de nuestras interacciones se producen en lugares perfectamente adecuados para el homicidio y la eliminación discreta del cadáver. En otras palabras, os revelo estos asuntos amorosos no como confesión de fechorías personales sino para clarificar en su totalidad una situación que podría influir en mi juicio con respecto a Semper Marine y, es concebible, llegar a tener un impacto negativo en el valor accionarial, o, mucho más plausible, podría ser CONSIDERADO de esa forma por los abogados de accionistas minoritarios que infestan nuestra industria como gusanos de guinea, y usado como pretexto para una acción legal).

Bien, de vuelta a lo importante. Vuestro Seguro Servidor afirmó con calma (creyendo que una afirmación vigorosa sería percibida por DMS como defensiva y por tanto una confesión tácita de falta de «seriedad») que (1) un par de días de viaje en un vehículo abierto sin aire acondicionado por el interior de Filipinas sería como un día en la playa, un picnic, un paseo por el parque y un paseo de domingo todo en uno, y (2) más aún, aunque se tratase de la tortura más terrible, Vuestro Seguro Servidor la emprendería sin pensarlo dado que lo que está en juego para todos los implicados (incluidos los accionistas de Epiphyte) es muy importante y generalmente Serio. En retrospectiva, (1) y (2) en rápida sucesión parecían traicionar una especie de estrategia defensiva por parte de Vuestro Seguro Servidor, pero para entonces DMS se había aplacado, retiró formalmente todas las acusaciones

anteriores con respecto a la fibra moral, etc.,
y divulgó que el uso de un jeepney era un golpe
maestro por su (DMS) parte porque, allí a donde
íbamos, un Mercedes con lunas tintadas o un Land
Rover de cincuenta mil dólares, o (por extensión) cualquier vehículo con detalles extravagantes como asientos tapizados, lunas con vidrio, amortiguadores posteriores al asesinato
de Kennedy, etc., etc. sólo atraerían una atención indeseada hacia la Misión.

America Shaftoe se quedó en Manila para mantener el contacto con la Misión por radio y (supongo) pedir un ataque con napalm si nos metía-
mos en líos. Bong-Bong Gad y su hijo mayor/socio
comercial (de aproximadamente 12 años) Fidel
ocuparon el asiento delantero. DMS y Vuestro
Seguro Servidor compartimos la sección posterior (de pasajeros) con tres misteriosas y cuidadosamente empaquetadas bolsas militares verdes; aproximadamente 100 kilos de agua potable
contenida en botellas de plástico; y dos caballeros asiáticos de unos treinta o cuarenta
años que exhibían la estereotípica inescrutabi-
lidad/impasibilidad/dignidad, etc., etc., durante las primeras cuatro horas del viaje, que
pasaron simplemente intentando ir desde el centro de Manila hasta las afueras norte de la misma. La nacionalidad de la pareja no era evidente
de inmediato. Muchos filipinos son, racialmen-
te, casi chinos puros aunque sus familias lleven siglos viviendo allí. Quizás eso explicase
los muy marcados rasgos asiáticos de nuestros
compañeros de viaje y (debía asumir) socios comerciales.

El proverbial hielo se rompió a consecuencia del incidente con un camión de cerdos que se produjo en una autopista de cuatro carriles, reducidos a dos debido a obras de construcción, que llevaba al norte. La observación casual de los cerdos filipinos sugiere que sus inmensas orejas rosas del tamaño de un periódico tienen como función el intercambio de calor como, por ejemplo, las lenguas de los perros. Se transportan en vehículos que consisten en una gran jaula montada sobre la superficie de un camión recto (en oposición a semiarticulado). La construcción de tales vehículos parece comprometer los recursos locales hasta el punto de que sólo son económicamente viables cuando se alcanza en todo momento el número máximo concebible de puercos en cautividad. Se produce una acumulación de calor. Los cochinos se adaptan luchando por alcanzar el perímetro de la jaula y dejando colgar las orejas por el lado del camión para que se agiten al viento con el movimiento del mismo.

Puede imaginarse sin mayor descripción la apariencia de semejante vehículo al aproximarse a él por detrás. Los lectores que dediquen unos momentos a considerar el tema de los excrementos no precisan que se les recalque lo que vuela, salta, chorrea, etc. de tal vehículo. El Incidente del Camión de Cerdos fue una graciosa demostración de la hidrodinámica aplicada, aunque como el agua realmente no intervenía quizás «excretodinámica» o «escatodinámica» sería más apropiado. LA GRACIA DE DIOS llevaba varias millas siguiendo a un camión de cerdos representativo con la esperanza de adelantarlo. La cantidad total de radiación calorífica en exceso emitida por esa gran masa de orejas rosas agitándose hizo que varias de nuestras botellas de agua potable llegasen al punto de ebullición y estallasen. Bong-Bong Gad mantuvo una respetable distancia debido al peligro de los excrementos, lo que de ninguna forma simplificaba el problema de adelantarlo. La tensión aumentó hasta un nivel palpable y Bong-Bong fue sometido a un torrente creciente de gritos bien intencionados y consejos sobre conducción no solicitados por parte de la zona de pasajeros, especialmente de DMS, que veía la persistente presencia de un camión de cerdos en la trayectoria planeada como una afrenta personal y, por tanto, un desafío que había que superar con todo el ánimo, espíritu y otras cualidades que se sabe DMS posee en abundancia.

Después de un rato, Bong-Bong realizó su movimiento, empleando una mano para manejar el volante y otra para compartir entre las responsabilidades igualmente importantes de cambiar marcha y pulsar la bocina. Al ponerse al lado del camión de cerdos (que estaba a mi lado del jeepney) el camión hizo un eslalon hacia nosotros como si evitase algún peligro de la carretera ya fuese real o imaginado. La bocina principal de LA GRACIA DE DIOS aparentemente no se oía en el camión, posiblemente porque competía con el ancho de banda de audio con un gran número de puercos que manifestaban su incomodidad en el mismo rango de frecuencia. Con un aplomo que normalmente sólo se ve en ancianos mayordomos ingleses, Bong-Bong alargó la mano de la bocina/marchas y agarró una brillante cadena de acero inoxidable que colgaba del techo con un crucifijo en un extremo y tiró de ella, energizando los sistemas de bocina secundarios, terciarios y cuaternarios: un trío de bocinas de acero inoxidable del tamaño de tubas montado en el techo de LA GRACIA DE DIOS y que colectivamente absorbían tanta potencia que la velocidad del vehículo se redujo (estimo yo) en diez kilómetros/hora cuando su energía se desvió a la producción de decibelios. Una franja semihiperbólica de cultivos agrícolas fue aplastada por el impacto sónico y, a cientos de millas al norte, el gobierno de Taiwán, todavía resonándoles sus oídos colectivos, presentó una protesta diplomática ante el gobierno de Filipinas. Delfines y ballenas muertas llegaron durante días a las costas de Luzón, y operadores de sónar de submarinos norteamericanos de paso fueron enviados a un retiro anticipado con la sangre manándoles de los oídos.

Aterrorizados por ese sonido, todos los cerdos (supongo) vaciaron sus intestinos justo cuando el chófer del camión de cerdos se apartó de nosotros violentamente. Ciertos asuntos de física de primer año relativos a la conservación de la cantidad de movimiento exigían que yo me bañase en lo que había sido contenido de intestino de puerco para poder aumentar el valor accionarial. Evidentemente, se trataba de lo más divertido que los dos caballeros de aspecto asiático hubiesen visto jamás, y los dejó indefensos durante varios minutos. Uno de ellos in-

cluso tuvo arcadas de reírse tanto (la primera
vez en que la falta de ventanas del vehículo fue
de utilidad). El otro alargó la mano y se presentó como un tal Jean Nguyen. El equivalente a
John y no a Jean. Jean Nguyen me miró expectante
después de decirme su nombre, como también lo
hizo DMS, como si esperasen que comprendiese un
chiste más que evidente. Quizá como estaba preocupado por asuntos higiénicos no lo pillé, y me
comentaron que cuando «Jean» se pronuncia como
«John» y «Nguyen» se pronuncia como lo destro-
zan muchos norteamericanos, el nombre suena vagamente como «John Wayne», que es como se me
animó a dirigirme a ese Jean Nguyen a partir
de ese momento. En retrospectiva me parece que
se me daba la oportunidad de reírme un poco a
costa de Jean Nguyen y de tal forma equilibrar
la balanza, de forma pequeña pero simbólicamen-
te importante, por el incidente de la mierda de
cerdo. Mi incapacidad para explotar tal oportunidad dejó a todos sintiéndose ligeramente incómodos, como si todavía me debiesen una. El
otro caballero se presentó como Jackie Woo. Hablaba inglés con un traqueteo vagamente de las
Indias Orientales, lo que me llevó a encasi-
llarlo, inicialmente, como un nativo de la pe-
nínsula malaya de ascendencia china, por ejemplo, de Singapur a Penang.

El primer día de viaje nos llevó a través
de la llanura central de Luzón (arroz y caña de
azúcar) hasta la ciudad de San Juan al pie de la
prolongación sur de la Cordillera Central (árboles y bichos). Para entonces ya era de noche
y, para mi alivio, ni DMS ni Bong-Bong estaban

deseosos de aventurarse en las torcidas carreteras de la Cordillera en plena oscuridad. Nos alojamos en una casa de huéspedes. En este punto, habiendo dedicado mucho tiempo a la descripción detallada del incidente del camión de cerdos eludiré diversos detalles relativos a San Juan, sus habitantes (pertenecientes a varias ramas taxonómicas que no había encontrado hasta esa noche), la naturaleza edificante del carácter de los alojamientos, en particular su caprichoso sistema de fontanería que daba crédito de la imaginación, pero no del conocimiento hidrostático, de su anónimo creador. Era el tipo de hotel que hace que los viajeros se sientan deseosos de empezar pronto y de forma explosiva a la mañana siguiente, cosa que hicimos.

Una nota sobre las propiedades físicas del espacio, tal y como la perciben los seres humanos aprisionados en cuerpos de capacidades físicas limitadas. Hace tiempo que he notado que el espacio parece ser más comprimido, más intrincado, más GRANDE físicamente en algunos lugares que en otros. Atravesar una distancia de tres o cuatro millas en la zona de monte bajo totalmente abierta del área central del Estado de Washington es una cuestión fácil, y lleva menos de una hora a pie, y sólo unos minutos si dispones de un vehículo. Cubrir la misma distancia en Manhattan lleva mucho más tiempo. No es sólo que el espacio en Manhattan esté obstruido físicamente (aunque definitivamente lo está) sino que hay una especie de impacto psicológico que altera la forma en que percibes y experimentas las distancias. No puedes ver muy lejos, y lo que ves está lleno de gente, edificios, bienes, vehículos, y otras cosas que le lleva a tu cerebro algo de tiempo en clasificar, procesar. Incluso si tuvieses una especie de alfombra mágica que te permitiese deslizarte por encima de todas las obstrucciones físicas, la distancia parecería mucho mayor, y llevaría más tiempo cubrirla, simplemente porque tu mente tendría que tratar con muchas más cosas.

Lo mismo es cierto de un ambiente similar a una selva en oposición a una llanura. Atravesar el espacio físico es básicamente una batalla continua contra cientos de combatientes diferentes cada uno de los cuales es, para el viajero, una obstrucción, un peligro, o ambas cosas. Por ejemplo, no importa cuál de ellos predomine en un área dada de diez metros cuadrados, aún así estás jodido, en lo que se refiere a atravesar los diez metros cuadrados. Hay carreteras que atraviesan la selva, pero incluso cuando están en buenas condiciones parecen más cuellos de botella que vectores de movimiento, y nunca están en buenas condiciones: desprendimientos, árboles caídos, enormes agujeros en el camino y similares las bloquean cada pocos centenares de metros. Aquí también actúa el mismo mecanismo de percepción: no puedes ver más que unos pocos metros en una dirección dada, y lo que ves está lleno de elementos visuales, algunos de los cuales, como las mariposas, son (vale, vale) hermosos. Mi razón para mencionarlo es que sé que cualquiera que lea esto probablemente tiene múltiples mapas de Luzón pegados en la pared o en el ordenador, lo que, al consultarlos, hará

que parezca como si estuviésemos metidos en un
área insignificantemente pequeña, cubriendo
una distancia minúscula. Pero debéis intentar
no pensar de tal forma y en su lugar imaginar que
Luzón es en efecto tan grande como, digamos, Estados Unidos al oeste del Mississippi. En términos de tiempo que se precisa para recorrer el
lugar, es al menos así de grande.

Lo menciono no debido al impulso de lloriquear y convenceros de lo duro que he estado
trabajando, sino porque hasta que no compren-
dáis ese detalle central respecto al tamaño
a efectos prácticos enorme de esta parte del
mundo, seréis completamente incapaces de creer
los hechos pasmosos a cuya revelación lentamente me acerco.

Fuimos a las montañas. Alrededor del mediodía, encontramos nuestro primer bloqueo militar. La distancia cubierta desde San Juan era
patética desde el punto de vista cartográfico
pero, en términos de molestias inesperadas supe-
radas creativamente, decisiones extremadamente
difíciles tomadas y pozos de desesperación esca-
lados usando las uñas emocionales, debería ser
considerada un logro magnífico a la par con cualquier día de la expedición de Lewis y Clark, (ex-
cluyendo, claro, días anómalos como su primer
encuentro con Ursus horribilis y su épico paso
por la cordillera Bitterroot). El bloqueo se
había establecido al estilo informal de los filipinos: un hombre con uniforme militar (desecho del ejército norteamericano) de pie junto
a la carretera fumando y haciendo señas. Nos encontrábamos en uno de los raros puntos anchos de

la carretera, un lugar donde vehículos que jugaban al gallina podían echarse a un lado de forma abyecta. Cuatro miembros del ejército (más tarde encasillados por el conocedor de los rangos DMS como un teniente primero, un sargento y dos soldados rasos) se habían ocultado en un vehículo estilo Humvee con antenas absurdamente sujetas al parachoques. Los soldados, armados con M-16, se levantaron con rigidez del reposo y adoptaron posiciones flanqueando LA GRACIA DE DIOS por detrás, manteniendo las armas vagamente apuntando al suelo, como si estuviesen más preocupados de las amenazas entomológicas que de nuestra pequeña banda de viajeros. El sargento estaba armado con lo que al principio me pareció una porra en forma de L fabricada con trozos tomados del pasillo de fontanería de una ferretería y pintados de negro, pero un examen más cuidadoso mostró que era un subfusil.

Dicho sargento se aproximó a la portezuela de Bong-Bong Gad y conversó con él en tagalo. El teniente sólo iba armado con armas cortas y supervisó la operación desde una zona de sombra cerca del Humvee, aparentemente prefiriendo una actitud de liderazgo de manos libres en lugar de preocuparse de todos los pequeños detalles. La inspección se limitó a que el sargento mirase a través de las ventanas sin vidrio de LA GRACIA DE DIOS y a intercambiar saludos campechanos con DMS (evidentemente, Jean Nguyen y Jackie Woo hablaban todavía menos tagalo que Vuestro Seguro Servidor). Luego se nos permitió proseguir, aunque aprecié que el teniente iniciaba inmediatamente una transmisión de radio. «El sargento dice que hay Nada Excelentes Personas por aquí», me explicó Bong-Bong Gad, empleando un recatado eufemismo local para el NEP, o Nuevo Ejército Popular, una organización guerrillera supuestamente revolucionaria pero evidentemente algo incompetente que descendía en línea directa de los hukbalahaps, o huks, los luchadores que se resistieron a la ocupación nipona (pero sin demasiado entusiasmo) durante la Segunda Guerra Mundial.

Luego atravesamos una distancia equivalente, en términos de Miedo, Incertidumbre y Duda, a un día más de la expedición de Lewis y Clark, una conveniente unidad de distancia, peligro, pérdida de peso por perspiración, mal control del esfínter, deseos de estar en casa, exasperación y coste emocional que a partir de ahora abreviaré como LYC. Así que después de 1 LYC llegamos a otro bloqueo similar al primero excepto que aquí había un camión de tropas en adición al Humvee, algunas tiendas montadas y un pozo de letrina, cuyo olor y apariencia sugería una presencia militar larga en la zona. Un soldado desafortunado tuvo que meterse bajo LA GRACIA DE DIOS con una linterna, para inspeccionar la parte baja. Se sacaron las tres bolsas y su contenido se esparció. Debo mencionar que al unirme a la expedición en Manila, DMS había repasado mi bolsa con un nivel de curiosidad molesto en su momento. Se negó a permitirme llevar ciertos elementos (como medicinas) y transfirió el resto de los elementos a bolsas Ziploc transparentes que se colocaron en los petates. Ahora quedaban claros los méritos de ese enfoque modular ya que facilitaba especialmente la inspección de nuestro cargamento: se sostenían los petates abiertos sobre lonas extendidas en el suelo y el contenido se inspeccionaba a la vista a través de las bolsas transparentes del interior, en ocasiones al tacto para comprobar algunas inhomogeneidades. Algunas de esas bolsas contenían cartones de tabaco norteamericanos que, como era de esperar, no regresaron a los petates. La mayoría de mis suministros, ordenados por DMS, de pilas AA alcalinas, que yo había considerado radicalmente desproporcionada con respecto a la demanda esperada, también se desvanecieron en ese momento. Se nos permitió el paso y aproximadamente a 0,5 LYC (en su mayoría ocasionado por la necesidad de eliminar árboles caídos) llegamos a un poblado que surgió aparentemente de la nada en un valle de la selva, a horcajadas sobre un río. Esa noche dormí como un muerto en una casa de huéspedes asombrosamente decente. Me desperté a la mañana siguiente y vi por la ventana una gran multitud de ciudadanos arremolinándose en la calle vestidos con sus mejores gorras y camisetas de basketball norteamericano. Descendí las escaleras para descubrir a DMS en el comedor, flanqueado estratégicamente por Jean Nguyen y Jackie Woo, en otras mesas en esquinas de la sala, vistiendo chaquetas climáticamente inapropiadas y proyectando en general el aura de cabrones hijos de puta equipados con armas ocultas con los que no hay que meterse.

No deseando interferir en el psicodrama,

Vuestro Seguro Servidor tomó asiento en otra mesa más, bien lejos de los caminos posibles de las balas, acepté café de mano del propietario, rechacé las exquisiteces locales, negocié (véase informe de gastos) el préstamo de un tazón y una cuchara, desayuné Cap'n Crunch con leche UHT caliente sacada del petate (anteriormente empaquetada en un Ziploc que cuando quedó completamente cargado adoptó la forma distintiva de almohada de una pepita de Cap'n Crunch, sólo que mayor). Los ruidos explosivos de mascar las pepitas hicieron que Vuestro Seguro Servidor se sintiese llamativo y occidental. Jean Nguyen y Jackie Woo habían rechazado todas las bebidas excepto el té, para proyectar mejor la imagen de vigilancia y capacidad para la violencia instantánea. DMS comía una tortilla del diámetro aproximado de un Hula Hop y se encontraba enfrascado en una conversación tras otra con los de la zona, que entraban uno a uno por la puerta principal del edificio con el permiso del propietario y se les permitía presentar su caso ante DMS como si fuese un magistrado nómada. Entre dos de esas entrevistas, DMS notó mi presencia en la sala y me indicó que me uniese a él. Trasladé mi infraestructura de Cap'n Crunch a una zona de la mesa no ocupada por la tortilla y me senté allí durante el siguiente par de docenas de entrevistas, que se realizaron en una mezcla de inglés y tagalo. La multitud en la calle se redujo gradualmente a medida que los visitantes eran entrevistados y despachados por DMS.

El tema de las entrevistas pudo ser deducido por Vuestro Seguro Servidor al reconocer la pa-

labra ocasional en inglés y adoptando una aproximación básicamente intuitiva al reconocimiento de estructuras que no se presta aquí a la
explicación racional. La mayoría de las palabras
claves comunes: Nipón, los Nipones, la Guerra,
Oro, Tesoro, Excavación, Yamashita, Ejecucio-
nes en Masa. El tono emocional de esas conversaciones consistía en un escepticismo amable pero
extremo por parte de DMS, mientras se enfrenta-
ba a la necesidad desesperada de los entrevistados de ser creídos. Al final, por lo que pude
discernir, DMS no creyó a ninguno de ellos. O se
volvían escandalosos y había que indicarles la
salida (mirando con cautela a Jean Nguyen y Jackie Woo) o adoptaban una expresión herida
y ofendida. A DMS le divertían los primeros y le
disgustaban los últimos. Vuestro Seguro Servidor meditó en silencio sobre lo inapropiado de
su propia presencia en el cuadro y recordó con
agrado la comodidad predecible del hogar. Después de que se completase el desayuno y las entrevistas, DMS divulgó, en respuesta a mis preguntas, que llevaba en ello dos horas antes de
mi llegada y que la formación de tal multitud
se produce espontáneamente ante las puertas de
cualquier establecimiento en el que se aloje en
Filipinas debido a su reputación de buscador de
tesoros. La evitó en San Juan porque va allí con
frecuencia y ya ha entrevistado a todos los habitantes de la región con historias de oro de
guerra nipón, y ha descubierto que el 99,9%
de ellas carecen de credibilidad; la investigación del 0,1% restante en ocasiones produce resultados lucrativos.

Fidel Gad lavó y abrillantó LA GRACIA DE DIOS en un magnífico gesto de indiferencia ante los elementos de la selva. Atravesamos el río. Entre los pobladores eran evidentes las variaciones raciales de rostros y fisionomías. Filipinas había sido ocupada por oleadas superpuestas de inmigrantes prehistóricos, cada una de ellas racial y lingüísticamente incompatible con la anterior; ese hecho, en combinación con el fenómeno de intrincación espacial, que creo que ya he descrito con suficiente detalle, conforma un mosaico de diferentes grupos étnicos. La bifurcación fluvial alrededor de la cual se había formado este pueblo era punto de encuentro de territorios no oficiales de tres culturas diferentes. El reclamo de luces brillantes, o incluso luces apagadas y parpadeantes, había hecho que miles de seres bajasen de las montañas en recientes generaciones para establecer varios barangays distintos. Los entrevistados de esa mañana eran inmigrantes de las montañas, o sus hijos o nietos, que afirmaban tener conocimiento de primera mano sobre los emplazamientos de los tesoros de Yamashita, o haberlo oído de sus más recientes antepasados.

Después de pasar como un 1,5 LYC por entre la selva (carreteras, inclinaciones y condiciones que se deterioraban con rapidez) encontramos otro bloqueo militar que se había situado (para mí de forma increíble) en un paso sobre una loma, mirando a algunas terrazas de arroz que (de forma aún más increíble) habían sido creadas a partir de terrenos esencialmente verticales miles de años atrás por los antepasados, evidentemente asombrosamente tenaces, de los habitantes locales. Allí nos registraron. Un sargento de delgado bigote me apretó durante un rato los testículos, cuyos motivos no parecían ser sexuales, sino que me miraba simultáneamente a los ojos, esperando una mirada de sumisión o indefensión en el rostro del dueño de los testículos en cuestión. A los otros se les sometió al mismo tratamiento y probablemente lo soportaron con bastante más estoicismo que Vuestro Seguro Servidor. No se encontraron armas letales pegadas a nuestros escrotos, pero (¡sorpresa!) se descubrió que Jean («John Wayne») Nguyen y Jackie Woo estaban armados hasta los dientes, y DMS algo menos. En esta parte es cuando Vuestro Seguro Servidor esperaba recibir un disparo en la base del cuello arrodillado frente a una tumba, pero irónicamente las autoridades parecían más interesadas en mis suministros de Cap'n Crunch que en las armas de mis camaradas. El capitán encargado del puesto y DMS negociaron en la intimidad de una tienda. DMS surgió con una cartera más ligera y permiso total para seguir con la condición de que (1) se donasen todos los suministros de Cap'n Crunch a los oficiales y (2) que a nuestro regreso se realizase un inventario completo de armas y munición para compararlo con el de hoy como forma de asegurarse de que no pasábamos armas de contrabando a las Nada Excelentes Personas.

Nos aguardaban tres días de viaje atrozmente lento, que comprendían quizá otros 10 LYC. Según el mapa y el GPS, circunnavegábamos un grupo de volcanes activos que con frecuencia

338

escupían lahars (avalanchas de lodo) que, cuando chocan con los surcos en la selva que aquí he llamado carreteras, producen problemas logísticos que entran ampliamente en el reino de lo absurdo. Atravesamos poblados enteros enterrados y abandonados. Del lodo gris surgían en ángulos las agujas de las iglesias, sostenidas por el mismo flujo que las había derribado. Del lodo sobresalían cráneos de cabras, perros, etc., allí donde se había endurecido como cemento alrededor de animales vivos. Cada noche dormíamos en pequeños asentamientos después de ganarnos a los pobladores locales con regalos de penicilina (que los filipinos emplean como la aspirina), pilas, encendedores desechables y cualquier otra cosa que los soldados de los bloqueos nos hubiesen dejado. Dormíamos en los bancos, suelo, techos o asientos delanteros de LA GRACIA DE DIOS, bajo redecillas contra los mosquitos.

Finalmente, cuando mi GPS demostró que estábamos a menos de diez kilómetros de nuestro misterioso destino, un habitante local nos solicitó que esperásemos en un pueblecito cercano. Allí permanecimos durante un día y una noche leyendo (DMS siempre lleva un cajón lleno de techno-thrillers) hasta que, al amanecer, se nos acercó un trío de hombres jóvenes y bajos, uno de los cuales llevaba un AK-47. Él y sus hermanos subieron al techo de LA GRACIA DE DIOS y penetramos por un camino de la selva tan estrecho que hubiese podido considerarse un sendero. A un par de kilómetros llegamos a un punto donde pasábamos más tiempo empujando el jeepney que subidos a él. Poco después dejamos a Bong-Bong y Fidel junto a una de las bolsas petate, mientras nosotros cuatro nos turnábamos para cargar con las otras dos. Consulté el GPS y verifiqué que aunque durante un tiempo (de forma alarmante) nos habíamos alejado del Destino ahora volvíamos a acercarnos. Nos encontrábamos a ocho mil m(etros) y nos acercábamos a un ritmo que variaba entre quinientos y mil metros por hora, dependiendo de si nos movíamos colina arriba o colina abajo. Era alrededor del mediodía. Aquellos de vosotros incluso con rudimentarias habilidades matemáticas habréis anticipado que a la puesta del sol todavía nos encontrábamos a varios miles de metros de distancia.

Los tres filipinos —nuestros guías, guardianes, captores o lo que fuesen— vestían las camisetas obligatorias que hacen que hoy en día sea tan fácil menospreciar las diferencias culturales. Pero todavía no habían alcanzado la transetnicidad. Mientras que en el poblado iban en chanclas, en la selva iban descalzos (he tenido pares de zapatos menos duraderos que los callos de sus pies). Hablaban una lengua que aparentemente no tenía nada en común con el tagalo que yo hubiese oído («tagalo» es el antiguo nombre; el gobierno obliga a la gente a llamarlo «filipino», como si quisiese dar a entender en algún sentido un lenguaje común para el archipiélago que, como demostraban esos tipos, no existía). DMS tenía que hablar con ellos en inglés. En un momento dado le dio a uno de ellos un bolígrafo desechable y se les iluminó el rostro. Luego tuvimos que conseguir dos más para sus compañeros. Navidad, vamos. El progreso se detuvo durante varios minutos mientras se maravillaban ante el útil mecanismo de los bolígrafos y escribían en la palma de la mano. En otras palabras, no vestían las camisetas norteamericanas como los norteamericanos sino con el mismo espíritu con que la Reina de Inglaterra llevaba el exótico diamante Koh-I-Noor en su corona. Una vez más me sentí superado por esa sensación de ya-no-está-en-Kansas.

Caminamos con dificultad bajo la inevitable tormenta de la tarde y nos seguimos moviendo hasta la noche. DMS sacó de los petates raciones del ejército listas para comer, que habían caducado hacía sólo dos semanas. A los filipinos les resultaron casi tan geniales como los bolígrafos, y guardaron las bandejas desechables de aluminio para usarlas luego como material para tejados. Iniciamos de nuevo la difícil marcha. Salió la luna, lo que resultaba una suerte. Me caí y me golpeé con los árboles un par de veces, lo que al final fue para bien, porque me colocó en un estado de ligera conmoción, abotargando el dolor y estimulando mi adrenalina. En cierto punto, nuestros guías no parecían saber a dónde dirigirse. Busqué la posición con el GPS (usando la función de iluminación nocturna de la pantalla) y comprobé que nos encontrábamos a cincuenta metros del destino, un error casi demasiado pequeño para el GPS. En cualquier caso, nos indicó más o menos en qué dirección movernos, y anduvimos entre los árboles unos momentos más. Los guías se volvieron muy animados y alegres; al final ya estaban orientados, sabían dónde estába-

mos. Choqué con algo pesado, frío e inamovible
que casi me rompe la rodilla. Me agaché a tocarlo,
esperando encontrar un saliente de roca, pero
en lugar de eso palpé algo liso y metálico. Parecía un montón de unidades menores, quizá com-
parable en tamaño a barras de pan.

—¿Es esto lo que buscamos? —pregunté. DMS
encendió una linterna a pilas y envió el rayo en
mi dirección.

Quedé inmediatamente cegado por un montón
de lingotes de oro que me llegaba hasta el muslo, de como metro y medio de ancho, en medio de
la selva, sin señal y sin protección.

DMS se acercó, se sentó encima y encendió un
puro. Después de un rato, contamos las barras
y las medimos. Tenían sección trapezoidal, de
unos 10 centímetros de ancho y 10 de alto, y como
unos 40 centímetros de longitud. Eso nos permitió estimar su masa en unos 75 kilos cada una, lo
que da unas 2.400 onzas troy. Como el oro normalmente se mide en onzas troy y no en kilogramos (!)
voy a estimar sin fundamento que se suponía que
esos lingotes debían pesar unas 2.500 onzas troy
cada uno. Con el precio actual (400 dólares por
onza troy) eso da que cada lingote vale un millón
de dólares. Hay 5 capas de lingotes en el montón,
y cada capa consiste en 24 lingotes; por tanto el
valor del montón es de 120 millones de dólares.
Tanto la estimación de masa y la estimación de
valor asumen que los lingotes son de oro puro.
Tomé una copia del sello de uno de los lingotes,
que era el del Banco de Singapur. Cada lingote
estaba marcado con un número de serie único y co-
pié todos los que pude.

Luego regresamos a Manila. Durante todo el camino, intentaba imaginarme la logística de llevar uno solo de esos lingotes de oro desde la selva hasta el banco más cercano, donde podría convertirse en algo útil, como dinero.

Hagamos aquí la transición al formato de preguntas y repuestas.

P: Randy, tengo la sensación de que ahora mismo vas a dar los detalles de todos los posibles inconvenientes de mover ese montón de oro por tierra, así que dejémonos de tonterías y hablemos de helicópteros.

R: No hay lugar para hacer aterrizar un helicóptero. El terreno es extremadamente accidentado. El lugar lo suficientemente plano más cercano está a un kilómetro de distancia. Habría que despejarlo. En Vietnam eso se conseguía usando bombas de demolición, pero posiblemente no sea una opción en este caso. Habría que talar árboles, creando un vacío en la selva muy evidente desde el cielo.

P: ¿A quién le importa si es evidente? ¿Quién va a verlo desde el aire?

R: Como debería ser evidente por mi relato, la gente que controla ese oro tiene contactos en Manila. Podemos asumir que la zona la sobrevuela regularmente la Fuerza Aérea de Filipinas, y se mantiene vigilada por radar.

P: ¿Qué sería preciso para llevar los lingotes hasta la carretera decente más cercana?

R: Habría que llevarlos por el sendero que he descrito. Cada lingote pesa tanto como un hombre adulto.

P: ¿No podrían cortase en trozos más pequeños?

R: DMS considera muy improbable que el propietario actual lo permita.

P: ¿Hay alguna posibilidad de hacer pasar el oro por los puntos de control militares?

R: Evidentemente, no en el caso de un transporte masivo. El oro pesa en total unas diez toneladas, y sería preciso un camión que no podría pasar por la mayoría de los caminos que vimos. No es posible ocultar a los inspectores de los puntos de control diez toneladas de oro.

P: ¿Qué hay de pasar los lingotes uno a uno?

R: Sigue siendo difícil. Podría ser posible llevar los lingotes hasta un punto intermedio, fundirlo o cortarlo y de alguna forma ocultarlo en la estructura del jeepney u otro vehículo, y luego llevar el vehículo hasta Manila y extraer el oro. Esa operación debería repetirse un centenar de veces. Llevar el mismo vehículo por esos puntos de control un centenar de veces (o incluso dos) les resultaría, como mínimo, extraño. Incluso si fuese posible, queda el asunto del pago.

P: ¿Qué es el asunto de pago?

R: Evidentemente, la gente que controla el oro quiere cobrar por él. Pagarles con más oro o gemas preciosas sería ridículo. No tienen cuentas bancarias. Habría que pagarles en pesos filipinos. Cualquier cosa superior a un billete de quinientos pesos es inútil en esa zona. Un billete de 500 pesos vale unos 20 dólares, así que sería necesario traer seis millones de billetes a la selva para realizar la transacción. Basándome en algunos cálculos rudimentarios que he realizado utilizando un calibrador y el contenido de mi cartera, el montón de billetes de 500 pesos tendría (por favor, esperad mientras cambio mi calculadora al modo de «notación científica») unas 25.000 pulgadas de alto. O, si preferís el sistema métrico, algo así como dos tercios de un kilómetros. Si los apiláis hasta un metro de alto, necesitaríais como seiscientos o setecientos montones, que bien apretados ocuparían un área de unos tres metros de lado. Básicamente hablamos de un enorme camión de transporte lleno de dinero. Habría que transportarlos al interior de la selva, y evidentemente fundirlo y meterlo en el interior de la estructura del camión no es una opción.

P: Como parece que aquí el gran obstáculo son los militares, ¿por qué no llegar a un acuerdo con ellos? Que se queden con un buen margen a cambio de no molestarnos.

R: Porque el dinero iría al NEP, que lo usaría para comprar armas y matar militares.

P: Debe de haber una forma de usar el valor de este oro como palanca para iniciar una operación de extracción.

R: El oro no tiene valor para un banco hasta no haber sido aquilatado. Hasta entonces, no es más que una polaroid borrosa de un montón de objetos amarillos en lo que parece ser la selva. Para poder realizar un ensayo habría que ir a la selva, encontrar el oro, sacar una muestra y llevarla de vuelta a una gran ciudad. Pero eso no demuestra nada. Incluso si los promotores potenciales creyesen que el ensayo realmente salió de la selva (es decir, no cambiamos las muestras por el camino) todo lo que sabrían es la pureza de un extremo de uno de los lingotes del montón. Básicamente, no es posible obtener una valoración total de ese oro hasta que no se lleve toda la pila a una bóveda donde se pueda aquilatar sistemáticamente.

P: ¿Se podría llevar el oro a algún banco local y luego venderlo con descuento de forma que la carga de transportarlo caiga sobre otros hombros?

R: DMS relata la historia de una transacción similar, en una ciudad provincial al norte de Luzón, que quedó interrumpida cuando empresarios locales volaron literalmente una de las paredes del banco usando dinamita, entraron y se llevaron tanto el oro como el dinero que iba a usarse para pagar por el oro. DMS asegura que antes preferiría cortarse él mismo la garganta que entrar en un banco de pueblo con cualquier cosa que valga más de unas decenas de miles de dólares.

P: Entonces, ¿la situación es básicamente imposible?

R: Es básicamente imposible.

P: Entonces, ¿qué sentido tiene toda esta discusión?

R: Volvemos a lo primero que DMS dijo. Era para mandarnos un mensaje.

P: ¿Qué mensaje?

R: Que no vale la pena tener dinero si no puedes gastarlo. Que mucha gente tiene mucho dinero que apenas puede gastar. Y que si podemos darles una forma de gastarlo, por medio de la Cripta, esas personas se sentirían muy felices, y en consecuencia, si la jodemos se quedarán muy

346

tristes, y que tanto si se sienten felices como tristes estarán más que deseosos de compartir esas emociones con nosotros, los accionistas y directivos de Epiphyte Corp.

Y ahora os voy a enviar esto a todos vosotros por correo electrónico y luego llamaré a la azafata y le pediré todas las bebidas alcohólicas que me merezco. Salud.

—R

Randall Lawrence Waterhouse
Coordenadas actuales en el espacio físico, recién sacadas de la tarjeta GPS del portátil:
27 grados, 14,95 minutos latitud norte 143 grados, 17,44 minutos longitud este
Punto geográfico más cercano: islas Bonin

Cohete

Julieta ha retrocedido hasta un punto más allá del Círculo Ártico. Shaftoe la ha estado persiguiendo como un policía montado muy obstinado, atravesando con esfuerzo la tundra sexual sobre raquetas de nieve deshilachadas y saltando heroicamente de témpano de hielo en témpano de hielo. Pero ella permanece tan distante, y tan alcanzable, como la estrella polar. Últimamente Julïeta pasa más tiempo con Enoch Root que con él, y Root es un sacerdote célibe, o algo así. *¿O no?*

En las muy pocas ocasiones en las que Bobby Shaftoe ha conseguido que Julieta sonría, ella ha empezado inmediatamente a hacer preguntas difíciles: ¿mantuviste relaciones sexuales con Glory, Bobby? ¿Usaste un preservativo? ¿Es posible que ella se quedase embarazada? ¿Puedes negar con total seguridad la posibilidad de que tengas un hijo en Filipinas? ¿Qué edad tendría ahora? Veamos, te la tiraste el día de Pearl Harbor, así que el niño habría nacido a principios de septiembre 1942. Ahora mismo tu hijo tendría catorce, quince meses; ¡quizás esté aprendiendo a caminar! ¡Qué ricura!

Siempre asusta a Shaftoe que chicas duras como Julieta se agiten tanto y se dediquen a hablar de bebés. Al principio, cree que es una treta para mantenerlo controlado. Esta hija de contrabandista, esta guerrillera intelectual atea, ¿qué le importa una chica en Manila? ¡Déjalo ya, mujer! ¡Estamos en medio de una guerra!

Luego se le ocurre una explicación mejor: Julieta está embarazada.

El día se inicia con el sonido de la sirena de un barco en el puerto de Norrsbruck. El pueblo es un revoltijo de casas pulcras y anchas situadas sobre una estribación que sale al golfo de Botnia, formando la orilla de una cala estrecha pero profunda que está llena de embarcaderos. Medio pueblo se presenta bajo un amanecer inquietante, turbulento y color melocotón-y-salmón para ver cómo ese pintoresco puerto es desflorado por un inexorable falo de acero. Hasta tiene espiroquetas: hay varias veintenas de hombres vestidos con uniformes negros encima de esa cosa, en filas cuidadosas como si fuesen puntales. A medida que se desvanece el sonido de la sirena, el eco yendo y viniendo entre las crestas de piedra, es posible oír cantar a las espiroquetas: emitiendo a todo gas un obsceno canto marinero alemán que Bobby Shaftoe escuchó por última vez en el golfo de Vizcaya.

Otras dos personas en Norrsbruck reconocerán la tonada. Shaftoe busca a Enoch Root en el sótano de la iglesia, pero no está presente; cama y lámpara fría. Quizá la rama local de la *Societas Eruditorum* celebra sus reuniones antes del amanecer, o quizás encontró otra cama acogedora. Pero ve al viejo y fiel Günter Bischoff, apoyándose en la ventana de su buhardilla junto al mar, con los codos al aire y sus fieles binoculares Zeiss 735 pegados al rostro, examinando las líneas de la nave invasora.

Los suecos se quedan con los brazos cruzados un minuto o dos contemplando la aparición. Luego toman la decisión colectiva de que el barco no existe, que no ha pasado nada. Se dan la vuelta, se meten malhumorados en sus casas y preparan café. Ser neutral no es menos extraño, una situación menos cargada de incómodos compromisos, que ser una nación beligerante. Al contrario que la mayoría de Europa, pueden dormir tranquilos sabiendo que los alemanes no están allí para invadirles o hundir sus barcos. Por otra parte, la presencia de la nave es una violación de su territorio soberano y deberían correr hacia ella, con horcas y fusiles de chispa, para expulsar a los hunos. Además, probablemente el barco se fabricó con hierro sueco.

Shaftoe no reconoce, al principio, el buque alemán como un submarino porque la forma no es la correcta. Un submarino normal tiene la misma forma que un buque de superficie, sólo que más largo y delgado. Lo que viene a ser que tiene un casco con forma de uve y una cubierta plana, abarrotada de cañones, sobre la que se alza una gigantesca torrecilla cubierta con grandes cantidades de basura: artillería antiaérea, antenas, puntales, líneas de seguridad, protectores. Los teutones podrían relojes de cuco allá arriba si tuviesen sitio. Cuando un submarino normal se mueve por entre las olas, sus motores diesel sueltan un espeso humo negro.

Éste es como un torpedo tan largo como un campo de fútbol. En lugar de torrecilla, tiene una protuberancia hidrodinámica en la parte alta, apenas evidente. Nada de armas, nada de antenas, ni relojes de cuco; en sí es tan liso como una piedra de río. Y no produce ni humo ni ruido, simplemente expulsa un poco de vapor. Los motores diesel no rugen. La puta cosa no parece siquiera tener motores diesel. En lugar de eso, se oye un quejido débil, como el sonido del Messerschmidt de Angelo.

Shaftoe intercepta a Bischoff justo cuando éste baja las escaleras de la posada cargado con un petate del tamaño de un león marino muerto. Jadea por el esfuerzo, o quizá por la emoción.

—Ése es —dice entre jadeos. Suena como si hablase para sí mismo, pero habla en inglés, así que debe de estar dirigiéndose a Shaftoe—. Es el cohete.

—¿Cohete?

—Funciona con combustible de cohete: peróxido de hidrógeno, ochenta y cinco por ciento. ¡Nunca tiene que recargar sus *verdammt* baterías! Alcanza hasta los veintiocho nudos *¡sumergido!* Es mi amorcito. —Está tan agitado como Julieta.

—¿Puedo ayudarte a llevar algo?

—Cajón... arriba —dice Bischoff.

Shaftoe sube con fuerza las escaleras estrechas para encontrarse la habitación de Bischoff completamente desnuda, y un montón de monedas de oro sobre la mesa, que sirven de peso a una nota de agradecimiento dirigida a los dueños. El cajón negro descansa en medio del suelo como un ataúd infantil. Por la ventana abierta entra un viento agitado que llega a sus oídos.

Bischoff está allá abajo, dirigiéndose bajo el petate hasta el muelle, y sus hombres, en el cohete, le han visto.

El submarino ha enviado un bote que se lanza hacia el muelle como un bote de carreras.

Shaftoe carga con el cajón al hombro y baja con cuidado las escaleras. Recuerda cómo es partir a otro sitio, que se supone es lo que hacen los marines, y que ha pasado mucho tiempo desde la última vez que lo hizo. Descubre que la emoción experimentada por otros no es tan buena como la real.

Sigue el rastro de Bischoff sobre una delgada capa de nieve, atravesando la calle empedrada, hasta el muelle. Tres hombres vestidos de negro dejan el bote subiendo por la escalerilla y suben al muelle. Saludan a Bischoff y luego dos de ellos lo abrazan. Shaftoe está lo suficientemente cerca y la luz salmón es lo suficientemente intensa para que pueda reconocer a esos dos: miembros de la antigua tripulación de Bischoff. El tercer tío es más alto, más viejo, más lúgubre, más adusto, mejor vestido, mucho más condecorado. En conjunto, es más un nazi.

Shaftoe no puede creerse a sí mismo. Al coger el cajón, simplemente intentaba ser amable con su amigo Günter, un retirado manchado de tinta con una inclinación pacifista. Ahora, de pronto, ¡está ayudando e incitando al enemigo! ¿Qué pensarían de él sus compañeros marines si lo supiesen?

Oh, sí. Casi lo ha olvidado. Ésta participando en la conspiración que él, Bischoff, Rudy von Hacklheber y Enoch Root crearon en el sótano de la iglesia. Se detiene de golpe y deja caer el cajón justo allí mismo, en medio del muelle. Al nazi le sorprende el ruido y levanta la mirada de ojos azules en dirección a Shaftoe, que está preparado para devolvérsela.

— Bischoff se da cuenta. Se vuelve hacia Shaftoe y grita algo alegre en sueco. Shaftoe tiene la presencia de animo para romper el contacto con el alemán frío. Sonríe y devuelve un saludo. Ese asunto de la conspiración va a ser un verdadero incordio si implica no poder liarse a puñetazos de vez en cuando.

Un par de marineros ya han subido a recoger el equipaje de Bischoff. Uno de ellos recorre el muelle para recoger el cajón. Shaftoe lo reconoce, y él reconoce a Shaftoe al mismo tiempo. ¡Maldición! El tío se sorprende al verle, pero no es una sorpresa desagradable. Luego le sucede algo y su rostro se congela por el terror y sus ojos se mueven a un lado, en dirección al nazi alto. ¡Mierda! Shaftoe da la espalda a todo esto, finge que está regresando al pueblo.

—¡Jens! ¡Jens! —grita Bischoff, y luego dice algo más en sueco. Corre tras Shaftoe. Él se mantiene prudentemente de espaldas hasta que Bischoff le pasa un brazo por encima con un «¡Jens!» final. Luego, *sotto voce*, dice en inglés—: Tienes la dirección de mi familia. Si no vuelvo a verte en Manila, nos pondremos en contacto después de la guerra. —Empieza a golpear a Shaftoe en la espalda, se saca algo de papel dinero del bolsillo, y se lo mete en la mano.

—Maldición, allí me verás —dice Shaftoe—. ¿Para qué es esta mierda?

—Es una propina para el amable muchacho sueco que acarreó mi equipaje —dice Bischoff.

Shaftoe se chupa los dientes y hace una mueca. Sabe que no está hecho para todas estas tonterías de capa y espada. Le vienen preguntas a la mente, entre ellas: *¿Por qué es más seguro ese enorme torpedo lleno de combustible de cohete que el otro en el que ibas antes?* Pero se limita a decir:

—Buena suerte, supongo.

—Próspero viaje, amigo mío —dice Bischoff—. Esto te recordará comprobar tu correo. —Luego golpea a Shaftoe en el hombro con tanta fuerza como para producirle un verdugón de tres días, se vuelve y comienza a caminar hacia el agua salada. Shaftoe camina hacia árboles y nieve, envidiándole. Cuando vuelve a mirar el puerto, quince minutos más tarde, el submarino ha desaparecido. De pronto el pueblo le parece tan frío, vacío y en medio de ninguna parte como realmente es.

Ha estado recibiendo el correo en la oficina de Norrsbruck, entrega general. Cuando abre la oficina un par de horas más tarde, Shaftoe espera en la puerta, expulsando vapor por la nariz, como si usase combustible de cohete. Recibe una carta de su familia en Wisconsin, y un enorme sobre, enviado ayer desde algún punto de Norrsbruck, Suecia, sin dirección de remitente pero escrito con la letra de Günter Bischoff.

Está lleno de notas y documentos relativos al nuevo submarino, e incluye un par de cartas firmadas personalmente por el mandamás en persona. El alemán de Shaftoe es ligeramente mejor que cuando él mismo montó por primera vez en un submarino, pero sigue sin poder entenderlo todo. Hay muchos números y lo que parece mucho material técnico.

Es la inteligencia naval básica a la que es imposible fijar precio. Shaftoe dobla cuidadosamente los papeles, se los mete en los pantalones y comienza a caminar por la playa hacia la residencia Kivistik.

Es un duro paseo largo, frío y húmedo. Tiene tiempo de sobra para valorar su situación: atrapado en un país neutral en el otro extremo del mundo, lo más lejos posible de donde realmente quiere estar. Alienado del Cuerpo. Unido a una conspiración vaga.

Hablando técnicamente, ha estado ausente sin permiso durante varios meses. Pero si se presentase de pronto en la embajada norteamericana de Estocolmo llevando esos documentos todo quedaría olvidado. Así que se trata de su billete de vuelta a casa. Y «casa» es un país muy amplio que incluye lugares como Hawai, y que está más cerca de Manila que Norrsbruck, Suecia.

El bote de Otto acaba de llegar de Finlandia, agitándose en la marea entrante, atado al nido que le sirve de embarcadero. El bote, ya se sabe, todavía sigue cargado con lo que sea que los fineses cambian en ese momento por café y balas. El mismo Otto está sentado en la cabaña, naturalmente bebiendo café, con los ojos rojos y cansado.

—¿Dónde está Julieta? —dice Shaftoe. Empieza a preocuparle la posibilidad de que haya regresado a Finlandia o algo así.

Otto se vuelve un poco más gris cada vez que atraviesa el golfo de Botnia con la bañera. Hoy tiene un aspecto especialmente gris.

—¿Ves a ese monstruo? —dice; luego agita la cabeza en una combinación de asombro, asco y cansancio total que sólo los fineses veteranos pueden conseguir—. ¡Esos cabrones alemanes!

—Pensaba que os protegían de los rusos.

Eso provoca una risa larga y ruidosa como un trueno por parte de Otto.

—*Zdrastuytchye, tovarishch*! —dice al final.

—¿Cómo?

—Significa «Bienvenido, camarada» en ruso —dice Otto—. He estado practicando.

—Deberías estar practicando el juramento de la bandera —dice Shaftoe—. Pronto acabaremos con los alemanes, y supongo que ya puestos a ello derrotaremos a los rusos hasta la misma Siberia.

Otto vuelve a reír, como quien reconoce la ingenuidad cuando la ve, pero que no por ello deja de encontrarla encantadora.

—He enterrado la turbina alemana en Finlandia

—dice—. Se la venderé a los rusos o a los norteamericanos; al que llegue primero.

—¿Dónde está Julieta? —vuelve a preguntar Shaftoe. Hablando de ingenuidad...

—En el pueblo —dice Otto—. De compras.

—Así que tienes dinero.

Otto parece mareado. Mañana es día de paga.

Luego Shaftoe se subirá a un autobús, en dirección a Estocolmo.

Se sienta frente a Otto, bebiendo café, y hablan un rato del tiempo, del contrabando, y de los méritos relativos de diversas armas automáticas. En realidad, de lo que hablan es de si Shaftoe cobrará y cuánto.

Al final, Otto emite una promesa cautelosa de pagarle, siempre que Julieta no se gaste todo el dinero en su expedición de «compra», y siempre que Shaftoe descargue el bote.

Así que Bobby Shaftoe se pasa el resto del día cargando argamasa rusa, latas oxidadas de caviar, bloques de té negro de China, arte popular lapón, un par de iconos, cajas de schnapps finés con aroma a pino, ristras de salchichas asquerosas y montones de pieles desde la bodega del bote de Otto al muelle y de éste a la cabaña.

Mientras tanto, Otto va al pueblo, y no regresa hasta mucho después de que caiga la noche. Shaftoe se mete en el saco de dormir de la cabaña, se sacude y da vueltas durante cuatro horas, duerme como diez minutos y luego una llamada a la puerta le despierta.

Se acerca a la puerta a cuatro patas, saca el Suomi de su escondrijo y luego va al extremo opuesto de la cañaba y sale en silencio por la trampilla del suelo. Las piedras están cubiertas de hielo, pero sus pies desnudos le ofrecen tracción suficiente para trepar y ver quién anda por ahí, dando golpes en la puerta.

Se trata de Enoch Root en persona, al que no se ha visto durante una semana.

—¡Eh! —dice Shaftoe.

—Bobby —contesta Root, volviéndose—. Asumo que te has enterado.

—¿Enterarme de qué?

—De que estamos en peligro.

—No —dice Shaftoe—, siempre respondo así a la puerta.

Entran en la cabaña. Root no da a las luces y mira continuamente por la ventana como si esperase a alguien. Huele ligeramente al perfume de Julieta, un aroma inconfundible que Otto ha estado llevando de contrabando a Finlandia en barriles de cincuenta y cinco galones. En cierta forma, a Shaftoe no le sorprende. Se pone a preparar café.

—Se ha producido una situación muy compleja —dice Root.

—Eso ya lo veo.

Root se sobresalta al oírlo, y dirige a Shaftoe una mirada vacía, con ojos estúpidos que relucen bajo la luz de la luna. Puedes ser el hombre más inteligente del mundo, pero cuando una mujer entra en escena, eres como cualquier otro bobo.

—¿Has venido hasta aquí para decirme que te estás tirando a Julieta?

—¡Oh, no, no, no! —dice Root. Se detiene un momento, arruga la frente—. Quiero decir, que sí. E iba a decírtelo. Pero no es más que la primera parte de un asunto muy complicado. —Root se pone en pie, se mete las manos en los bolsillos, vuelve a andar por la cabaña mirando por la ventana—. ¿Tienes más de esas armas finlandesas?

—En esa caja a tu izquierda —dice Shaftoe—. ¿Por qué? ¿Vamos a tener un tiroteo?

—Quizá. ¡No entre tú y yo! Pero puede que lleguen otros visitantes.

—¿Policías?

—Peor.

—¿Fineses? —Porque Otto tiene sus rivales.

—Peor.

—¿Quién entonces? —Shaftoe no se puede imaginar nada peor.

—Alemanes. Alemanes.

—¡Oh, coño! —grita Shaftoe disgustado—. ¿Cómo puedes decir que son peores que los fineses?

Root parece perplejo.

—Si vas a decir que los fineses son peores, libra a libra, que los alemanes, entonces estoy de acuerdo contigo. Pero el problema con los alemanes es que suelen estar en comunicación con millones de otros alemanes.

—Vale —murmura Shaftoe.

Root levanta la tapa del cajón, saca un arma automática, comprueba la recámara, apunta a la luna y mira como si fuese un telescopio.

—En cualquier caso, algunos alemanes vienen a matarte.

—¿Por qué?

—Porque sabes demasiado sobre ciertas cosas.

—¿Qué ciertas cosas? ¿Günter y su nuevo submarino?

—Sí.

—¿Y cómo, si puedo preguntar, sabes todo esto? Está relacionado con el hecho de que te tires a Julieta, ¿no? —sigue diciendo Shaftoe. Se siente más aburrido que molesto. Para él, todo este asunto sueco es viejo y le cansa. Debería estar en Filipinas. Todo lo que no le acerca a Filipinas le irrita.

—Exacto. —Root lanza un suspiro—. Te tiene en muy

buena consideración, Bobby, pero después de que viese la foto de esa novia tuya...

—¡Déjalo ya! A ella ni tú ni yo le importamos un carajo. Simplemente quiere todo lo bueno de ser finlandesa sin los aspectos negativos.

—¿Cuáles son los aspectos negativos?

—Tener que vivir en Finlandia —dice Shaftoe—. Así que tiene que casarse con alguien que disponga de un buen pasaporte. Lo que hoy en día significa norteamericano o británico. Habrás notado que no se folló a Günter.

Root parece un poco mareado.

—Bien, quizá sí lo hizo —dice Shaftoe, lanzando un suspiro—. ¡Mierda!

Root ha pescado un cargador de otra caja y ha descubierto como fijarlo al Suomi. Dice:

—Probablemente sabes que los alemanes tienen un acuerdo tácito con los suecos.

—¿Qué significa «tácito»?

—Digamos simplemente que tienen un acuerdo.

—Los suecos son neutrales, pero dejan que los teutones los intimiden.

—Sí. Otto tiene que tratar con alemanes a cada extremo de su ruta de contrabando, en Suecia y en Finlandia, y tiene que tratar con su Marina cuando está en el mar.

—Soy consciente de que los putos alemanes están por toda Europa.

—Bien, resumiendo, los alemanes locales han conseguido que Otto nos traicione —dice Root.

—¿Lo ha hecho?

—Sí. Nos ha traicionado...

—Vale. Sigue hablando, te escucho —dice Shaftoe. Comienza a montar una escalera al ático.

—Pero luego se lo pensó mejor. Supongo que podríamos decir que se arrepintió —dice Root.

—Hablas como un verdadero miembro del clero —murmura Shaftoe. Ahora se encuentra en el ático, recorriendo las vigas a cuatro patas. Se detiene y enciende el Zippo. La mayor parte de la luz es absorbida por una losa color verde oscuro: un cajón rudimentario de madera con letras cirílicas pintadas a un lado.

Desde abajo se filtra la voz de Root:

—Vino a, eh, el lugar donde Julieta y yo, eh, nos encontrábamos.

Follábamos.

—Pásame la palanca —grita Shaftoe—. Está en la caja de herramientas de Otto, bajo la mesa.

Un minuto más tarde, la palanca aparece por la abertura, como una cabeza de cobra saliendo de una cesta. Shaftoe la coge e inicia el asalto al cajón.

—Otto estaba destrozado. Tuvo que hacer lo que hizo, o los alemanes podrían haberle impedido ganarse la vida. Pero te respeta. No podía soportarlo. Tenía que hablar con alguien. Así que vino a nosotros, y le contó a Julieta lo que había hecho. Julieta lo comprendió.

—¿Comprendió?

—Pero al mismo tiempo estaba horrorizada.

—Qué conmovedor.

—Eh, en ese punto, los Kivistik abrieron una botella de schnapps y se pusieron a discutir la situación. En finés.

—Comprendo —dice Shaftoe. Dale a esos fineses un dilema moral serio, desolador, terrible y una botella de schnapps y poco más y puedes olvidarte de ellos durante cuarenta y ocho horas—. Gracias por tener el valor de venir.

—Julieta lo comprenderá.

—No me refiero a eso.

—Oh, no creo que Otto me hiciese daño.

—No, me refiero...

—¡Oh! —exclama Root—. No, tenía que contarte lo de Julieta tarde o temprano...

—No, maldición, me refiero a los alemanes.

—Oh. Bien, no empecé a pensar en ellos hasta que casi había llegado. No fue tanto valor como falta de previsión.

Shaftoe es muy bueno con la previsión.

—Toma esto. Le pasa un tubo de acero pesado del diámetro de una lata de café, de unos pies de largo—. Es pesado —añade cuando a Root le fallan las rodillas.

—¿Qué es?

—Un mortero soviético de ciento veinte milímetros —dice Shaftoe.

—Oh. —Root permanece en silencio durante un rato, mientras deja el mortero sobre la mesa. Cuando vuelve a hablar, su voz suena diferente—. No era consciente de que Otto tuviese este tipo de cosas.

—El radio letal de esta cosa es de unos buenos sesenta pies —dice Shaftoe. Está sacando proyectiles de mortero del cajón y amontonándolos cerca de la abertura—. O quizá sean metros, no puedo recordarlo. —Las bombas tienen el aspecto de pelotas de rugby gordas con aletas en un extremo.

—Pies, metros... la diferencia es importante —dice Root.

—Quizá sea una exageración. Pero tenemos que regresar a Norrsbruck y ocuparnos de Julieta.

—¿Qué quieres decir con ocuparnos? —dice Root con cautela.

—Casarse con ella.

—¿Qué?

—Uno de los dos tiene que casarse con ella, y rápido. No sé a ti, pero a mí me gusta, sería una pena que se pasase el resto de su vida chupando pollas rusas a punta de pistola —dice Shaftoe—. Además, puede que esté embarazada con un hijo nuestro. Tuyo, mío o de Günter.

—Nosotros, la conspiración, tenemos la obligación de cuidar de nuestros hijos —admite Root—. Podríamos establecer un fondo de fideicomiso para ellos en Londres.

—Debería haber dinero de sobra para eso —admite Shaftoe—. Pero no puedo casarme con ella, porque debo estar disponible para casarme con Glory cuando llegue a Manila.

—Rudy no puede —dice Root.

—¿Porque es marica?

—No, se casan con mujeres continuamente —dice Root—. No puede porque es alemán, ¿y qué va a hacer ella con un pasaporte alemán?

—No sería muy inteligente —admite Shaftoe.

—Eso me deja a mí —dice Root—. Me casaré con ella y tendrá pasaporte británico. El mejor del mundo.

—Eh —dice Shaftoe—, ¿cómo cuadra eso con que seas un monje o sacerdote, o lo que coño seas, célibe?

Root dice:

—Se supone que debo permanecer célibe...

—Pero entonces...

—Pero el perdón de Dios es infinito —responde Root, ganado el tanto—. Bien, como iba diciendo, se supone que eso no implica que no pueda casarme. Siempre que no consume el matrimonio.

—¡Pero si no lo consumas no cuenta!

—Pero la única persona, además de mí, que sabría que no lo hemos consumado es Julieta.

—Dios lo sabrá —dice Shaftoe.

—Dios no expide pasaportes —dice Root.

—¿Qué hay de la Iglesia? Te echarán.

—Quizá me lo merezca.

—Déjame ver si lo he entendido —dice Shaftoe—.

Cuando te tirabas de verdad a Julieta, decías que no lo hacías y así podías seguir siendo cura. Ahora vas a casarte con ella y no tirártela y decir que sí lo haces.

—Si intentas decir que mi relación con la Iglesia es muy complicada, ya lo sabía, Bobby.

—Entonces, vamos —dice Shaftoe.

Shaftoe y Root llevan el mortero y una caja completa de bombas hasta la playa, donde pueden protegerse tras un muro de retención de piedra de unos buenos cinco pies de alto.

Pero las olas hacen que sea imposible oír nada, así que Root va y se oculta tras los árboles de la carretera, y deja a Shaftoe jugueteando con el mortero soviético.

Resulta que no hay que juguetear mucho. Un granjero analfabeto de la tundra con congelación bilateral podría montar y dejar en funcionamiento esa cosa en diez minutos. Si se hubiese quedado despierto la noche antes —celebrando el cumplimiento del último plan quinquenal con un cántaro de madera lleno de alcohol— quizá serían quince.

Shaftoe consulta las instrucciones. No importa que estén impresas en ruso, porque en realidad están hechas para analfabetos. Hay impresa una serie de parábolas, el mortero en un extremo y alemanes estallando al otro. Pídele a un ingeniero soviético que diseñe un par de zapatos y se le ocurrirá algo que tendrá el aspecto de las cajas de zapatos; pídele que diseñe algo para masacrar alemanes y se convertirá en el puto Thomas Edison. Shaftoe examina el terreno, elige la zona de muerte, luego sube y recorre la distancia, asumiendo un metro por paso.

Vuelve a estar en la playa, ajustando el ángulo del tubo, cuando le sorprende una forma enorme que salta sobre el muro, tan cerca que casi le derriba. Root respira con rapidez.

—Alemanes —dice—, vienen por la carretera principal.

—¿Cómo sabes que son alemanes? Quizá sea Otto.

—Los motores suenan a diesel. A los hunos les encantan los motores diesel.

—¿Cuántos motores?

—Probablemente dos.

Resulta que Root acierta de lleno. Dos enormes Mercedes negros salen del bosque como salen las malas ideas de la cabeza espesa de un teniente novato. No llevan los faros encendidos. Se detienen y permanecen allí durante un momento, luego se abren las puertas en silencio, salen los alemanes y se quedan en pie. Algunos de ellos visten largos abrigos negros de piel. Varios portan esas ametralladoras fúnebres que son la marca distintiva de la infantería alemana, y la envidia de los yanquis y británicos, que deben entrar en combate armados con primitivos rifles de caza.

Ya está, es el momento. Los nazis están en su sitio y es labor de Bobby Shaftoe, y en menor medida de Enoch Root, matarlos a todos. No sólo una tarea, sino una exigencia moral, porque son los representantes de Satanás, que reconocen públicamente ser tan malos y crueles como lo son en realidad. Se trata de un mundo y una situación a la que Shaftoe y otro montón de gente están perfectamente adaptados. Saca una bomba de la caja, la introduce en la boca del tubo, la suelta y se tapa los oídos.

El mortero tose como una tetera. Los alemanes miran en su dirección. Bajo la luz de la luna destella el monóculo de un oficial. En total, del coche han salido ocho alemanes. Tres de ellos deben ser veteranos del combate porque en un microsegundo están tendidos en el suelo. Los oficiales vestidos con trincheras permanecen de pie, como también un par de zoquetes vestidos de civil, que inmediatamente abren fuego más o menos en su dirección usando las subametralladoras. Causan mucho ruido, pero sólo impresiona a Shaftoe en la medida en que se trata de una muestra impresionante de estupidez. Las balas pasan muy por encima de sus cabezas. Antes de que tengan tiempo de llegar al golfo de Botnia la bomba estalla.

Shaftoe mira por encima del muro. Más o menos como esperaba, todas las personas que antes estaban en pie están ahora caídas sobre el Mercedes más cercano, habiendo sido elevadas y apartadas por una cortina de metralla en movimiento. Pero dos de los supervivientes —los veteranos— se arrastran sobre el vientre hacia la cabaña de Otto, cuyas gruesas paredes de tronco, ante las circunstancias, parecen muy protectoras. El tercer superviviente dispara con la subametralladora, pero no tiene ni idea de dónde están.

El suelo es convexo, de forma que es difícil ver a los alemanes que se arrastran. Shaftoe dispara un par de bombas más sin demasiado efecto. Oye a los dos alemanes abrir a patadas la puerta de la cabaña de Otto.

Como sólo es una cabaña de una habitación, sería un momento genial para estar armados con granadas. Pero Shaftoe no tiene ni una, y en realidad no quiere volarla.

—Por qué no matas a ese alemán de ahí —le dice a Root, y luego se dirige hacia la playa, bien pegado al muro por si los alemanes están mirando por la ventana.

En realidad, casi ha llegado cuando los alemanes rompen las ventanas y comienzan a disparar en dirección a Enoch Root. Shaftoe se arrastra bajo el suelo de la cabaña, abre la trampilla y emerge en el centro de la habitación. Los alemanes le dan la espalda. Les dispara con el Suomi hasta que dejan de moverse. Luego los arrastra hasta la trampilla y los arroja a la playa para que no se desangren sobre el suelo. La próxima marea alta se los llevará, y con suerte, en un par de semanas arribarán a la costa de la Patria.

Ahora hay silencio, como se supone que debe estar una cabaña aislada junto al mar. Pero eso no significa nada. Shaftoe se dirige con cuidado a los árboles y da una vuelta alrededor de la acción, observando la zona de muerte desde arriba. El alemán que queda sigue arrastrándose sobre los codos, intentando comprender la situación. Shaftoe lo mata. Luego regresa a la playa y se encuentra a Enoch Root sangrando sobre la arena. Ha recibido una bala justo bajo la clavícula y hay mucha sangre, tanto de la herida como de la boca de Root cuando exhala.

—Me siento como si fuese a morirme —dice.

—Bien —responde Shaftoe—, eso significa que probablemente no te morirás.

Uno de los Mercedes sigue operativo, aunque tiene muchos agujeros de metralla y una rueda pinchada. Shaftoe la saca y le coloca una de las ruedas supervivientes del otro Mercedes, luego arrastra a Root y lo tiende en el asiento trasero. Conduce a Norrsbruck, rápido. El Mercedes es realmente un coche genial, y quiere conducirlo hasta Finlandia, Rusia, Siberia, incluso China —quizá parándose para tomar un poco de shushi en Shanghai—, luego bajando por Siam y luego Malaya, donde podría subirse a un barco en dirección a Manila, encontrar a Glory, y...

El ensueño erótico posterior se ve interrumpido por la voz de Enoch Root, burbujeando por entre la sangre o algo.

—Ve a la iglesia.

—Padre, de verdad, éste no es momento de intentar convertirme en un fanático religioso. Tómatelo con calma.

—No, ve ahora. Llévame.

—¿Qué, para que puedas hacer las paces con Dios?

Cojones, reverendo, no vas a morirte. Te llevaré al médico. Luego podrás ir a la iglesia.

Root entra en coma, murmurando algo sobre puros.

Shaftoe ignora los desvaríos, quema las ruedas en dirección a Norrsbruck, y despierta al médico. Luego va en busca de Otto y Julieta y los lleva a la consulta del médico. Al final, va a la iglesia y despierta al pastor.

Cuando regresa a la clínica, se encuentra a Rudolf von Hacklheber discutiendo con el médico: Rudy (quien aparentemente habla en nombre de Enoch, que apenas puede hablar) quiere que la boda de Enoch con Julieta se celebre ahora mismo, en caso de que a Enoch le suceda algo durante la intervención. A Shaftoe le sorprende que, de pronto, el paciente tenga tan mal aspecto. Pero al recordar lo que él y Enoch discutieron antes, apoya los argumentos de Rudy e insiste en que el matrimonio se realice antes que la cirugía.

Otto se saca un anillo de diamante literalmente del culo —lleva objetos valiosos guardados en un tubo de metal pulido que se mete por el recto— y Shaftoe actúa de padrino, sosteniendo algo inquieto ese anillo, todavía caliente del agujero de Otto. Root está demasiado débil como para deslizarlo por el dedo de Julieta así que Rudy le guía la mano. Una enfermera sirve como dama de honor. Julieta y Enoch se unen en santo matrimonio. Root emite las palabras del juramento una a una, deteniéndose tras cada una de ellas para toser sangre en un cuenco de acero inoxidable. A Shaftoe se le hace un nudo en la garganta, y llega incluso a lloriquear.

El doctor administra éter a Root, le abre el pecho y se dedica a reparar los daños. La cirugía de combate no es su fuerte, y comete un par de errores y en general realiza con excelencia la labor de mantener alta la tensión. Una de esas arterias importantes cede, y es necesario que

Shaftoe y el pastor salgan, cojan a algunos suecos de la calle y les persuadan para que donen sangre. Rudy ha desaparecido, y Shaftoe sospecha durante unos minutos que ha huido del pueblo. Pero de pronto aparece junto a Root sosteniendo una vieja caja de puros cubanos, toda cubierta de palabras en español.

Cuando Enoch Root muere, las únicas personas en la sala son Rudolf von Hacklheber, Bobby Shaftoe y el médico sueco.

El doctor mira la hora y sale de la estancia.

Rudy alarga la mano y cierra los ojos de Enoch, luego se queda de pie apoyando las manos sobre el rostro del difunto padre y mira a Shaftoe.

—Ve —dice— y asegúrate de que el doctor presenta el certificado de defunción.

En la guerra, es bastante frecuente que uno de tus colegas muera, y tú tienes que entrar inmediatamente en acción, así que dejas los llantos para más tarde.

—Bien —dice Shaftoe, y sale de la sala.

El doctor está sentado en su pequeño despacho, cubierto en todas las paredes por diplomas llenos de diéresis, rellenando el certificado de defunción.

En una esquina cuelga un esqueleto. Bobby Shaftoe permanece firme en el lado opuesto, como si él y el esqueleto estuviesen triangulando la posición del médico y le observasen escribir la fecha y la hora del fallecimiento de Enoch Root.

Cuando el médico termina, se reclina sobre la silla y se frota los ojos.

—¿Puedo invitarle a una taza de café? —pregunta Bobby Shaftoe.

—Gracias —dice el médico.

La joven novia y su padre están tumbados con aspecto legañoso en la sala de espera del médico. Shaftoe se ofrece también a invitarles a café. Dejan a Rudy que vele el cadáver del difunto amigo y coconspirador, y bajan por la calle mayor de Norrsbruck. Los suecos empiezan a salir de sus casas. Tienen exactamente el mismo aspecto que norteamericanos del Medio Oeste, y Shaftoe siempre se sorprende al darse cuenta de que no hablan inglés.

El médico se detiene en el juzgado para entregar el certificado de defunción. Otto y Julieta se adelantan al café. Bobby Shaftoe se rezaga en el exterior, mirando calle arriba. Después de un minuto o dos ve a Rudy sacar la cabeza por la puerta de la consulta del médico y mirar a un lado, luego al otro. Mete dentro la cabeza durante un momento. Luego él y otro hombre salen de la consulta. El otro hombre está envuelto en una manta que le cubre incluso la cabeza. Se suben al Mercedes, el Hombre de la Manta se tiende en el asiento trasero y Rudy conduce en dirección a su casa de campo.

Bobby Shaftoe se sienta en el café con los finlandeses.

—Al final del día me voy a meter en ese puto Mercedes y voy a conducir hasta Estocolmo como un puto murciélago salido del infierno —dice Shaftoe. Aunque los fineses nunca lo entenderán, ha elegido la expresión «murciélago salido del infierno» por una buena razón. Ahora comprende por qué desde Guadalcanal se ha considerado un hombre muerto—. En cualquier caso, espero que vosotros tengáis un buen viaje en barco.

—¿En barco? —dice inocente Otto.

—Os he denunciado a los alemanes, como vosotros hicisteis conmigo. —Es la mentira de Shaftoe.

—¡Cabrón! —empieza a decir Julieta.

Pero Bobby la corta:

—Tienes lo que querías y un poco más. Un pasaporte británico y... —dice mirando por la ventana para ver al médico salir del juzgado—además, la paga de viuda de

Enoch. Y quizá más, más tarde. En cuanto a ti, Otto, se ha acabado tu carrera de contrabandista. Te sugiero que salgas cagando leches.

Otto sigue demasiado atónito como para enfadarse, pero está claro que muy pronto se cabreará de cojones.

—¿Y a dónde iremos? ¿Te has molestado en mirar un mapa?

—Muestra algo de jodida adaptabilidad —dice Shaftoe—. Seguro que se te ocurre una forma de llevar esa bañera tuya hasta Inglaterra.

Se pueden decir muchas cosas malas de Otto, pero al hombre le gustan los desafíos.

—Podría atravesar el canal Göta desde Estocolmo hasta Göteborg, *allí* no hay alemanes, lo que me llevaría casi hasta Noruega... ¡Pero Noruega está llena de alemanes! Incluso si atravieso el Skagerrak... ¿esperas que atraviese el mar del Norte? ¿En invierno? ¿En medio de una guerra?

—Si te hace sentir mejor, después de que llegues a Inglaterra tendrás que navegar hasta Manila.

—¿¡Manila!?

—¿A que ahora Inglaterra te parece fácil?

—¿¡Crees que soy un aficionado a la vela que navega por el mundo por diversión!?

—No, pero Rudolf von Hacklheber sí que lo es. Tiene dinero, tiene contactos. Tiene disponible un buen yate que hace que tu queche parezca una lancha neumática —dice Shaftoe—. Vamos, Otto. Deja de quejarte, sácate algunos diamantes del culo y hazlo. Es mejor que dejar que los alemanes te torturen. —Shaftoe se pone en pie y tira del hombro de Otto para darle ánimos, cosa que a Otto no le gusta nada—. Nos vemos en Manila.

El médico está entrando por la puerta. Bobby Shaftoe deja algo de dinero sobre la mesa. Mira a Julieta a los ojos.

—Tengo que recorrer algunas millas —dice—. Glory me espera.

Julieta asiente. Por tanto, al menos en los ojos de una chica finlandesa, Shaftoe no es tan mal tipo. Shaftoe se inclina y le da un potente y suculento beso, luego se endereza, saluda al asombrado médico y sale a la calle.

Cortejo

Waterhouse ha estado mascando exóticos sistemas de códigos nipones a un ritmo de más o menos uno por semana, pero después de ver a Mary Smith en el salón de la casa de huéspedes de la señora McTeague, su tasa de producción cae casi hasta cero. Podría argumentarse incluso que es negativa, porque en ocasiones cuando lee el periódico por la mañana, el texto llano se convierte a sus ojos en un galimatías, y es incapaz de extraer cualquier información útil.

A pesar del desacuerdo entre él y Turing sobre si el cerebro humano es una máquina de Turing, debe admitir que Turing no tendría demasiados problemas para escribir un conjunto de instrucciones que simulasen las funciones cerebrales de Lawrence Pritchard Waterhouse.

Waterhouse busca la felicidad. Lo consigue rompiendo sistemas de códigos nipones y tocando el órgano. Pero como los órganos no abundan, su nivel de felicidad acaba dependiendo por completo de la actividad de romper códigos.

No puede romper códigos (y por tanto, no puede ser feliz) a menos que tenga la mente clara. Ahora supongamos que designamos la claridad mental como C_m, que está normalizada, o calibrada, de tal forma que siempre se da el caso

$$0 \leq C_m < 1$$

donde $C_m=0$ indica una mente totalmente ofuscada y $C_m=1$ es una claridad divina, un estado divino inalcanzable de inteligencia infinita. Si el número de mensajes que Waterhouse descifra en un día se designa por medio de $N_{descifrados}$ entonces dependerá de C_m más o menos de la siguiente forma:

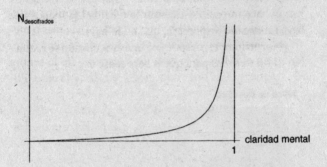

La Claridad mental (C_m) se ve afectada por diversos factores, pero con diferencia el más importante es la calentura sexual, que podemos designar por medio de σ, por evidentes razones anatómicas que Waterhouse, en su estado actual de desarrollo emocional, encuentra divertidas.

La calentura se inicia en cero y en el momento $t=t_0$ (inmediatamente después de la eyaculación) y aumenta desde ese momento como función lineal del tiempo:

$$\sigma \propto (t-t_0)$$

La única forma de hacer que vuelva a ser cero es arreglárselas para tener otra eyaculación.

Hay un límite crítico σ_c de forma que si $\sigma > \sigma_c$ a Waterhouse le resulta imposible concentrarse en nada, o, aproximadamente,

$$C_m \propto \lim_{n \to \infty} \frac{1}{(\sigma - \sigma_c)^n}$$

lo que es lo mismo que decir que, en el momento en que se eleva por encima del límite σ_c es totalmente imposible que Waterhouse rompa sistemas criptográficos nipones. Eso le hace imposible alcanzar la felicidad (a menos que haya un órgano disponible, que no lo hay).

Normalmente, después de una eyaculación se requieren dos o tres días para que σ sobrepase σ_c:

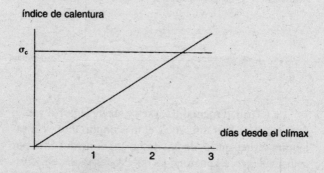

índice de calentura

días desde el clímax

Por tanto, la habilidad de eyacular cada dos o tres días es muy importante para mantener la cordura de Waterhouse. Siempre que pueda resolverlo de tal forma, σ muestra la clásica forma en dientes de sierra, con los picos de forma óptima en σ cerca de σ_c [véase la gráfica siguiente], y las zonas grises representan periodos en los que es completamente inútil para el esfuerzo bélico.

Hasta aquí la teoría básica. Ahora bien, cuando estaba en Pearl Harbor, descubrió algo que, pensándolo ahora, debería haber sido extremadamente preocupante. Tal fue que la eyaculación obtenida en un prostíbulo (a saber, administrada por una hembra humana de verdad) parecía llegar a un nivel de σ por debajo del que Waterhouse podía conseguir ejecutando un Cambio Manual. En otras palabras, el nivel de calentón posterior a la eyaculación no era siempre igual a cero, como supone la teoría ingenua propuesta anteriormente, sino una cantidad que dependía de si la eyaculación había sido inducida por Yo u Otra: $\sigma = \sigma_{yo}$ después de la masturbación pero $\sigma = \sigma_{otra}$ después de abandonar el lupanar, donde $\sigma_{yo} > \sigma_{otra}$, una desigualdad a la que podían atribuirse directamente los notables éxitos de Waterhouse en romper códigos navales nipones durante su estancia en la Estación Hypo, en que el gran número de prostíbulos convenientemente cercanos le hacía posible pasar un periodo de tiempo mayor entre eyaculaciones.

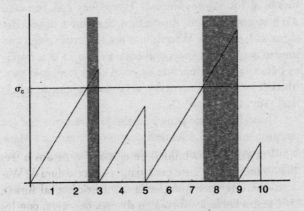

8 de mayo de 1942: Preludio a Midway

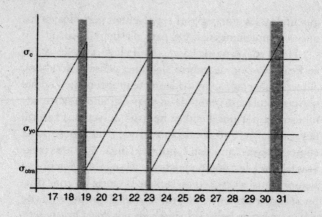

Apréciese el periodo de doce días [gráfica anterior], 19-30 de mayo de 1942, con una única y breve interrupción en la productividad, durante el que (algunos podrían argumentar) Waterhouse ganó personalmente la batalla de Midway.

Si lo hubiese pensado, le habría incomodado, porque las implicaciones de $\sigma_{yo} > \sigma_{otra}$ son problemáticas, especialmente si los valores de esas cantidades con respecto a la muy importante σ_c no son fijos. Si no fuese por esa desigualdad, entonces Waterhouse podría actuar como una unidad autónoma e independiente. Pero $\sigma_{yo} > \sigma_{otra}$ implica que, a la larga, depende de otros seres humanos para obtener su claridad mental y, en consecuencia, su felicidad. ¡Vaya un coñazo!

Quizá ha evitado pensar en ello precisamente por ser tan problemático. La semana después de conocer a Mary Smith comprende que va a tener que pensar un poco más en esos detalles.

Algo en la llegada a su mundo de Mary Smith ha alterado por completo todo el sistema de ecuaciones. Ahora, cuando eyacula, su claridad mental no da el salto hacia arriba de antes. Inmediatamente vuelve a pensar en Mary. ¡Así no hay muchas esperanzas de ganar la guerra!

Va en busca de prostíbulos, con la esperanza de que la vieja y fiable σ_{otra} le salve el culo. Lo que trae sus problemas. Cuando se encontraba en Pearl, era fácil y no despertaba mayor interés. Pero la casa de huéspedes de la señorita McTeague se encuentra en un vecindario residencial que, si contiene algún lupanar, al menos se molesta en ocultarlo. Así que Waterhouse debe dirigirse al centro, lo que no es fácil en un lugar en el que los vehículos de combustión interna están propulsados por barbacoas en el maletero. Más aún, la señorita McTeague le vigila. Conoce sus hábitos.

Si empieza a regresar del trabajo cuatro horas tarde, o sale después de cenar, tendrá que dar algunas explicaciones. Y mejor que sean convincentes, porque parece estar protegiendo a Mary Smith bajo un ala temblorosa y gelatinosa y se encuentra en posición de envenenar la mente de la pobre chica contra Waterhouse. No sólo eso, tendría que dar todas sus excusas en público, sentado alrededor de la mesa de la cena, que comparte con el primo de Mary (cuyo nombre de pila resulta ser Rod).

Pero bueno, Doolittle bombardeó Tokio, ¿no? Waterhouse al menos podría conseguir llegar hasta una casa de putas. Le lleva una semana de preparativos (durante la cual es totalmente incapaz de realizar trabajo útil por los elevadísimos niveles de σ), pero lo consigue.

Ayuda un poco, pero sólo en el apartado de administración de niveles de σ. Hasta hace poco, ése era el único nivel y por tanto todo hubiese estado en perfectas condiciones. Pero ahora (como llega a comprender Waterhouse por medio de largas reflexiones durante las horas en que debería estar rompiendo códigos) un factor nuevo ha penetrado en el sistema de ecuaciones que controla su comportamiento; tendrá que escribirle a Alan y contarle que habrá que añadir una nueva instrucción a la máquina de Turing de simulación de Waterhouse. Ese factor nuevo es F_{pMS}, el Factor de Proximidad de Mary Smith.

En un universo más simple, F_{pMS} sería ortogonal a σ, que es lo mismo que decir que ambos factores serían totalmente independientes el uno del otro. Si así fuese, Waterhouse podría continuar con su habitual programa de administración de eyaculaciones en forma de sierra sin realizar ningún cambio. Además de eso, tendría que conseguir mantener frecuentes conversaciones con Mary Smith para mantener F_{pMS} lo más alto posible.

¡Qué desgracia! El universo no es simple. Muy lejos de ser ortogonales, F_{pMS} y σ están entrelazados, de forma tan compleja como las estelas de dos aviones en un duelo aéreo. El antiguo plan de control de σ ya no funciona. Y una relación platónica en realidad haría que F_{pMS} fuese a peor, no a mejor. Su vida, que antes consistía en un conjunto simple de ecuaciones básicamente lineales, se ha convertido en una ecuación diferencial.

Todo eso lo comprende durante la visita al puticlub. En la Marina, ir de putas es tan polémico como mear por el imbornal cuando estás en alta mar, lo peor que se puede decir es que en otras circunstancias podría parecer vulgar. Así que Waterhouse lleva años haciéndolo sin sentir la más mínima inquietud.

Pero se aborrece a sí mismo durante y después de su primera visita post-Mary-Smith a un prostíbulo. Ya no se ve a sí mismo a través de sus propios ojos sino a través de los de ella, y, por extensión, los de su primo Rod y la señora McTeague y toda la sociedad de gente temerosa de Dios a la que, hasta ahora, no ha prestado ni la más mínima atención.

Parece que la intrusión de F_{pMS} en su ecuación de felicidad no es más que el borde afilado de una cuña que deja a Lawrence Pritchard Waterhouse a merced de un vasto número de factores incontrolables, y le exige que se relacione con la sociedad humana normal. Es horripilante, pero ahora se encuentra preparándose para ir a un baile.

El baile lo organiza una asociación de voluntarios australianos: ni conoce ni le importan los detalles. Está claro que la señora McTeague cree que el alquiler que gana de sus inquilinos la obliga, aparte de a darles de comer y de acomodarlos, a encontrarles esposa, así que les acosa para que vayan y lleven acompañantes femeninas si es posible. Al final Rod consigue cerrarle el pico anunciando que asistirá con un grupo amplio, que incluirá a su prima del campo, Mary. Rod mide como unos ocho pies de alto, así que será fácil localizarlo en una pista de baile abarrotada. A continuación, con suerte, la diminuta Mary estará en sus proximidades.

De tal forma asiste Waterhouse al baile, registrando su mente en busca de frases que pueda emplear para iniciar una conversación con Mary. Se le ocurren varias posibilidades.

—¿Sabes que la industria nipona sólo es capaz de producir cuarenta excavadoras al año? —Seguida de—: ¡No me sorprende que necesiten esclavos para construir sus defensas!

O quizá:

—Debido a limitaciones inherentes al diseño, en la configuración de la antena, los sistemas de radar naval nipón tiene un punto ciego en la parte de atrás... Por tanto es conveniente que te acerques exactamente por la popa.

O quizá:

—¡Los códigos menores, de más bajo nivel, de la marina nipona son en realidad más difíciles de romper que los importantes de más alto nivel! ¿No es irónico?

O quizá:

—Así que vienes del campo... ¿Enlatáis buena parte de vuestra comida? Quizá te interese saber que un pariente cercano de la bacteria que estropea la sopa enlatada es responsable del gas gangrena.

O quizá:

—Los acorazados nipones han empezado a estallar de forma espontánea, porque los explosivos de los proyectiles que llevan en las santabárbaras se vuelven químicamente inestables con el paso del tiempo.

O quizá:

—El doctor Turing de Cambridge dice que el alma es una ilusión y que todo lo que nos define como seres humanos puede reducirse a una serie de operaciones mecánicas.

Y muchas más en la misma vena. Hasta ahora, no ha dado con nada que le dé garantías absolutas de que Mary Smith vaya a arrodillarse frente a él. En realidad, no tiene ni puñetera idea de qué dirá en realidad. Que es como siempre ha ocurrido con Waterhouse y las mujeres, que es la razón por la que nunca ha tenido en realidad una novia.

Pero en esta ocasión es diferente. Ahora está desesperado.

¿Qué hay que decir del baile? Una gran sala. Hombres uniformados, en su mayoría con aspecto más elegante que aquel al que tienen derecho. En su mayoría, con aspecto más elegante que Waterhouse. Mujeres con vestidos y peinados. Carmín, perlas, una banda, guantes blancos, peleas a puñetazos, un poquito de besuqueo y un pizquitín de vomitona. Waterhouse llega tarde, el transporte ha vuelto a traicionarle. Toda la gasolina disponible se emplea para mover grandes bombarderos por la atmósfera y poder así arrojar potentes explosivos contra los nipones. Mover un cilindro de carne llamado Waterhouse por toda Brisbane para que pueda intentar desvirgar a una doncella no está muy alto en la lista de prioridades. Tiene que andar mucho rato embutido en unos rígidos y brillantes zapatos de cuero que acaban siendo algo menos brillantes. Pero cuando llega está seguro de que los zapatos sólo actúan como torniquetes que previenen que muera desangrado por culpa de un incontrolable flujo arterial a través de las heridas que ellos mismos han causado.

Ya muy avanzada la noche, al fin encuentra a Rod en la pista de baile y le sigue, durante varios bailes (a Rod no le escasean las compañeras de baile), a una esquina de la sala donde todos parecen conocerse, y todos parecen estar pasándoselo de maravilla sin la intervención de Waterhouse.

Pero finalmente identifica el cuello de Mary Smith, que le parece igualmente erótico visto por detrás a través de treinta yardas de denso humo de cigarrillo como de lado en el salón de la señora McTeague. Lleva puesto un vestido y un collar de perlas que adorna muy bien la arquitectura de su cuello. Waterhouse cambia de dirección para dirigirse hacia ella y marcha como un marine cubriendo las últimas millas hasta un fortín nipón donde sabe con toda seguridad que va a morir. ¿Puedes recibir una condecoración póstuma por ser derribado envuelto en llamas en un baile?

Está sólo a unos pasos de distancia, todavía acercándose aturdido hacia la blanca columna del cuello, cuando de pronto se acaba la música y puede oír la voz de Mary y la de sus amigos. Charlan felizmente. Pero no hablan inglés.

Finalmente, Waterhouse localiza el acento. No sólo eso: resuelve otro misterio, relacionado con el correo entrante que ha visto en la casa de la señora McTeague, dirigido a alguien llamado cCmndhd.

La cosa es así: ¡Rod y Mary con qwghlmianos! Y su apellido no es Smith, suena vagamente como Smith. Realmente es cCmndhd. Rod se crió en Manchester —sin duda, en un ghetto qwghlmiano— y Mary pertenece a una rama de la familia que se metió en problemas (probablemente por sedición) hace un par de generaciones y fue Transportada al Gran Desierto Arenoso.

¡A ver cómo lo explica Turing! Porque esto demuestra, más allá de toda duda, que existe Dios, y más aún, que Él es amigo personal de Lawrence Pritchard Waterhouse y le ayuda. El problema de la frase inicial queda resuelto, con tanta elegancia como un teorema. Q.E.D., muñeca. Waterhouse avanza lleno de confianza, sacrificando otro centímetro cuadrado de epidermis al altar de sus zapatos voraces. Tal y como lo reconstruyó a posteriori, se interpone, sin querer, entre Mary cCmndhd y su cita de esa noche, y quizá golpeó a este último en el hombro y le obligó a escupir su bebida. Es una maniobra alarmante que silencia a todo el grupo. Waterhouse abre la boca y dice:

—Gxnn bhldh sqrd m!

—¡Eh, amigo! —dice el acompañante de Mary. Waterhouse se vuelve en dirección a la voz. La sonrisa sentimentaloide que tiene colgada de la cara sirve de diana, y el acompañante de Mary la golpea infalible. La mitad inferior de la cabeza de Waterhouse queda entumecida, la boca llena de un fluido templado que sabe a nutritivo. De alguna forma, el amplio suelo de cemento salta al aire, gira como una moneda y le golpea a un lado de la cabeza. Los cuatro miembros de Waterhouse parecen estar clavados al suelo por el peso del torso.

Parece estar produciéndose algún escándalo en el plano remoto que ocupan la mayoría de las cabezas de la gente, a cinco o seis pies por encima del suelo, donde tradicionalmente tienen lugar las interacciones sociales. El acompañante de Mary está siendo apartado a un lado por un tipo con aspecto fuerte; es difícil reconocer los rostros con la cara de lado, pero Rod sería un buen candidato. Rod grita en qwghlmiano. En realidad, todo el mundo está gritando en qwghlmiano —incluso lo que hablan en inglés— porque el centro de reconocimiento del habla de Waterhouse sufre un ataque severo de ganglios discordantes. Mejor dejar esos detalles avanzados para más tarde y concentrarse en aspectos filogénéticos más básicos: estaría bien, por ejemplo, volver a ser un vertebrado. Después de eso, la locomoción cuadrúpeda podría ser útil.

Un tipo animado, qwghlmiano-australiano, con uniforme de la Real Fuerza Aérea Australiana se acerca y le agarra por la aleta anterior derecha, obligándole a trepar por la escala evolutiva antes de que esté listo. No está tanto haciéndole un favor a Waterhouse como poniendo la cara de Waterhouse allí donde pueda estudiarse mejor. El tipo de la RAAF le grita (porque la música ha empezado de nuevo):

—¿Dónde aprendiste a hablar así?

Waterhouse no sabe por dónde empezar, dios no permita que vuelva a ofender a esa gente. Pero no tiene que hacerlo. El tipo de la RAAF retuerce la cara de asco, como si acabase de ver una tenia de seis pies que intentase escapar por la garganta de Waterhouse.

—¿Qwghlm Exterior? —pregunta.

Waterhouse asiente. Los rostros confundidos y horrorizados que tiene al frente se convierten en máscaras de piedra. ¡Qwghlmianos del interior! ¡Claro! Los isleños del interior están continuamente puteados, por eso tienen la mejor música, las personalidades más divertidas, pero se les envía constantemente a Barbados a cortar caña de azúcar, o a Tasmania a perseguir ovejas, o a... bien, al suroes-te del Pacífico a dejar que les persigan nipones hambrien-tos a través de la jungla cargando con bombas mochila.

El tipo de la RAAF se obliga a sonreír, le da un tirón en el hombro. Alguien del grupo tendrá que aceptar el de-sagradable trabajo de hacer de diplomático, eliminando los obstáculos, y con el instinto de un verdadero qwghl-miano del interior para los trabajos de mierda, el chico de la RAAF acaba de ofrecerse voluntario.

—Para nosotros —le explica con una sonrisa—, lo que has dicho no se considera un saludo amable.

—Oh —dice Waterhouse—, entonces, ¿qué he dicho?

—Dijiste que mientras estabas en el molino para pre-sentar una queja por un saco con una costura débil que se abrió el jueves, se te hizo comprender, por el tono de la voz del propietario, que la tía abuela de Mary, una sol-terona de mala reputación cuando era joven, había con-traído una infección de hongos en las uñas de los dedos de los pies.

Se produce un largo silencio. Luego todos hablan simultáneamente. Al final, una voz de mujer se abre paso por entre la cacofonía:

—¡No, no! —Waterhouse la mira; se trata de Mary—. Yo lo que he entendido es que estaba en el pub, y que se encontraba allí para pedir trabajo como cazador de ratas, y que era el perro de mi vecino el que había contraído la rabia.

—Se encontraba en la basílica para pedir confesión... el sacerdote... angina... —grita alguien desde atrás. Lue-go todos hablan a la vez:

—El muelle... la medio hermana de Mary... lepra... miércoles... quejándose por el ruido excesivo de una fiesta.

Un brazo fornido pasa sobre los hombros de Water-house apartándole de la cacofonía. No puede volver la cabeza para ver quién es el dueño del miembro, porque ha perdido de nuevo la columna vertebral. Supone que es Rod, tomando como un caballero al pobre y confuso yanqui bajo su protección. Rod se saca un pañuelo limpio del bolsillo y se lo pone a Waterhouse en la boca, luego aparta la mano. El pañuelo se queda pegado al labio, que a estas alturas tiene la forma de un globo.

No es el único gesto de amabilidad. Incluso le trae una copa y le busca una silla.

—¿Sabes lo de los navajos? —le pregunta Rod.

—¿Eh?

—Los marines emplean indios navajos como operadores de radio... hablan entre ellos en su propia lengua y los nipos no tienen ni idea de qué coño están diciéndose.

—Oh. Sí. Lo he oído —dice Waterhouse.

—Winnie Churchill oyó lo de los navajos. Le gustó la idea. Quería que las fuerzas de Su Majestad hiciesen lo mismo. Nosotros no tenemos navajos. Pero...

—Tenéis qwghlmianos —dice Waterhouse.

—Hay dos programas diferentes —continúa Rod—. La Marina Real emplea qwghlmianos del exterior. El Ejército de Tierra y las Fuerzas Aéreas emplean del interior.

—¿Cómo os va?

Rod se encoge de hombros.

—Más o menos. El qwghlmiano es una lengua muy concisa. No tiene ninguna relación con el inglés o el celta... sus parientes más cercanos son el !Qnd, que lo habla una tribu de pigmeos de Madagascar, y el aleutiano. En todo caso, cuanto más conciso mejor, ¿no?

—En todos los sentidos —dice Waterhouse—. Menor redundancia... hace que el código sea más difícil de romper.

—El problema es que no es ni de lejos una lengua muerta. De pronto se encontró tendida con la cara en el suelo y un sacerdote encima haciendo el signo de la cruz. ¿Comprendes?

Waterhouse asiente.

—Así que cada uno lo escucha de una forma ligeramente diferente. Justo como ahora... escucharon tu acento de Qwghlm Exterior y dieron por supuesto que ibas a lanzar un insulto. Pero yo sabía que estabas diciendo que creías, según un rumor que habías oído el martes pasado en el mercado de carne, que la convalecencia de Mary era normal y que en una semana estaría recuperada.

—Intentaba decir que estaba preciosa —protesta Waterhouse.

—¡Ah! —dice Rod—. Entonces deberías haber dicho «Gxnn bhldh sqrd m!».

—¡Eso es lo que dije!

—No, confundiste la glotal media con la glotal frontal —dice Rod.

—¿De verdad —pregunta Waterhouse— podéis distinguirlas hablando por radio?

—No —dice Rod—. En la radio nos centramos en lo más básico: «Ve allí y toma ese fortín o te juro que te mato.» Y ese tipo de cosas.

No mucho después la banda ha terminado la última canción y la fiesta se acaba.

—Bien —dice Waterhouse—, ¿le dirás a Mary lo que pretendía decir de verdad?

—Oh, estoy seguro de que no es necesario —dice Rod con toda confianza—. Mary es muy buena juzgando a las personas. Estoy seguro de que sabe cuál era tu intención. Los qwghlmianos destacan en la comunicación no verbal.

Waterhouse apenas puede controlarse para no decir *Supongo que no os queda más remedio*, lo que probablemente le ganaría otro golpe en la cara. Rod le estrecha la mano y se va. Waterhouse, atrapado por los zapatos, parte con dificultad.

INRI

Goto Dengo yace tendido durante seis semanas sobre un jergón tejido con juncos, bajo un cono blanco antimosquitos que se agita con la brisa que entra por las ventanas. Cuando hay un tifón, las enfermeras cierran las ventanas con postigos de madreperla, pero en general se las deja abiertas noche y día. Más allá de la ventana se ve una inmensa escalera tallada en el lateral de una montaña verde. Cuando les da el sol, el arroz nuevo de esas terrazas emite su fluorescencia; una luz verde penetra en la habitación como si se tratase de llamas. Puede ver a personitas dobladas vestidas con ropas coloridas trasplantando plántulas de arroz y manoseando el sistema de irrigación. Las paredes de su habitación son de yeso color crema atravesadas por deltas de grietas, como los vasos sanguíneos en la superficie de un globo ocular. El único elemento decorativo es un crucifijo tallado en madera de napa con una serie de detalles casi maníaca. Los ojos de Jesús son esferas lisas sin pupilas ni iris, como en las estatuas romanas. Cuelga algo ladeado en el crucifijo, los brazos extendidos, los ligamentos probablemente ya separados de sus puntos de unión, las piernas torcidas, rotas por los golpes con los palos de las lanzas romanas, incapaces de soportar el peso del cuerpo. Un clavo triste y oxidado atraviesa cada palma, y un tercero se basta para los pies.

Goto Dengo aprecia después de un rato que el escultor ha dispuesto los tres clavos en un triángulo equilátero perfecto. Él y Jesús pasan muchas horas y días mirándose el uno al otro a través del velo blanco que cuelga sobre la cama: cuando éste se agita por el impulso de la brisa de la montaña, Jesús parece moverse. Un pergamino abierto está fijado en la parte alta del crucifijo; dice I.N.R.I. Goto Dengo pasa mucho tiempo intentado descifrarlo. ¿Inoportunamente Necesito Rápidamente algo? ¿Iniciar de Inmediato la Retirada de Clavos?*

El velo se abre y una joven perfecta con un severo hábito blanco y negro se planta en el hueco, radiante bajo la luz verde que viene de las terrazas, portando un cuenco de agua vaporosa. Ella le retira la bata de hospital y comienza a lavarle con la esponja. Goto Dengo señala el crucifijo y pregunta por él: quizá la mujer haya aprendido un poco de niponés. Si le escucha, no da muestras de ello. Probablemente esté sorda o loca, o ambas cosas; los cristianos son famosos por la forma en que adoran a las personas defectuosas. Su mirada está fija en el cuerpo de Goto Dengo, que limpia con cuidado pero de forma implacable, una porción del tamaño de un sello de correos cada vez. La mente de Goto Dengo sigue jugándole malas pasadas y, al mirar su torso desnudo, por un momento cree estar mirando el cuerpo clavado de Jesús. Le sobresalen las costillas y su piel es un mapa abarrotado de llagas y cicatrices. Es imposible que ahora valga para nada; ¿por qué no le envían de vuelta a Nipón? ¿Por qué no se han limitado a matarle?

—¿Habla inglés? —dice, y los ojos castaños de la mu-

---

* En el original «Initiate Nail Removal Inmediately». Traduzco literalmente porque está claro que no se me va a ocurrir un equivalente mejor en español. *(N. del T.)*

jer saltan un poco. Es la mujer más hermosa que ha visto nunca. Para ella, él debe ser algo repelente, un espécimen tras la tapa de cristal en un laboratorio de patología. Cuando salga de la habitación probablemente irá a lavarse meticulosamente y luego hará lo posible por eliminar de su mente limpia y virginal el recuerdo del cuerpo de Goto Dengo.

Goto Dengo cae en un estado febril, y se ve a sí mismo desde el punto de vista de un mosquito que intentara atravesar la redecilla: un cuerpo maciento y roto extendido, como un insecto de colección, sobre un caballete de madera. Lo único que te indica que se trata de un nipón es la cinta de tela blanca atada alrededor de la frente, pero en lugar del sol naranja lleva la inscripción I.N.R.I.

Un hombre vestido con una larga bata negra está sentado a su lado, sosteniendo en la mano una serie de cuentas de coral rojas de las que cuelga un crucifijo diminuto. Tiene la cabeza grande y la frente ancha de esas gentes extrañas que trabajan en las terrazas de arroz, pero el nacimiento del pelo, ya en recesión, y el pelo entre plateado y castaño son muy europeos, como lo son también sus ojos intensos.

—*Iesus Nazarenus Rex Iudaeorum* —dice—. Es latín. Jesús de Nazaret, Rey de los Judíos.

—¿Judíos? Pensaba que Jesús era cristiano —dijo Goto Dengo.

El hombre vestido de negro le mira. Goto Dengo prueba otra vez:

—No sabía que los judíos hablasen latín.

Un día traen a la habitación una silla de ruedas; la mira con curiosidad remota. Ha oído hablar de esas cosas; se las emplea tras paredes altas para transportar personas vergonzosamente imperfectas de una habitación a otra. ¡De pronto, esas diminutas muchachas lo han levantado

387

y lo han sentado en la silla! Una de ellas comenta algo sobre aire fresco y lo siguiente que sabe es que ¡le han sacado de la habitación hasta el pasillo! Le han atado para que no se caiga, y se remueve incómodo en la silla intentado ocultar el rostro. Las muchachas lo llevan hasta un porche que mira a las montañas. En la pared que tiene detrás hay una pintura enorme de I.N.R.I. encadenado desnudo a un poste, sangrando por un centenar de heridas paralelas producidas por un látigo. Ante él se alza un centurión con un flagelo. Sus ojos parecen extrañamente nipones.

En el porche hay sentados otros tres nipones. Uno de ellos habla consigo mismo usando frases ininteligibles y continuamente juega con una llaga del brazo que sangra incesantemente sobre una toalla que lleva en el regazo. Otro ha sufrido quemaduras en los brazos y cara, y mira el mundo a través de un único agujero en una máscara inexpresiva de tejido cicatrizante. El tercero está atado a la silla con muchas tiras de tela porque se agita continuamente como un pez en la playa y emite gemidos ininteligibles.

Goto Dengo observa la barandilla del porche, preguntándose si podrá reunir fuerzas suficientes para acercarse a ella y lanzar su cuerpo por el borde. ¿Por qué no se le ha permitido morir con honor?

La tripulación del submarino le trató a él y a los otros evacuados con una incomprensible combinación de reverencia y asco.

¿Cuándo se le apartó de su raza? Sucedió mucho antes de su evacuación de Nueva Guinea. El teniente que le rescató de los cazadores de cabezas le trató como a un criminal y le sentenció a ser ejecutado. Incluso antes, ya era diferente. ¿Por qué no le habían comido los tiburones? ¿Huele su cuerpo de forma diferente? Debería haber muerto con sus compañeros en el mar de Bismarck. Vivió, en parte porque tuvo suerte, en parte porque sabía nadar.

¿Por qué sabía nadar? En parte porque su cuerpo era bueno en esa actividad, pero en parte porque su padre lo educó para que no creyese en demonios.

Ríe en voz alta. El resto de los hombres en el porche se vuelven para mirarle.

Le educaron para que no creyese en demonios, y ahora se ha convertido en uno de ellos.

El del vestido negro se ríe de Goto Dengo durante su siguiente visita:

—No intento convertirle —dice—. Por favor, no le cuente sus sospechas a sus superiores. Se nos ha prohibido estrictamente ganar prosélitos, y las repercusiones serían brutales.

—No intenta convertirme con palabras —admite Goto Dengo—, sino teniéndome aquí. —Su inglés no es del todo suficiente.

El nombre de Vestido negro es Padre Ferdinand. Es un jesuita o algo así, con suficiente inglés como para dar lecciones a Goto Dengo.

—¿De qué forma el simple hecho de tenerle aquí constituye proselitismo? —Luego, simplemente para quitar todo apoyo a Goto Dengo, repite lo mismo en un niponés medio decente.

—No lo sé. El arte.

—Si no le gusta el arte, cierre los ojos y piense en el emperador.

—No puedo mantener los ojos cerrados continuamente.

El padre Ferdinand ríe sarcástico.

—¿En serio? La mayoría de sus compatriotas no parece tener dificultad en mantener los ojos bien cerrados desde la cuna hasta la tumba.

—¿Por qué no tienen algo más alegre? ¿Esto es un hospital o una morgue?

—Aquí la Pasión es muy importante —dice el padre Ferdinand.

—¿La Pasión?

—El sufrimiento de Cristo. Está metida en el corazón del pueblo de Filipinas. Especialmente ahora.

Goto Dengo tiene otra queja a la que no puede dar forma hasta que toma prestado el diccionario japonés-inglés del padre Ferdinand y pasa algo de tiempo trabajando con él.

—Veamos si le he entendido —dice el padre Ferdinand—. Cree que cuando le tratamos con misericordia y dignidad, implícitamente intentamos convertirle al catolicismo.

—Vuelve a retorcer mis palabras —dice Goto Dengo.

—Lo que dijo estaba retorcido y yo me he limitado a enderezarlo —responde el padre Ferdinand.

—Intentan convertirme en... uno de ustedes.

—¿Uno de nosotros? ¿Qué quiere decir?

—Una persona inferior.

—¿Por qué querríamos hacer tal cosa?

—Porque tienen una religión de personas inferiores. Una religión de perdedores. Si me convierten en una persona inferior, eso hará que quiera profesar esa religión.

—¿Y al tratarle con decencia intentamos convertirle en una persona inferior?

—En Nipón, no se trataría tan bien a un enfermo.

—No es necesario que nos lo aclare —dice el padre Ferdinand—. Se encuentra en medio de un país en el que la mitad de las mujeres han sido violadas por soldados nipones.

Hora de cambiar de tema.

—«Ignoti et quasi occulti... Societas Eruditorum» —dice Goto Dengo, leyendo la inscripción en el medallón que cuelga del cuello del padre Ferdinand—. ¿Más latín? ¿Qué significa?

—Es una organización a la que pertenezco. Ecuménica.

—¿Qué significa eso?

—Cualquiera puede formar parte de ella. Incluso usted, después de que se recupere.

—Me recuperaré —dice Goto Dengo—. Nadie sabrá que he estado enfermo.

—Excepto nosotros. ¡Oh, comprendo! Quiere decir que ningún nipón lo sabrá. Eso es cierto.

—Pero los otros no se pondrán bien.

—Es cierto. El pronóstico para usted es el mejor de todos.

—Reciben en su seno a esos nipones enfermos.

—Sí. Más o menos se trata de una exigencia de nuestra religión.

—Ahora son personas inferiores. Quieren que se unan a su religión de inferiores.

—Sólo en la medida en que es bueno para ellos —dice el padre Ferdinand—. No es como si fuesen a salir corriendo para construir una nueva catedral o algo similar.

Al día siguiente, se considera que Goto Dengo está curado. Él no se siente curado en absoluto, pero hará lo que sea por salir de la rutina: perder un combate de miradas tras otro contra el Rey de los Judíos.

Espera que le entreguen un petate y le envíen a la estación de autobuses para defenderse por sí mismo, pero en lugar de eso viene un coche a buscarle. Y como si tal acontecimiento no fuese suficiente, el coche le lleva a un campo de aviación donde le espera un avión ligero. Es la primera vez que vuela en avión, y la emoción lo reactiva más que seis semanas en el hospital. El avión despega entre dos montañas verdes y se dirige al sur (a juzgar por la posición del sol) y por primera vez comprende dónde ha estado: en el centro de la isla de Luzón, al norte de Manila.

Media hora más tarde, se encuentra sobre la capital, sobrevolando el río Pasig y luego la bahía, atestada de transportes militares. La cornisa está protegida por una empalizada formada por palmeras. Vistas desde arriba, las palmas se agitan movidas por la brisa marina como colosales tarántulas empaladas. Al mirar por encima del hombro del piloto, distingue un par de pistas de aterrizaje pavimentadas sobre la tierra plana de arrozal al sur de la ciudad, cruzándose en ángulo agudo para formar una X estrecha. El avión ligero vuela con dificultad por entre las ráfagas. Rebota sobre la pista como una pelota de fútbol demasiado hinchada, dejando atrás la mayor parte de los hangares y deteniéndose finalmente cerca de un barracón de guardia aislado donde aguarda un hombre subido a una motocicleta con un sidecar vacío. A Goto Dengo se le indica con gestos que baje del avión y se suba al sidecar; nadie le habla. Va vestido con un uniforme del Ejército de Tierra sin insignia ni rango.

Hay un par de gafas protectoras en el asiento, y se las pone para evitar que los bichos se le metan en los ojos. Se siente un poco nervioso porque no tiene papeles ni órdenes. Pero se les permite salir de la base y llegar a la carretera sin ninguna comprobación.

El motorista es un joven filipino que mantiene continuamente una amplia sonrisa, a riesgo de que los insectos se le metan entre los grandes dientes blancos. Parece creer que tiene el mejor trabajo del mundo entero, y quizá sea así. Vira al sur metiéndose en una carretera que muy probablemente por allí se considera una gran autopista, y comienza a esquivar el tráfico. En su mayor parte está formado por carros tirados por carabaos, enormes animales similares a bueyes con impresionantes cuernos en forma de luna creciente. Hay pocos automóviles, y algún esporádico camión militar.

Durante el primer par de horas la carretera sigue recta y atraviesa la tierra húmeda empleada para cultivar arroz. Goto Dengo entrevé una masa de agua a la izquierda, pero no está seguro si es un lago grande o parte del océano.

—Laguna de Bay —dice el motorista, cuando ve que Goto mira—. Muy hermoso.

Se apartan del lago y se meten en una carretera que sube lentamente por el territorio de la caña de azúcar. De pronto, Goto Dengo ve un volcán: un cono simétrico, oscurecido por la vegetación, cubierto de niebla como si estuviese protegido por una red contra los mosquitos. La gran densidad del aire hace imposible calcular el tamaño o la distancia; podría tratarse de un pequeño cono de cenizas a un lado de la carretera o un inmenso estratovolcán a cincuenta millas de distancia.

Empiezan a aparecer bananos, cocoteros, palmas de aceite, datileras, primero en número reducido, transformando el paisaje en una especie de sabana húmeda. El motorista se mete en un establecimiento de carretera de aspecto desastroso para comprar gasolina. Goto Dengo despliega su cuerpo magullado por el sidecar y se sienta frente a una mesa bajo una sombrilla. Se limpia la capa de suciedad y sudor de la frente con un pañuelo limpio que esa mañana se encontró en el bolsillo y pide algo de beber. Le traen un vaso de agua helada, un cuenco de azúcar local sin refinar y un plato de calamansis del tamaño de bolas de pinball. Aprieta los calamansis sobre el agua, lo mezcla con azúcar y lo bebe convulsivamente.

El motorista se une a él; le ha gorroneado un vaso de agua gratis a los propietarios. Siempre lleva una sonrisa traviesa, como si él y Goto Dengo compartiesen alguna broma privada. Se lleva un rifle imaginario a la cara y produce un ruido de rasgar con el dedo del gatillo.

—¿Es soldado?

Goto Dengo medita la pregunta.

—No —dice—, no merezco llamarme soldado.

El motorista se muestra asombrado.

—¿No soldado? Pensé que era soldado. ¿Qué es?

Goto Dengo considera decir que es un poeta. Pero tampoco se merece ese título.

—Soy un excavador —dice al fin—. Excavo agujeros.

—Ahh —dice el motorista, como si comprendiese—. Eh, ¿quiere? —Se saca dos cigarrillos del bolsillo.

Goto Dengo se ríe ante la perfección de la estratagema.

—Aquí —le dice al dueño—. Cigarrillos. —El motorista sonríe y devuelve los cigarrillos a su sitio.

El dueño regresa y le entrega a Goto Dengo un paquete de Lucky Strike y una carterita de cerillas.

—¿Cuánto? —dice Goto Dengo, y saca un sobre de dinero que esa misma mañana se encontró en el bolsillo. Saca los billetes y los mira: cada uno está impreso en inglés con las palabras EL GOBIERNO JAPONÉS y luego la cantidad de pesos. En medio se encuentra la imagen de un obelisco achaparrado, un monumento a José P. Rizal situado cerca del Hotel Manila.

El dueño hace una mueca.

—¿Tiene plata?

—¿Plata? ¿El metal?

—Sí —dice el motorista.

—¿Es lo que usa la gente?

El motorista asiente.

—¿Esto no vale? —Goto Dengo sostiene los billetes nuevos y perfectos.

El dueño coge el sobre de la mano de Goto Dengo y cuenta algunos de los billetes de mayor valor, se los mete en el bolsillo y se va.

Goto Dengo rompe el sello del paquete de Lucky Strike, lo golpea un par de veces contra la mesa y abre la cubierta. Además de los cigarrillos, en el interior hay una tarjeta impresa. Puede ver la parte superior: es el dibujo de un hombre con una gorra militar de oficial. La saca lentamente, mostrando la insignia de un águila en la gorra, un par de gafas de sol de aviador, una enorme pipa, una insignia en el pecho con cuatro estrellas y finalmente, en letras mayúsculas, la palabra VOLVERÉ.

El motorista mantiene con toda su voluntad un aire de indiferencia. Goto Dengo le muestra la tarjeta y aquél arquea las cejas.

—No es nada —dice el motorista—. Japón muy fuerte. Japoneses se quedarán por siempre. MacArthur sólo bueno para vender cigarrillos.

Cuando Goto Dengo abre las cerillas, se encuentra con la misma imagen de MacArthur, y la misma palabra, impresa en el interior.

Después de fumar, vuelven a la carretera. Aparecen más conos negros, alrededor, y la carretera empieza a trepar por las colinas y a descender a los valles. Los árboles se van acercando más y más hasta que circulan a través de una especie de jungla cultivada y habitada: piñas cerca del suelo, arbustos de café y cacao en medio, plátanos y cocos en lo alto. Atraviesan un poblado tras otro, cada uno de ellos un conjunto de chozas dispersas reunidas alrededor de una inmensa iglesia blanca, achaparrada y fuerte para sobrevivir a los terremotos. Esquivan en zigzag pilas de cocos dispuestas en los laterales de la carretera principal y penetran en un camino de tierra que serpentea entre los árboles. El sendero ha sido marcado por las ruedas de camiones demasiado grandes para ese camino. El suelo está cubierto de ramas recién cortadas.

Atraviesan un poblado desierto. Perros vagabundos

entran y salen de las casas, cuyas puertas bailan sin impedimento. Pilas de cocos verdes y maduros se pudren bajo oleadas de moscas negras.

Una milla más adelante, el bosque cultivado da paso al salvaje y un control militar interrumpe la carretera. Del rostro del motorista desaparece la sonrisa.

Goto Dengo da su nombre a uno de los guardas. Al no saber por qué está allí, no puede decir nada más. Por ahora está bastante seguro de encontrarse en un campo de prisioneros y de que pronto se convertirá en uno de ellos. A medida que su visión se ajusta, puede ver una barrera de alambre de espinos que salta de árbol en árbol, y una segunda barrera en el interior de la primera. Mirando con atención, puede ver dónde han cavado búnkeres y han edificado fortines y puede realizar un mapa mental de los campos de fuego superpuestos. Ve cuerdas colgando de las copas de árboles altos, de forma que los francotiradores puedan atarse allá arriba si fuese necesario. Todo se ha realizado siguiendo fielmente la doctrina, pero con una perfección que nunca se encuentra en un campo de batalla real, sólo en los campamentos de entrenamiento.

Se asombra al comprender que todas esas fortificaciones tienen como propósito mantener a la gente fuera, no dentro.

Llega una llamada por uno de los teléfonos del campo, se levanta la barrera y se les indica que pasen. Media milla en el interior de la jungla llegan hasta un grupo de tiendas montadas sobre plataformas fabricadas con los troncos de los árboles recién talados para crear el claro. Un teniente les espera a la sombra.

—Teniente Goto, soy el teniente Mori.

—¿Ha llegado hace poco a la Zona de Recursos del Sur, teniente Mori?

—Sí. ¿Cómo lo sabe?

—Está de pie justo debajo de un cocotero.

El teniente Mori mira directamente hacia arriba y ve que sobre su cabeza cuelgan varias bolas de cañón de color marrón.

—¡Ah, vaya! —dice, y se aparta—. ¿Ha conversado con el motorista?

—Sólo unas palabras.

—¿De qué han hablado?

—Cigarrillos. Plata.

—¿Plata? —El teniente Mori se muestra muy interesado, por lo que Goto Dengo narra toda su conversación.

—¿Le ha dicho que era un excavador?

—Algo así, sí.

El teniente Mori retrocede un paso, se vuelve hacia un soldado que ha estado esperando a un lado y asiente. El soldado levanta la culata del rifle del suelo, coloca el arma en posición horizontal y apunta al motorista. Cubre la distancia en unos seis pasos acelerando hasta correr y lanza un rugido al clavar la bayoneta en el cuerpo delgado del motorista. La víctima pierde el equilibrio y cae de espaldas emitiendo un gemido casi inaudible. El soldado le hunde la bayoneta en el torso varias veces más, provocando con cada golpe un húmedo sonido silbante allí donde el metal se desliza entre paredes de carne.

El motorista acaba tendido inmóvil sobre el suelo, soltando sangre en todas dirección.

—La indiscreción no se le tendrá en cuenta —le dice el teniente Mori con una sonrisa—, porque no conocía la naturaleza de su nueva tarea.

—¿Perdón?

—Excavar. Ha venido aquí a excavar, Goto-san. —Se coloca firme y le saluda inclinándose mucho—. Permítame ser el primero en felicitarle. Su misión es muy importante.

Goto Dengo devuelve el saludo, sin saber hasta qué punto inclinarse.

—Así que no... —Busca palabras. ¿No estoy en problemas? ¿No soy un paria? ¿No estoy condenado a muerte?— Aquí no soy un inferior.

—Aquí es usted una persona muy superior, Goto-san. Por favor, acompáñeme. —El teniente Mori hace un gesto hacia una de las tiendas.

Mientras Goto Dengo se aleja, oye que el joven motorista murmura algo.

—¿Qué ha dicho? —pregunta el teniente Mori.

—Ha dicho «Padre, a ti te encomiendo mi espíritu». Es algo religioso —le explica Goto Dengo.

California

Parece que ahora la mitad de las personas que trabajan en el Aeropuerto Internacional de San Francisco son filipinos, lo que ciertamente ayuda a reducir el impacto de la reentrada. A Randy le eligen, como siempre, para un examen exhaustivo de su equipaje por parte de los agentes de aduanas exclusivamente anglosajones. Parece que a las autoridades norteamericanas les irritan los hombres solos que viajan prácticamente sin equipaje. No es tanto que crean que eres un traficante de drogas sino que encajas, de la forma más esquemática posible, en el perfil del traficante de drogas más patológicamente optimista que pueda concebirse, y por tanto les fuerzas a investigarte. Irritados porque les hayas obligado de esa forma, quieren darte una lección: ¡la próxima vez viaja con mujer y cuatro hijos, o facturas algunas maletas enormes, o algo similar, tío! ¿Qué coño estabas pensando? No importa que Randy venga de un sitio donde el aeropuerto está cubierto de tantas señales de MUERTE A LOS TRAFICANTES DE DROGAS como aquí de CUIDADO: SUELO HÚMEDO.

El momento más kafkiano se produce, como siempre, cuando la agente de aduanas le pregunta qué hace para ganarse la vida, y tiene que inventar una respuesta que no suene como la improvisación frenética de un camello con el vientre lleno de condones ominosamente hinchados por la heroína.

—Trabajo para una compañía privada de telecomunicaciones. —Parece ser inocuo.

—Oh, ¿cómo una compañía de teléfonos? —responde la agente, como si no se lo creyese.

—Realmente no nos podemos meter en el mercado telefónico —dice Randy—, así que ofrecemos otros servicios de comunicación. En su mayoría datos.

—Por tanto, ¿debe viajar mucho de un sitio a otro? —pregunta la agente, repasando los coloridos sellos del pasaporte de Randy. La agente establece contacto visual con el agente de mayor graduación, que se acerca a ellos. Ahora Randy siente que empieza a ponerse nervioso, exactamente como le pasaría a un camello, y lucha contra el impulso de secarse las palmas húmedas contra los pantalones, lo que probablemente le conseguiría un viaje a través del túnel magnético de un escáner TAC, una dosis triple de laxante con sabor a metal y varias horas de esfuerzo sobre un cubo de pruebas de acero inoxidable.

—Sí, así es —dice Randy.

El agente de aduanas superior, que intenta ser discreto e informal de tal forma que Randy debe contener un ataque agudo y afligido de risa, comienza a ojear una revista malísima sobre la industria de la comunicación que Randy metió en la cartera al salir de Manila. La palabra INTERNET aparece en la portada al menos cinco veces. Randy mira directamente a los ojos de la agente de aduanas y dice:

—Internet.

El rostro de la mujer se ilumina con una comprensión ficticia, y sus ojos amenazan con salirse de sus cuencas. El jefe, todavía profundamente inmerso en un artículo sobre la nueva generación de routers de alta velocidad, echa fuera el labio inferior y asiente, como cualquier otro norteamericano de los noventa que tiene la intuición de que saber de esas cosas es ahora tan intrínsecamente masculino como lo era cambiar ruedas pinchadas para Papá.

—He oído que es un negocio muy excitante —dice la mujer con un tono de voz completamente diferente, y comienza a reunir las pertenencias de Randy en una enorme pila para que pueda guardarlas de nuevo. De pronto se ha roto el maleficio, Randy vuelve a ser un miembro de pleno derecho de la sociedad norteamericana, habiendo superado con alegría el proceso de sufrir un registro ritual por parte del gobierno. Siente el fuerte impulso de dirigirse de inmediato a la armería más cercana y gastarse diez mil dólares. No es que quiera hacerle daño a nadie, es que ahora cualquier autoridad gubernamental le da pánico. Probablemente se ha relacionado demasiado con el ridículamente armado Tom Howard. Primero una hostilidad hacia la selva tropical, ahora el deseo de poseer armas automáticas; ¿dónde acabará todo eso?

Avi le está esperando, una figura alta y pálida de pie junto a la cinta de terciopelo rodeada de un centenar de filipinas frenéticas, que portan gladiolos como si fuesen lanzas medievales. Avi tiene las manos metidas en los bolsillos de un abrigo que barre el suelo, y mantiene la cabeza en la dirección de Randy pero parece que se concentra en un punto a medio camino entre ellos, frunciendo el ceño como si fuese un búho. Era el mismo gesto que adoptaba la abuela de Randy cuando intentaba desenredar un trozo de cuerda sacado del cajón de los trastos. Avi la adopta cuando está haciendo básicamente lo mismo con alguna información nueva y compleja. Debe de haber leído el mensaje de correo electrónico de Randy sobre el oro. Ahora se le ocurre que ha perdido una gran oportunidad de gastarle una broma: podría haber cargado la bolsa con un par de lingotes de plomo y luego pasársela a Avi para dejarlo completamente anonadado. Demasiado tarde. Avi gira sobre el eje vertical cuando Randy se le acerca y luego se pone a andar igualando el paso de Randy. Hay una especie de protocolo inarticulado que dicta cuándo Randy y Avi se darán la mano, cuándo se abrazarán, y cuándo actuarán como si no hubiesen estado separados más que unos minutos. Un intercambio reciente de correos parece constituir una reunión virtual que obvia la necesidad de darse la mano o de abrazarse.

—Tenías razón con respecto a los diálogos malos —es lo primero que dice Avi—. Pasas demasiado tiempo con Shaftoe, viendo las cosas según su punto de vista. No se trataba de enviarte un mensaje, al menos no como lo interpreta Shaftoe.

—Entonces, ¿cómo lo interpretas?

—¿Qué te parecería establecer una nueva moneda? —pregunta Avi.

Con frecuencia, Randy oye fragmentos de conversaciones de negocios de la gente que pasea por los aeropuertos, y siempre van de cómo salió esa presentación tan importante, o quién está en la lista para reemplazar al jefe de administración, o similar. Se enorgullece de encontrarse en lo que cree un plano superior, o al menos discutir temas más extraños en sus intercambios con Avi. Caminan juntos por el arco del anillo interior del Aeropuerto de San Francisco. Un hálito de salsa de soja y jengibre salta de uno de los restaurantes y nubla la mente de Randy, haciendo que no esté seguro, por un momento, de en qué hemisferio se encuentra.

—Vaya, no es algo en lo que haya pensado mucho —dice—. ¿Es a lo que nos dedicamos ahora? ¿Vamos a establecer una nueva moneda?

—Bien, es evidente que alguien debe crear una que no sea una mierda —dice Avi.

—¿Estamos realizando un ejercicio para mantener la cara seria? —pregunta Randy.

—¿Nunca lees los periódicos? —Avi agarra a Randy por el hombro y lo arrastra hasta un puesto de prensa. Varios periódicos presentan en primera página informaciones sobre la caída de las monedas del sureste asiático, aunque tampoco es que sea noticia.

—Sé que las fluctuaciones monetarias son importantes para Epiphyte —dice Randy—. Pero por dios, es tan tedioso que me gustaría salir corriendo.

—Bien, no es tedioso para ella —dice Avi, sacando tres periódicos diferentes que han decidido imprimir la misma fotografía de agencia: una encantadora niñita tailandesa haciendo una cola de una milla de largo frente a un banco mientras sostiene un único billete de dólar norteamericano.

—Sé que para algunos de nuestros clientes es muy importante —dice Randy—. Simplemente no pensaba que fuese una oportunidad empresarial.

—No, piénsalo —dice Avi. Cuenta algunos dólares de los suyos para pagar los periódicos, luego vira hacia la salida. Penetran en un túnel que lleva hasta los aparcamientos—. El sultán opina que...

—¿Has estado pasando el tiempo con el sultán?

—Principalmente con Pragasu. ¿Vas a dejarme terminar? Decidimos establecer la Cripta, ¿no?

—Sí.

—¿Qué es la Cripta? ¿Recuerdas su función original?

—Almacenamiento de datos seguro, anónimo y sin regular. Un refugio de datos.

—Sí. Un pequeño cubo de agua. Y se nos ocurrieron muchas aplicaciones.

—Chico, vaya si lo hicimos —dice Randy, recordando las largas noches alrededor de mesas de cocina y en habitaciones de hotel, escribiendo versiones del plan de negocios que ahora son tan antiguas y están tan perdidas como los hológrafos de los Cuatro Evangelios.

—Una idea era la banca electrónica. Demonios, incluso predijimos que podría ser una de las aplicaciones más importantes. Pero cuando un plan de negocios entra en contacto con el mercado real, el mundo real, de pronto muchas cosas quedan claras. Puede que hayas pensando en media docena de mercados potenciales para tu producto, pero tan pronto como abres las puertas, uno de ellos salta del grupo y se vuelve tan importante en un instante que el buen sentido empresarial te dicta que abandones los demás y concentres todos tus esfuerzos.

—Y eso es lo que ha sucedido con la banca electrónica —dice Randy.

—Sí. Durante nuestras reuniones en el palacio del sultán —dice Avi—. Antes de esas reuniones, supusimos... bien, ya sabes lo que supusimos. Lo que sucedió de verdad es que la sala estaba llena de tipos que sólo estaban interesados en la banca electrónica. Ésa fue nuestra primera pista. Luego, ¡esto! —Levanta los periódicos y golpea a la niña del dólar con el revés de la mano—. Bien, ahora nos dedicamos a ese negocio.

—Somos banqueros —dice Randy. Tendrá que repetírselo a sí mismo durante una temporada hasta que llegue a creérselo, como «Luchamos con todas nuestras fuerzas por defender las metas del vigésimo tercer congreso del partido». *Somos banqueros. Somos banqueros.*

—Antes los bancos emitían su propia moneda. En el Smithsonian pueden verse esos viejos billetes. «Primer Banco Nacional de South Bumfuck entregará diez entrañas de cerdo al portador», o similar. Eso tuvo que dejar de hacerse porque el comercio se volvió no local... era preciso que pudieses llevarte tu dinero contigo cuando ibas al oeste, o adónde fuese.

—Pero si estamos conectados, el mundo entero es local —dice Randy.

—Sí. Así que sólo precisamos algo para respaldar la moneda. El oro estaría bien.

—¿Oro? ¿Estás de broma? ¿No está pasado de moda?

—Así era, hasta que todas esas monedas sin respaldo del sureste asiático se fueron por el desagüe.

—Avi, para ser sincero, sigo bastante confundido. Parece que das vueltas para decirme que ese viajecito mío para ver el oro en la selva no ha sido una coincidencia. Pero ¿cómo podemos usar ese oro para respaldar nuestra moneda?

Avi se encoge de hombros como si fuese un detalle tan simple que ni siquiera se hubiese molestado en pensar en él.

—No es más que cuestión de llegar a un acuerdo.

—Oh, dios.

—Las personas que te enviaron el mensaje quieren hacer negocios con nosotros. Tu viaje a ver el oro ha sido una comprobación de crédito.

Recorren el túnel hacia el aparcamiento, atrapados tras los miembros de un clan extendido de asiáticos del sureste ataviados con peinados elaborados. Quizá todo el pool genético remanente de algún grupo minoritario de las montañas ya casi extinto. Sus pertenencias viajan en gigantescas cajas envueltas en cordón sintético de color rosa intenso que se balancean en lo alto de los carritos de equipaje.

—Una comprobación de crédito. —Randy odia cuando se queda tan atrás en una conversación con Avi que lo único que puede hacer es repetir frases sin convicción.

—¿Recuerdas que cuando tú y Charlene comprasteis esa casa el banco tuvo que mirarla primero?

—La compré al contado y en efectivo.

—Vale, vale, pero en general, antes de que un banco extienda la hipoteca de una casa, la inspecciona. No necesariamente con mucho detalle. Simplemente uno de los ejecutivos del banco pasa por allí para verificar que efectivamente existe y que está donde los documentos dicen, y demás.

—Bien, ¿así que eso fue mi viaje a la selva?

—Sí. Algunos de los, eh, participantes potenciales del proyecto querían dejar claro que, efectivamente, poseían el oro.

—Con sinceridad, debo preguntarme qué significa «posesión» en este caso.

—Yo también —dice Avi—. Lo he estado reflexionando. —De ahí, piensa Randy, el aspecto cansado que ofrecía en el aeropuerto.

—Simplemente pensé que querían venderlo —dice Randy.

—¿Por qué? ¿Por qué iban a venderlo?

—Para convertirlo en dinero líquido. De forma que puedan comprar tierras. O cinco mil pares de zapatos. O lo que sea.

Avi estruja la cara, decepcionado.

—Oh, Randy, no es digno de ti, aludir a los Marco. El oro que viste era calderilla comparado con lo que extrajo Ferdinand Marcos. La gente que planeó tu viaje a la selva son satélites de satélites de él.

—Bien. Considera esto una petición de ayuda —dice Randy—. Parece que estamos intercambiando palabras, pero cada vez comprendo menos.

Avi abre la boca para responder, pero en ese momento los animistas disparan la alarma de su coche. Incapaces de interrumpirla, forman un círculo alrededor del coche y se sonríen los unos a los otros. Avi y Randy ganan velocidad y se adelantan.

Avi se detiene como en un frenazo y se endereza.

—Hablando de no entender —dice—, tienes que comunicarte con esa chica. Amy Shaftoe.

—¿Ha estado comunicándose contigo?

—Durante una conversación telefónica de veinte minutos, ha formado una relación profunda y eterna con Kia —dice Avi.

—Eso me lo creo sin vacilación.

—Ni siquiera es como si hubiesen llegado a conocerse. Es como si se hubiesen conocido en una vida anterior y se reencontrasen.

—Sí. ¿Y?

—Kia considera que ahora es parte de su deber y honor presentar un frente unido con America Shaftoe.

—Ahora empiezo a entender —dice Randy.

—Actuando como una especie de agente emocional o abogado de Amy, Kia me ha dejado claro que nosotros, Epiphyte Corporation, le debemos a Amy toda nuestra atención y preocupación.

—¿Y qué quiere Amy?

—Esa fue mi pregunta —dice Avi—, y se me hizo sentir muy mal por atreverme a plantearla. Lo que sea que nosotros, tú, debes a Amy es algo tan evidente que el simple hecho de manifestar la necesidad de expresarlo en palabras es... simplemente... terriblemente...

—Mezquino. Insensible.

—Grosero. Brutal.

—Un ejercicio bastante claro e infantil en la forma más rastrera de, de...

—De evadir la responsabilidad personal por los propios y terribles errores.

—Supongo que los ojos de Kia estaban en blanco. El labio doblado.

—Tomó aliento como para dejarme bien claro lo que pensaba, pero luego se lo pensó mejor.

—No porque seas su jefe. Sino simplemente porque nunca llegarías a comprenderlo.

—No es más que uno de esos males que cualquier mujer que haya vivido un poco debe aceptar y tragar.

—Las que conocen la injusta realidad. Sí —dice Randy.

—Eso.

—Vale, puedes decirle a Kia que las necesidades y exigencias de su cliente han sido debidamente comunicadas a la parte culpable...

—¿Así ha sido?

—Dile que el hecho de que su cliente tiene necesidades y exigencias se le ha insinuado con todo su peso y que ahora se entiende que me toca mover ficha a mí.

—¿Y que podemos instalarnos en una especie de distensión mientras se prepara la respuesta?

—Claro. Kia puede volver a sus funciones normales por el momento.

—Gracias, Randy.

El Range Rover de Avi está aparcado en la zona más remota del tejado de la rampa de aparcamiento, en el centro de unos veinticinco espacios vacíos que forman una especie de buffer de seguridad. Cuando han atravesado como la mitad del glacis, los faros del vehículo parpadean y Randy oye los chasquidos preparatorios de un sistema de sonido que está acumulando energía.

—El Range Rover nos ha detectado en su radar Doppler —dice Avi a la ligera.

El Range Rover habla con una ominosa voz similar a la del mago de Oz con el nivel de decibelios de la zarza ardiente.

—¡Cerbero les está siguiendo! ¡Por favor, alteren de inmediato su curso!

—No puedo creer que hayas comprado uno de ésos —dice Randy.

—¡Se han detenido en el perímetro defensivo de Cerbero! Retrocedan. Retrocedan —dice el Range Rover—. Hay un destacamento armado en alerta.

—Es el único sistema de alarma criptográficamente seguro —dice Avi, como si eso explicase algo. Saca las llaves unidas a una pieza negra de policarbonato con las mismas dimensiones y número de botones que un control remoto de televisión. Teclea una larga serie de dígitos y corta la voz justo cuando está proclamando que Randy y Avi están siendo grabados por una cámara de vídeo digital sensible al infrarrojo cercano.

—Normalmente no hace esto —dice Avi—. Lo he puesto en la situación de alerta máxima.

—¿Qué es lo peor que podría pasar? ¿Que alguien te robara el coche y que la compañía de seguros tuviera que comprarte uno nuevo?

—Eso sería lo de menos. Lo peor que podría suceder es tener una bomba en el coche o, aunque eso no sería tan terrible, que alguien pusiese un micro y escuchase todo lo que digo.

Avi lleva a Randy por la falla de San Andrés hasta su casa en Pacifica, que es donde Randy deja el coche cuando está fuera del país. La esposa de Avi, Devorah, está en el médico por un examen prenatal de rutina y los chicos en el colegio o paseando por el vecindario de la mano de las dos duras israelíes expertas en lucha libre que tienen por niñeras. Las niñeras de Avi tienen las almas de veteranos soldados de elite soviéticos contenidas en los cuerpos de núbiles muchachitas de dieciocho años. La casa está por completo dedicada a la crianza de niños. El comedor formal ha sido transformado en un barracón con camastros montados a mano con tableros sin barnizar, el salón está lleno de capazos y mesitas y cada centímetro cuadrado de la moqueta barata ha sido poblado por un par de docenas de escamas brillantes, de diversos colores festivos, que si alguien quisiese eliminar sólo podría hacerlo por medio de una extracción microquirúrgica directa, escama a escama. Avi entrega a Randy un sándwich de pavo boloñés y ketchup sobre pan común Wonderoid. Todavía es demasiado temprano en Manila para que Randy llame a Amy y arregle lo que haya hecho mal. Debajo de ellos, en la oficina del sótano de Avi, un fax chilla y cruje como un pájaro atrapado en una lata de café. Sobre la mesa está extendido un mapa laminado de la CIA que muestra Sierra Leona, sobresaliendo por aquí y por allá bajo numerosos estratos superpuestos de platos sucios, periódicos, libros de colorear y borradores del plan de negocio de Epiphyte(2).

En algunos puntos del mapa hay Post-it con notas en las que la letra reconocible de Avi cuando usa una pluma de dibujo Rapidograph triple cero hace una latitud y una longitud con muchas cifras significativas, y una especie de resumen de lo sucedido allí: «5 mujeres, 2 hombres, 4 niños, con machetes - fotos:» y un número de serie de la base de datos de Avi.

Randy se sintió algo grogui durante el camino y algo irritable por que fuese de día a una hora tan inapropiada, pero después del sándwich su metabolismo intenta conectar con el espíritu de la situación. Ha aprendido a hacer surf sobre esos misteriosos oleajes endocrinológicos.

—Voy a empezar a ponerme en marcha —dice, y se pone en pie.

—Una vez más, tu plan general.

—Primero voy al sur —dice Randy, no queriendo dar, por superstición, el nombre del lugar donde solía vivir—. Espero no estar allí más de un día. Luego el desfase horario me golpeará como una caja fuerte caída del cielo, así que me encerraré en algún sitio y veré baloncesto a través de la V de mis pies quizá durante un día. Luego me dirigiré al norte, al condado de Palouse.

Avi arquea las cejas.

—¿A casa?

—Sí.

—Eh, antes de que me olvide... ¿cuando estés allí podrías buscarme información sobre los Whitman?

—¿Te refieres a los misioneros?

—Sí. Fueron a Palouse a convertir a los indios Cayuse, que eran magníficos jinetes. Tenían las mejores intenciones, pero por accidente les contagiaron las paperas. Otra tribu aniquilada por entero.

—¿Realmente cae dentro de los límites de tu obsesión? ¿Genocidio involuntario?

—Los casos anómalos son muy útiles para ayudarnos a delimitar los límites del estudio.

—Veré qué puedo encontrar sobre los Whitman.

—¿Puedo preguntar —dice Avi— por qué vas allí? ¿Visita familiar?

—Mi abuela va a trasladarse a un centro de cuidados. Sus hijos se reúnen para dividirse el mobiliario y demás, lo que me resulta un poco macabro, pero no es culpa de nadie y debe hacerse.

—¿Y vas a participar?

—Voy a evitarlo en la medida de lo posible, porque probablemente será una carnicería. En años por venir, los miembros de la familia no se hablarán porque no recibieron el aparador Gomer Bolstrood de mamá.

—¿Qué les pasa a los anglosajones con los muebles? ¿Podrías explicármelo?

—Yo voy porque encontramos un trozo de papel, en un maletín que había en un submarino nazi hundido en el pasaje de Palawan en el que se lee: «WATERHOUSE - LAVENDER ROSE.»

Ahora Avi parece perplejo, lo que a Randy le resulta muy satisfactorio. Se pone en pie y sube al coche, y comienza a conducir en dirección sur por la costa, el camino más hermoso.

Órgano

Durante aproximadamente una semana, el dolor y la hinchazón de la mandíbula suprimen la libido de Lawrence Waterhouse. Después, el dolor y la hinchazón en la entrepierna se hacen más intensos y comienza a rebuscar entre sus recuerdos del baile, preguntándose si ha hecho progresos con Mary cCmndhd.

Se despierta de pronto a las cuatro de una mañana de domingo, cubierto de sudor desde los pezones a los pies. Rod sigue durmiendo como un bebé, gracias a dios, por lo que si ha gemido o gritado nombres durante el sueño es probable que Rod no lo haya oído. Waterhouse intenta limpiarse sin hacer mucho ruido. No quiere siquiera considerar cómo va a explicar el estado de las sábanas a Quien Sea Que Las Lave. «Fue completamente inocente, señora McTeague. Soñaba que bajaba con el pijama puesto y que Mary estaba sentada en el salón ataviada con su uniforme, bebiendo, y al volverse y mirarme a los ojos no pude controlarme y ¡aaaAAAHHH! ¡OH! ¡OH! ¡OH! ¡OH! ¡OH! ¡OH! ¡OH! ¡OH! ¡OH! ¡OH! ¡OH! Y luego me desperté y mire lo que había pasado.»

La señora McTeague (y otras damas de avanzada edad en todo el mundo) hacen la colada sólo porque es su misión en la gigantesca Conspiración de Control de la Eyaculación que, como tardíamente empieza a comprender Waterhouse, domina todo el planeta. Sin duda tiene unos formularios en el sótano, junto a los rodillos de escurrir, donde apunta el volumen y la frecuencia de las eyaculaciones de sus cuatro inquilinos. Las hojas de datos se envían por correo a un centro similar a Bletchley Park situado en algún lugar (Waterhouse supone que está oculto tras la fachada de un convento en el estado de Nueva York), donde los números de todo el mundo se tabulan en máquinas de la Electrical Till Corporation y los resultados impresos se acumulan en carritos que se llevan a las oficinas de las altas sacerdotisas de la conspiración, vestidas con ropas blancas muy almidonadas y grabadas con el emblema de la conspiración: un pene atrapado entre los rodillos de escurrir. Las sacerdotisas estudian los datos con sumo cuidado. Observan que Hitler sigue sin correrse, y se debate si permitírselo le calmaría un poco o por el contrario le daría alas para descontrolarse aún más. Pasarán meses antes de que el nombre de Lawrence Pritchard Waterhouse llegue a lo alto de la lista, y meses para que se envíen órdenes a Brisbane, e incluso así las órdenes podrían condenarle a otro año de esperar a que Mary cCmndhd se presente en sus sueños sosteniendo una taza de té.

La señora McTeague y otras miembros de la CCE (como Mary cCmndhd y básicamente todas las mujeres jóvenes) se sienten ofendidas por las chicas fáciles, prostitutas y burdeles, no por razones religiosas, sino porque ofrecen un refugio en el que los hombres puede tener eyaculaciones sin que sean controladas, medidas y seguidas de ninguna forma. Las prostitutas son renegadas, colaboradoras.

Todo eso llega a la mente de Waterhouse mientras yace tendido en la cama húmeda entre las cuatro y las seis de la mañana, meditando sobre su lugar en el mundo con la claridad cristalina que sólo puede obtenerse por medio de una agradable noche de sueño seguida de la emisión de varias semanas de producción de semen. Ha llegado a una encrucijada en el camino.

La noche anterior, antes de que Rod llegase, sacó brillo a los zapatos, explicando a los demás que la mañana siguiente tendría que estar guapo y despertarse pronto para ir a la iglesia. Waterhouse sabe bien lo que eso significa, habiendo pasado más de un sabbath en Qwghlm, encogiéndose y avergonzándose bajo la mirada de los lugareños, enfadados porque él parecía estar usando su equipo huffduff en el día del descanso. Les había visto los domingos por la mañana entrar arrastrando los pies en la enfermiza capilla de mil años y piedra negra para asistir al servicio de tres horas. Demonios, Waterhouse incluso había vivido en una capilla qwghlmiana durante varios meses. Su penumbra bañaba todo su ser.

Ir a la iglesia con Rod significa entregarse a la CCE, convertirse en uno de sus secuaces. La alternativa es un lupanar.

Aunque creció en iglesias criado por personas de la Iglesia, Waterhouse (como debe de ser evidente a estas alturas) no llegó a comprender nunca su posición con respecto al sexo. ¿Por qué les preocupaba tanto ese aspecto de la humanidad, cuando había otros como el asesinato, la guerra, la pobreza y la pestilencia?

Ahora, al fin, lo comprende: las Iglesias no son más que una rama de la CCE. Y lo que hacen, cuando atruenan contra el sexo, es intentar asegurarse de que los jóvenes siguen el programa de la CCE.

Por tanto, ¿cuál es el resultado final de los esfuerzos de la CCE? Waterhouse mira el techo, que empieza a entreverse gracias a la luz del sol que se eleva por el oeste, o el norte, o por donde diablos se levante en el hemisferio sur. Realiza un inventario rápido del mundo y descubre que básicamente la CCE controla todo el planeta, países buenos y malos por igual. Que todos los hombres respetables de éxito son secuaces de la CCE, o al menos le tienen tanto miedo que fingen serlo. Las personas que no pertenecen a la CCE viven al margen de la sociedad, como las prostitutas, o han sido relegadas a la clandestinidad y deben invertir grandes esfuerzos en mantener una fachada falsa. Si te sometes y te conviertes en un secuaz de la CCE, recibes una carrera, familia, hijos, riqueza, una casa, puchero, colada limpia y el respeto de todos los otros secuaces de la CCE. Tienes que pagar en forma de una irritación sexual crónica que sólo puede ser aliviada por, y a la discreción y conveniencia, de la persona designada por la CCE: tu esposa. Por otra parte, si rechazas a la CCE y sus obras, no puedes, por definición, tener una familia, y tus opciones laborales se limitan a chulo, gángster o marinero de cuarenta años.

Mierda, en lo que a conspiraciones se refiere ni siquiera es tan mala. Construyen iglesias y universidades, educan a los niños, instalan columpios en los parques. En ocasiones inician una guerra y matan a diez o veinte millones de personas, pero no es más que una gota en comparación con la gripe, que la CCE combate recordando continuamente a la gente que se lave las manos y se tape la boca al estornudar.

El despertador. Rod sale de la cama como si estuviese produciéndose un ataque aéreo nipo. Waterhouse contempla el techo durante unos minutos más, titubeando. Pero sabe a dónde va y no tiene sentido malgastar más tiempo. Va a la iglesia, y no porque haya renunciado a Satanás y su obra, sino porque quiere follarse a Mary. Casi no puede evitar estremecerse cuando expresa (sólo para sí) ese hecho tan terrible. Pero lo extraño de la iglesia es que ofrece un contexto especial en el que es perfectamente correcto querer follarse a Mary. Siempre que vaya a la iglesia, puede querer follarse a Mary todo lo que quiera, puede dedicar todo su tiempo, dentro y fuera de la iglesia, a pensar en follarse a Mary. Puede incluso hacerle saber que quiere follársela siempre que pueda expresarlo de forma más indirecta. Y si atraviesa saltando ciertos aros (aros de oro) puede incluso follarse de verdad a Mary, y será perfectamente aceptable, y en ningún momento tendrá que sentir el más mínimo rastro de vergüenza o culpa.

Sale de la cama, sobresaltando a Rod, quien (al ser una especie de comando de la selva) se sobresalta con facilidad.

—Voy a follarme a tu prima hasta que la cama se convierta en un montón de astillas —dice Waterhouse.

En realidad lo que dice es:

—Voy a la iglesia contigo. —Pero Waterhouse, el criptólogo, está usando un código secreto. Está empleando un código recién inventado, que sólo él conoce. Sería muy peligroso que alguien llegase a romper el código, pero es imposible porque sólo hay una copia y está en la cabeza de Waterhouse. Aún así, Turing es lo suficientemente inteligente para romperlo, pero está en Inglaterra, y pertenece al bando de Waterhouse, así que no lo revelaría.

Unos minutos después, Waterhouse y cCmndhd bajan, en dirección a la «iglesia», que en el código secreto de Waterhouse significa «Cuartel general de la campaña de 1944 de follarse a Mary».

Mientras salen al frío aire de la mañana puede oír que la señora McTeague corre a su dormitorio para arreglar las camas e inspeccionar las sábanas. Waterhouse sonríe, pensando que acaba de quedar impune; las pruebas incriminatorias y abrumadoras en la ropa de cama quedarán casi por completo compensadas por el hecho de haberse levantado temprano e ir a la iglesia.

Espera la reunión de un grupo de oración en el sótano de alguna tienda de productos secos, pero resulta que a los qwghlmianos del interior los enviaron a Australia en masa. Muchos de ellos se asentaron en Brisbane. En el centro consiguieron construir una Iglesia Eclesiástica Unida a partir de arenisca beige y basta. Tendría un aspecto inmenso, sólido y casi opulento si no estuviese justo frente a la Iglesia Eclesiástica Universal, que es el doble de grande y ha sido edificada con piedra caliza bien cortada. Qwghlmianos del exterior, ataviados con los tradicionales grises y negros, y con frecuencia en trajes de la Marina, suben los amplios escalones ennegrecidos por el tiempo de la Iglesia Eclesiástica Universal, girando en ocasiones la cabeza para lanzar miradas de desaprobación al otro lado de la calle, a los qwghlmianos vestidos para la temporada (verano en Australia) y con uniformes del Ejército de Tierra. Para Waterhouse es evidente que lo que les molesta es la música que sale de la Iglesia Eclesiástica Unida cuando las puertas de esmalte rojo permanecen abiertas. El coro ensaya y el órgano suena. Pero comprueba a media manzana de distancia que algo le pasa al instrumento.

El aspecto de las mujeres de Qwghlm Interior vestidas con colores pastel y sombreros alegres le resulta tranquilizador. No parecen personas que se dediquen a realizar sacrificios humanos. Waterhouse intentar subir los escalones con vitalidad como si realmente quisiese estar allí. Luego recuerda que efectivamente quiere estar allí, porque todo es parte del plan para follarse a Mary.

Los parroquianos hablan todos en qwghlmiano, saludándose los unos a los otros y diciéndole cosas agradables a Rod, quien evidentemente está bien considerado. Waterhouse no tiene ni idea de qué están diciendo, pero le conforta la idea de que la mitad de ellos tampoco lo sabe. Penetra en el pasillo central de la iglesia, mira a lo largo hasta el altar, con el coro detrás cantando maravillosamente; Mary se encuentra allí, en la sección contralto, ejercitando sus propios órganos de emisión vocal, que están enmarcados de forma muy atractiva por la estola de satén de su uniforme del coro. Por encima y detrás del coro, un enorme y antiguo órgano de tubo extiende sus alas, como un águila disecada que llevase cincuenta años metida en un ático. Zumba y silba asmático, y emite tonos extraños y discordantes cuando se emplean ciertos registros; eso sucede cuando se abre una válvula, y se llama una cifra. Waterhouse lo sabe todo sobre cifras.

Dejando de lado el patético órgano, el coro es espectacular, y alcanza un conmovedor clímax en armonía de seis partes mientras Waterhouse recorre el pasillo, preguntándose si su erección será visible. Un chorro de luz penetra por el rosetón de cristal pintado por encima del órgano y sujeta a Waterhouse en su luz llamativa. O quizá sólo lo parezca, porque él acaba de comprenderlo todo.

Waterhouse va a reparar ese órgano de iglesia. Es seguro que el proyecto tendrá beneficios positivos en su propio órgano, un instrumento de un sólo tubo que necesita atención con igual urgencia.

Resulta que, como todos los grupos étnicos que han sido jodidos constantemente durante mucho tiempo, los qwghlmianos del interior tienen una música genial. No sólo eso, sino que además se lo pasan bien en la iglesia. El pastor tiene sentido del humor. La situación es tan soportable como podría serlo ir a la iglesia. Waterhouse apenas presta atención porque está mirando muy fijamente: primero a Mary, luego al órgano (intentado descubrir su construcción) y luego otra vez a Mary durante un ratito.

Se siente indignado y ofendido cuando, después del servicio, los poderes fácticos se muestran renuentes a permitirle a él, un extraño total y encima un yanqui, abrir el panel frontal de acceso y cacharrear con el mecanismo interno del órgano. El pastor es bueno juzgando a las personas, un poco demasiado bueno para lo que conviene a Waterhouse. El organista (y por tanto la autoridad final en todos los aspectos orgánicos) tiene aspecto de haber sido enviado a Australia con la primera carga de convictos después de ser condenado, en el Old Bailey —el Tribunal Criminal Central—, por hablar demasiado alto, tropezar con las cosas, no atarse bien los cordones de los zapatos y superar el máximo no escrito de caspa de la Sociedad de forma, lo que ofendía la dignidad de la Reina y del Imperio.

Todo ello conduce a una reunión tensa y complicada en un aula de la escuela dominical cerca del despacho del pastor, que se llama reverendo Dr. John Mnrh. Es un tipo corpulento de cara roja que está claro que preferiría tener la cabeza metida en un tonel de cerveza a tener que aguantar todo esto sólo porque sea bueno para su alma inmortal.

La reunión se convierte en esencia en una oportunidad para que el organista, el señor Drkh, pueda descargar sus opiniones sobre la astucia de los japoneses, por qué la invención del sistema de afinación temperado fue una mala idea y toda la música escrita desde entonces ha sido un mezquino compromiso, las excelentes cualidades del General, la importancia numerológica de las longitudes de los diversos tubos del órgano, cómo la libido excesiva de las tropas norteamericanas podría controlarse con ciertos suplementos en la dieta, cómo los modos asombrosamente hermosos de la música tradicional de Qwghlm no se adaptan especialmente bien al sistema temperado, cómo los sospechosos parientes germánicos del rey planean apoderarse del Imperio y entregárselo a Hitler y, primero y más importante, que Johann Sebastian Bach era un mal músico, un compositor aún peor, un malvado, un adúltero, y la cabeza visible de una conspiración mundial, con su centro en Alemania, que lentamente ha estado apoderándose del mundo durante los últimos siglos empleando el sistema de afinación temperado como una especie de frecuencia portadora para llevar sus ideas (que tienen su origen en los Illuminati bávaros) a las mentes de todos los que escuchan su música, especialmente la música de Bach. Y —por cierto— cómo la mejor forma de luchar contra esa conspiración es tocar y escuchar la música tradicional de Qwghlm, que, en caso de que el señor Drkh no lo haya dejado perfectamente claro, es totalmente incompatible con el sistema de afinación temperado, debido a su escala asombrosamente hermosa, pero numerológicamente perfecta.

—Sus ideas sobre numerología son muy interesantes —dice Waterhouse, en voz alta, sacando al señor Drkh de la senda retórica—. Yo mismo estudié con los doctores Turing y von Neumann en el Instituto de Estudios Avanzados de Princeton.

El padre John se despierta de pronto y el señor Drkh pone cara de haber recibido por la espalda un disparo de calibre cincuenta. Está claro que el señor Drkh ha disfrutado de una larga carrera siendo la persona más rara en cualquier habitación, pero está a punto de ser derribado envuelto en llamas.

En general, Waterhouse no es muy bueno en los vuelos de exhibición, pero está cansado, molesto y salido, y en medio de una puta guerra, y en ocasiones, simplemente, es preciso hacer una exhibición. Sube al podio, busca un trozo de tiza y empieza a escribir ecuaciones en la pizarra como si fuese un cañón antiaéreo. Utiliza el sistema temperado como punto de partida, de ahí avanza a las regiones más ignotas de la teoría de números avanzada, de pronto da un giro de regreso a la escala modal de Qwghlm, sólo para que no se confíen, y luego regresa con brusquedad a la teoría de números. Durante el proceso, da con algún material interesante que no cree que haya aparecido todavía en la literatura, así que se aleja unos minutos de las chorradas estrictas para explorarlas y llega incluso a demostrar algo que probablemente podría publicarse en una revista de matemáticas si algún día lo pone por escrito como dios manda. El descubrimiento le recuerda que no es malo en matemáticas cuando hace poco que ha eyaculado, y eso a su vez da alas a su decisión de cumplir el plan de follarse a Mary.

Al fin, se da la vuelta, por primera vez desde que ha empezado. Tanto el padre John como el señor Drkh están atónitos.

—¡Dejen que se lo demuestre! —suelta Waterhouse, y sale con grandes zancadas de la habitación sin molestarse en mirar atrás. Ya en la iglesia, se dirige a la consola, sopla la caspa de las teclas, le da al interruptor principal. Los motores eléctricos se encienden, tras el panel, y el instrumento comienza a gemir y a quejarse. No importa, puede ahogar el sonido. Examina la fila de registros: ya sabe de qué dispone este órgano, porque lo ha escuchado y lo ha deducido. Comienza a sacar tiradores.

Waterhouse se dispone a demostrar que Bach puede sonar bien incluso tocado en el órgano del señor Drkh, si elige la clave correcta. Justo cuando el padre John y el señor Drkh están a medio camino por el pasillo, Waterhouse se lanza a esa vieja favorita *Tocata y fuga en re menor*, excepto que la transporta a do sostenido menor mientras toca, porque (según un cálculo muy elegante que ha realizado mentalmente mientras corría por el pasillo) así debería sonar bien al tocarla en el mutilado sistema de afinado del señor Drkh.

Al principio transportar le resulta incómodo y da algunas notas falsas, pero luego le sale con naturalidad y realiza la transición de la tocata a la fuga con tremendo brío y confianza. Bolas de polvo y salvas de cagadas de ratón saltan de los tubos cuando Waterhouse invoca filas enteras que no se han usado en décadas. La mayoría son potentes registros de lengüeta difíciles de afinar. Waterhouse siente que la maquinaría de presión lucha por mantenerse ante esas pretensiones tan poco habituales. El espacio del coro se llena de un resplandor brillante a medida que el polvo salta de los tubos y llena el aire, reflejando la luz que entra por el rosetón. Waterhouse se equivoca con un pedal, rencoroso se quita los terribles zapatos y comienza a golpear los pedales como solía hacerlo en Virginia, con los pies desnudos, la trayectoria de los graves marcada sobre los pedales de madera por líneas de la sangre que le sale de las ampollas. Ese organillo tiene unos desagradables registros de lengüeta en los pedales, capaces de provocar un terremoto, probablemente instalados deliberadamente para irritar a los qwghlmianos del exterior que rezan al otro lado de la calle. Ninguna de las personas que visitan esa iglesia han oído esos registros en acción, pero ahora Waterhouse los está usando muy bien, disparando acordes potentes como salvas desde los poderosos cañones del acorazado *Iowa*.

Durante todo el servicio, durante el sermón, la lectura de las escrituras y las oraciones, cuando no pensaba en follarse a Mary, pensaba en cómo iba a arreglar ese órgano. Pensaba de nuevo en el órgano con el que había trabajado en Virginia, en los registros que permitían que el aire fluyese a distintas filas de tubos y en las teclas que activaban todos los tubos libres. Ahora tiene ese órgano completamente visualizado en la mente, y mientras toca el final de la figura, se abre la parte alta de su cráneo, la luz filtrada en rojo penetra en su interior, ve por completo la máquina en su mente, como en la visión ampliada de un dibujante. Luego se transforma en una máquina ligeramente diferente, un órgano que funciona con electricidad, con filas de tubos de vacío aquí y un entramado de relés allá. Ya tiene la respuesta a la pregunta de Turing: cómo tomar una estructura de datos binarios y enterrarla en la circuitería de una máquina pensante para que pueda recuperarse posteriormente.

Waterhouse ya sabe cómo crear una memoria electrónica. ¡Debe ir de inmediato a escribirle una carta a Alan!

—Perdónenme —dice y sale corriendo de la iglesia.

Por el camino, roza a una joven que ha permanecido sentada boquiabierta durante toda su actuación. Cuando está a varias manzanas de distancia, se da cuenta de dos detalles: que camina por la calle descalzo y que la joven era Mary cCmndhd. Tendrá que volver más tarde para recuperar los zapatos y quizá follársela. ¡Pero lo primero es lo primero!

Hogar

La pesadilla del deslizamiento termina y Randy abre los ojos. Se encontraba en su coche, recorriendo la autopista de la costa del Pacífico, cuando algo falló en la dirección. El coche empezó a derrapar, primero hacia el acantilado vertical de piedra a la izquierda y luego a la derecha, hacia la caída con enormes piedras dentadas al fondo que sobresalían entre las furiosas olas. Por la autopista se paseaban despreocupadamente enormes rocas. No podía virar; la única forma de dejar de moverse es abrir los ojos.

Está tendido sobre un saco de dormir que reposa sobre un suelo brillante de arce que no está horizontal, y es por eso que ha tenido ese sueño de deslizarse. El conflicto entre ojos y oído interno le hace sufrir un espasmo, lucha por plantar ambas manos contra el plano del suelo.

America Shaftoe está sentada, con vaqueros y descalza, bajo la luz azul que entra por la ventana, con pasadores para el pelo sobresaliendo entre sus labios agrietados, mirándose la cara en un triángulo isósceles de espejo cuyos bordes afilados presionan pero no cortan la piel rosada de sus dedos. Una red de líneas de plomo cuelga en el marco vacío de la ventana, con algunos rombos de cristal tintado todavía atrapados en los intersticios. Randy levanta ligeramente la cabeza y mira hacia abajo, hacia una esquina de la habitación, y ve un gran montón de trozos de vidrio barridos hasta ese punto. Se da la vuelta, mira por la puerta más allá del pasillo hasta lo que solía ser la oficina de Charlene. Allí, Robin y Marcus Aurelius Shaftoe comparten un colchón doble, una escopeta y un rifle, un par de grandes linternas de policía, una Biblia y un libro de texto de cálculo matemático, todo bien dispuesto en el suelo junto a ellos.

La sensación de pánico de la pesadilla, la necesidad de ir a algún sitio y hacer algo, va decreciendo. Estar tendido allí, en los restos de su casa, oyendo el cepillo de Amy que recorre su pelo, lanzando chasquidos de electrostática, es uno de los momentos de más calma de los que ha disfrutado.

—¿Estás listo para enfrentarte a la carretera? —dice Amy.

Al otro lado del pasillo, uno de los chicos Shaftoe se sienta sin hacer ruido. El otro abre los ojos, levanta la cabeza, mira en dirección a las armas y el Buen Libro, y vuelve a relajarse.

—He encendido un fuego en el jardín —dice Amy—, y tengo agua hirviendo. No pensé que fuese seguro usar la chimenea.

Anoche todos durmieron vestidos. Lo único que tienen que hacer es ponerse los zapatos y mear por las ventanas. Los Shaftoe se mueven más rápido que Randy, no porque tengan mejor sentido del equilibrio, sino porque no habían visto la casa cuando estaba derecha y en buenas condiciones. Pero Randy había vivido allí durante años cuando sí lo estaba, y su mente está convencida de conocerla.

Al irse a dormir la noche anterior, su mayor temor era que fuese a levantarse adormilado por la noche y que intentase bajar las escaleras. La casa solía tener una hermosa escalera espiral que ahora llega hasta el sótano. La noche anterior, a fuerza de meter el camión de mudanzas en el jardín delantero y dirigir los faros directamente por las ventanas (cuyas puntas, fisuras y facetas presentaban magníficos reflejos), pudieron llegar al sótano y encontrar una escalera extensible de aluminio de diez pies que emplearon para subir al primer piso. Una vez que llegaron allí, subieron la escalera con ellos, como si fuese un puente levadizo, de forma que si entraban saqueadores en la planta baja, los muchachos Shaftoe podrían sentarse en lo que antes era la escalera y acabar con ellos usando las armas largas (a Randy ese escenario le parecía plausible la pasada noche, en medio de la oscuridad, pero ahora le suena a una fantasía de palurdos).

Amy convirtió varias balaustradas de la verja del porche en una hermosa hoguera en el jardín. Ahora devuelve la forma a una sartén aplastada por medio de una serie de golpecitos diestros con el tacón y prepara gachas. Los chicos Shaftoe meten en la parte de atrás del camión todo lo que parece potencialmente útil y comprueban el nivel de aceite.

Todas las pertenencias de Charlene están ya en New Haven. Para ser exactos, en la casa del doctor G. E. B. Kivistik. Con gran generosidad se ha ofrecido para acogerla mientras busca otra casa; la predicción de Randy es que nunca se irá. Todas las pertenencias de Randy están en Manila o en el sótano de Avi, y todas las propiedades en disputa se encuentran en un almacén de las afueras de la ciudad.

Randy se pasó la mayor parte de la tarde de ayer recorriendo la ciudad, comprobando que distintos amigos de antaño estuviesen bien. Amy le acompañó, sintiendo un interés vouyerístico por su vida anterior, y, desde un punto de vista social, complicando las cosas más allá de lo calculable. En cualquier caso, no regresaron a la casa hasta después de que anocheciese, por lo que ahora Randy tiene la primera oportunidad de ver los daños a plena luz del día. Le da vueltas una y otra vez, con diversión, casi hasta el punto de reír, por lo perfectamente destruida que está, sacando fotos con una cámara desechable que le prestó Marcus Aurelius Shaftoe, intentando descubrir si queda algo que concebiblemente pudiese valer un poco de dinero.

La base de piedra de la casa sobresale tres pies sobre la base. Las paredes de madera de la casa se construyeron encima, pero realmente no estaban unidas al suelo (una práctica común en los viejos días que, para cuando salió de la ciudad, estaba en la lista de Randy de cosas que había que arreglar antes del siguiente terremoto). Cuando la tierra comenzó a oscilar ayer de un lado a otro a las 2.16 horas de la tarde, la base osciló con ella, pero la casa quería quedarse donde estaba. Al final, la base se salió de la parte de abajo de la casa, y una esquina de ésta cayó desde una altura de tres pies. Probablemente Randy podría estimar la cantidad de energía cinética que la casa adquirió durante la caída, y convertirla al equivalente en kilos de dinamita o el golpe de una bola de demolición, pero sería un ejercicio de cerebrín, ya que puede ver los efectos por sí mismo. Digamos simplemente que, cuando toda la estructura golpeó el suelo, sufrió un impacto terrible. Las viguetas paralelas y verticales se volvieron horizontales, desmoronándose como fichas de dominó. Todos los marcos de ventanas y puertas se convirtieron instantáneamente en paralelogramos, de forma que todos los vidrios se rompieron y en particular todos los emplomados quedaron a trozos. La escalera cayó al sótano. La chimenea, que hacía tiempo necesitaba un acabado, esparció ladrillos por todas partes. Casi todas las tuberías quedaron rotas, lo que significa que ya no hay calefacción, porque la casa empleaba radiadores. En todas partes se cayó el yeso de los listones, de forma que toneladas acumuladas de viejo yeso de crin de caballo caído de paredes y techos se mezcló con el agua de las cañerías reventadas para formar una masa gris que se solidificó en las esquinas inclinadas de las habitaciones. Los azulejos italianos fabricados a mano que Charlene eligió para los baños están rotos en un setenta y cinco por ciento. La encimera de granito de la cocina parece ahora un sistema tectónico. Parte de los electrodomésticos tal vez se podrían reparar, pero de todas formas su propiedad ya estaba en disputa.

—Hay que derribarla, señor —dice Robin Shaftoe. Ha pasado toda su vida en un pueblo montañero de Tennessee, viviendo entre remolques y cabañas, pero incluso él tiene suficiente sentido de los bienes raíces como para saberlo.

—¿Hay algo que quiera sacar del sótano, señor? —pregunta Marcus Aurelius Shaftoe.

Randy ríe.

—Hay un archivador ahí abajo... ¡Espera! —Alarga la mano y la pone sobre el hombro de Marcus, para evitar que se meta en la casa y se sumerja en el hueco de la escalera como si fuese Tarzán—. Lo quería porque contiene hasta el último recibo de cada centavo que gasté en esta casa. Estaba hecha un desastre cuando la compré. Más o menos como ahora. Quizá no estuviese tan mal.

—¿Necesita esos papeles para su divorcio?

Randy se detiene y se aclara la garganta ligeramente irritado. Les ha explicado cinco veces que nunca estuvo casado con Charlene y que no se trata de un divorcio.

Pero la idea de vivir con una mujer con la que uno no está casado es tan vergonzosa para la rama de Tennessee de los Shaftoe que simplemente no pueden procesarla, así que siguen hablando de «su ex mujer» y «su divorcio».

Al notar la vacilación de Randy, Robin añade:

—¿O para el seGUro?

Randy ríe con sorprendente cordialidad.

—Tenía seGUro, ¿no, señor?

—Por aquí es básicamente imposible obtener un seguro contra terremotos —dice Randy.

Es la primera vez que los Shaftoe llegan a comprender que a las 2.16 PM de ayer, en un instante, el valor neto de Randy descendió en algo así como trescientos mil dólares. Se alejan meditabundos y le dejan a solas durante un rato, tomando fotografías para documentar la pérdida.

Amy se acerca.

—Las gachas están listas —dice.

—Vale.

Permanece junto a él con los brazos cruzados. La ciudad se muestra extrañamente silenciosa: no hay corriente y hay pocos vehículos en la calle.

—Lamento haberte sacado de la carretera.

Randy mira su Acura: el golpe en lo alto del lado izquierdo de la defensa trasera, donde le golpeó el camión de Amy, y la estrujada defensa delantera donde chocó con un Ford Fiesta aparcado.

—No te preocupes.

—Si lo hubiese sabido... Jesús. Lo último que necesitas es una factura del chapista como guinda a todo lo demás. Yo lo pagaré.

—En serio. No te preocupes.

—Bien...

—Amy, sé perfectamente que mi maldito coche te importa una mierda, y cuando finges lo contrario tu intento queda en evidencia.

—Tienes razón. Pero lamento haber malinterpretado la situación.

—Fue culpa mía —dice Randy—. Debí haberte explicado por qué volvía aquí. ¿Por qué coño alquilaste un camión de mudanzas?

—Ya no les quedan coches normales en el aeropuerto

de San Francisco. Hay algún congreso importante en el centro Moscone. Así que demostré adaptabilidad.*

—¿Cómo coño pudiste llegar tan rápido? Creía que había cogido el último vuelo que salía de Manila.

—Llegué a AINA sólo minutos después que tú, Randy. Tu vuelo estaba lleno. Me subí al siguiente vuelo a Tokio. Creo que el mío salió incluso antes que el tuyo.

—El mío se retrasó en tierra.

—Luego, desde Narita, cogí el siguiente vuelo a San Francisco. Aterricé un par de horas después que tú. Así que me sorprendió que tú y yo entrásemos en la ciudad al mismo tiempo.

—Me detuve en casa de un amigo. Y tomé la ruta panorámica. —Randy cierra los ojos durante un momento, recordando los pedruscos sueltos de la autopista de la costa del Pacífico, el firme agitándose bajo las ruedas del Acura.

—Cuando vi tu coche, sentí que Dios estaba conmigo o algo así —dice Amy—. O contigo.

—¿Dios estaba conmigo? ¿Y eso?

—Bien, primero de todo, tengo que confesarte que no salí de Manila porque estuviese preocupada por ti sino porque estaba loca de furia, y con el deseo de servirte tu culo en un plato.

—Me lo supuse.

—Ni siquiera tenía claro que tú y yo constituyésemos una pareja en potencia. Pero has empezado a actuar de una forma que indica algo de interés en ese sentido, así que tienes ciertas obligaciones. —Amy ya empieza a mostrarse cabreada y comienza a moverse por el jardín. Los muchachos Shaftoe la observan con cautela por encima de los cuencos humeantes de gachas, dispuestos a entrar en

* La frase es una parodia de Douglas MacArthur Shaftoe.

acción y reducirla en caso de que pierda el control—. Sería... totalmente... inaceptable que hicieses esos avances y luego te largases a reunirte con tu cariñito californiano sin hablar conmigo primero y cumplir ciertas formalidades, lo que sería incómodo, pero espero que serías hombre más que suficiente para soportarlo. ¿No?

—Completamente cierto. Nunca creí lo contrario.

—Así que puedes imaginarte lo que me pareció.

—Supongo que sí. Asumiendo que no tengas ninguna fe en mí.

—Sí, eso lo lamento, pero diré que durante el vuelo comencé a pensar que no era culpa tuya, que de alguna forma Charlene había llegado hasta ti.

—¿Qué quieres decir con haber llegado hasta mí?

Amy mira el suelo.

—No lo sé, debe conservar algún sentimiento hacia ti.

—No lo creo —suspira Randy.

—En cualquier caso, pensé que quizás ibas a cometer un error grande y estúpido. Así que cuando subí al avión en Tokio simplemente iba a localizarte y... —respira profundamente y cuenta mentalmente hasta diez—. Pero cuando bajé del avión estaba demasiado obsesionada con la idea de que volvieses con esa mujer que evidentemente no te convenía nada, y creía que sería un resultado desafortunado para ti.

»Y creía que era demasiado tarde para hacer nada. Por tanto, cuando llegué a la ciudad y giré la esquina y vi tu Acura justo en el carril delante de mí, y te vi hablando por el móvil...

—Estaba dejándote un mensaje en tu contestador en Manila —dice Randy—. Explicando que volvía a recoger algunos papeles y que se había producido un terremoto sólo minutos antes y que podría retrasarme.

—Bien, no tenía tiempo para comprobar mis mensajes, que llegaron a mi contestador demasiado tarde para lograr ningún resultado útil —dice Amy—, y por tanto tenía que guiarme por un conocimiento imperfecto de los hechos porque nadie se había molestado en explicármelos.

—Y...

—Pensé que las cabezas más frías deberían tomar el control.

—Y por tanto me sacaste de la carretera.

Amy parece ligeramente decepcionada. Adopta un tono de voz paciente de profesora de preescolar.

—Randy, considera durante un minuto las prioridades. Veía la forma en que conducías.

—Tenía prisa por descubrir si estaba en la indigencia total o sólo totalmente arruinado.

—Pero debido a mi conocimiento imperfecto de la situación creí que corrías para caer en los brazos de la pobrecita Charlene. En otras palabras, que el estrés emocional del terremoto podría inducirte a... quién sabe qué con tus relaciones.

Randy aprieta bien los labios y respira largamente por la nariz.

—Comparado con eso, un poco de lámina de metal no me resultaba tan importante. Evidente, sé que muchos tíos se limitarían a quedarse con los brazos cruzados mientras alguien al que quieren hace algo extremadamente tonto y dañino, sólo para que todos puedan adentrarse en un futuro desdichado y emocionalmente jodido en coches relucientes y perfectos.

Randy no puede más que poner los ojos en blanco.

—Bien —dice él—. Lamento haberme cabreado contigo cuando salí del coche.

—¿Lo lamentas? Exactamente ¿por qué? Deberías cabrearte cuando te sacan de la carretera.

—No sabía quién eras. No te reconocí en ese contexto. No se me ocurrió que hubieses podido hacer lo que hiciste con los aviones.

Amy ríe de una forma boba y malévola que en ese momento no parece adecuada. Randy se siente ligera e inquisitivamente irritado. Ella le mira con complicidad.

—Me apuesto a que nunca te cabreaste con Charlene.

—Es cierto —dice Randy.

—¿No? ¿En todos esos años?

—Cuando teníamos cuestiones, hablábamos de ellas. Amy bufa.

—Apuesto a que eran aburridas las... —Se detiene.

—¿Las qué?

—No importa.

—Mira, creo que en una buena relación debe haber mecanismos para resolver cualquier cuestión que se presente —dice Randy de forma razonable.

—Y apuesto a que estrellar tu coche es una buena forma.

—Se me ocurren varios problemas con ese procedimiento.

—Y tenías formas de resolver tus problemas con Charlene que eran muy sofisticadas. No se alzaba la voz. No se intercambiaban palabras de furia.

—No se estrellaban coches.

—Sí. Y funcionaba, ¿no?

Randy suspira.

—¿Qué hay de lo que Charlene escribió sobre las barbas? —pregunta Amy.

—¿Cómo sabes eso?

—Lo busqué en Internet. ¿Es un ejemplo de cómo resolvíais vuestros problemas? ¿Publicando artículos académicos indirectos poniendo a parir al otro?

—Me apetecen algunas gachas.

—Así que no te disculpes por cabrearte conmigo.

—Las gachas me sentarían francamente bien.

—Por tener y manifestar emociones.

—¡Hora de comer!

—Porque en el fondo de eso se trata. Ése es el juego, muchachito —dice ella, dándole un buen golpe entre los omoplatos, un gesto heredado de su padre—. Eh, esas gachas huelen bien.

La caravana sale de la ciudad poco después del mediodía: Randy les guía montado en el Acura dañado; Amy va sentada en el asiento del pasajero apoyando en el salpicadero los pies desnudos y morenos marcados con líneas blancas producidas por las tiras de sus sandalias de alta tecnología, ajena al peligro (al que Randy ha aludido) de que se rompa las piernas si salta el airbag. El Impala trucado lo conduce su dueño oficial e ingeniero jefe, Marcus Aurelius Shaftoe. En la retaguardia, el casi vacío camión de mudanzas va conducido por Robin Shaftoe. Randy tiene esa sensación de moverse entre melaza que le asalta cuando realiza alguna transición vital enormemente emocional. Pone el *Adagio para cuerdas* de Samuel Barber en el estéreo del Acura y recorre muy lentamente la calle principal de la ciudad, mirando a su alrededor los restos de cafeterías, bares, pizzerías y restaurantes tailandeses donde, durante muchos años, ejercía su vida social. Debería haber realizado esa pequeña ceremonia la primera vez que partió hacia Manila, hace año y medio. Pero en aquella ocasión huyó como si escapase de la escena de un crimen o, al menos, de una grotesca vergüenza personal. Sólo tuvo un día o dos antes de subir al avión, y pasó la mayor parte del tiempo en el suelo del sótano de Avi, dictando secciones enteras del plan de negocio a una minigrabadora, en lugar de teclear, porque le dolían los carpos.

Ni siquiera se había despedido correctamente de toda la gente que conocía allí. No les había hablado, y apenas había pensado en ellos, hasta el día anterior por la tarde, cuando se plantó frente a sus hogares torcidos y en ocasiones humeantes subido a su coche estrujado y manchado del naranja del camión de mudanzas acompañado de una mujer extraña, nervuda y bronceada que, fuesen cuales fuesen sus puntos fuertes y sus limitaciones, no era Charlene. Por tanto, teniéndolo todo en consideración, no era exactamente la forma en que Emily Post en su manual de etiqueta hubiese orquestado una reunión con antiguos amigos. El tour de la tarde sigue siendo en su mente una ráfaga de imágenes extrañas y cargadas de emoción, pero empieza a ordenarlas, digamos que a repasar las cifras, y diría que tres cuartas partes de la gente con la que se encontró —gente con la que había intercambiado invitaciones para cenar y a la que había prestado herramientas, personas a las que había arreglado sus ordenadores personales a cambio de una jarra de buena cerveza, con quienes había visto películas importantes— no tenían ni el más mínimo interés en volver a ver la cara de Randy durante el resto de sus vidas, y se sentían extremadamente incómodos por su inesperada reaparición en sus jardines, donde daban fiestas improvisadas con la cerveza y el vino que habían podido recuperar. Randy concluye tristemente que esa hostilidad estaba muy correlacionada con el sexo. Muchas de las mujeres ni siquiera le hablaban, o simplemente se acercaban para poder dedicarle miradas heladas y evaluar a su supuesta nueva novia. Es simplemente razonable, porque antes de irse para Yale, Charlene había tenido buena parte de un año para divulgar su versión de los hechos. Ella había podido estructurar el discurso según sus intereses, presentándolo como un hombre blanco y muerto. Sin duda Randy había sido clasificado como un desertor, no mejor que un hombre casado que abandona a su mujer y a sus hijos, sin importarle que él fuese el que quería casarse y tener hijos con ella. Pero su alarma de lloriqueo empieza a sonar en cuanto lo piensa, así que retrocede y prueba otro camino.

Él personifica (comprende ahora) el conjunto de las peores pesadillas, para muchas mujeres, de lo que podría suceder en sus vidas. En cuanto a los hombres que vio por la noche, estaban muy dispuestos a apoyar la posición de sus mujeres. Aparentemente, algunos de ellos opinaban realmente igual. Otros le miraban con evidente curiosidad. Algunos eran abiertamente amables. Curiosamente, los que adoptaban el tono moral más severo del Viejo Testamento eran los del tipo Modern Language Association, que creían que todo era relativo y que, por ejemplo, la poligamia era tan válida como la monogamia. La bienvenida más sincera y acogedora que había recibido fue la de Scott, profesor de química, y Laura, pediatra, quienes, después de conocer durante muchos años a Randy y a Charlene, un día le habían confiado a Randy, en total confianza, que, sin que lo supiese la comunidad académica en general, todos los domingos por la mañana habían estado enviando a sus hijos a la iglesia, e incluso los habían bautizado a todos.

En una ocasión, Randy había ido a su casa para ayudar a Scott a trasladar una bañera antigua recién reacondicionada, y había visto con sus propios ojos la palabra DIOS escrita en hojas de papel colgadas en la casa, en la puerta de la nevera y en las paredes de los dormitorios de los niños, donde tiende a depositarse el arte juvenil. Pequeños proyectos para pasar el tiempo que habían realizado en la escuela dominical, páginas arrancadas de libros

435

de colorear, mostrando a un Jesús algo más multicultural del que Randy había conocido en su infancia (pelo rizado, por ejemplo) hablando con niños bíblicos o asistiendo al desorientado ganado de Tierra Santa. La visión de ese material por la casa, mezclado con el arte normal (es decir, secular) juvenil de la escuela elemental, pósteres de Batman, etc., hizo que Randy se sintiese tremendamente azorado. Era como ir a la casa de gente supuestamente sofisticada y encontrarse una pintura de un Elvis en terciopelo neón sobre negro colgando sobre el modernísimo y exclusivo tresillo de diseño italiano. Definitivamente un asunto de clases sociales. Y no es que Scott y Laura fuesen del tipo estricto, y tampoco tenían los ojos vidriosos y echaban espuma por la boca. Después de todo, se las habían arreglado para pasar por miembros perfectamente normales de la sociedad académica decente durante muchos años. Eran un poco más tranquilos que muchos otros, ocupaban menos espacio en la sala, pero era normal tratándose de personas que criaban tres niños, así que pasaban desapercibidos.

La pasada noche, Randy y Amy hablaron durante toda una hora con Scott y Laura; fueron los únicos que se esforzaron en hacer que Amy se sintiese como en casa. Randy no tenía ni la más remota idea de lo que esos dos pensaban de él y de lo que había hecho, pero apreciaba inmediatamente que, en esencia, eso no era lo importante, porque incluso si creyesen que había hecho algo malvado, ellos al menos tenían una estructura, una especie de manual de procedimiento, para tratar con las transgresiones. Traduciéndolo en términos de administración de sistemas UNIX (la metáfora fundamental de Randy para más o menos todo), los ateos postmodernos y políticamente correctos eran como personas que se hubiesen encontrado de pronto al cargo de un inmenso e insondablemente complejo sistema informático (a saber, la sociedad) sin documentación ni instrucciones de cualquier tipo, y cuya única forma de hacer que las cosas siguiesen funcionando era inventar e imponer ciertas reglas con una especie de rigor neopuritano, porque se perdían en cuanto tenían que tratar con cualquier desviación de lo que consideraban la norma. Mientras que las personas conectadas a una iglesia eran como administradores de sistema UNIX que, aunque puede que no lo comprendan todo, al menos disponen de documentación, algunos archivos FAQ, How-to y LÉEME, lo que les ofrecía algo de guía sobre qué hacer cuando las cosas empezaban a ir mal. En otras palabras, eran capaces de demostrar adaptabilidad.

—¡Eh! ¡Randy! —dice America Shaftoe—. M.A. está tocándote la bocina.

—¿Por qué? —pregunta Randy. Mira por el retrovisor, ve el reflejo del techo del Acura y comprende que está completamente hundido en el asiento. Se sienta recto y localiza el Impala.

—Creo que es porque vas a diez millas por hora —dice Amy—, y a M.A. le gusta ir a noventa.

—Vale —dice Randy y, así de simple, aprieta el acelerador y sale de la ciudad para siempre.

Bundok

—El nombre de este lugar es Bundok —les dice lleno de confianza el capitán Noda—. Lo hemos escogido con cuidado. Goto Dengo y el teniente Mori son las otras únicas personas presentes en la tienda, pero él habla como si estuviese dirigiéndose a un batallón en desfile.

Goto Dengo lleva en Filipinas el tiempo suficiente para saber que, en la lengua local, *bundok* significa cualquier zona de terreno montañoso y agreste, pero no cree que el capitán Noda sea del tipo de hombre al que le gustaría que un subordinado le corrigiese. Si el capitán Noda dice que ese lugar se llama Bundok, entonces se llama Bundok, y así será por siempre.

Capitán no es una graduación especialmente alta, pero Noda se comporta como si fuese un general. Ese hombre es importante en algún sitio. Tiene la piel pálida, como si hubiese pasado el invierno en Tokio. Las botas todavía no se le han empezado a pudrir sobre los pies.

En la mesa descansa una cartera rígida de cuero. Abre un extremo y saca un trozo grande de tela blanca plegada. Los dos tenientes se apresuran a ayudarle a desplegarlo sobre la mesa. A Goto Dengo le sobresalta el tacto de la tela. Las yemas de sus dedos son la única parte de su cuerpo que llegarán a tocar en su vida sábanas de tanta calidad como ésas. En el orillo lleva escrito: HOTEL MANILA.

En la sábana han dibujado un diagrama. Marcas de pluma negro azuladas, puntuadas por manchas amplias allí donde la mano vaciló, refuerzan un estrato anterior de marcas de grafito. Alguien extremadamente importante (probablemente la última persona en dormir en esa sábana) se armó con un lápiz de cera negro y rehizo todo el conjunto a su propia imagen con trazos gruesos y rápidos y anotaciones apresuradas que semejan bucles desenredados en el largo pelo de una mujer. Esa obra ha sido anotada con amabilidad por un ingeniero quisquilloso, probablemente el capitán Noda en persona, trabajando con tinta y un pincel fino.

El peso pesado del lápiz de cera ha denominado al conjunto EMPLAZAMIENTO BUNDOK.

El teniente Mori y Goto fijan la sábana a la lona de la tienda con unos alfileres oxidados que les trae un soldado, triunfal, en una taza de café de porcelana rota. El capitán Noda les observa con tranquilidad, chupando el cigarrillo.

—Con cuidado —bromea—, ¡MacArthur durmió en esa sábana!

El teniente Mori ríe obedientemente. Goto Dengo se alza sobre la punta de los pies, sosteniendo la parte alta de la sábana, examinando las débiles marcas de lápiz que subyacen al diagrama. Ve un par de crucecitas y, habiendo pasado demasiado tiempo en Filipinas, al principio supone que son iglesias. En un lugar, hay tres de ellas juntas y se imagina el Calvario.

Cerca se ha indicado un lugar de excavación. Piensa en el Gólgota: el lugar del cráneo.

¡Una locura! Necesita ordenar sus ideas. El teniente Mori pasa los alfileres a través de la tela con ligeros sonidos susurrantes. Goto Dengo se aleja, manteniendo la espalda en dirección al capitán, cierra los ojos y recupera la compostura. Es un nipón. Se encuentra en la Zona de Recursos del Sur del Gran Nipón. Las cruces representan cumbres. Las excavaciones son lugares en los que él debe ejercer alguna función importante.

Las marcas de pluma color azul negruzco son ríos. Cinco de ellos nacen en la cumbre triple de Bundok. Dos de las corrientes que se dirigen al sur se combinan para formar un río mayor. Una tercera sigue más o menos en paralelo a esta última. Pero el hombre con el lápiz de cera negro ha dibujado una línea sólida sobre la corriente con tal fuerza que todavía pueden verse colgando de la tela rizos sueltos de negro. La pluma se usó para dibujar un bulto en el río justo corriente arriba de esa marca. Aparentemente, quieren embalsar el río y crear un estanque o un lago; es difícil hacerse una idea de la escala. Tiene por nombre, LAGO YAMAMOTO.

Prestando más atención, ve que al río mayor —el que se forma por la confluencia de los dos afluentes— también hay que embalsarlo, pero mucho más al sur. Se le ha llamado RÍO TOJO. Pero no hay LAGO TOJO. Parece que el dique ensanchará y hará más profundo el río Tojo, pero no lo convertirá en un lago. De eso Goto Dengo infiere que el valle fluvial del río Tojo debe estar acantilado.

La misma operación básica se repite por toda la sábana. Lápiz de cera quiere un sistema completo de perímetro de seguridad. Lápiz de cera quiere una y sólo una carretera que llegue hasta ese lugar. Lápiz de cera quiere dos zonas para barracones: una grande y otra pequeña. Los detalles han sido añadidos por hombres menos importantes y con mejor letra.

—Alojamiento para los obreros —explica el capitán Noda, señalando la zona grande con su fusta—. Barracones militares —dice, señalando la zona pequeña. Inclinándose, Goto Dengo comprueba que la zona mayor, la de trabajadores, debe rodearse con un polígono irregular de alambre de espino. En realidad, dos polígonos, uno anidado en el otro, con una zona vacía entre los dos. Los vértices del polígono tienen nombres de armas: Nambu, Mambu, mortero de campo modelo 89.

Una carretera, o sendero, o algo así, lleva desde ese punto a la orilla del río Tojo, atraviesa el dique y termina en el emplazamiento de las excavaciones.

Goto Dengo se acerca más y mira fijamente. El área que incluye tanto el lago Yamamoto como las excavaciones ha sido rodeada por un cuadrado perfectamente dibujado por la tinta y pincel del capitán Noda y que lleva por nombre «zona especial de seguridad».

Se echa atrás de golpe cuando el capitán Noda mete

su vara en el espacio estrecho que hay entre su nariz y la sábana, y golpea un par de veces en la Zona Especial de Seguridad. Se alejan ondas concéntricas, como si fuesen las ondas de choque de la dinamita.

—Esa zona es su responsabilidad, teniente Goto. —Mueve el puntero más al sur y golpea en la zona bajo el río Tojo, con las instalaciones para trabajadores y los barracones—. Ésta es la del teniente Mori. —Hace un círculo alrededor de toda el área, moviendo el brazo como el aspa de un molino para cubrir todo el perímetro de seguridad y la carretera de acceso—. El conjunto es mío. Informo a Manila. Por lo tanto, es una cadena de mando muy pequeña para ser una zona tan grande. El secreto es extremadamente importante. Su primera orden, y la más importante, es preservar el secreto a cualquier precio.

El teniente Mori y Goto dicen:

—¡Hai! —Y se inclinan.

Dirigiéndose a Mori, el capitán Noda sigue diciendo:

—La zona de alojamiento parecerá un campo de prisioneros, para prisioneros especiales. Algunas personas en el exterior podrían conocer su existencia; los habitantes locales verán camiones ir y venir por la carretera y lo supondrán. —Volviéndose hacia Goto Dengo dice—: Pero la existencia de la Zona Especial de Seguridad será completamente desconocida para el mundo exterior. Su trabajo se realizará aprovechando la cubierta de la selva, que aquí es extraordinariamente densa. Será invisible para los aviones de observación del enemigo.

El teniente Mori da un salto como si un bicho le hubiese picado en el ojo. Para él, la idea de aviones de observación enemigos sobre Luzón es completamente grotesca. MacArthur está bien lejos de Filipinas.

Por otra parte, Goto Dengo ha estado en Nueva Guinea. Sabe lo que les sucede a las unidades del Ejército

Nipón cuando intentan resistirse a MacArthur en las selvas del sureste del Pacífico. Sabe que MacArthur se acerca, y evidentemente también lo sabe el capitán Noda. Lo que es más importante, también lo saben los hombres en Tokio que han enviado a Noda a cumplir esta misión, sea cual sea.

Ellos lo saben. Todos saben que están perdiendo la guerra.

Es decir, todas las personas importantes.

—Teniente Goto, no deberá comentar ningún detalle de su trabajo con el teniente Mori, excepto en lo que sea necesario para la pura logística: construcción de la carretera, horarios de los trabajadores y demás. —Noda se lo está diciendo a los dos hombres; la implicación clara es que si Goto se va de la lengua, se espera que Mori lo denuncie—. ¡Teniente Mori, puede irse!

Mori lanza un:

—¡Hai!

Y desaparece.

El teniente Goto se inclina.

—Capitán Noda, por favor, permítame decir que es un honor para mí haber sido elegido para construir esta fortificación.

Por un momento se disuelve la mueca estoica del rostro de Noda. Se aleja de Goto Dengo y camina durante un momento, pensando, luego vuelve a mirarle.

—No se trata de una fortificación.

Por un momento Goto Dengo se asusta. Luego piensa: ¡una mina de oro! Deben de haber descubierto un depósito inmenso de oro en este valle. ¿O diamantes?

—No debe pensar como si estuviese construyendo una fortificación —dice Noda solemne.

—¿Una mina? —aventura Goto Dengo. Pero lo dice sin convicción. Ya empieza a comprender que no tiene sentido. Sería una locura emplear en ese momento de la guerra tanto esfuerzo en una mina de oro o diamantes. Nipón necesita acero, goma y petróleo, no joyas.

¿Se trata quizá de una nueva superarma? El corazón vuelve a saltarle de emoción. Pero la mirada del capitán Noda es tan desolada como el cañón de una ametralladora.

—Es una instalación de almacenamiento indefinido para materiales vitales en el esfuerzo bélico —dice al fin el capitán Noda.

Luego le explica, en términos generales, cómo debe construir la instalación. Debe ser una red de pozos abiertos en la dura piedra volcánica que se entrecrucen. Sus dimensiones son sorprendentemente pequeñas considerando el esfuerzo que se empleará en construirla. Allí no podrán almacenar mucho: quizá suficiente munición para que un regimiento luche durante una semana, asumiendo un uso reducido de las armas pesadas y que consigan la comida del terreno. Pero esos suministros estarán bien protegidos hasta lo inconcebible.

Esa noche, Goto Dengo duerme sobre una hamaca extendida entre dos árboles, protegido por una redecilla contra los mosquitos. La jungla emite un alboroto fantástico.

La descripción del capitán Noda le resultaba familiar, y está intentando recordar. Justo cuando está a punto de dormirse, recuerda las imágenes internas de las Pirámides de Egipto que su padre le había mostrado en un libro, que mostraban el diseño de la tumba del faraón.

Se le ocurre una idea horrible: está construyendo una tumba para el emperador. Cuando Nipón caiga ante MacArthur, Hirohito realizará el ritual del seppuku. Su cuerpo saldrá en avión desde Nipón y se traerá a Bundok para ser enterrado en la cámara que Goto Dengo está construyendo. Sufre una pesadilla donde se le entierra vivo en la cámara oscura, la imagen gris del rostro del emperador oscureciéndose cuando se coloca el último ladrillo en la argamasa.

Está sentado en la oscuridad más absoluta, sabiendo que Hirohito está allí con él, temiendo moverse.

No es más que un niño en una mina abandonaba, desnudo y empapado de agua helada. Se le ha apagado la linterna. Antes de que se apagara definitivamente, creyó ver el rostro de un demonio. Ahora sólo oye el goteo, el goteo del agua subterránea cayendo a un sumidero. Puede quedarse allí y morir, o puede volver al agua y nadar hacia la salida.

Cuando despierta, llueve y el sol ha trepado por el horizonte. Salta de la hamaca y camina desnudo bajo la lluvia cálida para lavarse. Goto Dengo tiene un trabajo que hacer.

Computador

✠ El teniente coronel Earl Comstock de la Electrical Till Corporation y el Ejército de Estados Unidos, en ese orden, se prepara para el informe de rutina del día por parte de su subordinado, Lawrence Pritchard Waterhouse, de forma muy similar a como un piloto de pruebas se prepara para que le lancen a la estratosfera con un cohete bajo el culo. La noche antes se va a dormir pronto, se levanta tarde, habla con su asistente y se asegura de que (a) hay disponible mucho café caliente y (b) no se le dará ni una gota a Waterhouse. Hace que instalen dos grabadoras de alambre ferroso en la habita-

444

ción, para el caso de que una de ellas falle, y trae un equipo de tres estenógrafos con amplios conocimientos técnicos. Tiene un par de colegas en su sección —también empleados de la ETC cuando no hay guerra— que son verdaderos genios matemáticos, así que también se los trae. Les ofrece una pequeña charla preparatoria:

—No espero que entendáis de qué coño habla Waterhouse. Voy a correr tras él todo lo rápido que pueda. Vosotros agarradle las piernas y por el amor de dios retenedlo para que yo pueda al menos verle la espalda todo lo que sea posible.

Comstock está orgulloso de esa analogía, pero los genios matemáticos parecen desconcertados. Algo irritado, les explica la siempre compleja dicotomía entre literal y figurativo. Sólo quedan veinte minutos hasta la llegada de Waterhouse; justo a tiempo, el asistente de Comstock entra por la puerta con una bandeja de pastillas de bencedrina. Comstock toma dos, intentando liderar dando ejemplo.

—¿Dónde está el maldito equipo de pizarra? —exige, a medida que el potente estimulante comienza a dispararle el pulso. En la habitación entran dos soldados cargando con borradores y gamuzas húmedas, además de un equipo fotográfico compuesto por tres hombres. Montan un par de cámaras apuntando a la pizarra, así como un par de flashes, y dejan en el suelo un buen montón de película.

Comprueba la hora. Van retrasados cinco minutos. Mira por la ventana y ve que su jeep ya está de regreso; Waterhouse debe de estar en el edificio.

—¿Dónde está el equipo de extracción? —exige.

Un momento más tarde el sargento Graves está allí.

—Señor, fuimos a la iglesia como nos indicó, y le localizamos, y, eh... —Tose contra el dorso de la mano.

—¿Y qué?

—Y estaba acompañado, señor —dice el sargento Graves, *sotto voce*—. Ahora mismo está en el baño, limpiándose, si sabe a qué me refiero —guiña el ojo.

—Ohhhh —dice Earl Comstock, dándose cuenta.

—Después de todo —añade el sargento Graves—, no puedes desatascar las tuberías oxidadas de tu órgano a menos que tengas un poco de asistencia agradable para realizar la operación de forma adecuada.

Comstock se pone tenso.

—Sargento Graves... es muy importante que lo sepa... ¿se realizó la operación de forma adecuada?

Graves arruga la frente, como si le doliese la pregunta.

—Oh, por completo, señor. Ni se nos ocurriría interrumpir semejante operación. Por eso llegamos tarde... con sus disculpas.

—No importa —afirma Comstock, golpeando a Graves con todo entusiasmo entre los hombros—. Por eso intento dar a mis hombres espacio para actuar según su criterio. Hace tiempo que opino que Waterhouse necesita relajarse. Se concentra un poco excesivamente en su trabajo. Para ser sincero, en ocasiones no sé si está diciendo algo muy brillante o totalmente incoherente. Y creo que usted, sargento Graves, ha realizado una contribución importante, importante, a la reunión de hoy al tener el sentido común suficiente para esperar a que los asuntos de Waterhouse quedasen en orden. —Comstock comprende que está respirando muy rápido, y su corazón late como loco. ¿Se habrá pasado con la bencedrina?

Waterhouse se arrastra a la habitación diez minutos más tarde sosteniéndose sobre piernas flácidas, como si, sin darse cuenta, se hubiese dejado el esqueleto en la cama. Apenas puede llegar al asiento que tiene asignado y se deja caer como un saco de tripas, haciendo saltar algunas tiras de mimbre. Respira por la boca y de forma entrecortada, parpadeando con frecuencia.

—¡Parece que hoy va a ser un paseo, caballeros! —anuncia Comstock con alegría. Todos sonríen menos Waterhouse. Lleva en el edificio un cuarto de hora, y al menos le llevó el mismo tiempo al sargento Graves traerlo desde la iglesia, así que ha pasado al menos media hora. Y sin embargo, al mirarle, te da la impresión de que ha sucedido hace cinco segundos.

—¡Que alguien le sirva café a este hombre! —ordena Comstock. Alguien lo hace. Ser un militar es asombroso; das órdenes y las cosas pasan. Waterhouse no bebe, ni siquiera toca el café, pero al menos sus ojos tienen ahora algo que mirar. Esos globos vagan bajo los párpados arrugados como si fuesen cañones antiaéreos siguiendo una mosca, para finalmente centrarse en la taza de café. Waterhouse se aclara la garganta durante un buen rato, como si se preparase para hablar, y se hace el silencio en la habitación. Permanece en silencio durante treinta segundos. Luego murmura algo que suena como «cae».

Los estenógrafos lo registran al unísono.

—¿Perdone? —dice Comstock.

Uno de los genios matemáticos dice:

—Puede que esté hablando de las funciones Coy. Creo que las vi en una ocasión cuando repasaba un libro introductorio.

—Pensé que decía «cuántico» algo —dice otro hombre de la ETC.

—Café —dice Waterhouse, y lanza un largo suspiro.

—Waterhouse —dice Comstock—, ¿cuántos dedos le estoy mostrando?

Parece que ahora Waterhouse nota que hay otras personas en la habitación. Cierra la boca, y los agujeros de la nariz se abren como si ahora corriese el aire por ellos. In-

447

tenta mover una de las manos, comprende que se ha sentado encima, y se mueve de un lado a otro hasta liberarla. Abre los ojos por completo, lo que le ofrece una visión clara y completa de la taza de café. Bosteza, se estira y se tira un pedo.

—El criptosistema nipón que llamamos Azur es el mismo que el sistema alemán que llamamos Tetraodóntido —anuncia—. Los dos están de alguna forma relacionados con otro criptosistema más reciente que he denominado Aretusa. Todos ellos están relacionados con el oro. Probablemente operaciones mineras auríferas. En las Filipinas.

¡Buuuum! Los estenógrafos se ponen en marcha. El fotógrafo dispara los flashes, aunque no hay nada que fotografiar, son los nervios. Comstock mira con la frente llena de sudor las grabadoras, se asegura de que estén en funcionamiento.

Le pone un poco nervioso la rapidez de Waterhouse para recuperarse. Pero una de las responsabilidades del liderazgo es ocultar los temores personales, proyectar confianza en todo momento. Comstock sonríe y dice:

—¡Suena extremadamente seguro, Waterhouse! Me pregunto si puede hacerme sentir la misma confianza.

Waterhouse frunce el entrecejo en dirección a la taza de café.

—Bien, todo es matemático —dice—. Si la matemática es consistente, entonces debería sentirse seguro de sí mismo. Ése es el sentido último de la matemática.

—¿Tiene una razón matemática para realizar esa afirmación?

—Afirmaciones —dice Waterhouse—. La afirmación número uno es que Tetraodóntido y Azur son nombres diferentes para el mismo criptosistema. La afirmación dos es que Tetraodóntido/Azur son primos de Aretusa. Tres:

todos esos criptosistemas están relacionados con el oro. Cuatro: minería. Cinco: Filipinas.

—Quizá podría escribir en la pizarra mientras habla —dice Comstock algo irritado.

—Un placer —dice Waterhouse.

Se pone en pie y se dirige hacia la pizarra, se queda inmóvil durante un par de segundos, luego se vuelve, agarra la taza de café y se la bebe antes de que Comstock o cualquiera de sus asistentes pueda quitársela de las manos. ¡Un error táctico! Luego Waterhouse escribe sus afirmaciones. El fotógrafo las registra. Los soldados masajean las gamuzas y miran nerviosos en dirección a Comstock.

—Bien, ¿tiene algún tipo de, eh, prueba matemática para esas afirmaciones? —pregunta Comstock. La matemática no es lo suyo, pero llevar reuniones sí lo es, y lo que Waterhouse acaba de escribir en la pizarra a él le parece el rudimento de un orden del día. Y Comstock se siente mucho mejor cuando dispone de un orden del día. Sin un orden del día, es como un soldado raso corriendo por la selva sin un mapa o un arma.

—Bien, señor, ésa es una forma de verlo —dice Waterhouse después de pensarlo un momento—. Pero es mucho más elegante ver esas afirmaciones como corolarios producto de algunos teoremas subyacentes.

—¿Me está diciendo que ha tenido éxito en romper Azur? Porque si es así, ¡merece unas felicitaciones! —dice Comstock.

—No. Sigue intacto. Pero puedo extraer información de él.

Ése es justo el momento en el que el joystick se rompe en la mano de Comstock. Aún así, todavía puede golpear indefenso el tablero de control.

—Bien, ¿podría al menos discutirlas una a una?

—Bien, tomemos, por ejemplo, la Afirmación Cuatro, que es que Azur/Tetraodóntido está relacionado con la minería.

Waterhouse bosqueja un mapa a mano alzada del teatro de operaciones del Suroeste del Pacífico, desde Birmania hasta las Salomón, desde Nipón hasta Nueva Zelanda. Le lleva como unos sesenta segundos. Sólo porque sí, Comstock saca una mapa impreso de su cuaderno de notas y lo compara con la versión de Waterhouse. Básicamente son idénticos.

Waterhouse dibuja un círculo con la letra A en la entrada de la bahía de Manila.

—Ésta es una de las estaciones que trasmiten los mensajes Azur.

—Lo sabe por el huffduff, ¿no?

—Exacto.

—¿Está en Corregidor?

—En una de las islas pequeñas cercanas a Corregidor.

Waterhouse dibuja otra A con círculo en la propia Manila, otra en Tokio, una en Rabaul, una en Penang, una en el océano Índico.

—¿Qué es ésa? —pregunta Comstock.

—Recibimos una transmisión Azur desde un submarino alemán —dice Waterhouse.

—¿Cómo sabe que era un submarino alemán?

—Reconocí la letra —dice Waterhouse—. Bien, ésta es la disposición espacial de los transmisores Azur... sin contar las estaciones en Europa que emiten Tetraodóntido y, por tanto, según la Afirmación Uno, forman parte de la misma red. En cualquier caso, digamos que un mensaje Azur se origina en Tokio en cierta fecha. No sabemos lo que dice, porque todavía no hemos roto Azur. Simplemente sabemos que los mensajes fueron a estos sitios. —Waterhouse dibuja líneas que salen desde Tokio y van a Manila, Rabaul, Penang—. Ahora bien, cada una de estas ciudades es una importante base militar. En consecuencia, cada una es fuente de un flujo continuo de datos, comunicándose con todas las bases niponas en la región. —Waterhouse dibuja líneas más cortas radiando desde Manila a varios puntos en Filipinas, y desde Rabaul a Nueva Guinea y las Salomón.

—Una corrección, Waterhouse —dice Comstock—. Ahora Nueva Guinea es nuestra.

—¡Pero estoy retrocediendo en el tiempo! —dice Waterhouse—. En 1943, cuando había bases niponas a lo largo de toda la costa norte de Nueva Guinea, y por las Salomón. Por tanto, digamos que durante una breve ventana de tiempo siguiendo el mensaje Azur desde Tokio, unos mensajes se transmiten desde lugares como Rabaul y Manila a bases más pequeñas en esas zonas. Algunos están cifrados con métodos que hemos roto. Ahora bien, es razonable suponer que algunos de esos mensajes se enviaron como consecuencia de las órdenes contenidas en el mensaje Azur.

—Pero esos lugares envían miles de mensajes cada día —protesta Comstock—. ¿Qué le hace pensar que puede elegir los mensajes que se derivan de las órdenes Azur?

—No es más que un problema estadístico de fuerza bruta —dice Waterhouse—. Supongamos que Tokio envía un mensaje Azur a Rabaul el 15 de octubre de 1943. Ahora supongamos que cojo todos los mensajes enviados desde Rabaul el 14 de octubre y los clasifico de distintas formas: a qué destino se transmitían, qué longitud tenían y, si pudimos descifrarlos, de qué trataban. ¿Eran órdenes para movimientos de tropas? ¿Envío de suministros? ¿Cambios de tácticas o procedimientos? Luego, tomo todos los mensajes enviados desde Rabaul el 16 de octubre, el día después de la llegada del mensaje Azur desde Tokio, y realizo exactamente el mismo análisis estadístico.

Waterhouse se aleja de la pizarra y se vuelve para ser fusilado con flashes.

—En realidad, no es más que un problema de flujo de información desde Tokio a Rabaul. No sabemos cuál era la información. Pero, en cierta forma, influirá en los mensajes que Rabaul enviará posteriormente. Rabaul ha cambiado, de forma irrevocable, con la llegada de la información, y al comparar el comportamiento observado de Rabaul antes y después del cambio podemos realizar inferencias.

—¿Por ejemplo? —dice Comstock con cautela.

Waterhouse se encoge de hombros.

—Las diferencias son muy pequeñas. Apenas destacan sobre el ruido. Durante el curso de la guerra, han salido treinta y un mensajes Azur desde Tokio, así que he tenido ese conjunto de datos para trabajar. Un conjunto de datos por sí mismo puede que no me diga nada. Pero cuando combino todos los conjuntos de datos, lo que me ofrece mayor profundidad, puedo ver estructuras. Y una de las estructuras que se ven más claramente es que el día después de que se enviase un mensaje Azur a, digamos, Rabaul, era más probable que Rabaul transmitiese mensajes relacionados con la ingeniería de minas. Eso tiene ramificaciones que pueden seguirse hacia atrás hasta cerrar el bucle.

—¿Cerrar el bucle?

—Vale. Empecemos desde arriba. Un mensaje Azur va de Tokio a Rabaul —dice Waterhouse mientras dibuja una línea gruesa que conecta esas dos ciudades—. Al día siguiente, un mensaje en otro criptosistema, que ya hemos roto, va desde Rabaul a un submarino que opera en una base de la zona, en las Molucas. El mensaje dice que el submarino debe dirigirse a un puesto de avanzada en la costa norte de Nueva Guinea y recoger cuatro pasajeros, a los que se identifica por su nombre. Por nuestros archivos sabemos quiénes son esos hombres: tres mecánicos de avión y un ingeniero de minas. Unos días después, el submarino transmite desde el mar de Bismarck diciendo que ha recogido a esos hombres. Unos días después, nuestros espías en Manila nos informan de que ese mismo submarino ha llegado allí. El mismo día, otro mensaje Azur se transmite desde Manila hasta Tokio —concluye Waterhouse, añadiendo una última línea al polígono—, cerrando el bucle.

—Pero podría tratarse de una serie de acontecimientos aleatorios sin ninguna relación —dice uno de los genios matemáticos de Comstock, antes de que Comstock pueda decirlo él mismo—. Los nipos buscan desesperadamente mecánicos de avión. No tiene nada de extraño ese tipo de mensajes.

—Pero la estructura tiene algo de extraño —dice Waterhouse—. Si, unos meses después, se envía otro submarino, de la misma forma, para recoger a un ingeniero de minas y un prospector atrapados en Rabaul, y si después de su llegada a Manila se envía otro mensaje Azur desde Manila hasta Tokio, empieza a parecer muy sospechoso.

—No sé —dice Comstock, agitando la cabeza—. No estoy seguro de poder venderle esto al personal del General. Parece más una salida a pescar.

—Una corrección, señor, era una salida de pesca. Pero ahora he regresado de esa salida, ¡y tengo el pescado!
—Waterhouse sale volando de la habitación y recorre el pasillo hacia su laboratorio... al otro extremo de la puta ala. Está bien que Australia sea un continente tan grande, porque Waterhouse va a recorrerlo entero si alguien no le controla. Quince segundos más tarde está de vuelta con un montón de tarjetas ETC de un pie de alto, que deja caer sobre la mesa—. Todo está aquí.

Comstock jamás ha disparado a un tipo en su vida, pero conoce los perforadores de tarjeta y los lectores de tarjeta tan bien como un marine su rifle, y no le impresiona.

—Waterhouse, ese montón de tarjetas contiene tanta información como una carta de su madre. Intenta decirme que...

—No, es sólo el resumen. El resultado de los análisis estadísticos.

—¿Por qué coño lo perforó en tarjetas ETC? ¿Por qué no entregar un informe mecanografiado como todo el mundo?

—No lo perforé yo —dice Waterhouse—. Lo hizo la máquina.

—Lo hizo la máquina —dice Comstock muy lentamente.

—Sí. Mientras realizaba el análisis. —De pronto Waterhouse se echa a reír—. No habrá pensado que éstos eran los datos en bruto, ¿verdad?

—Bien, yo...

—Las entradas ocupan varias habitaciones. Tuve que someter a este análisis casi todos los mensajes que hemos interceptado durante toda la guerra. ¿Recuerda esos camiones que requisé hace unas semanas? Esos camiones eran simplemente para traer y llevar las tarjetas al almacén.

—¡Dios santo! —dice Comstock. Ahora recuerda los camiones, su incesante ir y venir, chocando entre sí, los vapores de los tubos de escape entrando por la ventana, los soldados moviendo carritos pesados por todo el pasillo, cargados de cajas. Pisando los pies de la gente. Asustando a las secretarias.

Y el ruido. El ruido, el ruido de la maldita máquina de Waterhouse. Las macetas cayéndose de los archivadores, las ondas estacionarias en las tazas de café.

—Espere un segundo —dice uno de los hombres de la ETC, con el escepticismo nasal de un hombre que acaba de comprender que se la están pegando—. Vi los camiones. Vi las tarjetas. ¿Intenta hacernos creer que realmente estaba realizando un análisis estadístico en todos y cada uno de esos mensajes descifrados?

Waterhouse parece un poco a la defensiva.

—Bien, ¡era la única forma de hacerlo!

El genio matemático de Comstock está ahora preparándose para matar.

—Estoy de acuerdo en que la única forma de conseguir el análisis implicado por ese diagrama —agita una mano en dirección al mandala de polígonos en intersección en el mapa de Waterhouse— es repasar uno a uno todos esos camiones de mensajes descifrados. Eso está claro. Ésa no es nuestra objeción.

—Entonces, ¿cuál es su objeción?

El genio se ríe con furia.

—Me preocupa el detalle inconveniente de que no hay máquina en todo el mundo capaz de procesar todos esos datos con esa velocidad.

—¿No escuchó el ruido? —pregunta Waterhouse.

—Todos oímos el maldito ruido —dice Comstock—. ¿Qué tiene eso que ver?

—Oh —dice Waterhouse y pone los ojos en blanco ante su propia estupidez—. Tienen razón. Lo lamento. Quizá debí haberles explicado primero esa parte.

—¿Qué parte? —pregunta Comstock.

—El doctor Turing, de la Universidad de Cambridge, ha señalado que bublabadá bobadadá jua dadie yanga langa furyizama binbin gingle guau —dice Waterhouse, o algo que suena más o menos a eso. Se detiene para respirar, y se dirige aciago hacia la pizarra—. ¿Les importa si borro esto? —Un soldado armado con un borrador se adelanta. Comstock se hunde en la silla y se agarra los brazos. Un estenógrafo coge una píldora de bencedrina. Un hombre de la ETC mordisquea un lápiz del número dos como si fuese un perro con su hueso. El flash se dispara. Waterhouse coge una tiza nueva, la levanta y presiona la punta contra la pizarra inmaculada. El borde se fractura con un ligero chasquido, y un pequeño chorro de partículas de tiza cae hacia el suelo, abriéndose en una pequeña nube parabólica. Waterhouse inclina la cabeza durante un minuto, como un sacerdote preparándose para atravesar la iglesia, y luego respira profundamente.

El efecto de la bencedrina desaparece cinco horas más tarde y Comstock se encuentra echado sobre una mesa en una habitación llena de hombres agotados y ojerosos. Waterhouse y los soldados están cubiertos de polvo de tiza, lo que les da aspecto de zombies. Los estenógrafos está rodeados de cuadernos llenos, y con frecuencia dejan de escribir para agitar las manos flácidas en el aire como si fuesen banderas blancas. Las grabadoras giran inútiles, una bobina llena y la otra vacía. Solamente el fotógrafo mantiene el ritmo, dándole al flash cada vez que Waterhouse consigue llenar una pizarra.

Todo huele a sudor de sobaco. Comstock se da cuenta de que Waterhouse le mira expectante.

—¿Comprende? —pregunta Waterhouse.

Comstock se sienta y mira furtivamente su propio cuaderno, donde tenía la esperanza de establecer un orden del día. Ve las cuatro afirmaciones de Waterhouse, que copió durante los cinco primeros minutos de la reunión, y luego nada más excepto un montón de dibujitos rodeando las palabras ENTERRAR Y DESENTERRAR.

Comstock tiene que decir algo.

—Esa cosa, el, eh, el procedimiento de enterrar, eso es el, eh...

—¡La característica principal! —responde Waterhouse con alegría—. Las máquinas de tarjeta de ETC son geniales para las entradas y las salidas. Eso lo tenemos cubierto. Los elementos lógicos son obvios. Lo que faltaba era una forma de dotar de memoria a la máquina, de suerte que pudiese, usando la terminología de Turing, enterrar datos con rapidez, y luego desenterrarlos con igual rapidez. Así que la fabriqué. Es un dispositivo eléctrico, pero los principios subyacentes serían familiares para cualquier fabricante de órganos.

—¿Podría, eh, verla? —pregunta Comstock.

—¡Claro! Está en mi laboratorio.

Ir a verlo es más complicado. En primer lugar, todo el mundo debe usar el baño, luego hay que trasladar las cámaras y los flashes al laboratorio y montarlos de nuevo. Cuando todo está listo, Waterhouse está de pie junto a un gigantesco conjunto de tuberías del que cuelgan miles de cables.

—¿Es eso? —dice Comstock, una vez que ha llegado todo el grupo.

Por todo el suelo hay dispersas gotitas de mercurio del tamaño de guisantes como si fuesen esferas de cojinetes. Las suelas planas de los zapatos de Comstock las hacen estallar y correr en todas direcciones.

—Eso es.

—Otra vez, ¿cómo lo llama?

—La RAM —dice Waterhouse—. Memoria de Acceso Aleatorio. Iba a ponerle el dibujo de un carnero.* Ya sabe, una de esas ovejas con grandes cuernos enroscados.

—Sí.

—Pero no tuve tiempo, y no soy muy bueno dibujando.

---

* Juego de palabras intraducible. *Ram* en inglés significa precisamente «carneros». *(N. del T.)*

Cada tubería tiene diez centímetros de diámetro y nueve metros de largo. Debe de haber al menos un centenar. Comstock intenta recordar la orden de requisición que firmó hace meses. Waterhouse pidió tuberías suficientes para equipar a toda una maldita base militar.

Las tuberías están dispuestas horizontalmente, como una fila de tubos de órgano que alguien hubiese tumbado. Pegado al extremo de cada una de las tuberías hay un pequeño altavoz arrancado de una vieja radio.

—El altavoz toca una señal... una nota... que resuena en la tubería, y crea una onda estacionaria —dice Waterhouse—. Eso significa que, en algunas partes de la tubería, la presión de aire es baja, y en otras partes alta. —Está recorriendo una tubería a todo lo largo, golpeándola con la mano—. Esos tubos en U están llenos de mercurio. —Señala uno de los diversos tubos de vidrio en forma de U que están unidos a la parte posterior de la larga tubería.

—Eso lo veo muy bien, Waterhouse —dice Comstock—. ¿Podría retirarse hasta el siguiente? —le solicita, mirando por encima del hombro del fotógrafo y por la mira—. Está bloqueando la visión... mejor... un poco más... un poco más. —Porque todavía puede ver la sombra de Waterhouse—. Así está bien. ¡Ahora!

El fotógrafo dispara la cámara, y los flashes se iluminan.

—Si la presión del aire en la tubería es alta, empuja el mercurio un poco. Si es baja, tira un poco del mercurio. Puse un contacto eléctrico en cada tubo en U... no más que un par de cables separados por el aire. Si esos cables están altos y secos (porque la alta presión del aire en la tubería está empujando el mercurio alejándolo de ellos), no fluye corriente. Pero si están inmersos en mercurio (porque la presión baja en la tubería tira del mercurio para cubrirlos), entonces fluye corriente entre ellos, ¡porque el mercurio conduce la electricidad! De esa forma, los tubos en U producen un conjunto de dígitos binarios que son como una imagen de la onda estacionaria... un gráfico de los armónicos que forman la nota musical que se oye en los altavoces. Volvemos a enviar ese vector al circuito oscilador que controla el altavoz, de forma que el vector de bits se refresque continuamente, a menos que la máquina decida escribir una nueva serie de bits.

—Oh, ¿así que la maquinaria ETC puede controlar esta cosa? —pregunta Comstock.

Waterhouse ríe de nuevo.

—¡Ésa es precisamente la idea! ¡Aquí es donde los circuitos lógicos entierran y desentierran los datos! —dice Waterhouse—. ¡Se lo demostraré!

Y antes de que Comstock pueda ordenarle que no lo haga, Waterhouse le ha hecho una señal al cabo de pie al otro extremo de la habitación, el que lleva las orejeras protectoras que se entregan generalmente a los hombres que disparan los cañones más grandes. El cabo asiente y le da a un interruptor. Waterhouse se lleva las manos a las orejas y sonríe, mostrando más encía de la que a Comstock le gustaría ver, y a continuación el tiempo se detiene, o algo así, y todas esas tuberías cobran vida tocando variaciones del mismo do grave.

Es todo lo que Comstock puede hacer para no caer de rodillas; tiene las manos sobre las orejas, claro, pero el sonido realmente no penetra por el oído, entra directamente por el torso, como los rayos X. Pinzas al rojo sónico recorren sus vísceras, gotitas de sudor saltan de su cráneo por la vibración, sus pelotas botan como judías saltarinas. Las medialunas de mercurio en todos esos tubos U suben y bajan, abriendo y cerrando los contactos, pero de forma sistemática: no es un agitar turbulento, sino una progresión coherente de cambios discretos y controlados, guiados por algún programa.

Comstock sacaría su arma y atravesaría la cabeza de Waterhouse con un tiro, pero para hacerlo tendría que quitarse las manos de las orejas. Al final termina.

—La máquina acaba de calcular los primeros cien términos de la serie de Fibonacci —dice Waterhouse.

—Por lo que entiendo, esta RAM no es más que la parte donde se entierran y desentierran los datos —dice Comstock, intentando controlar los armónicos altos de su propia voz, intentando sonar y actuar como si viese esas cosas todos los días—. Si tuviese que dar un nombre para todo el aparato, ¿cómo lo llamaría?

—Mmm —dice Waterhouse—. Bien, su tarea básica es realizar cálculos matemáticos... como un computador.

Comstock bufa.

—Un computador es un ser humano.

—Bien... esta máquina emplea dígitos binarios para realizar sus cálculos. Supongo que podríamos llamarlo computador digital.

Comstock lo escribe en letras mayúsculas en su cuaderno: COMPUTADOR DIGITAL.

—¿Esto lo pondrá en el informe? —pregunta Waterhouse con alegría.

Comstock está a punto de responder: *¿Informe? ¡Éste es mi informe!* Luego le asalta el recuerdo nebuloso. Algo relacionado con Azur. Algo relacionado con minas de oro.

—Oh, sí —murmura. Oh, sí, estamos en una guerra. Lo piensa—. No. Ahora que lo menciona, esto ni siquiera es una nota al pie. —Observa a los genios matemáticos que ha escogido personalmente, quienes miran la RAM como un par de esquiladores de ovejas de una provincia de Judea que viesen por primera vez el Arca de la Alianza—. Probablemente conservaremos esas fotos en el archivo. Ya sabe cuánto les gustan los archivos a los militares.

Waterhouse vuelve a manifestar su risa maniaca.

—¿Tiene algo más de lo que informar antes de que suspendamos la reunión? —dice Comstock, desesperado por silenciarle.

—Bien, este trabajo me ha dado algunas ideas nuevas en teoría de la información que podrían resultarle interesantes...

—Escríbalas. Envíemelas.

—Hay algo más. No sé si realmente es relevante aquí, pero...

—¿De qué se trata, Waterhouse?

—Eh, bien... ¡parece que me he comprometido para casarme!

Caravana

✛ Randy ha perdido todas sus posesiones terrenales, pero ha ganado un séquito. Amy ha decidido que bien puede acompañarle al norte, ya que está en ese lado del océano Pacífico. Eso hace feliz a Randy. Los muchachos Shaftoe, Robin y Marcus Aurelius, se consideran también invitados; como muchas otras cosas que en otras familias serían objeto de un largo debate, en ésta aparentemente se asume sin mayor comentario.

Esa decisión convierte en necesidad el hecho de conducir las mil, o más, millas hasta Whitman, Washington, porque los chicos Shaftoe no son de esos con medios para aparcar el bólido en un aparcamiento, meterse en el aeropuerto y pedir billetes para el próximo vuelo a Spokane. Marcus Aurelius es estudiante de segundo con una beca del Cuerpo de Entrenamiento de Oficiales de la Reserva Naval y Robin asiste a una especie de escuela preparatoria militar. Pero incluso si tuviesen el dinero saltándoles en los bolsillos, gastarlo sería una ofensa a su frugalidad nativa. O eso es lo que asume Randy durante los primeros dos días. Es la suposición obvia, teniendo en cuenta que siempre tienen en mente el flujo de caja. Por ejemplo, los chicos realizaron el esfuerzo hercúleo de consumir hasta la última cucharada de la cubeta de gachas preparada por Amy la mañana después del terremoto, y como descubrieron que no podían con la tarea guardaron los restos con todo cuidado en bolsas Ziploc, quejándose durante toda la operación del coste excesivo de las bolsas Ziploc y preguntando si Randy no tendría frascos o algo similar en el sótano, que podrían todavía estar intactos y por tanto se podrían emplear para esa función.

Randy ha tenido tiempo de sobras para desengañarse de tal falacia (es decir, que evitar los aviones viene dictado por limitaciones financieras) y sacarles la verdadera razón después de haber dejado el camión de mudanzas de Amy cerca del aeropuerto e iniciar el trayecto en caravana en el Acura y el elevado y tormentoso Impala. El personal va rotando de un vehículo a otro cada vez que se paran, siguiendo un sistema que nadie ha comunicado a Randy pero que siempre le sitúa a solas en un coche con Robin o con Marcus Aurelius. Los dos son demasiado circunspectos para contarle sus vidas al mínimo pretexto, pero demasiado corteses para asumir que a Randy pueda importarle un carajo lo que puedan pensar, y quizás en el fondo sospechen de él como para contárselo todo. Primero es preciso algún tipo de vínculo entre hombres. El hielo no comienza a fracturarse hasta el Día 2 del viaje, después de dormir en el área de descanso de la interestatal 5, cerca de Redding, en los asientos reclinados de los vehículos (cada uno de los muchachos Shaftoe le informa por sepa rado y con toda solemnidad que la cadena de alojamientos conocida como Motel 6 es una inmensa estafa, que si esas habitaciones en alguna ocasión costaron seis dólares por noche, lo que es dudoso, ciertamente ahora no es así, y que son muchos los jóvenes e inocentes viajeros que se han visto atraídos por las llamadas de sirena de esos fraudulentos carteles alzándose sobre los tréboles de las interestatales; intentan sonar imparciales y sabios pero, por como se les enrojece la cara, apartan la vista y alzan la voz, Randy sospecha que en realidad está escuchando una historia personal y reciente apenas velada). Una vez más, sin que nadie diga nada, se da por supuesto que Amy, como la mujer, dispondrá de su propio coche para dormir, lo que sitúa a Randy en el bólido con Robin y Marcus Aurelius. Como es el invitado, ocupa el asiento reclinable del pasajero, la mejor cama de la casa, y M.A. se acurruca en el asiento de atrás mientras Robin, el más joven, duerme tras el volante. Durante unos treinta segundos después de que la luz se haya apagado y los Shaftoe hayan terminado de decir sus plegarias en voz alta, Randy se limita a quedarse tendido sintiendo cómo el Impala se agita por el impacto de los grandes camiones al pasar y se siente considerablemente más alienado que cuando intentaba dormir en medio de la selva en el jeepney en el norte de Luzón. Luego abre los ojos y es por la mañana, y Robin está realizando flexiones con un solo brazo en el suelo.

—Cuando lleguemos allí —dice Robin jadeando una vez que ha terminado—, ¿cree que podría mostrarme eso de vídeo en Internet de lo que me había hablado? —Lo pregunta con toda la ingenuidad de su juventud. De pronto adopta una expresión avergonzada y añade—: A menos que sea muy caro o algo así.

—Es gratis. Te lo enseñaré —dice Randy—. Vamos a desayunar.

Ni que decir tiene que McDonald's y similares cobran una suma escandalosa por, digamos, un plato de patatas, mucho más de lo que uno pagaría por la masa equivalente de patatas sin procesar en (si crees que el dinero crece en los árboles) Safeway o (si te preocupa realmente el valor de un dólar) en un mercado agrícola situado en un enlace de carreteras solitario allí donde Cristo perdió el gorro. Así que para desayunar deben dirigirse a un pueblecito (los hipermercados en sitios grandes como Redding son timos) y encontrar un colmado (los supermercados son etc., etc., etc.) y comprar el desayuno en la forma más elemental concebible (plátanos más que maduros y muy baratos que ni siquiera vienen en racimos sino que han recogido del suelo, o algo similar, y que se juntan en una bolsa de papel, y Cheerios genéricos en una bolsa de plástico tubular, y una caja de leche en polvo genérica) y comérselo en equipos militares de latón que los Shaftoe sacan con admirable frialdad del maletero del coche, un abismo ferroso y aceitoso todo lleno de cadenas para ruedas, cajas viejas de munición y, a menos que los ojos de Randy le estén jugando una mala pasada, un par de espadas samurai.

En cualquier caso, todo se hace con la debida despreocupación, y no como si estuviesen probando la entereza de Randy o algo, por lo que éste supone que realmente todo eso no se cualifica como una verdadera experiencia de vínculo entre hombres. Si, de forma hipotética, el Impala se estropease en el desierto y tuviesen que repararlo con piezas robadas en una chatarrería cercana protegida por perros rabiosos y gitanos armados con rifles, eso sería una experiencia de vínculo masculino. Pero Randy se equivoca. El Día 2 los Shaftoe (los hombres al menos) se abren a él.

Parece (y tal información la abstrae después de muchas horas de conversación) que cuando eres un joven

Shaftoe en plenas facultades físicas y un extraño en tierra extraña con un coche que, con grandes consejos y considerable ayuda de tu gran familia, has arreglado bastante bien, la idea de aparcarlo para tomar cualquier otro medio de transporte es, además de una evidente estupidez financiera, una especie de fracaso moral pura y simplemente. Por eso van en coche hasta Whitman, Washington. Pero ¿por qué (uno de ellos ha reunido el valor suficiente para preguntarlo) llevan dos coches? En el Impala hay sitio más que suficiente para cuatro. Randy ha llegado a la conclusión de que los Shaftoe se sienten consternados por la insistencia de Randy de llevar el redundante y repugnante Acura, y que no es más que su formidable amabilidad lo que les ha impedido comentar que es una locura.

—Supongo que nosotros no estaremos juntos más allá de Whitman —dice Randy—. Si llevamos los dos coches, podemos separarnos en ese punto.

—No está tan lejos, Randall —dice Robin, dándole al acelerador del Impala para obligarlo a cambiar de marcha, y esquivar un transporte de gasolina. De los «Señor» y «Señor Waterhouse» iniciales, Randy ha conseguido que se dirijan a él por su nombre de pila, pero sólo han aceptado con la condición (aparentemente) de que usen el «Randall» completo en lugar de «Randy». Los primeros intentos de emplear «Randall Lawrence» como forma de compromiso sufrieron la denuncia vigorosa de Randy, así que se ha quedado en «Randall»—. M.A. y yo estaríamos encantados de dejarle en el aeropuerto de San Francisco... o, eh, allí donde decida aparcar su Acura.

—¿En qué otro sitio podría aparcarlo? —dice Randy, sin haber comprendido la última parte.

—Bien, me refiero a que probablemente podríamos encontrar un lugar donde aparcarlo gratis durante unos días si nos ponemos a ello. Dando por supuesto que quiera conservarlo —añade alentador—. Ese Acura probablemente podría conseguir un buen precio incluso considerando todas las reparaciones que necesita.

Es sólo en ese momento cuando Randy comprende que los Shaftoe creen que es un indigente total, desamparado y a la deriva en el ancho mundo. Un claro caso que necesita caridad. Recuerda ahora haberles visto deshacerse de una bolsa de McDonald's cuando llegaron a la casa. Todo el atracón de austeridad se lo han inventado para evitar presionar financieramente a Randy.

Robin y M.A. han estado observándole con atención, hablando sobre él, pensando en él. Resulta que han hecho algunas suposiciones defectuosas, y han llegado a las conclusiones erróneas, pero igualmente han manifestado más sofisticación de la que Randy les atribuía. Eso obliga a Randy a repasar las conversaciones que han mantenido durante los últimos días, sólo para hacerse una idea de qué otras cosas interesantes y complicadas puedan habérseles pasado por la cabeza. M.A. es del tipo sincero y seguidor de las reglas, de los que sacan buenas notas y se ajustan bien a cualquier organización jerárquica. Pero Robin es más bien una incógnita. Tiene el potencial de ser o un fracasado total o un empresario de éxito, o quizá uno de esos tipos que oscilan entre los dos polos. Randy comprende ahora que ha descargado en la persona de Robin, sólo en un par de días, una cantidad impresionante de información sobre Internet, dinero electrónico, moneda digital y la nueva economía global. El estado mental de Randy es tal que es propenso a parlotear sin sentido durante horas. Robin se lo ha tragado todo.

Para Randy no fue más que soltar aire caliente sin sentido. Hasta ahora ni siquiera había considerado el efecto que podría ejercer sobre la trayectoria de la vida de Robin

Shaftoe. Randall Lawrence Waterhouse odia *Star Trek* y evita a la gente que no la odia, pero incluso él ha visto todos los episodios de la maldita serie, y se siente, en ese momento, como un científico de la Federación que se ha transportado a un planeta primitivo y sin pensarlo le ha enseñado a un bruto oportunista anterior a la Ilustración cómo construir un cañón faser a partir de materiales normales.

A Randy todavía le queda algo de dinero. No sabe cómo puede transmitir esa información a los chicos sin cometer algún terrible error de protocolo, así que a la siguiente parada en la gasolinera, le pide a Amy que les informe. Él cree (basándose en su vaga comprensión del sistema de rotación) que le toca quedarse a solas en el coche con Amy, pero si Amy va a informar sobre el dinero a uno de los chicos deberá pasar el siguiente turno con uno de ellos, porque hay que transmitirlo de forma indirecta, lo que llevará su tiempo, y debido a esa ruta indirecta, habrá que dejar algo de tiempo para que sea digerida. Pero tres horas más tarde, a la siguiente parada para coger gasolina, de forma natural M.A. y Robin deben ir juntos en el mismo coche, de forma que Robin (que ahora sabe y comprende, y que entra en el Impala con una gran sonrisa en el rostro y le da un golpe afable a Randy en el hombro) puede pasar el mensaje a M.A., cuyos recientes gambitos conversacionales vis-à-vis con Randy no tenían el más mínimo sentido hasta que Randy comprendió que le consideraban un mendigo y que M.A. intentaba, de forma realmente oblicua, descubrir si Randy tenía necesidad de compartir algunos de los elementos de aseo de M.A. En cualquier caso, Randy y Amy suben al Acura y se dirigen al norte de Oregón, intentando seguir al bólido.

—Bien, es agradable tener la oportunidad de pasar algo de tiempo contigo —dice Randy. Todavía tiene la espalda un poco dolorida allí donde Amy le golpeó, aquella mañana, mientras manifestaba que expresar los propios sentimientos «era el juego». Así que ha supuesto que lo mejor es expresar aquellos sentimientos que es menos probable que le causen problemas.

—Zupuze que tú y yo habíamos tenido tiempo zuficiente para calmarnos —dice Amy, habiendo revertido por completo, en los últimos dos días, a la lengua de sus antepasados—. Pero han pasado siglos y siglos desde que vi a esos chicos por última vez y tú nunca los has visto.

—¿Siglos y siglos? ¿En serio?

—Sí.

—¿Cuánto tiempo?

—Bien, la última vez que vi a Robin empezaba el parvulario. Y vi a M.A. más recientemente... probablemente tenía ocho o diez años.

—Una vez más, ¿cuál es tu relación con ellos?

—Creo que Robin es primo segundo. Y podría explicarte mi relación con M.A., pero empezarías a agitarte en el asiento y a suspirar antes de que llegase a la mitad.

—Por tanto, para esos chicos no eres más que una pariente lejana a la que vieron una o dos veces cuando eran pequeños.

Amy se encoge de hombros.

—Sí.

—Luego, ¿qué les hizo venir aquí?

La mirada de Amy está vacía.

—Quiero decir —dice Randy— que por la actitud general que adoptaron cuando se detuvieron de golpe en medio de mi jardín y salieron del vehículo al rojo vivo y cubierto de bichos, recién llegados de Tennessee, era evidente que su misión número uno era garantizar que la flor de las mujeres Shaftoe recibía el trato respetuoso, decente y de veneración, etc., que claramente merece.

—Oh. No me pareció eso a mí.

—Oh, ¿no lo era? ¿En serio?

—No. Randy, mi familia se apoya mutuamente. Simplemente el que haga tiempo que no nos hayamos visto no significa que las obligaciones hayan desaparecido.

—Bien, en este momento estás realizando una comparación implícita con mi familia, que por cierto no me vuelve loco, y sobre la que quizá debiésemos hablar más tarde. Pero, en lo que se refiere a esas obligaciones familiares, ciertamente opino que una de ellas es preservar tu virginidad nocional.

—¿Quién ha dicho que sea nocional?

—Debe serlo para ellos porque apenas te han visto nunca. A eso me refiero.

—Creo que estás exagerando desproporcionadamente el aspecto sexual que percibes en la situación —dice Amy—. Lo que es perfectamente normal en el caso de un tío, y no tengo peor imagen de ti por ello.

—Amy, Amy. ¿No has hecho las cuentas?

—¿Cuentas?

—Contando el viaje por entre el tráfico de Manila hasta el AINA, la facturación y las formalidades en el aeropuerto de San Francisco, todo mi desplazamiento me llevó unas dieciocho horas. Veinte para ti. Otras cuatro horas para llegar a mi casa. Ocho horas después de que llegásemos a mi casa, Robin y Marcus Aurelius se presentan en medio de la noche. Bien, si damos por supuesto que la radio macuto de la familia Shaftoe funciona a la velocidad de la luz, eso implica que los chicos, divirtiéndose frente a su trailer en Tennessee, recibieron la noticia de que una mujer Shaftoe tenía un problema personal provocado por un tío justo cuando abandonabas el *Glory IV* y te subías a un taxi en Manila.

—Envié un email desde el *Glory* —dice Amy.

—¿A quién?

—A la lista de correo Shaftoe.

—¡Dios! —dice Randy, dándose una hostia en la cara—. ¿Qué decía ese correo?

—No lo recuerdo —dice Amy—. Que me dirigía a California. Probablemente hice algún comentario equívoco con respecto a un joven con el que quería hablar. En ese momento estaba molesta y no puedo recordar con exactitud lo que dije.

—Creo que dijiste algo así como «Voy a California, donde Randall Lawrence Waterhouse, que padece de sida, va a sodomizarme por la fuerza en cuanto llegue».

—No, nada tan exagerado.

—Bien, creo que alguien leyó entre líneas. En cualquier caso, Ma o Tío Em o alguien salió por la puerta trasera, limpiándose la harina del delantal de guingán... Me lo estoy imaginando.

—Me lo supongo.

—Y dice: «Chicos, vuestra enésima prima distante America Shaftoe nos ha enviado un correo desde el bote del Tío Doug en el mar meridional de China diciendo que tiene una disputa con un joven y no es del todo descabellado que pueda necesitar ayuda. En California. ¿Os podrías pasar por allí y ver si os necesita?» Y ellos dejaron de lado la pelota de baloncesto y dijeron: «Claro, mamá, ¿cuál es la ciudad y la dirección?» Y ella responde: «Eso no importa, simplemente coged la interestatal 40 y dirigíos al oeste sin dejar de mantener una velocidad media entre un cien y un ciento veinte por ciento sobre el límite legal de velocidad y llamadme a cobro revertido desde una Texaco y os daré las coordenadas específicas del blanco.» Y ellos dicen: «Sí, mamá» y treinta segundos después salen del garaje a cinco «ges» y treinta horas después se plantan en mi jardín, cegándome con sus linternas de veinticinco pilas y planteándome un montón de preguntas inquisitivas. ¿Tienes alguna idea de la distancia que han recorrido?

—Ni idea.

—Bien, según el Mapa de Carreteras Rand McNally de M.A., son unas dos mil cien millas.

—¿Y?

—Lo que implica que mantuvieron una velocidad media de setenta millas por hora durante día y medio.

—Día y cuarto —dice Amy.

—¿Tienes idea de lo difícil que es hacerlo?

—Randy, pisas el acelerador y mantienes la aguja en su posición. ¿Tan difícil es?

—No me refiero a que se trate de un desafío intelectual. Comento que la disposición a, por ejemplo, orinar en botes vacíos de McDonald's en lugar de detener el coche, sugiere urgencia. Incluso pasión. Y como soy un tío, y he tenido la experiencia de ser un tío a la edad de M.A. y Robin, puedo afirmar que una de las pocas cosas que hace hervir la sangre hasta ese punto es la idea de que una mujer a la que amas está siendo maltratada por un hombre desconocido.

—Bien, ¿y si así fue qué? —dice Amy—. Ahora creen que eres un buen tío.

—¿Sí? ¿En serio?

—Sí. El desastre financiero te vuelve más humano. Más accesible. Y disculpa muchas cosas.

—¿Necesito excusarme por algo?

—No por lo que a mí respecta.

—Pero en la medida en que ellos pensaron que yo era un violador, eso, en cierta forma, mitiga mi problema de imagen.

Se produce una pequeña pausa en la conversación. Luego Amy le sale con:

—Háblame de tu familia, Randy.

—Durante los siguientes días, vas a descubrir más de lo que me gustaría sobre mi familia. Y yo también. Así que hablemos de otra cosa.

—Vale. Hablemos de negocios.

—Vale. Tú primero.

—Un productor alemán de televisión vendrá la próxima semana a ver el submarino. Puede que hagan un documental. Ya hemos recibido a varios periodistas alemanes de medios impresos.

—¿Sí?

—Ha provocado sensación en Alemania.

—¿Por qué?

—Porque nadie puede explicar cómo llegó allí. Ahora es tu turno.

—Vamos a lanzar nuestra propia moneda. —Al decirlo, Randy está divulgando información confidencial a alguien que no está autorizado a conocerla.

Pero lo hace de todas formas, porque abrirse a Amy de tal forma, poniéndose en situación vulnerable, le provoca una erección.

—¿Cómo se hace? ¿No hay que ser un gobierno?

—No. Tienes que ser un banco. ¿Por qué crees que se llaman billetes de banco? —Randy es completamente consciente de que divulgar secretos empresariales a una mujer simplemente para excitarse sexualmente es una locura, pero resulta que ahora mismo tampoco le importa demasiado.

—Vale, pero aún así, normalmente lo hacen bancos gubernamentales, ¿no?

—Sólo porque la gente tiende a respetar los bancos gubernamentales. Pero los bancos gubernamentales del sureste asiático tienen ahora mismo un enorme problema de imagen. Ese problema de imagen se traduce directamente en una caída de la tasa de cambio.

—Bien, ¿cómo se hace?

—Consigues un montón de oro. Emites certificados que dicen «este certificado puede canjearse por tal cantidad de oro». Eso es todo.

—¿Qué tienen de malo los dólares, yenes y demás?

—Los certificados, los billetes de banco, se imprimen sobre papel. Nosotros vamos a emitir billetes de banco electrónicos.

—¿Nada de papel?

—Nada de papel.

—Así que sólo podrás gastarlo en la Red.

—Correcto.

—¿Qué pasa si quieres comprarte un montón de plátanos?

—Buscas un vendedor de plátanos en la Red.

—Parece que el dinero en papel serviría exactamente igual.

—Al papel moneda se le puede seguir el rastro y es perecedero, además de otros inconvenientes. Los billetes electrónicos son rápidos y anónimos.

—¿Qué aspecto tiene un billete electrónico, Randy?

—El de cualquier otra cosa digital: un montón de bits.

—¿Eso no los hace fáciles de falsificar?

—No si dispones de buena criptografía —dice Randy—. Que nosotros tenemos.

—¿Cómo la conseguisteis?

—Relacionándonos con fanáticos.

—¿Qué tipo de fanáticos?

—Fanáticos que creen que disponer de buena criptografía es de una importancia casi apocalíptica.

—¿Cómo alguien puede llegar a pensar algo así?

—Leyendo sobre gente como Yamamoto, que murió por tener mala criptografía, y luego proyectando esas cosas al futuro.

—¿Estás de acuerdo con ellos? —pregunta Amy. Puede que se trate de una de esas preguntas que definen un momento importante en una relación.

—A las dos de la madrugada, cuando estoy tendido en la cama y despierto, sí lo creo —dice Randy—. A la luz del día, me suena a paranoia. —Mira a Amy, quien le observa fijamente, porque en realidad todavía no ha contestado a la pregunta. Tiene que decidirse por una de las opciones—. Más vale prevenir que curar, supongo. Disponer de una buena criptografía no puede hacerte daño, y podría ayudarte.

—Y por el camino podría hacerte ganar un montón de dinero —le recuerda Amy.

Randy ríe.

—En este punto, ni siquiera se trata de ganar dinero —dice—. Simplemente no deseo sufrir una humillación total.

Amy sonríe críptica.

—¿Qué? —le exige Randy.

—Cuando has dicho eso has sonado como un Shaftoe —dice Amy.

Después de eso, Randy conduce en silencio durante media hora. Sospecha que tenía razón: era un momento importante en la relación. Ahora como mucho sólo podría joder la situación. Así que se calla y conduce.

El General

✠ Durante dos meses duerme en una playa de Nueva Caledonia, tendido bajo una cubierta antimosquitos, soñando con lugares peores, perfeccionando su historia.

En Estocolmo, alguien de la embajada británica le llevó a cierto café. Un caballero que conoció en el café le consiguió un coche. El coche le llevó a un lago donde daba la casualidad que había un hidroavión con los motores en marcha y las luces apagadas. El Servicio Aéreo Especial le llevó a Londres. La Inteligencia Naval le trasladó a D.C., le vació el cerebro y le entregó a los Marines con un enorme sello en los papeles que decía que jamás debía enviársele de nuevo al combate; Sabía Demasiado para arriesgarse a que fuese capturado. Los Marines descubrieron que Sabía Muy Poco para servir como Hijo de Puta del Escalafón en la Patria, y le dieron a elegir: un billete de ida a casa o educación superior. Eligió el billete a casa, luego convenció a un oficial novato de que su familia se había mudado, y que ahora residía en San Francisco.

Prácticamente puedes atravesar la bahía de San Francisco saltando de un barco de la Marina a otro. El puerto estaba cubierto de muelles de la Marina, depósitos, hospitales y prisiones. Todo ello protegido por los hermanos militares de Shaftoe. Los tatuajes de Shaftoe quedaban oscurecidos por ropas civiles y le había crecido el pelo. Pero le bastaría con mirar a un marine a los ojos desde una distancia de tiro de piedra y el marine le reconocería como un hermano necesitado y le abriría cualquier puerta, rompería cualquier regla y probablemente incluso arriesgaría su vida. Shaftoe acabó con tal rapidez de polizón en un barco en dirección a Hawai que ni siquiera tuvo tiempo de emborracharse. Desde Pearl, le llevó cuatro día meterse en un barco a Kwajalein. Allí era un héroe legendario. Su dinero no valía nada en Kwaj; fumó, bebió y comió durante una semana sin que se le permitiese gastar ni un centavo, y finalmente sus hermanos le metieron en un avión que le llevó un par de miles de millas más al sur hasta Noumea, en Nueva Caledonia.

Lo hicieron con bastante renuencia. Con toda alegría hubiesen asaltado una playa con él, pero esto era diferente: le estaban enviando peligrosamente cerca del SOWESPAC, el Teatro de Operaciones del Suroeste del Pacífico, el domino del General. Incluso ahora, un par de años después de que el General les hubiese enviado a la acción, mal armados y con mal apoyo, en Guadalcanal, los marines todavía pasaban la mitad de sus horas despiertos comentado lo mal tipo que era. En secreto era dueño de la mitad de Intramuros. Se había convertido en billonario gracias al oro español que su padre había desenterrado cuando fue gobernador de Filipinas. Quezón le había nombrado en secreto dictador del archipiélago cuando terminase la guerra. El General se presentaba a presidente, y para poder ganar iba a empezar a perder batallas sólo para que F.D.R. quedase mal, e iba acusar de todo a los marines. Y si eso no le salía bien, volvería a Estados Unidos y daría un golpe de estado. Que sería desarticulado, contra toda esperanza, por el Cuerpo de Marines de Estados Unidos. ¡Semper Fi!

En cualquier caso, sus hermanos le llevaron a Nueva Caledonia. Noumea es una bonita ciudad francesa de amplias calles y tejados de zinc, que da a un inmenso puerto cubierto de gigantescas montañas de mineral de níquel y cromo proveniente de las inmensas minas del interior. La población es un tercio Francia Libre (hay imágenes representando a De Gaulle por todas partes), un tercio soldados norteamericanos y un tercio caníbales. Los rumores de la calle son que los caníbales hace veintisiete años que no se comen a ningún blanco, así que Bobby Shaftoe, durmiendo en la playa, se siente casi tan seguro como en Suecia.

Pero cuando llegó a Noumea se topó con una barrera más impenetrable que cualquier muro de piedra: la línea imaginaria entre el teatro de operaciones del Pacífico (el territorio de Nimitz) y SOWESPAC. Brisbane, la central del General, está a poca distancia (según los estándares del Pacífico) casi directamente al oeste. Si puede llegar allí y contar su historia, todo saldrá bien.

Durante el primer par de semanas en la playa, se manifiesta optimista hasta la estupidez. Posteriormente, se deprime durante un mes, pensando que nunca podrá salir de allí. Finalmente, empieza a recuperar el ánimo, a demostrar de nuevo algo de adaptabilidad. No tiene suerte en intentar subirse a un barco. Pero la cantidad de tráfico aéreo es increíble. Parece que al General le gustan los aviones. Shaftoe empieza a seguir a los aviadores. Los policías militares no le dan ni la hora, no podría entrar en un club de suboficiales ni para salvar la vida.

Pero un club de suboficiales ofrece un entretenimiento estrictamente limitado. Los clientes que buscan satisfacciones más profundas deben abandonar el perímetro definido por los cabrones de los policías militares y entrar en la economía civil. Y cuando aviadores norteamericanos cachondos y bien pagados caen en una cultura definida la mitad por caníbales y la mitad por franceses, obtienes una economía civil cojonuda. Shaftoe encuentra una posición estratégica en el exterior de una salida de una base aérea, se planta allí, con los bolsillos cargados de cajetillas de cigarrillos (los marines de Kwaj le suministraron un cargamento para toda la vida), y espera. Los aviadores salen en grupos de dos y tres. Shaftoe elige a los sargentos, los sigue a los bares y prostíbulos, se sienta en sus líneas de visión, comienza a fumar convulsivamente. No pasa mucho tiempo antes de que se acerquen y le pidan cigarrillos. Eso inicia la conversación.

Una vez que ha perfeccionado la rutina, aprende mucho y a toda velocidad sobre la Quinta Fuerza Aérea y hace muchos amigos. En unas semanas le toca el gordo. Va a la verja del campo de aviación a la 1.00 A.M. de una noche sin luna, se arrastra sobre el vientre durante una milla siguiendo el borde de una pista de aterrizaje y apenas llega a tiempo para encontrarse con la tripulación del *Tipsy Tootsie*, un B-24 Liberator en dirección a Brisbane. Inmediatamente se encuentra encajado en la esfera de vidrio a la cola del avión: la burbuja de artillería de atrás. Su propósito, claro, es derribar Zeros, que tienden a atacar por detrás. Pero la tripulación del *Tipsy Tootsie* parece opinar que allí tienen tantas probabilidades de encontrarse con un Zero como sobre los cielos de Missouri.

Le advirtieron que se pusiese ropa de abrigo, pero no tenía nada de esa naturaleza. *Tipsy Tootsie* apenas ha abandonado la pista cuando empieza a entender su error: la temperatura cae como una bomba de quinientas libras. Le resulta físicamente imposible abandonar la burbuja. Incluso si pudiese, le arrestarían; le han subido a bordo sin el conocimiento de los oficiales, que realmente son los que hacen volar el avión. Con calma decide añadir la hipotermia a su ya extenso conocimiento del sufrimiento humano. Después de un par de horas, o pierde la conciencia o se queda dormido, y eso ayuda.

Le despierta una luz rosa que viene de todas las direcciones. El avión ha perdido altitud, la temperatura ha subido y su cuerpo ha recuperado el calor suficiente para devolverle la conciencia. Después de unos minutos es incluso capaz de mover los brazos. Alarga la mano hacia la luz rosa y toca la condensación en el interior de la torreta. Saca un pañuelo, la limpia por completo y mira directamente un amanecer del Pacífico.

El cielo está rasgado y moteado por nubes negras, como chorros de un calamar en una cala del Caribe. Durante un rato, le parece que está sumergido junto con Bischoff.

Cicatrices arrugadas marcan el Pacífico formando bucles y líneas, y le recuerdan su propia piel desnuda. Pero formas duras e irregulares sobresalen de las cicatrices como si fuesen viejos trozos de metralla: arrecifes de coral que escapan del mar poco profundo. Cada vez hace más calor. Vuelve a temblar.

Alguien ha arrojado polvo marrón sobre el Pacífico, formando un gigantesco montón. En el borde del montón hay una ciudad. La ciudad gira, se acerca. Cada vez hace más calor. Se trata de Brisbane. Hay una pista de aterrizaje, y piensa que va rebajarle el culo como si fuese la tira de papel de lija más larga del mundo. El avión se detiene. Huele a gasolina.

El piloto le descubre, pierde los estribos y se dispone a llamar a la policía militar.

—Estoy aquí dispuesto a trabajar para el General —murmura Shaftoe por entre sus labios amoratados.

Sólo hace que el piloto desee darle un porrazo. Pero después de que Shaftoe haya dicho esas palabras, todo cambia; los oficiales furiosos permanecen a uno o dos pasos de él, rebajan el lenguaje, retiran las amenazas. Al presenciarlo, Shaftoe descubre que el General hace las cosas de forma diferente.

Pasa un día recuperándose en una habitación de mala muerte, después se pone en pie, se afeita, bebe una taza de café y sale en busca de oficiales.

Para su total desesperanza, descubre que el General ha mudado su cuartel general a Jayapura, en Nueva Guinea. Pero su esposa e hijo, y gran parte de su personal, siguen en el Hotel Lennon. Shaftoe va allí y analiza la distribución de tráfico: para meterse en la entrada del hotel, los coches deben venir desde cierta esquina de la calle. Shaftoe encuentra un buen escondrijo cerca de esa esquina y espera. Mirando por las ventanillas de los coches que se acercan, puede ver las charreteras y contar estrellas y águilas.

Al ver dos estrellas, decide ponerse en marcha. Corriendo calle abajo, llega hasta el toldo del hotel justo cuando el chófer abre la puerta de ese general.

—¡Perdóneme, general, Bobby Shaftoe se presenta al servicio, señor! —suelta, realizando el saludo más perfecto de la historia militar.

—¿Y quién demonio eres, Bobby Shaftoe? —dice ese general, sin apenas parpadear. ¡Habla como Bischoff! ¡El tipo tiene acento alemán!

—He matado más nipos que la actividad sísmica. Me entrenaron para saltar de aeroplanos. Hablo un poco de nipo. Puedo sobrevivir en la selva. Conozco Manila como la palma de mi mano. Allí se encuentran mi esposa y mi hijo. Y estoy en una especie de callejón sin salida. ¡Señor!

En Londres, en Washington, nunca hubiese podido acercarse tanto, y de haberlo hecho le habrían pegado un tiro.

Pero esto es SOWESPAC y, a la mañana siguiente, está en un B-17 con destino a Jayapura, vestido con el verde del ejército de Tierra, sin rango.

Nueva Guinea tiene un aspecto terrible: un dragón gangrenoso con una columna vertebral rocosa y retorcida, cubierta de hielo. Sólo mirarlo hace que Shaftoe se estremezca por una combinación nauseabunda de hipotermia y malaria incipiente. Ahora todo eso pertenece al General. Para Shaftoe está claro que semejante país sólo podría conquistarlo un hombre que haya perdido completamente la cabeza. Un mes en Stalingrado sería preferible a veinticuatro horas allá abajo.

Jayapura se encuentra en la costa norte de la bestia, mirando, naturalmente, hacia Filipinas. Todos los marines saben perfectamente que el General se ha hecho construir un palacio para su persona. Algunos idiotas crédulos creen el rumor de que simplemente se trata de una réplica completa a escala 200% del Taj Mahal, construida por marines esclavizados, pero los cabrones con experiencia saben que en realidad se trata de un complejo mucho mayor construido con materiales robados en naves hospital de la Marina, salpicado de bóvedas de placer y casas de sexo para su serie de concubinas asiáticas, con cúpulas que se alzan tan altas que el General puede subir allá arriba y ver lo que los nipos le están haciendo a su extensa hacienda en Manila, 1.500 millas al noroeste.

Bobby Shaftoe no ve tal cosa por las ventanillas del B-17. Vislumbra una casa grande y de buen aspecto en la montaña junto al mar. Supone que no es más que un puesto de vigilancia, que marca el perímetro de los dominios del General. Pero casi de inmediato el B-17 aterriza. La carlinga queda invadida por un miasma ecuatorial. Es como respirar los vapores de una fábrica de cerveza. Shaftoe ya siente que sus intestinos van soltándose. Evidentemente, hay muchos marines que opinan que los pantalones del ejército de Tierra están mejor bien manchados de heces. Shaftoe debe dejar esas ideas de lado.

Todos los pasajeros (en su mayoría coroneles o mejores) se mueven como para evitar sudar, aunque están encharcados de pies a cabeza. A Shaftoe le gustaría patear sus culos gordos y arrugados para que bajen, tiene prisa por llegar a Manila.

Pronto está subido al parachoques trasero de un jeep lleno de peces gordos. El campo de aviación está rodeado de armas antiaéreas, y da señales de haber sido bombardeado y atacado no hace mucho. Algunas de esas señales son pruebas físicas evidentes, como agujeros en el suelo, pero Shaftoe obtiene la mayor parte de la información observando a los hombres: sus posturas, sus expresiones faciales al mirar el cielo le dicen exactamente cuál es el nivel de amenaza.

No es de extrañar, piensa, al recordar esa gigantesca casa blanca en la montaña. ¡Por amor de dios, probablemente puedas verla a la luz de la luna! ¡Debe de ser visible desde Tokio! Está pidiendo ser bombardeada.

La subida a la montaña lleva un eón. Shaftoe salta y pronto ha adelantado al jeep quejumbroso, y al que va delante. Luego se queda solo, atravesando la selva. Se limitará a seguir los caminos hasta que le lleven directamente a los pozos hábilmente camuflados que descienden hasta el cuartel del General.

El paseo le da tiempo de sobra para fumarse un par de cigarrillos y saborear el absoluto horror de la selva de Nueva Guinea, comparada con la de Guadalcanal, que hasta ahora consideraba el peor lugar sobre la Tierra, y que ahora le parece un prado de hierba habitado por mariposas y conejitos. Nada le parece más satisfactorio que la idea de que los nipos y el ejército de Tierra de Estados Unidos lleven un par de años dándose de hostias en Nueva Guinea. Eso sí, pena de los australianos que tienen que ir allí.

Los senderos le llevan directamente a la casa blanca como la cal que se sienta en la ladera de la montaña. La verdad es que se han pasado haciendo que realmente parezca que allí vive alguien. Shaftoe puede ver incluso muebles. Las paredes están salpicadas de agujeros de bala. ¡Incluso han puesto un maniquí en el balcón, vestido con una toga rosa de seda, pipa «olote» y gafas de aviador que mira por unos binoculares! Por muy reacio que se sienta a aprobar cualquier cosa hecha por el ejército de Tierra, Shaftoe no puede evitar reírse ante esa muestra de ingenio. El humor militar es el mejor. No puede creer que les hayan dejado hacerlo. Un par de fotógrafos de prensa están abajo, tomando fotos de la escena.

De pie en medio del aparcamiento lleno de barro de la casa, se planta con los pies bien abiertos y le enseña el dedo medio al maniquí. ¡Eh, capullo, esto es por los marines en Kwajalein! Coño, le ha gustado.

El maniquí se gira y apunta los binoculares directamente a Bobby Shaftoe, quien se queda petrificado en la postura de enseñar el dedito como si le hubiese mirado un basilisco. Muy abajo empiezan a sonar las alarmas de ataque aéreo.

Los binoculares se separan de las gafas de sol. De la pipa sale un halito de humo. El General le responde con un saludo sarcástico. Shaftoe recuerda guardarse el dedo, luego se queda plantado, como un árbol de caoba muerto.

El General se retira la pipa de la boca para poder decir:

—Magandang gabi.

—Quiere decir «*magandang umaga*» —dice Shaftoe—. *Gabi* significa *noche* y *umaga* significa *mañana*.

El zumbido de los aeroplanos va haciéndose cada vez más evidente. Los fotógrafos de prensa deciden guardar las cosas y meterse en la casa.

—Cuando sales de Manila por el norte en dirección a Lingayen, llegas al cruce de carreteras en Tarlac, tomas el camino de la derecha y te diriges atravesando las plantaciones de caña hacia Urdaneta, ¿cuál es el primer pueblo que te encuentras?

—Es una pregunta con trampa —dice Shaftoe—. Al norte de Tarlac no hay caña, sólo arrozales.

—Mmm. Muy bien —dice el General malhumorado.

Abajo, la artillería antiaérea comienza a disparar con un estruendo fantástico; en la distancia, suena como si la costa norte de Nueva Guinea estuviese siendo arrojada al mar a golpe de martillo neumático. El General lo ignora. Si estuviese fingiendo que lo ignora, al menos miraría los Zeros que se acercan, de forma que pudiese dejar de fingir en cuanto la situación se volviese demasiado peligrosa. Pero ni siquiera se molesta en mirar. Shaftoe se obliga a imitarle y no mirar. El General le hace una larga pregunta en español. Su voz es hermosa. Suena como si estuviese metido en un estudio de sonido anecoico en Nueva York o Hollywood, narrando un documental sobre su propia genialidad.

—Si intenta descubrir si *hablo español*, la respuesta es *un poquito** —dice Shaftoe.

El General irritado hace bocina con una mano sobre el oído. No puede oír nada, excepto el par de Zeros que convergen sobre él y Shaftoe más o menos a trescientas millas por hora, licuando toneladas de biomasa con densas ráfagas de munición de 12,7 milímetros. Mira fijamente a Shaftoe mientras una secuencia de balas recorre el aparcamiento, salpicando de barro los pantalones de Shaftoe. La misma línea de balas vira de pronto hacia arriba en ángulo recto cuando llega a la pared de la casa del General, trepa por la pared, arranca un trozo de la barandilla del balcón como a un pie de donde descansa la mano del General, maltrata algunos muebles en el interior y luego se desvanece por el tejado de la casa.

Ahora que los aviones han pasado por encima, Shaftoe puede mirarlos sin preocuparse de que el General crea que es una especie de afeminado. Las albóndigas de las alas se hacen más anchas y visibles al inclinarse de pronto, inclinarse más que cualquier avión norteamericano, y regresan para probar por segunda vez.

—Dije... —empieza a decir el General. Pero a continuación la atmósfera queda desgarrada por una serie de silbidos. Una de las ventanas de la casa salta de pronto del marco. Shaftoe oye un golpe dentro y algo de loza

---

* Evidentemente, en español en el original. *(N. del T.)*

romperse. Por primera vez, el General muestra ser consciente de que se está produciendo una acción militar—. Caliente mi jeep, Shaftoe —dice—. Tengo un hueso que coger con mis chicos triple-A. —Luego se da la vuelta y Shaftoe puede ver la espalda de la toga de seda rosa. Lleva bordado, con hilo negro, un lagarto enorme, rampante.

De pronto el General se vuelve.

—¿Es usted al que oigo gritar ahí abajo, Shaftoe?

—¡Señor, no señor!

—Le he oído gritar claramente. —MacArthur le da la espalda a Shaftoe, ofreciéndole otra visión del lagarto (que pensándolo con calma parece más un dibujo chino de un dragón) y entra en la casa, murmurando con irritación.

Shaftoe se sube al vehículo indicado y arranca el motor.

El General sale de la sala y empieza a atravesar el aparcamiento acunando en los brazos un proyectil antiaéreo. El viento agita a su alrededor la toga de seda rosa.

Los Zeros regresan y acribillan de nuevo el aparcamiento, cortando un camión casi por la mitad. Shaftoe siente como si sus intestinos se hubiesen disuelto y estuviesen a punto de salir de su cuerpo a chorros. Cierra los ojos, contrae bien el esfínter y aprieta los dientes. El General se sienta a su lado.

—Colina abajo —ordena—. Hacia el sonido de artillería.

Apenas han llegado a la carretera cuando su avance queda bloqueado por los dos jeeps que traían a los peces gordos desde el campo de aviación. Ahora están abandonados en medio del camino, con las puertas abiertas, y los motores todavía en marcha. El General alarga la mano y le da a la bocina.

Coroneles y generales de brigada comienzan a salir de entre las sombras de la selva, como si formasen una tribu nativa particularmente rara, agarrando los maletines como si fuesen talismanes. Saludan al General, quien les ignora con irritación.

—¡Muevan los vehículos! —entona, señalándolos con la boquilla de la pipa—. Esto es la carretera. El aparcamiento está por ahí.

Los Zeros regresan por tercera vez. Shaftoe comprende ahora (como quizá ya lo había comprendido el General) que esos pilotos no son de los mejores; es un periodo tardío de la guerra y los buenos pilotos ya están muertos. En consecuencia, no ajustan sus trayectorias con la carretera; el bombardeo la corta diagonalmente. Aún así, una bala atraviesa el bloque del motor de uno de los camiones. De él saltan vapor y aceite caliente.

—¡Vamos, empújenlo! —dice el General. Instintivamente, Shaftoe empieza a bajar del jeep, pero el General le retiene con una palabra—. ¡Shaftoe! Le necesito para conducir este vehículo.

Agitando la pipa como la batuta de un director, el General consigue que los miembros de su personal salgan de nuevo a la carretera y comiencen a empujar el jeep destrozado hacia la selva. Shaftoe comete el error de inhalar por la nariz y percibe un intenso olor a diarrea; al menos uno de esos oficiales se ha cagado en los pantalones. Shaftoe intenta con todas sus fuerzas no cagarse él mismo, como probablemente habría hecho de haber empujado el jeep. Los Zeros intentan alinearse para dar otra pasada, pero ahora ya han aparecido en escena algunos aviones de combate norteamericanos, lo que complica las cosas.

Shaftoe maniobra a través del hueco entre el jeep restante y un enorme árbol, luego enfila carretera abajo. El General tararea para sí durante un raro y luego dice:

—¿Cómo se llama su esposa?

—Gorda.

—¿¡Qué!?

—Quiero decir Glory.

—Ah. Bien. Un bueno nombre de filipina. Las filipinas son las mujeres más hermosas del mundo, ¿no cree?

Como ha viajado por todo el mundo y tiene experiencia, Bobby Shaftoe tuerce el gesto y comienza a repasar sus experiencias de forma sistemática. Luego comprende que es probable que el General no quiera su opinión meditada.

Claro, la mujer del General es norteamericana, así que podría ser una pregunta con trampa.

—Supongo que la mujer que amas es siempre la más hermosa —dice Shaftoe al final.

El General parece ligeramente contrariado.

—Claro, pero...

—¡Pero si realmente no te importan nada, las filipinas son las más hermosas, señor! —dice Shaftoe.

El General asiente.

—Ahora, el chico. ¿Cómo se llama?

Shaftoe traga y piensa con rapidez. Ni siquiera sabe si tiene un niño —se lo inventó para que sonase mejor—, e incluso si lo tiene sólo hay un cincuenta por ciento de probabilidades de que sea un chico. Pero si efectivamente tiene un chico, ya sabe cómo le llamaría.

—Su nombre es... bien, señor, su nombre... y espero que no le importe... pero su nombre es Douglas.

El General sonríe encantado y lanza una risotada, dándole una palmada al proyectil que lleva en el regazo para que quede claro el énfasis. Shaftoe se estremece.

Cuando llegan al campo de aviación, sobre sus cabezas se está produciendo un combate aéreo en toda regla. La instalación está abandonada, porque todos, excepto ellos, se ocultan tras sacos de arena. El General hace que Shaftoe conduzca de arriba abajo por toda la pista, deteniéndose tras cada pieza de artillería para mirar por encima de la barrera.

—¡Ahí está el tipo! —dice al fin el General, señalando con su fusta un cañón al extremo opuesto de la pista—. Le acabo de ver sacar la cabeza, hablando por teléfono.

Shaftoe atraviesa la pista con el jeep. Un Zero envuelto en llamas, que viaja quizá a la mitad de la velocidad del sonido, choca sobre la pista a unos cientos de pies y se desintegra en una rugiente nube de piezas ardientes que saltan, ruedan y rebotan sobre la pista más o menos en dirección a ellos. Shaftoe titubea. El General le grita. Admitiendo que no puede esquivar lo que no puede ver, Shaftoe se dirige hacia la tormenta. Como ya ha visto pasar esas cosas antes, sabe que lo primero que vendrá hacia ellos será el bloque del motor, una lápida al rojo vivo de buen hierro Mitsubishi.

Y allí está, arrastrando todavía uno de sus colectores de escape como si fuese un ala rota, girando y arrancando grandes terrones de la pista a cada salto. Shaftoe gira para esquivarlo. Identifica el fuselaje y comprueba que ya se ha detenido. Busca las alas; se han roto en algunos trozos grandes que pierden velocidad con rapidez, pero las ruedas se han soltado del tren de aterrizaje y vienen saltando hacia ellos, ardientes ruedas de fuego. Shaftoe maniobra el jeep entre ellas, atraviesa un pequeño charco de aceite en llamas, luego da otro giro brusco y sigue en dirección al objetivo.

La explosión del Zero hace que todos vuelvan tras los sacos de arena. El General tiene que bajarse del jeep y mirar por encima de la barrera. Levanta el proyectil anti-aéreo sobre su cabeza.

—Dígame, capitán —dice con perfecta voz de locutor de radio—, esto llegó a mi mesilla sin remitente, pero creo que vino de su unidad.

La cabeza cubierta por un casco del capitán salta a la vista en lo alto de los sacos de arena, y se cuadra de inmediato. Mira boquiabierto el proyectil.

—¿Querría ocuparse de esto y asegurarse de que se lo desactiva adecuadamente?

El General le lanza el proyectil de lado, como si fuese un melón, y el capitán apenas tiene la presencia de ánimo suficiente para agarrarlo.

—Sigan con lo suyo —dice el General—, veamos si la próxima vez pueden realmente derribar a algún nipo. —Señala despectivamente los restos ardientes del Zero y se sube al jeep con Shaftoe—. ¡Muy bien, colina arriba, Shaftoe!

—¡Sí, señor!

—Bien, sé que debe odiarme porque es un marine.

A los oficiales les gusta cuando finges sincerarte con ellos.

—¡Sí, señor, le odio, señor, pero no creo que eso deba ser un impedimento para que juntos matemos a algunos nipos, señor!

—Estamos de acuerdo. Pero en la misión que tengo en mente para usted, Shaftoe, matar nipos no será el objetivo principal.

Ahora Shaftoe se siente un poco desequilibrado.

—Señor, con todos los respetos, creo que matar nipos es lo que mejor sé hacer.

—No lo dudo. Y es una buena característica en un marine. Porque en esta guerra, un marine es un guerrero de gran categoría bajo el mando de almirantes que no saben nada sobre la guerra en tierra, y que creen que la forma de conquistar una isla es lanzar a sus hombres directamente contra las defensas preparadas por los nipos.

El General hace una pausa, como si le diese a Shaftoe la oportunidad de responder. Pero Shaftoe no dice nada. Está recordando las historias que le contaron sus hermanos en Kwajalein, sobre todas las batallas que libraron en pequeñas islas del Pacífico, exactamente como las describe el General.

—En consecuencia, un marine debe ser muy bueno matando nipos, como sin duda lo es Shaftoe. Pero ahora, Shaftoe, está en el ejército de Tierra, y aquí tenemos algunas innovaciones maravillosas, como la estrategia y la táctica, que algunos almirantes harían bien en conocer. Y por tanto su nuevo trabajo, Shaftoe, no es simplemente matar nipos, sino emplear la cabeza.

—Bien, sé que probablemente piensa que soy un cabeza de chorlito estúpido, General, pero creo tener una buena cabeza sobre los hombros.

—¡Y sobre sus hombros es donde me gustaría que se quedase! —dice el General, dándole una animosa palmada en la espalda—. Lo que intentamos hacer es crear una situación táctica que nos sea favorable. Una vez que lo hayamos conseguido, lo de matar nipos puede realizarse con métodos más eficaces como el bombardeo aéreo, la inanición en masa o similares. No será necesario que corte personalmente la garganta de cada uno de los nipos con los que se encuentre, por extraordinariamente cualificado que esté para tal operación.

—Gracias, General, señor.

—Tenemos millones de guerrilleros filipinos, y cientos de miles de soldados, para ocuparse del asunto esencialmente cotidiano de convertir nipos vivos en nipos muertos, o al menos cautivos. Pero para poder coordinar sus actividades, necesito inteligencia. Ésa será una de sus misiones. Pero el país ya está abarrotado de mis espías, por lo que será una misión secundaria.

—¿Y la misión principal, señor?

—Esos filipinos necesitan liderazgo. Necesitan coordinación. Y quizá más que nada, necesitan espíritu guerrero.

—¿Espíritu guerrero, señor?

—Hay muchas razones para que los filipinos estén bajos de moral. Los nipos no les han tratado bien. Y aunque yo estoy muy ocupado, aquí en Nueva Guinea, preparando el trampolín para mi regreso, los filipinos no saben nada de esto, y muchos de ellos probablemente piensen que los he olvidado por completo. Es hora de hacerles saber que voy de camino. De que volveré... ¡y pronto!

Shaftoe sonríe, creyendo que el General se está burlando un poco de sí mismo —sí, un poco de ironía—, pero luego se da cuenta de que no parece divertir especialmente al General.

—¡Pare el vehículo! —grita.

Shaftoe aparca el jeep en lo alto de un cambio de rasante, donde pueden mirar al noroeste, hacia las zonas más remotas del mar de Filipinas. El General extiende un brazo hacia Manila, con la mano ligeramente cerrada, la palma hacia arriba, gesticulando como un actor shakesperiano que posase para una fotografía.

—¡Vaya allí, Bobby Shaftoe! —dice el General—. Vaya allí y dígales que voy de camino.

Shaftoe sabe que ésa es su entrada, y también sabe lo que debe decir.

—¡Señor, sí señor!

CONTINUARÁ...

Neal Stephenson, nacido la noche de Halloween de 1959, empezó su carrera literaria con THE BIG U *(1984), un* thriller *con algunos elementos de ciencia ficción, y* ZODIAC: THE ECO-THRILLER *(1988) de contenidos explícitos en su título.*

Su primera novela de gran éxito en la ciencia ficción fue SNOW CRASH *(1992) que, según parece, pronto será llevada al cine. Etiquetada como post-ciberpunk, narra las aventuras de un repartidor de pizza en un futuro complejo y bien imaginado en muchos de sus detalles.*

Sólo tres años después, Stephenson alcanzó ya el mayor reconocimiento de la ciencia ficción mundial con LA ERA DEL DIAMANTE: MANUAL ILUSTRADO PARA JOVENCITAS *(1995, NOVA ciencia ficción, número 101), que obtuvo los premios Hugo y Locus de 1996, y fue finalista del premio Nebula. Se trata de la compleja historia de un Shanghai del futuro cercano, escindido en «phyles» o tribus (Nippon, Han y los neo-victorianos de Atlantis) donde, con voz casi dickensiana, se muestran los futuros prodigios de la nanotecnología (ese maravilloso manual interactivo para la formación de una joven), sin olvidar sus consecuencias en el ámbito social.*

También, en colaboración con su tío George Jewsbury, Stephenson ha escrito otros dos thrillers: INTERFACE *(1994) y* THE COBWEB *(1996) presentados con el pseudónimo Stephen Bury.*

Su obra más reciente en solitario, según algunos llamada a convertirse en un libro de culto en el complejo mundo de los hackers y aficionados a la informática, es una macro-novela de más de mil páginas. A partir de personajes y problemas reales en la Segunda Guerra Mundial (Alan Turing, su calculadora universal y la máquina criptográfica alemana Enigma), la novela de Stephenson trata de la criptografía, la matemática y los hackers. La novela obtuvo el premio Locus de 2000 y, en Europa, se ha optado en diversos países por publicarla en tres volúmenes. En España serán: CRIPTONOMICÓN I: EL CÓDIGO ENIGMA *(NOVA ciencia ficción, número 148),* CRIPTONOMICÓN II: EL CÓDIGO PONTIFEX *(NOVA ciencia ficción, número 151),* CRIPTONOMICÓN III: EL CÓDIGO ARETUSA *(NOVA ciencia ficción, número 153).*